Jana Frey

RegenTropfenGlück

Weitere Bücher von Jana Frey im Arena Verlag:
Wenn du mich brauchst
Kein Wort zu niemandem
Liebeskinder

Jana Frey wurde 1969 in Düsseldorf geboren. Nach ihrer Schulzeit in Wiesbaden studierte sie in Frankfurt, San Francisco und Auckland/Neuseeland Literatur, Kunst und Geschichte. 1994 erschien ihr erster Jugendroman. Inzwischen hat sie zahlreiche von der Presse hochgelobte Bücher für Kinder und Jugendliche geschrieben. Ihr Roman »Höhenflug abwärts« wurde für den Jugendliteraturpreis nominiert. Jana Frey lebt mit ihren vier Kindern und dem Familiendalmatiner Luzie am Rhein.

Jana Frey

RegenTropfenGlück

Arena

Für Klaus

FSC
www.fsc.org
MIX
Papier aus verantwortungsvollen Quellen
FSC® C110508

1. Auflage 2016

Quellenhinweise: siehe S. 350
Covergestaltung: Frauke Schneider
Gesamtherstellung: Westermann Druck Zwickau GmbH
ISBN 978-3-401-60004-8

Besuche uns unter:
www.arena-verlag.de
www.twitter.com/arenaverlag
www.facebook.com/arenaverlagfans

Die Welt barst ... zerbrach ... überschlug sich ... Licht ...
Hitze ... Rauch ... Dunkelheit ...

Ben

Eigentlich war es ein typischer Fastherbsttag. Der Himmel war voller grauer, zusammengeballter Wolken. Und voller Frühmorgenvögel, die sich übermütig kreischend durch den böigen Septemberwind treiben ließen. Vögel vergaßen eben schnell. Ben sah zu ihnen hinauf, während er zum Bus ging, um in die Schule zu fahren. Erster Schultag, neues Schuljahr. Nun denn.

Seit einem drei Jahre zurückliegenden Vorkommnis in der neu gebauten Hafencity sah Ben die Vögel dieser Stadt mit anderen Augen. Damals hatte seine Mutter, die eine bekannte Gewässerbiologin war, wütend und entsetzt auf die vielen Vögel hingewiesen, die in diesen Tagen desorientiert und scharenweise gegen die riesigen neuen Glasscheiben der verwirrend spiegeligen Unternehmenshochburgen flogen. Es waren furchtbare Momente gewesen, die einen den Atem anhalten ließen. Die vergnügten, herumsausenden Möwen, ein Anblick, der jedem bekannt war, und dann der Moment, wenn ihre Körper im freien Flug gegen diese neuen Hindernisse prallten. Flügel brachen. Blut spritzte. Vogelkörper schlingerten und trudelten wie Geschosse vom Himmel zur Erde.

Ben und sein Vater waren mit dabei gewesen, während seine Mutter schimpfend und wütend und weinend die schwer verletzten Vögel vor den endlos scheinenden Fensterfronten barg. Seine Eltern waren von jeher sehr engagiert in Sachen Umwelt. Und auch sonst. Ben kannte es nicht anders.

Und er erinnerte sich noch wie gestern daran, wie es sich angefühlt hatte, selbst einen dieser Vögel zu bergen. Er hatte zitternd in Bens kalten Händen gelegen, mit zerschmetterten, blutverschmierten Flügeln, und war kurz darauf gestorben.

Der Bus war brechend voll an diesem ersten Schulmorgen. Ben schlängelte sich mühsam vorwärts und angelte dabei seine Ohrstöpsel aus den Jackentaschen. Hin und wieder nahm er, seit er den Mopedführerschein hatte, die alte Vespa Primavera seiner Mutter, um in die Schule zu fahren, aber heute früh waren weder Karla noch Jo noch die alte Vespa Primavera zu Hause gewesen, als er aufgewacht war. Das war nichts Neues, aber Ben ärgerte sich trotzdem.

Die anderen waren schon im Bus, als er einstieg. Ben registrierte Janto, Ruben, Amandus, Marla und Peggy. Lola war nicht dabei, aber Lola kam auch so sicher wie das Amen in der Kirche jeden Tag zu spät in der Schule an. Da machte der erste Schultag eines neuen Schuljahrs keine Ausnahme. Lola war, wenn man in seiner Familie von normalen Verwandtschaftsverhältnissen überhaupt sprechen konnte, so etwas wie seine Cousine. Oder sogar etwas mehr. Fast seine Schwester?

Auf jeden Fall waren sie seelenverwandt. Klamottentechnisch sah sie aus wie eine Art Sorgenpüppchen aus Guatemala, sie trug diese verrückten Teile, die man in Fair-Trade-Läden kaufen konnte. Alles an ihr war bunt, leicht zerzaust, dünn und klein – aber das täuschte. Das Wort »Sorge« kannte Lola in Wirklichkeit nicht mal. Sie war Kraft pur, in jeder Hinsicht.

»Verdammter Kerl, pass doch auf, wo du hintrittst!«,

schnauzte ein alter Mann, als Ben ihn im Vorbeidrängeln streifte. Ben murmelte eine Entschuldigung und schaltete in der Jackentasche mit den Fingerspitzen seinen iPod ein. Morgens im Bus – immer ein Mist. Er hasste diese Enge. Und die stehende Busluft. Und das Herumgeschreie.

»He, Rentner, mach keine Welle, okay?«, polterte Ruben da auch schon ungewollt zu seiner Unterstützung. Und im nächsten Atemzug: »Heyho, richtiger Ben, da bist du ja!«

Mit langem Arm schlug er Ben über Peggy hinweg leicht gegen den Hinterkopf. »Alles klar, Mann?«

Ben gab keine Antwort. In seinen Ohren sang jetzt Jérôme Amandi *Your Wish*, einen Song, den sein Vater vor einer Weile mit nach Hause gebracht hatte und den Ben mochte, obwohl es ihn jedes Mal ärgerte, wenn er immer wieder an Musik hängen blieb, die Jo irgendwo auftat.

»He, richtiger Ben, ich rede mit dir!«

Ruben hatte sich erfolgreich an seine Seite gekämpft und wedelte mit seiner Hand vor Bens Gesicht herum. »Lange nicht gesehen. Warst du verreist? Was machen deine Eltern?« Er lachte.

Jérôme Amandi folgten die Doobie Brothers. Bens Fingerspitzen in der Tasche stellten den Song lauter. *What a fool believes.* Wie wahr.

Er hasste es, wenn sie ihn nach seinen Eltern fragten.

Marla und Peggy schräg vor ihm hielten ihre rosa Telefone nebeneinander und kreischten und flüsterten abwechselnd. Es musste merkwürdig sein, ein Mädchen zu sein.

Amandus, der Riese, saß wie üblich alleine und ganz vorne, auf einem Einerplatz. Auf seinen spitzen, hochgezogenen Knien thronte sein riesiger Rucksack. Amandus schleppte immer massenweise Zeug mit sich herum. Es war sein persönlicher Spleen, an den alle schon gewöhnt waren. Amandus hatte, außer seinen Schulsachen, Essen und Trinken dabei, als gälte es, eine ganze Armee zu versorgen. Außerdem immer irgendwelche Klettersachen, Sportschuhe, sein zerschrammtes iPad, Jonglierbälle, einen Korkglobus, sein Longboard, eine russische LOMO-Kamera, einen uralten, versifften Stoff-Chewbacca und tausenderlei anderen, wechselnden Kram. In der Schule nannten sie ihn hin und wieder Amandus Asperger oder auch nur Spinner, wobei er selbst von sich sagte, er sei ein Autist mit höchstem IQ. Er besuchte denn auch konsequent sämtliche Hochbegabtenkurse der Schule, die es seit einer Weile für Spinner wie ihn gab. Im letzten Schuljahr hatte Ben einmal eine SMS von seiner Nummer bekommen, in der Amandus ihm umständlich und in langen, wirren Sätzen seine ... nun ja, Liebe gestand, aber Ben, der sicher war, dass die SMS ein Trick der anderen war, die Amandus vermutlich das Handy abgeluchst hatten, um brüllend vor Lachen auf irgendeinem Schulklo diese Nachricht an ihn zu verfassen, hatte nur drei knappe Wörter zurückgesimst: »Fick dich, Alter!«

Ein paar Tage später hatte Amandus ihn dann angesprochen, in der kleinen Pause zwischen Politik und Spanisch.

»Hab's verstanden«, nuschelte er betreten. »Nix ... für ungut. Wär klasse, wenn du keine Welle draus machen würdest. Halt einfach die Klappe über die SMS, okay?«

Ben war wie vor den Kopf gestoßen gewesen und ging Amandus seitdem, so gut es ging, aus dem Weg. Und er hielt die Klappe. Natürlich.

»Sperma! Hast du's schon gesehen?«, sagte Ruben jetzt und stieß Ben begeistert in die Seite.

Ben zog seufzend die Stöpsel aus den Ohren. Es hatte keinen Sinn, sich länger taub zu stellen. Ruben war einfach eine Klette.

»Was?«

Die Klette deutete ungeduldig auf Amandus. »Hast du etwa Tomaten auf den Augen, Alter? Da! In seiner Schmachtlocke! Sperma! Er muss sich vor dem Losgehen noch rasch einen gerödelt haben. Und das Ergebnis klebt jetzt in seinen Haaren!« Ruben brüllte auf vor Lachen.

»Oder es ist Haarspray«, gab Ben zurück.

»Haarspray? Oh Mann, du Langweiler.« Ruben hörte auf zu lachen und zuckte stattdessen die Schultern. »Wie dem auch sei – wie steht's denn mit dir und deiner Libido? Was Erwähnenswertes aufgerissen in diesem Sommer?«

Ben gab keine Antwort. Noch vier Stationen, dann würden sie da sein. Im Moment konnte er es kaum erwarten. Der Ausstieg aus dem Bus würde ihm die Klette vom Hals schaffen.

»Janto soll ja was mit Marla am Start haben.« Ruben kniff die Augen zusammen, sah sich kurz und verstohlen nach Marla um und zuckte dann mit den Schultern. »Zumindest hat das Peggy eben behauptet. Aber, mal ehrlich – Marla?« Er senkte leicht die Stimme. »Null Busen, dafür eine Milliarde Sommersprossen überall ... Mein Ding wäre das nicht! Da kann sie tausendmal das reichste Mädchen der Schule sein, oder? Aber für Janto muss sie halt reichen ...«

Ben lächelte gequält und sank auf einen Sitz, der gerade frei geworden war. Er steckte die Ohrstöpsel zurück in seine Ohren und schob in den Tiefen seiner Tasche den Lautstärkeregler ans Limit. Trotzdem konnte er Marla und Peggy noch kreischen hören.

Ruben sah ihn noch einen Moment abschätzend an, winkte dann ab und schob seinen durchtrainierten Körper in Amandus' Richtung – vermutlich, um Amandus ein bisschen zu quälen.

Inzwischen waren fast nur noch Schüler im Bus.

Anna, Shiva und Selma stiegen ein und gesellten sich zu Marla und Peggy. Das Gekreische wurde noch lauter. Ob das an den weiblichen Hormonen lag, dass Mädchen immer so einen schrillen Lärm von sich gaben, wenn sie zu mehreren waren?

Da stieg ein fremdes Mädchen ein. Vorne. Zwei Stationen vor der Schule. Ihr abwesender Blick streifte Amandus und Ruben, weil die beiden die ersten Schüler im Bus waren, an denen sie vorüberging, aber Amandus wühlte nur in den Tiefen seines Rucksacks herum, ohne sie zu bemerken, und Ruben knipste über die Köpfe der anderen hinweg Handybilder von Selma und Shiva, für die er eine Schwäche hatte, wie die meisten Jungs ihres Jahrgangs.

Dafür sah Ben das fremde Mädchen an und wusste selbst nicht, warum er so starrte. Das Mädchen atmete sichtbar ein und aus – war sie gerannt, um den Bus noch zu erreichen? Niemand beachtete sie bisher. Niemand außer ihm. Ihr Brustkorb hob und senkte sich, ihre Augenlider flatterten ein paar Mal, dann stand sie einfach ganz still da.

Sie war von Kopf bis Fuß in Schwarz gekleidet und genau wie Ben hatte sie Stöpsel in ihren Ohren. Schwarze. Ben konnte die Bässe hören. Sie hatte dunkelrote Haare, die sich unten an den Spitzen leicht ringelten. Dazu große Augen und eine kühle Augenfarbe – Grau? Ben war sich nicht sicher. Die Schatten unter ihnen waren jedenfalls grau, grau und tief. Ben schaute weg von ihr und wieder zurück. Bei ihr konnte man sich ein rosa Smartphone und dieses Gekreische, wie Marla und Peggy es von sich gaben, viel schwerer vorstellen. Keine Ahnung, warum, aber es war einfach so.

Ben schluckte. Das Mädchen war schön. Nicht nur hübsch oder so. Nein, schön. Und er hatte sie noch nie gesehen. Über ihrer Schulter baumelte eine bunte, gebatikte Stofftasche. Es war der einzige Farbklecks an ihr. Sie sah sehr erwachsen und sehr jung zur gleichen Zeit aus.

Ben sah sie weiter an, blickte zu ihr hoch, weil sie jetzt fast neben ihm stand. Sie schaute an ihm vorbei aus dem Fenster, ihr Gesicht war schmal und blass und angespannt. Mit einer Hand hielt sie sich an einer Busstange fest. Dünne Finger, dachte Ben. Kein Nagellack. Dafür ein eigenartig ledriger Fleck in der Größe einer Fünf-Cent-Münze mitten auf dem dünnen Handrücken. Er glänzte leicht. Eine Narbe? Oder einfach nur ein Muttermal?

Da entdeckte Ruben sie. Er kniff die Augen zusammen und musterte sie mit seinem Nacktscanner-Röntgenblick, wie er ihn selbst gerne nannte, von Kopf bis Fuß. Sein Gesicht war eine Maske.

»Amandus?«, zischte er gleich darauf. Selbst wenn er sich Mühe gab, klang seine Stimme nicht mal ansatzweise gedämpft. Ben konnte von hinten jede Silbe verstehen. »He, Mister von und zu Spinner? Sag mal, sitzt du auf deinen großen Ohren, oder was? Hast du die da schon gesehen?« Er deutete auf das Mädchen in Schwarz. »Sieht aus wie diese schräge Zeichentrickindianerin, oder? Wie heißt die noch mal? Poca, Poca... Poca-irgendwas.«

Selma drehte trotz des anhaltenden Buslärms den Kopf. »Pocahontas?«, half sie Ruben aus und ihr Blick wanderte nun ebenfalls über das fremde Mädchen. »Oh, hallo ...«

Als das Mädchen nicht reagierte, tippte sie ihr leicht gegen die Schulter.

Das Mädchen zuckte zusammen und wendete den Blick.

»Hallo«, sagte sie leise. Immer noch hörte Ben die Bässe aus ihren Ohrstöpseln. Er rührte sich nicht und sah zwischen den beiden Mädchen hin und her.

Selma war speziell. Ihr kam man besser nicht in die Quere. Vor allem als Mädchen nicht.

»Fährst du etwa auch zur Immanuel-Kant? Bist du neu?«

Das fremde Mädchen zog sich einen der Stöpsel aus den Ohren.

»Was?«

Selma wiederholte ihre Frage. Diesmal nickte die Fremde.

Ihre Augen flackerten leicht. Die Farbe ihrer Iris hatte doch einen Namen. In Bens Kopf hieß sie Sturmgrau.

Nisha

Sie hielt sich an der Busstange fest. Hallo Welt, hallo Leben, hallo Stadt. Sie war tatsächlich wieder da. Ein Jahr Bremerhaven lag hinter ihr, Gott sei Dank war sie jetzt zurück. Der Himmel dort draußen war voller Wolken, bestimmt würde es bald regnen. Die ganze Stadt kam ihr neu vor. Wenn nur die Sache mit der Schule nicht gewesen wäre. Bisher kannte sie die Immanuel-Kant nur vom Sehen. Und zum Anmelden war sie einmal da gewesen. Zwei Gänge, eine Treppe, dritte Tür. Hindurchgehen, Hände schütteln, hinsetzen. Der Raum roch so intensiv nach Zitronenluftbefeuchter, dass ihr schwindelig wurde. Glücklicherweise war ihre Mutter dabei gewesen.

»Soso, ein Neuanfang?«, hatte Herr Esche, der Schulleiter, sie lächelnd gefragt. Er war ein dicker, fleischiger Mann mit kleinen, bewegten Augen, die ständig zu blinzeln schienen.

Sie und ihre Mutter hatten beide genickt. Sie zögernd und ihre Mutter entschieden. Nisha wollte nicht an ihre alte Schule zurück, keinesfalls.

»Verstehe, verstehe ...«, hatte Herr Esche gemurmelt und Nisha musste die Anmeldebögen ausfüllen. Nisha Alavi, sechzehn Jahre, Geburtsdatum, Geburtsort, Adresse, alte Zeugnisse.

Verstand er wirklich?, schoss es Nisha durch den Kopf.

Ihre Mutter erzählte dem Schuldirektor unterdessen auch von ihren Geschwistern. Sie redete gerne und viel und Nishas Vater sagte in Bezug auf sie gerne: *Ein Mann, ein Wort. Eine Frau, ein Wörterbuch.* »Jamil wird demnächst achtzehn, er besucht derzeit die dreizehnte Klasse des Goethe-Gymnasiums«, sagte sie in ebendiesem Moment stolz.

Herr Esche lächelte vage und machte eine Notiz, während Nishas Mutter weiter berichtete, dass Aysel, die Jüngste der Familie, dagegen noch auf der Grundschule sei.

»Sie ist erst zehn«, sagte Nisha und schaute auf den Korkboden, mit dem das Büro ausgelegt war. Wenn es nur etwas weniger nach chemischer Zitrone gerochen hätte. Der Schuldirektor runzelte die Stirn, aber er fragte nicht weiter nach, auch nicht, als Frau Alavi von ihrem Mann zu erzählen begann, der Arzt im Universitätsklinikum war, Kardiologe. Er stammte aus Persien, Teheran, aber er lebte schon seit über zwanzig Jahren in Hamburg.

Frau Alavi lachte leise. »Er spricht inzwischen besser Deutsch als Persisch, auch wenn er das nicht gerne hört«, sagte sie.

Der Schuldirektor hatte Nisha zum Abschied die Hand gegeben, aber sie hatte den festen Druck nur schwach erwidert. »Wir sehen uns am ersten Schultag«, hatte er gesagt.

Und viel zu schnell war dieser Tag gekommen.

Nisha freute sich nicht auf die Schule. Und warum starrte dieser Junge vor ihr sie bloß die ganze Zeit an? Was wollte er? Was war falsch an ihr? Oh Hölle, konnte er nicht woandershin sehen?

»Wie heißt du?«, fragte ein sehr blondes Mädchen sie jetzt neugierig. Wenn man aussah wie sie, war man vermutlich richtig. Der sportliche, laute Typ, der sie Pocahontas genannt hatte, knipste hinter ihrem Rücken mit seiner Handykamera Bilder von ihr.

»Nisha.«

»Ni…scha?«

»Ja.«

»Bist du Deutsche?«

Das blonde Mädchen lächelte ihr eigenartig zu. Nett? Nicht nett? Nisha war sich nicht sicher.

»He, Selma, was ist das denn für eine bekloppte, rassistische Frage? Geht's noch?«

Das Mädchen, das sich eingemischt hatte, tippte sich an die Stirn. »Nimm's nicht persönlich«, sagte sie dann. »Sie meint es nicht so. Ich heiße Shiva. Meine Mutter stammt aus Indien.«

Nisha lächelte schwach. »Mein Vater ist Iraner«, sagte sie leise.

Der Bus bog um die Ecke, bremste an der nächsten Haltestelle und die Schüler drängten sich lärmend zu den Türen. Sie waren da.

Nisha versuchte, ein Seufzen zu unterdrücken.

Vielleicht war es besser, dass jetzt wieder der Alltag begann. Zu Hause war es schön, aber dort war eben auch … Herr Vandegen. Wobei, vielleicht gingen da nur ihre Nerven mit ihr durch. Aysel und Jamil hatten nichts gegen Herrn Vandegen, nur sie war sich nicht sicher bei ihm. Sie bekam regelmäßig eine Gänsehaut, wenn sie an ihn dachte. Und wenn sie ihn sah. Wenn er auftauchte. Unverhofft. Einfach so, als würde er ihr auflauern.

Sie folgte dem Strom der Schüler über die Straße und betrat den Schulhof. Über die Schulter sah sie, dass dieser Junge mit den kastanienbraunen, zerzausten Haaren sie anstarrte. Was sollte das? Nisha beschleunigte ihre Schritte. Er hatte die Hände in den Jackentaschen und Ohrstöpsel in den Ohren und wurde begleitet von den beiden anderen Jungen aus dem Bus.

Was wollten die von ihr? Nisha beschleunigte ihre Schritte, aber die anderen wurden ebenfalls schneller. Der mit den muskulösen, sehnigen Armen fuchtelte immer noch mit seinem Mobilphone herum und dann war da noch dieser riesige, der einen vollgestopften Rucksack schleppte. Er hatte einen dazu passenden schleppenden Gang.

Sonnenschein flackerte durch die Bäume auf dem Schulhof, aber es war windig und kühl.

Nisha zog ihren neuen Stundenplan, den man ihr ausnahmsweise bereits zugeschickt hatte, aus der Tasche. Sie hörte, wie die Jungs sich unterhielten.

»He, Pocahontas?«, rief die Stimme des muskulösen hinter ihr, doch Nisha drehte sich nicht um.

Stattdessen steckte sie ihre Ohrstöpsel zurück in die Ohren und betrat das Schulgebäude. Alles würde besser werden. Alles musste besser werden. Nisha zwang ein Lächeln in ihr Gesicht und schob sich die Haare aus der Stirn.

Ben

Rein in die verdammte Schule. Oh Mann. Es war, als ließe man Licht, Leben und Luft hinter sich, um sich stattdessen bei lebendigem Leib – äh – einsargen zu lassen. Da nützten auch die bunten Wände der langen Schulkorridore nichts. Er war eben absolut kein Schultyp. Er brauchte echtes Licht, wilden Wind, Bewegung. Was gab es einem, wie ein Blöder Mathe und Physik zu pauken? Was würde er je davon haben? Er wollte die Welt sehen, herumstromern, reisen, was wirklich Wesentliches tun. Verdammt, es hatte doch mal gut angefangen.

Ben war auf Hawaii geboren, genauer gesagt in Nanakuli. Bis zu seinem fünften Lebensjahr hatten sie dort gelebt. Praktisch am Strand. Praktisch pausenlos im Sonnenschein. Er war damals, wenn man so wollte, das braunste weiße Kind vor Ort gewesen. Immer an seiner Seite war Zuu Addy gewesen, der genauso wie er halb nackt herumstromerte und fast auf den Tag so alt war wie er selbst. Auch wenn sie sich, von ein paar Sommerwochen in den Ferien mal abgesehen, nie mehr sahen, war er immer noch Bens bester Freund. Sie skypten, so oft es sich einrichten ließ, obwohl Zuu in der letzten Zeit meistens ziemlich zu war. Cannabis, psychedelische Pilze, Wein, Bier, Schnaps, was er eben gerade so auftreiben konnte, knallte er in sich rein.

Ben erinnerte sich daran, wie er und Zuu als Fünfjährige im Doppelpack eine Zeit lang immer tot sein gespielt hatten. Es war ziemlich witzig gewesen und sie hatten eine Menge Leute fast um den Verstand gebracht mit diesem morbiden Spiel. Sie hatten abwechselnd tot am Strand gelegen, von trägem kommendem und gehendem Wasser umspült und mit verdrehten Armen und Beinen. Oder sie hatten sich totermannartig mit ausgestreckten, schlaffen Armen auf dem Bauch liegend in der kleinen Lagune herumtreiben lassen. Cool war es auch gewesen, am Fuß von diversen Treppen und Mauern zu liegen und so zu tun, als hätten sie sich das Genick gebrochen. Wechselweise schrie Zuus Mutter oder Karla und Jo, sobald sie einen von ihnen entdeckten.

Zuu selbst hatte keinen Vater, zumindest keinen, der verfügbar war, aber dafür eine Großmutter und viele sehr alte Großtanten, die auch wie irre erschraken, wenn man es darauf anlegte. Immer wieder lösten Ben und Zuu erschrockene Schreikrämpfe bei ihren Verwandten aus und diese Angst um sie machten ihn und Zuu merkwürdig glücklich.

»Lasst den Scheiß, Jungs!«, schrie Zuus Mutter einmal und riss ihren Sohn grob zurück auf die Beine. Er hatte am Ende der bröckeligen Steintreppe gelegen, die steil den verwilderten, sandigen Garten hinabführte. Sein zerstrubbelter Kopf baumelte schräg über die letzte Stufe hinweg. Es sah super aus, wie Ben fand.

»Tot sein ist das Letzte, versteht ihr das nicht, ihr bescheuerten Kinder?«

Sie musste es wissen. Klar, sie wusste, wovon sie sprach. Von Zuus kleinem Bruder, natürlich.

Nach Hawaii hatte Ben mit seinen Eltern eine Weile in Amsterdam gewohnt, danach in Berlin, denn Karla hatte darauf bestanden, dass er in Deutschland zur Schule ging. Jetzt lebten sie tatsächlich schon jahrelang in Hamburg und waren irgendwie sesshaft geworden.

Karla und Jo hatten ein altes, heruntergekommenes Haus gekauft, das Jo selbst instand gesetzt hatte. Ein bisschen Hundertwasser, ein bisschen Bauhaus, ein bisschen dies, ein bisschen das. Ein bisschen gelungen, ein bisschen missraten.

»Sehr viel Improvisation«, sagte Bens Vater oft grinsend zu Freunden. Was für vieles galt, nur nicht für die Hausnummer. Die Hausnummer war ein Kunstwerk. Sie stand in ihrem Vorgarten und war die riesigste Holz-Achtundzwanzig, die jemals gebaut worden war. Es gab Leute, die das Riesending beeindruckt mit ihren Handys knipsten, wenn sie zufällig an der Himmelsstraße 28 vorbeigingen und zum ersten Mal auf das Hausnummermonument stießen. Das Teil war so groß, dass Bens Eltern mitunter in den unteren Wölbungen der Zahl saßen, Wein tranken und die Beine baumeln ließen. Und manchmal, wenn seine Eltern Zoff hatten, schlief Jo unter einer Wolldecke auf dem Querbalken der Zwei.

Seine Eltern hatten oft Zoff. Aber es war nicht wie bei anderen Eltern. Seit Ben klein war, hatte er sich gewünscht, dass Karla und Jo ganz normal wären, wie Shivas Eltern vielleicht, die cool drauf waren, oder meinetwegen auch wie Rubens langweilige Anwaltsspießereltern, die ständig um ihn herumsprangen, um ihm nur ja alles recht zu machen. Doch das Glück hatte er nicht, denn Jo und Karla waren leider – nun ja, wie sie halt waren.

»Hey, die beiden sind schon okay«, hatte Zuu mal vor einer Weile von Notebookmonitor zu Notebookmonitor gesagt und über den virtuellen Ozean hinweg aus seinem Saustallzimmer in Bens Saustallzimmer gegrinst.

Aber Zuu hatte eben keine Ahnung. Er war in Nanakuli, wo alles möglich war und wo Karla und Jo nie groß aufgefallen waren.

Hier in Hamburg sah die Welt dagegen völlig anders aus. Hier in Hamburg war Bens Leben ein einziges Chaos.

Die Immanuel-Kant war eine Privatschule. Dabei hatten seine Eltern zuerst nichts davon gehalten. Vor allem seine Mutter nicht. »Nichts da, Privatschule«, hatte sie gesagt und den Kopf geschüttelt, als sich Bens Grundschulzeit unwiederbringlich dem Ende näherte und Karlas Freundinnen ihre Kinder sämtlich auf Privatschulen anmeldeten. »Er kommt in eine ganz normale Schule mit ganz normalen Kindern. Wir sind doch keine Snobs, Jo.«

Sein Vater war in der Tat kein Snob. Er war Science-Fiction-Autor. Sein Arbeitszimmer war vollgestopft mit dem unterschiedlichsten Weltraumkram, er besaß einen klapprigen Darth Vader in Lebensgröße, der hin und wieder umfiel, eine blaue Tardis, wie diese verrückte Raum-Zeit-Maschine von Dr Who, in die er seine Steuerunterlagen stopfte, außerdem einen Affenkopf aus dem Planet der Affen, der in dieser Welt ein Telefon war, und jede Menge andere verrückte Sachen. Es gab Bürolampen, die Lichtschwerter waren, und einen Papierkorb für missglückte Schreibentwürfe, der wie der Todesstern aussah, der einst den Heimatplaneten von Prinzessin Leia zerstört hatte und der aufglomm, wenn man etwas hineinwarf, und dabei ein Fauchen von sich gab, das zwar mehr nach wütender Katze klang als nach Weltraumkrieg, aber Ben als Kind sehr fasziniert hatte.

Die eigene Romanfigur von Bens Vater war der Phosphor ausatmende Mindbreaker, es gab bereits fast ein Dutzend Bände über ihn und Jo hatte eine zwar kleine, aber leidenschaftliche Fangemeinde, die dem Mindbreaker huldigten, was so weit ging, dass sie hin und wieder düstere Mindbreakernächte vor der hölzernen Riesenachtundzwanzig in der Himmelsstraße abhielten.

Mit dem unsichtbaren, bösen Wesen aus einer fernen Galaxie konnte er sich allerdings keine goldene Nase verdienen, die Hauptverdienerin der Familie war Bens Mutter. Sie arbeitete als Gewässerökologin an der Uni und war außerdem für Flüsseschutzprojekte zuständig. Sie verdiente eine Menge Schotter, anders konnte man es nicht nennen.

»Ben soll das ganz normale Leben lernen, okay?«, hatte sie jedenfalls damals gesagt und dabei Gläser mit Ruderfußkrebsen und winzigen Garnelen beschriftet. Sie arbeitete oft von zu Hause aus. »Normale Schule, normale Menschen, Chancengleichheit für alle. Keine Privatschnickschnackschule für Überkandidelte!«

»Okay«, hatte Jo nicht hundertprozentig überzeugt gemurmelt und dann war mit einem Scheppern Darth Vader umgefallen, hatte »Ich bin dein Vater ...« geröchelt und sie hatten alle gelacht. Ben erinnerte sich noch genau an diesen Moment.

Kurz darauf schulten seine Eltern ihn in der öffentlichen Schule ein, die ihrem Wohnhaus am nächsten gelegen war, und seine Lehrerin dort setzte ihn nach dem Zufallsprinzip neben einen Jungen, der ebenfalls Ben hieß. Ben Bennet und Ben Schmitz, und obwohl man hätte meinen können, der Name Ben Bennet gäbe mehr Anlass für Spott, wurde er vom ersten Tag akzeptiert, während der andere Ben der andere Ben wurde, den sie von früh bis spät piesackten. Sie versenkten sein Mäppchen im Schulklo, sie kippten massenweise gesammelte Feuerwanzen in seinen Ranzen, sie klauten ihm sein Pausenbrot, sie versteckten seine Jacke. Eines Tages packten ihn ein paar Große, die anscheinend dachten, was mit dem Mäppchen des anderen Bens möglich war, wäre wohl auch mit dem anderen Ben selbst möglich. Johlend zerrten sie ihn zu den Jungentoiletten. »Tauchtag! Tauchtag! Tauchtag!«, brüllten sie dabei, und als der richtige Ben dem anderen Ben zur Hilfe kommen wollte, packten sie ihn ebenfalls. »Doppelt taucht sich's besser! Klotaucher Ben und Ben! Klotaucher Ben und Ben! Klotaucher Ben und Ben!«, skandierten sie lautstark.

An dem Tag hatten seine Eltern und die Eltern des anderen Ben genug. Dabei war es dann doch nicht zum Schlimmsten gekommen, weil ein Lehrer der Schule die johlende Meute kurz vor den Klos aufgehalten hatte.

»Vielleicht sollten wir erst noch mal abwarten?«, überlegte Karla zwar, aber Bens Vater war sehr blass und angespannt an diesem Nachmittag. Eine Ader an seiner Schläfe zuckte stundenlang. Ben hockte im Schneidersitz auf dem Boden und spielte, nachdem er die zuckende Ader lange genug beobachtet hatte, mit einem zusammensetzbaren Leucht-Yoda, der huldvoll »Die-Macht-sei-mit-dir« quakte, wenn man es geschafft hatte, ihn richtig zusammenzusetzen.

»Worauf willst du warten?«, fragte Jo Karla leise. »Dass sie ihn und diesen Ben Schmitz irgendwann tatsächlich ersäufen? Oder vor ein Auto stoßen? Oder aus einem Schulfenster? Oder sie zerschnipseln und irgendwo verbuddeln?«

»Oh, Jo!«, unterbrach Karla ihn. »Bitte! Diese Schüler sind nicht dein verdammter außerirdischer Mindbreaker! Sie sind nur Kinder, die eine Dummheit gemacht haben.«

Aber dann taten sie es trotzdem. Genau wie Ben Schmitz' Eltern. Sie telefonierten mit dem Schulleiter der Immanuel-Kant-Schule und meldeten die beiden Bens dort an.

Und jetzt ging er schon Ewigkeiten auf diese Schule, so kam es ihm zumindest vor. Jedes Jahr nach den großen Ferien war es das Gleiche. Die typische Schulluft umnebelte einen binnen Sekunden, als wäre man nie weg gewesen.

Ben seufzte tief und starrte einen Moment gereizt die bunten Korridorwände an, dann gab er sich einen Ruck. Es nützte ja alles nichts. Auf in den Kampf, sozusagen. Dieses Jahr wurde zu allem Überfluss auch noch ein kompliziertes neues Kurssystem eingeführt. Ben besorgte sich seinen neuen Stundenplan – was blieb ihm anderes übrig – und warf einen ersten, prüfenden Blick darauf.

»Was ist? Warum glotzt du so konsterniert?«, erkundigte sich Ruben, der plötzlich an seiner Seite auftauchte, verpasste ihm einen festen Hieb zwischen die Schulterblätter und faltete dann seinen eigenen Stundenplan zu einem winzigen Knäuel zusammen, um ihn in die Hosentasche zu stopfen.

»Lies«, murmelte Ben.

Ruben warf einen Blick auf den hellblauen Immanuel-Kant-Infozettel in Bens Hand, den sein neuer Klassenbetreuer, Herr Budni, ihm ausgehändigt hatte. »Okay, Mathe, Chemie, Biologie, Physik, Politik, Deutsch, Englisch, Kunst … Was ist falsch daran? Ich habe in etwa den gleichen Mist.«

»Nicht die Fächer, die AGs, du Hohlroller! Ich hatte Computer und Film gewählt. Und was ist das?«

Ruben warf erneut einen Blick auf Bens Stundenplan und brach in schallendes Gelächter aus. »Was? Schulzeitung und Malen?«

Er grölte und sprang ein paar Mal in die Luft. »Okay, das ist echt femininer Höllenscheiß! Ich hab Rudern und Gewichtheben, du Pussy, du!«

»Warum spielst du schon wieder Neandertaler?« Lola Rubin war wie aus dem Nichts aufgetaucht. »Und warum nennst du Ben eine Pussy? Das ist politisch unkorrekt, Ignorant! Allein bei Facebook gibt es ganze achtundfünfzig Geschlechter und …«

Ben seufzte und hielt ihr stumm seinen Stundenplan unter die Nase. Lolas Haare waren sehr pink an diesem Morgen.

Draußen hatte es zu regnen begonnen.

»Ach, Malkurs? Da bin ich auch drin«, sagte Lola und lächelte ihm zu. »War ich schon letztes Jahr. Ist halb so schlimm, echt.«

Ben seufzte erneut. Okay, warum also nicht. Herr Budni hatte gesagt, er sei vermutlich durch einen Fehler im Computerprogramm in die verkehrten AGs geraten, aber daran sei jetzt leider nichts mehr zu ändern, außer, er fände jemanden, der mit ihm tauschte. Aber wer würde schon Computer-AG gegen Malen eintauschen? Oder Film gegen Schulzeitung? Keiner der Jungs, so viel stand fest.

Und überhaupt – Schulzeitung. Diese AG war ausgerechnet Amandus' Heldentat. Sein persönliches Baby, schon seit Jahren. Amandus war der unbestrittene Frontman der Arbeitsgemeinschaft Schulzeitung, die seither nicht mehr *Palaver* hieß, wie früher, sondern unter dem Wahnsinnsnamen *Der Intelligenzquotient des Agrarökonomen verhält sich reziprok proportional zum Volumen seiner Feldfrüchte* gedruckt wurde.

Oh Mann! Und in so etwas war Ben geraten.

»Jo war übrigens vorgestern mal wieder bei uns«, murmelte Lola in Bens Gedanken hinein. Der breite Gang hinter der großen Schulaula war mit einem riesigen Glasdach versehen.

Ben hob den Kopf. Er wollte jetzt nicht über Jo nachdenken. Jo, Karla, Lola, Lolas Mutter ... Scheuklappenland. Stattdessen sah er zum Ende des Ganges und erblickte dort, halb verdeckt hinter einem Pfeiler, das Mädchen in Schwarz. Sie studierte, wie es schien, ebenfalls ihren Stundenplan.

»Luke hat den fremden Herrn vermisst«, fuhr Lola fort. »Ist er krank? Jo bringt ihn doch sonst immer mit.«

»Dem fremden Herrn geht es gut«, sagte Ben. »Dem geht es doch immer gut.«

Der fremde Herr war Bens Labrador und sein Name erregte ein ums andere Mal Verwunderung bei den Leuten, die ihn hörten. Ben hatte ihn aus einer Laune heraus so getauft, als er ihn vor Jahren als Welpen bekommen hatte.

Lola hatte schon weitergesprochen. »Luke möchte auch unbedingt einen Hund, aber du weißt ja, was meine tierfeindliche Mutter davon hält.«

Ben seufzte. Er wollte jetzt auch nicht über Luke nachdenken, Lolas kleinen nervigen Bruder. Er stopfte seinen Stundenplan in die Jackentasche. »Ich muss los«, sagte er hastig. »Bio.«

Das fremde Mädchen war bereits aus der Tür. Wenn er sie noch einholen wollte, musste er sich jetzt beeilen.

»Was hat er denn?«, hörte er Lola hinter sich noch verwundert fragen, während er hastig davonging.

»Keine Ahnung was Mister Ich-bin-nie-zufrieden schon wieder hat«, war Rubens gelangweilte Antwort.

Nisha

Nisha war in einer Frühlingsnacht geboren, im Klinikum Eppendorf in Hamburg. Und sie war nie woanders gewesen, bis auf die Zeit in Bremerhaven. Damals, vor sechzehneinhalb Jahren, in der Nacht, als sie geboren wurde, hatte es wie verrückt gestürmt. Ein blauer Mond stand hell über der Stadt. Ihr großer Bruder war damals gerade zwei gewesen und hatte vor Aufregung, dass sie nun endlich kommen würde, seinem Schlafkrümelmonster in beide Ohren Löcher gebissen, während Tante Sandra, die ältere Schwester ihrer Mutter, auf ihn aufpasste.

In ein paar Tagen würde Jamil nun achtzehn werden. Nisha fürchtete sich vor diesem Datum, denn gleich nach seinem Geburtstag würde er zusammen mit seinem besten Kumpel ins Schanzenviertel umziehen, so sah der Plan aus. Die Eltern dieses Kumpels besaßen dort ein großes Altbauhaus und stellten den beiden eine Dachwohnung zur Verfügung.

Nisha hätte ihrem Bruder nie verraten, dass sie traurig die Tage zählte, die er noch da war.

»Wie war es?«, fragte er jetzt, als sie die Tür aufgeschlossen und hereingekommen war.

»Geht so«, sagte Nisha leise und ging in die Küche. Torte sprang vom Sofa und kam ihr hinterher. Jamil nahm immerhin seine besockten Füße vom Couchtisch und richtete sich auf. Er sah entschieden verschlafen und verkatert aus.

»Na, Torte?« Nisha streichelte den alten Hund.

»Gab es also keinen Stress? Keiner ist dir blöd gekommen oder so?«, rief Jamil ihr hinterher.

Nisha schüttelte stumm den Kopf und nahm sich etwas zu essen aus dem Kühlschrank. Draußen, vor der Einfahrt, sah sie Herrn Vandegen vorbeigehen. Nisha blickte ihm einen Moment hinterher.

»Gut«, sagte Jamil. In seiner Stimme schwang Erleichterung. Verrückt, wie ähnlich er, trotz seiner unpersisch hellen Haare, ihrem Vater sah. Er war so groß und breitschultrig und kantig wie er. Und er hatte dieselben schwarzen, von dichten, zerstrubbelten Wimpern umrahmten Augen. Er war im Grunde wie ein glatter, makelloser und hellhaariger Neuaufguss ihres zerknitterten Vaters.

Nishas kleine Schwester Aysel sah dafür aus wie ihre Mutter. Nur in klein und rundlich, aber auch sie hatte Frau Alavis helle Haare geerbt und dazu sogar ihre blauen, großen Augen. Nisha dagegen fiel mit ihren roten Haaren und der auffallend hellen Haut als Einzige aus dem Rahmen. Ihr Vater sagte immer, sie sehe persisch aus und das sei das Beste überhaupt, aber ihre Mutter behauptete, sie komme eher nach Tante Sandra, ihrer älteren Schwester.

»San war früher einmal wunderschön, Nisha«, pflegte ihre Mutter zu sagen.

Jamil grinste, wenn er das hörte.

»Lass das«, sagte seine Mutter streng, wenn sie dieses Grinsen mitbekam. »San ist die beste Schwester, die man sich wünschen kann, aber sie hat es eben nicht leicht im Leben. Sie ist einsam, alleine. Das hat sie etwas eigen werden lassen.«

»Na ja, beste Schwester, etwas eigen, ich weiß nicht«, murmelte Jamil in solchen Momenten vielsagend und tauschte einen Blick mit Nisha.

Tante San war ein weicher, weinerlicher, unbeweglicher Kloß, anders konnte man es nicht nennen. Sie lebte im Nachbarsviertel, in einem kleinen, leicht schäbigen Reiheneckhaus. Sie besaß sechs oder noch mehr Katzen, die sie aus Furcht vor was auch immer niemals ins Freie ließ, lebte schon sehr lange alleine, hatte keine Kinder und missgönnte ihrer jüngeren Schwester alles, was diese hatte.

Dabei war Tante San ständig um sie herum. Nisha sollte Abwechslung in ihr Leben zu bringen, ihr ein bisschen zur Hand gehen und hin und wieder durchlüften, wie ihre Mutter es nannte.

Gerade jetzt aber war Tante San glücklicherweise weit weg und Jamil blätterte in einem seiner geliebten Automagazine herum, die überall um ihn herum ausgebreitet waren. Teils lagen sie aufgeschlagen da, teils hatten sie sehnsüchtige Eselsohren in den Ecken oder Kulikringel mit Ausrufezeichen um bestimmte Modelle.

»Was glaubst du, Nisha? Werden Mam und Pap mir ein Auto zum Geburtstag schenken?«

Nisha fütterte Torte mit kleinen Toaststückchen. Sie lächelte leicht und schwieg.

»He, du weißt was, Rotkopf!«

Jamils Augen leuchteten auf und er beugte sich nach vorn, griff nach ihrem Arm und zog an ihr, bis sie neben ihm aufs Sofa kippte.

»Au«, rief Nisha, während Torte schnaufend versuchte, sich zurück zwischen sie und Jamil zu drängen, um ihrer augenblicklichen Futterquelle nah zu bleiben.

»Sag, Nisha, sag!«, drängte Jamil und nahm sie einigermaßen fest in den Schwitzkasten, aber er lachte dabei.

»Au! Aua! Jam – nicht«, protestierte Nisha. »Ich weiß nichts, wirklich nicht.«

Dabei stimmte das nicht. Nisha war schon lange eingeweiht in das gut gehütete Geheimnis um den neuen schwarzen Golf, der in ebendiesem Moment bereits auf Tante Sandras ungenutztem Tiefgaragenstellplatz stand und dort neben aufgestapelten Katzenfutterdosen, die jede Woche ein Auslieferer des Supermarktes vorbeibrachte, auf Jamils Geburtstagsfeier in der kommenden Woche wartete.

»Wenn nicht, flippe ich echt aus«, seufzte Jamil und ließ sie endlich los, um sich durch die Haare zu fahren.

»Wenn nicht, dann freust du dich eben über andere Geschenke«, hielt Nisha dagegen und steckte Torte das letzte Brotstück ins offene Maul.

»Ja, klar«, lachte Jamil und verzog gespielt verzweifelt das Gesicht. »Ich sehe den Kram schon deutlich vor meinem inneren Auge: jede Menge selbst gemalte Pferdebilder von Aysel, dazu ein paar kluge Bücher von Mam, weil ja auch Jungs lesen sollen ...«, er ahmte sie nach, »...und dann den obligatorischen neuen, hässlichen Schlafanzug von Om und Op, die anscheinend immer noch glauben, dass ich zehn oder so bin! Dann etwas Durchgeknalltes wie Zimtlatschen gegen Schweißfüße von Tante Sandra via Fernsehwerbung bestellt und ein paar müde Euronen von Pap.« Er zog die Augenbrauen zusammen. »Und was bekomme ich eigentlich von dir, Rotkopf?«

Nisha hob den Kopf und sah zum Fenster. »War da etwa schon wieder – Herr Vandegen, Jam?«

Jamil drehte sich ebenfalls um. »Keine Ahnung, nix gesehen. Was ist denn mit ihm, he?«

»Dauernd ist er hier. Warum tut er das nur?«

»Nun ja, er wohnt eben hier. Was soll er machen? Sich beamen?«

Nisha gab keine Antwort.

»Was hast du denn? Warum guckst du so komisch?«

Jamil grinste und warf ein Kissen nach ihr.

»Nichts«, sagte sie hastig, schloss für einen Moment die Augen und stand dann auf.

Gleich darauf kamen ihre Mutter und Aysel nach Hause.

»Ich bin so, so, so froh, dass du wieder da bist!«, sagte Aysel, hopste heran und umarmte Nisha. »Mit dir ist es viel schöner, schöner, schöner zu Hause!« Sie fühlte sich klein und warm und weich an. Nisha umarmte sie ebenfalls und schnupperte einen Moment an ihrem weichen, warmen Kinderhals.

»Mam, wie ist's, bekomme ich eigentlich ein, hm, Auto zum Geburtstag?«, versuchte Jamil, seine Mutter zu überrumpeln, während er ihr den schweren Einkaufskorb abnahm.

Seine Mutter grinste ihm zu. »Ein Auto? Du? Jam, wie kommst du denn darauf? Bist du etwa schon so groß? Mein kleiner Jam – ich kann mich noch wie gestern an deine Geburt erinnern!«

»Oh nein, Mam, bitte keine Nacki-Dacki-Babygeschichten jetzt«, protestierte Jamil abwehrend. Nacki-Dacki-Babygeschichten nannte Aysel die Momente, wenn Mom aus ihrer aller Kleinkinderzeiten erzählte, was sie oft tat.

»Oh doch, Mom! Bitte, erzähl was! Erzähl, wie Jam immer ›Aua, aua, mein Schnippi‹ gerufen hat, als er sich zum ersten Mal alleine den Reißverschluss an seiner Hose zumachen wollte!«

»Nein!«, brüllte Jamil und packte Aysel mit seinen großen Händen an den dünnen Beinen, um sie kopfüber baumeln zu lassen.

Aysel schrie begeistert. »Ja, Jam! Doller! Doller!«

»Ich geh mal mit Torte«, rief Nisha in das Geschrei und Gequietsche und Gejohle hinein. Sie fühlte sich müde und sehnte sich nach etwas Ruhe. Der Tag war anstrengend gewesen.

»Oh ja, danke, das ist lieb«, kam es von ihrer Mutter zurück, die dabei war, die Einkäufe in der Vorratskammer und im Kühlschrank zu verstauen. Seit der Hund so alt war, passierten ihm hin und wieder Malheure, wenn man ihn zu lange nicht ins Freie ließ, und diese Malheure konnten den am Abend müde aus der Klinik heimkehrenden Vater schwer auf die Palme bringen.

»In einer halben Stunde essen wir aber, Nisha, hast du gehört?«, rief ihre Mutter ihr noch hinterher.

Manchmal kam Nisha das Leben so vor, als betrachte sie es aus weiter Ferne, wie von einem anderen Planeten. Oder vielleicht durch das Glas eines Aquariums hindurch.

»Ja, Mam«, rief sie, spürte einen Hauch Kopfschmerzen hinter ihren Schläfen und zog behutsam die Haustür hinter sich ins Schloss.

Sie nahm Torte an die Leine und summte für einen Moment gedankenverloren vor sich hin.

Wenn ein Löffelchen voll Zucker bitt're Medizin versüßt, ja, Medizin versüßt ...

Plötzlich zuckte sie zusammen und hielt hastig inne.

Nein, nein, nein! Alles, nur nicht dieser Song!

Torte winselte bereits ungeduldig und tappte von einem Bein auf das andere, während ein paar dünne Tropfen Regen vom Himmel fielen, die im Licht der schräg stehenden Septembersonne fast wie dünne Schneeflocken aussahen.

»Komm«, sagte Nisha leise und trat auf die Straße hinaus.

Irgendetwas war falsch. Sie wusste nur nicht, was. Aber da war etwas gewesen, das nicht passte. Was war es nur? Etwas, was Jam gesagt hatte? Sie konnte sich beim besten Willen nicht erinnern.

Ben

Der fremde Herr liebte Wind und Weite. Genau wie Ben.

»Gut, dass wir wenigstens am luftigsten Zipfel dieses verschnarchten Landes wohnen«, sagte Ben oft. Er trauerte immer noch seinen Jahren auf Hawaii hinterher, aber es hätte auch weit schlimmer kommen können, als es letztlich gekommen war. Jo stammte ursprünglich aus einem kleinen, schmuddeligen Ruhrpottkaff in der Nähe von Dortmund und Karla, die Arme, hatte es sogar noch schwerer getroffen. Sie kam aus Bitterfeld in Sachsen-Anhalt, dem gruseligen Chemiepark der ehemaligen DDR.

Gegen Ruhrpott und sozialistische Chemiehochburg war Hamburg natürlich großartig. Erste Sahne. Spitze. Und die Leute passabel. Aber das Beste waren die Weite, der Wind und das Licht. Der Himmel hoch, tags übersät von stürmischen, wilden Wolken und nachts voller Sterne. Der Horizont weit, der Wind ein Phänomen. Es war, als wäre man, solange man draußen war, pausenlos high.

»Los, fremder Herr! Lauf!«, rief Ben und sah zum Septemberhimmel hinauf. Ein paar riesige, zerklüftete Wolken zogen heran. Regen? Kein Regen? Die Sonne leuchtete jedenfalls dazwischen hindurch, als bekäme sie es bezahlt.

Der fremde Herr bellte glücklich und schoss über die Lichtung davon. Hier, in dieser versteckten Ecke des Stadtparks, war sein und Bens Reich. Ben wünschte sich oft, so glücklich wie sein Hund zu sein.

Er kniff die Augen zusammen. War dahinten etwa jemand? Er hatte diese Lichtung gerne für sich und den Labrador, aber heute waren sie nicht alleine, so viel stand fest. Denn dort, hinter der Reihe hoher Weiden, kam jemand. Sollte er umkehren und einen anderen Weg nehmen? Die Gestalt kam langsam näher. Der fremde Herr bellte wie verrückt. Ob er ihn anleinen sollte? Wenn der Mensch, der dort hinten lief, ein Idiot war, der Hunde hasste, konnten er und der fremde Herr ernstlich in Schwierigkeiten geraten.

Aber der Mensch, der dort kam, war kein Idiot, es war ein

Mädchen, das dort lief. Ein dünnes Mädchen in flatternden schwarzen Sachen. Jetzt blieb sie stehen und drehte sich weg. Stand einfach da und starrte in Richtung Weite. Ob sie ihn gesehen und sich deshalb weggedreht hatte? Oder war es ein Zufall gewesen?

Ben ging langsam auf sie zu. Ganz klar. Es war das Mädchen aus dem Bus. Die Neue an der Immanuel-Kant. Ben betrachtete ihren schmalen Rücken. Sie stand reglos da, die Arme um sich selbst geschlungen. Neben ihr lag ein hechelnder Hund mit grauer Schnauze. Als der fremde Herr weiter wie verrückt bellte, drehte er nur träge den Kopf, mehr nicht. Das Mädchen rührte sich überhaupt nicht. Ben sah, dass sie wieder Ohrstöpsel in den Ohren hatte, genau wie am Morgen im Bus.

Er selbst hatte seine diesmal zu Hause gelassen. Wenn er in die Natur ging, ließ er die Dinger immer in seinem Zimmer. Seine Ohrstöpsel waren gut im Bus, in der Stadt, im Beisein seiner Eltern, aber nicht im Park.

»Hi«, sagte Ben.

Das Mädchen drehte sich nicht um. Ein paar vereinzelte Regentropfen fielen jetzt doch vom Himmel. Er sah, wie sie in ihren dunkelroten Haare landeten.

Ben war jetzt fast bei ihr. Er hörte Fragmente der Musik, die Nisha in den Ohren mit sich herumtrug. Laute Musik.

»Hey!«, sagte er noch mal und stellte sich neben sie – so, dass sie ihn sehen musste. Sie zuckte leicht zusammen, aber dann lächelte sie kurz und zog sich einen der beiden Ohrstöpsel aus den Ohren.

»Oh, hallo«, sagte sie. Der fremde Herr war weitergerannt, einen Weg hinunter, und bellte jetzt die Ferne an. Das tat er oft.

»Dein Hund?«

Ben nickte und deutete auf den alten Hund zu Nishas Füßen. »Und das ist deiner?«

Diesmal nickte sie, beugte sich vor und streichelte das träge, müde Tier. »Sie ist schon sehr alt. Fast fünfzehn. Ihr Name ist Torte und sie ist ziemlich gebrechlich. Ich habe oft Angst um sie.«

Sie sahen sich an und setzten sich einfach so ins Gras. Nishas alter Hund lag, wie ein weicher, schwer atmender Fusselberg zwischen ihnen.

»Das hier ist mein Lieblingsort.« Ben deutete über die Lichtung.

»Ja, schön hier«, stimmte Nisha zu.

»Und wo ist dein Lieblingsplatz?«

Sie hatte eine helle Stimme und er mochte die ganz leicht verschwommene Art, mit der sie sprach. Es war, als wische sie die einzelnen Wort einen Hauch zusammen, so wie Aquarellfarbe leicht ineinanderlaufen konnte, wenn man nicht aufpasste. Ben hatte auf einmal das Gefühl, sein Körper stehe unter einer Art Strom.

»Lieblingsplatz?«, wiederholte Nisha und runzelte die Stirn. Ben nickte.

»Ich glaube, so was ... habe ich gar nicht.«

»Echt nicht? Keinen Platz, wo du am liebsten bist?«

Nisha hatte die Finger ihrer rechten Hand im Fell ihres Hundes vergraben. Ben sah für einen Moment den brauen Fleck auf ihrem Handrücken.

»Vielleicht – auch hier. Ich war noch nicht oft hier. Ich gehe meistens dahinten lang.«

Sie lächelte ihm leicht zu und dieses Lächeln traf ihn wie ein Blitz. Was war nur los mit ihm? Er konnte sich nicht daran erinnern, sich schon mal ähnlich gefühlt zu haben. Verliebte er sich etwa? Er hatte bisher nur mal etwas Kurzes mit Peggy gehabt. Ein paar Küsse, zweimal zusammen ausgehen, ein paar ausgetauschte Nachrichten. Und eine Nacht im vergangenen Winter hatte er mit Lola geknutscht. Sie waren bei ihr zu Hause gewesen und eigentlich hatte ihm Lola Mathenachhilfe gegeben, weil er zu dieser Zeit ein paar Klausuren schwer verhauen hatte. Aber dann hatten sie gequatscht und Pizza gegessen und Musik gehört und beim Song *My Name is Lola* hatten sie sich dann geküsst. Einfach so. Von einer Sekunde zur nächsten. Er und Lola, die nicht wirklich seine Cousine war, er sie aber so nannte, gezwungenermaßen, weil es für das, wie sie zueinanderstanden, keinen wirklichen Namen gab.

»Oh Mann, werden wir am Ende doch wie sie?«, hatte Lola hinterher nachdenklich gesagt. Danach hatten sie sich nie wieder geküsst.

Wie dem auch sei. Das mit Lola und Peggy war einfach nur so gewesen. Aber noch nie hatte er sich gefühlt wie gerade jetzt.

Er räusperte sich nervös und suchte nach einer neuen Frage für sie. Er wollte sie einfach gern reden hören.

»Und was ist deine, äh, Lieblingsfarbe?«, fragte er darum.

Er sah in ihre Augen. Sturmgrau. Es regnete inzwischen stetiger, aber nur leicht.

Die Sonne schien weiter.

»Blau«, sagte Nisha rasch und nickte dabei vor sich hin. »Blau. Und Grün. Tiefes Grün.«

Ben lächelte. »Meine sind Gelb und Grün. Ja, tiefes Grün.«

Sie schwiegen beide einen Moment.

»Lieblings...film?«, fragte Ben dann.

Sie sah auf ihren Hund. »Ich muss gleich zurück«, sagte sie, statt die Frage zu erwidern. »Sie warten mit dem Abendbrot auf mich. Mein Vater hasst es, wenn wir zu spät kommen. Es ist die einzige Mahlzeit am Tag, die wir alle zusammen ... Du kennst so was bestimmt auch, oder?«

Ben gab keine Antwort. Nicht wirklich, schoss es ihm durch den Kopf. Das, was sie da sagte, klang nach einer ganz normalen Familie. Vater, Mutter, Kinder. Er hatte jetzt keine Lust, an die Himmelsstraße 28 zu denken.

Nisha lächelte leicht. *»Endstation Sehnsucht«,* fügte sie dann aber doch hinzu, nachdem sie einen Moment nachgedacht hatte. »Und dein Lieblingsfilm?«

»Goldrausch.«

»Dieser alte Schwarz-Weiß-Film mit Charlie Chaplin? Den kenn ich auch. Mein Vater liebt ihn sehr.«

Sie lächelten sich für einen Moment zu.

»Okay, Lieblings...song?«, bohrte Ben unerbittlich weiter.

Sie lachte leise. »Was soll denn das werden, wenn's fertig ist?«

Ben hob die Schultern. »Ich weiß nicht, einfach nur so.«

Nisha schloss für einen Moment die Augen, öffnete sie wieder und sagte leise: *»Cats in the Cradle,* glaube ich. Kennst du das überhaupt?«

Bens Augen funkelten vor Überraschung.

»Was ist?« Nisha sah ihn an. Der Regen war stärker geworden. Ein Tropfen rann über ihre helle Stirn.

»He, das ist auch mein Lieblingssong.«

»Wirklich?« Nisha machte ein verwundertes Gesicht. Glaubte sie ihm etwa nicht?

Er nickte hastig. Und er log nicht. Seit Jahren war *Cats in the Cradle* einer seiner meistgehörten Favoriten. Er wusste selbst nicht, warum, aber das Lied ging ihm, wann immer er es hörte, durch und durch. Einen Moment hingen sie beide ihren Gedanken nach.

»Hast du auch ein Lieblingsbuch?«, fragte Nisha dann in den Regen hinein. »Oder liest du nicht? Mein Bruder Jamil steckt seine Nase nur in Auto- und Computermagazine und seinen PC.«

Ben überlegte einen Moment. In seinem Kopf drehte sich ein Gefühlskarussell, wie er es noch nie zuvor erlebt hatte. »Doch, ich hab tatsächlich ein Lieblingsbuch. Aber Achtung, es ist nicht unbedingt Weltliteratur: *Per Anhalter durch die Galaxis*. Kennst du's?«

»Nur den Film, aber er ist nicht so toll, oder?« Nisha wischte sich Regen aus dem Gesicht.

Ben nickte zustimmend. Das sah er genauso. »Und *dein* Lieblingsbuch?«

Wurde sie rot? Einen Hauch wenigstens? Er war sich nicht sicher.

»Es ist eigentlich ein Kinderbuch. Egal, ich mag es trotzdem. Kennst du *Der kleine Prinz?«*

Ben schüttelte den Kopf. »Was ist das? Ein Märchen?«

»Nicht direkt. Es ist eine alte französische Erzählung. Ich mag sie sehr.«

»Ah.« Ben wischte sich durch die nassen Haare und sah zum Himmel hinauf. »Schräges Wetter.«

Er musste die Augen zusammenkneifen beim Hochschauen. Es goss jetzt in Strömen, aber dazu schien weiter die Sonne. Der Regen leuchtete und glitzerte in diesem wahnsinnigen Licht. Es waren längst keine einzelnen Tropfen zu erkennen. Eine leuchtende silbrige Regenfontäne ging über ihnen nieder.

»Oh«, rief Nisha und ihre Augen leuchteten ebenfalls auf.

Jetzt sind sie sturmblau statt sturmgrau, dachte Ben für den Bruchteil einer Sekunde.

»Kacke, ich bin klatschnass«, sagte er dann allerdings, sprang auf und pfiff nach dem fremden Herrn.

Nishas alte Hündin erhob sich ebenfalls.

»Magst du Regen?«, fragte Nisha.

»Na ja«, gab Ben skeptisch zur Antwort und schüttelte seine Haare aus, dass ihm die Wassertropfen nur so ums Gesicht spritzten. »Sonne ist mir, ehrlich gesagt, lieber.« Er dachte für einen Moment an Hawaii. Verdammt, wenn er Zuu wäre, würde er sich nicht den Kopf mit Drogen und Alkohol zudonnern, sondern von früh bis spät feiern, dass er in Nanakuli sein durfte.

»Ich liebe Regen mehr als jedes andere Wetter«, sagte Nisha. »Lieblingswetter Regen. Und deins?«

Ben pfiff erneut nach seinem Labrador. Wo steckte das herumrasende Vieh bloß? »Lieblingswetter Sonnenschein, ganz klar. Und Wind«, sagte er, als er den fremden Herrn endlich aus der Ferne herangaloppieren sah. Aus seinem Fell spritzte ebenfalls bei jedem Satz, den er machte, eine Ladung Wasser.

Nishas über und über nasses Gesicht sah auf einmal aus, als wäre es voller Tränen, obwohl sie lächelte. Nebeneinander setzten sie sich langsam in Bewegung. Der alte Hund hatte einen schleppenden Gang und zog das rechte Hinterbein hinter sich her.

»Lieblingsessen?«, fragte Ben, der nicht aufhören wollte.

Sie überlegte nicht lange. »Schwarze Spaghetti. Und deins?«

Ben grinste und machte eine entsagende Geste. »Ehrlich? Oder geschönt?«

»Ehrlich.«

»Okay. Hotdogs.«

»Und was wäre geschönt gewesen?«

Ben grinste noch breiter. »Keine Ahnung. Was Vegetarisches, vielleicht. Etwas, das auf jeden Fall besser klingt als Hotdog.«

Sie lachten.

»Schönen ist blöd«, sagte Nisha dann leise. »Ehrlich sein ist immer besser, finde ich.«

Ben nickte. »Echt jetzt, schwarze Spaghetti?«, hakte er dann nach. »Klingt irgendwie gruselig und nicht sehr lecker.«

»Ich mag sie. Lieber als normale Spaghetti.«

»Schwarz. Eigentlich müsste Schwarz deine Lieblingsfarbe sein, oder?«

Ben zupfte an Nishas schwarzem Jackenärmel. Schwarze Jacke, schwarzer Pulli, schwarze Jeans, schwarze Docs. Woman in Black.

»He, l...lass das«, sagte Nisha und wich zurück.

Ben sah sie an. »Sorry«, sagte er leise und ließ seine Hand sinken. »Ich wollte nichts ...«

»Schon gut.«

Sie hatten den befestigten Weg erreicht, der aus dem Park herausführte.

»Eins noch?«

»Was?«

»Ein Lieblingsirgendwas?«

Nisha nickte ihm zu. »Okay, eins noch.«

Ben brauchte nicht lange zu überlegen. »Lieblingsleben?« Regen trommelte auf ihre Köpfe.

»Was meinst du damit genau?«

Nishas Augen hingen für Sekunden an seinen, dann lösten sie sich wieder.

»Ach, nur so. Wie du eben am liebsten leben würdest?«

»K...keine Ahnung.«

Hatte er etwas falsch gemacht? Ben konnte förmlich sehen, wie sie sich zurückzog.

»Ich muss jetzt wirklich«, sagte sie nervös und trat von einem Bein auf das andere. »Meine Eltern, Abendessen, du weißt schon.«

Er nickte. »Und wann sehen wir uns mal wieder?«

Sie warf ihm einen letzten Blick zu und jetzt huschte doch wieder ein kleines Lächeln über ihr Gesicht. »Vermutlich morgen in der Schule? Oder?« Sie wischte sich nasse, wunderschöne Haare aus dem hellen Gesicht.

Ben schüttelte den Kopf. »Das meine ich nicht, ich meine, wann sehen wir uns richtig wieder? Oder willst du nicht?«

Verdammt, was war nur mit ihm los? Was war das mit diesem Mädchen?

Er musste für einen winzigen Moment an Karla und Jo denken. Auch sie mussten sich einmal kennengelernt haben. Aber schnell schob er den Gedanken wieder zur Seite. Was gingen ihn Karlas und Jos Gefühle an? Nichts. Absolut nichts.

»Wir treffen uns, wenn es das nächste Mal regnet«, sagte Nisha da und ging mit ihrem alten, hinkenden Hund weg, ohne sich noch mal nach ihm und dem fremden Herrn umzudrehen.

Ben sah ihr nach. Er war nass bis auf die verdammte Unterwäsche.

In diesem Moment hörte der Regen auf.

Nisha

In der Nacht hatte sie einen Traum gehabt. Dieser braunhaarige Junge aus der Schule war darin vorgekommen. Wie hieß er noch mal? Sie waren sich wieder auf der großen Lichtung im Stadtpark begegnet. Mit den Hunden. Es hatte genauso geregnet wie bei ihrem echten Treffen. Die Hunde bellten wie verrückt und Nisha hatte es aus irgendeinem Grund eilig, nach Hause zu kommen. Aber der Junge hatte sie tausend Sachen gefragt. Warum wollte er immer so viel wissen?

Wann hast du Geburtstag? Wie heißen deine Geschwister? Wie sieht dein Zimmer aus? Was denkst du? Was fühlst du? Was machst du? Wer bist du?

Sie hatte ein paar Mal gesagt, dass sie keine Zeit hätte, dass sie nach Hause müsse, aber sie war doch geblieben. Bei ihm. Im Regen. Mit den bellenden Hunden.

Im Traum hatte er noch mehr Fragen gehabt.

Warum humpelt dein Hund? Hat er eine Verletzung? Ist er krank? Oder nur alt?

Sie hatte wahrheitsgemäß geantwortet, dass keiner wisse, was Torte fehle. Sie hatte einfach eines Tages zu humpeln begonnen, der Tierarzt hatte nie einen Grund ausmachen können.

Und dann war es plötzlich passiert. Der Junge mit den braunen Haaren hatte sich vorgebeugt und sie geküsst. Einfach so. Auf den Mund. Ein Kuss. Sanft wie Schnee.

Dabei war sie bisher noch nie geküsst worden. Sechzehn und ungeküsst. Sie hatte sich auf einmal sehr wackelig gefühlt. Und im nächsten Moment war sie aufgewacht.

Ungeküsst.

Natürlich.

Benommen lag sie da und lauschte in sich hinein. Vor ihrem Fenster klapperte der Fensterladen. Graues, milchiges, allererstes Frühmorgenlicht kroch durch ein paar Ritzen und malte zittrige, unstete Schatten an die Tapete neben ihrem Bett. Der Traum war so realistisch gewesen. Nisha lag reglos da. Weiterschlafen, beschwor sie sich stumm und wickelte fest ihre Decke um sich. Weiterschlafen. Aber es funktionierte nicht. Sie war wach und in ihre Ohren krochen erste Morgengeräusche. War das ihr Vater, der da ins Bad ging? Die Toilettenspülung rauschte, Schritte tappten leise an ihrer Zimmertür vorbei. War Aysel schon wach? Jamil schlief bestimmt noch. Er war ein Meister im Alles-Überhören. Neben ihm konnte man Bomben zünden, wenn er schlief.

Nisha presste sich einen Moment die Hände vor die Augen. Sie war ebenfalls noch müde, aber sie wusste, sie würde jetzt nicht mehr einschlafen können. Wieder musste sie an den braunhaarigen Jungen aus der Schule denken. Sein Hund hieß fremder Herr, daran erinnerte sie sich noch. Und er selbst?

Nicht nur in ihrem Traum hatte er sie ziemlich ausgequetscht.

Was magst du? Was liest du? Was ist dein Lieblingsessen?

Warum wollte er so viel von ihr wissen? Nisha runzelte die Stirn und starrte vor sich hin. Es gab Dinge, die sie mit keinem teilte. Da konnten sie sie noch so oft nach Bremerhaven schicken. Es gab Sachen, die sie keinem verriet. Auch wenn ihre Mutter manchmal bekümmert nachfragte. Und nachhakte. Und sich flüsternd mit ihren Freundinnen am Telefon beriet.

Nisha war fast erleichtert, dass der braunhaarige Junge heute früh nicht im Bus zu sein schien. Stattdessen sprach sie wieder eins dieser Mädchen vom Vortag an. Diesmal das mit den schwarzen Haaren und den indischen Wurzeln: Shiva.

»Hi.« Dazu lächelte sie. »Wie heißt du noch mal? Sorry, mein Hirn ist in Bezug auf Namen ein Sieb.«

»Nisha«, sagte Nisha leise. Sie spürte ihren Herzschlag im ganzen Körper.

»Setz dich doch, ich beiße nicht«, lachte Shiva, schaute zu ihr hoch und klopfte auf die freie Sitzfläche neben sich.

Nisha lächelte leicht zurück. »Danke, aber ich stehe lieber.«

Sie stand im Bus immer.

Ben? Er hieß, wenn sie sich richtig erinnerte, Ben.

»Bist du Emo oder so was?«, fragte jetzt Shiva.

»Wie bitte?«

»Weil du immer Schwarz trägst. Bist du so eine Art Grufttie? Gothic?«

Nisha schüttelte den Kopf.

In dem Moment kam der blonde, große Typ, der gestern all die blöden Sprüche gebracht hatte, zu ihnen nach vorne. Ein Freund von Ben? Irgendwie erschien ihr das nicht passend. An seinen Namen erinnerte sie sich ganz deutlich – Ruben. Sie hatte ihn sich gemerkt, weil sie ihn nicht mochte. Weder den Namen noch den Jungen, der ihn trug.

»Na, Sweet Blacky«, sagte er grinsend und stieß ihr leicht seinen Arm in die Seite. Sie zuckte zusammen und wich zurück. »Ob du's glaubst ober nicht, ich weiß, was du gestern gemacht hast.« Er setzte eine geheimnisvolle Miene auf. »Ziemlich nass geworden, was?«

Nisha runzelte die Stirn.

»Zieh Leine, Ruben«, sagte Shiva ungeduldig. »Nerv jemanden anderes, okay?« Aber Ruben ließ sich auf den von

Nisha verschmähten Platz neben Shiva fallen und streckte seine langen Beine in den Gang hinaus. »Stimmt doch, oder? Du und der richtige Ben? Ihr seid nämlich gesehen worden.«

Nisha knotete ihre Finger ineinander, aber sie gab keine Antwort. Was sollte das? Was wollte dieser Ruben von ihr? Und wovon redete er da?

Ihr seid nämlich gesehen worden. Sie dachte an den Traumkuss und fühlte sich sekundenlang benommen.

»Ja, Buschtrommeln nennt man so was.«

Ruben lachte auf. »Ich hab's von Marla und Peggy. Peggy wohnt gleich am Stadtpark, verstehst du? Und da seid ihr gestern Nachmittag zusammen aufgeschlagen, du und der richtige Ben, hab ich recht? Händchen haltend, Küsschen austauschend, im strömenden Regen, schwört Peggy.«

»Ach, Ruben, hör schon auf!«

Shivas Stimme klang ungeduldig, während Nisha versuchte, ruhig zu atmen.

Das. War. Doch. Ein. Traum. Gewesen. Nichts weiter als ein bescheuerter Traum. Sie waren nur nebeneinander durch den Regen gegangen. Mit den Hunden. Ganz sicher.

In Bremerhaven hatten sie gesagt, dass ...

Nein, nicht an Bremerhaven denken. Das war tabu. Eine andere Welt. Die Welt hinter dem Aquariumglas.

Ruben war wieder aufgestanden. »Wie dem auch sei, beim richtigen Ben musst du jedenfalls höllisch aufpassen, Pocahontas«, raunte er nah an Nishas Ohr. Sie spürte seinen warmen Atem und wich zurück.

»Er ist, hm, nennen wir es mal triebgesteuert. Eine Art ... äh – Sexschwein. Hat keine Moral, verstehst du? Er legt heute dich flach und morgen eine andere. Da kennt er nix, der saubere Ben Bennet! Er ist immer fickbereit, klar? Das ist bei ihm so was wie ein Gendefekt, wenn du mich fragst. Also, nichts für ungut.«

Der Bus bremste ab und die Schüler standen auf. Sie waren an der Schule. Nisha fühlte sich schwer wie Blei. Am liebsten wäre sie auf der Stelle umgekehrt.

Ben

»Kann ich die Vespa haben, Karla?«

»Nimm doch den Bus, Ben.«

»Oh Hölle!«

»Was ist denn so schlimm daran, den Bus zu nehmen? Du musst nicht mal umsteigen.«

»Bus fahren ist einfach so ...« Er hatte seine Mutter gereizt angesehen und nach Worten gesucht.

»So was?« Karla sah noch müde und verschlafen aus, was kein Wunder war. Sie war im Bad und dabei, sich fertig zu machen.

»... so Kakerlake«, sagte er schließlich, weil ihm nichts Besseres eingefallen war. Er fuhr sich durch die Haare und lehnte im Türrahmen.

»Bus fahren ist so Kakerlake?«, wiederholte seine Mutter. Und dann musste sie lachen, sagte, das sei ja fast literarisch und er sei ganz der Sohn seines Vaters, *haha,* fischte den Schlüssel der Vespa aus ihrer Jeans und warf ihn ihm zu.

Na bitte. Ein Etappensieg.

Er hatte also Karlas Vespa genommen und war einen Schlenker durch das ganze verdammte Viertel gefahren. Zu blöd, dass er Nisha nicht gefragt hatte, wo genau sie wohnte. Sonst hätte er sie abholen können, aber so blieb ihm nichts anderes übrig, als Ausschau nach ihr zu halten. Aber er sah sie nicht. Schließlich wendete er und fuhr zur Hauptstraße zurück. Vielleicht traf er sie auf dem Weg zum Bus? Aber er konnte sie auch an der Bushaltestelle nirgends entdecken. An einer roten Ampel sah Ben prüfend zum Himmel hinauf. Blauer Himmel, so weit man schauen konnte. Na bravo.

Wir treffen uns, wenn es das nächste Mal regnet.

Zu Hause war es an diesem Morgen mal wieder unerträglich gewesen. Immerhin waren Jo und Karla ausnahmsweise einmal beide da gewesen, als Ben verschlafen zuerst ins Bad und anschließend in die Küche gewankt war. Aber trotzdem. Er hatte immer das Gefühl, mit Scheuklappen durch das Haus gehen zu müssen, in dem er gezwungen war zu leben und in dem man nie sicher sein konnte, auf wen man stieß.

In der Küche hatte Jo Milch für Latte macchiato aufgeschäumt. Ben liebte dieses Frühmorgenkaffeemilchgetränk, aber die Aussicht darauf machte die Tatsache auch nicht erträglicher, dass Letizia da war.

Sie saß bereits am Esstisch, und zwar in einem ziemlich durchsichtigen Negligé. Wie immer, wenn sie zu Besuch kam, war sie recht hemmungslos. Ben versuchte, sie nicht allzu genau in Augenschein zu nehmen. Ihre nagelbelackten, nackten Füße ruhten ausgerechnet auf seinem Stuhl.

»Na, Revoluzzer, lange nicht gesehen«, begrüßte sie ihn und blinzelte ihm zu. Aber die verdammten Füße nahm sie dennoch nicht vom Stuhl.

Er, ein Revoluzzer? Wohl eher nicht.

Sein Vater stellte unterdessen vier schäumende Star-Trek-Becher auf den unordentlichen Esstisch, auf dem sich noch mehrere leere und halb leere Weinflaschen, Gläser und anderer Kram der letzten Tage und Nächte drängten.

»Morgen, Ben«, sagte Jo und grinste. »Henning ist auch da. Hast du ihn heute Nacht gehört?«

Henning? Der auch noch? Na toll. Und nein, er hatte ihn nicht gehört. Er hatte sich angewöhnt, in dieser Familie die Ohren zu verschließen vor all dem, was so um ihn herum ablief. Das in Kombination mit den Scheuklappen hatte ihn überleben lassen.

Jo plapperte schon weiter. »Karla und er schlafen noch. Karla hat den Chaoten um Mitternacht noch vom Flughafen abgeholt. Ich war mir sicher, du bist aufgewacht! Bist du nicht? Es war ein ziemlicher Radau, wirklich! Aber du weißt ja, dass das Wort Rücksicht ein Fremdwort für jemanden wie Henning ist.«

Jo lachte, fuhr sich mit allen Fingern wie mit einem imaginären Kamm durch die zerwühlten Haare und holte anschließend Toast und Marmelade und Käse aus dem Kühlschrank. »Los, frühstücken wir was, ehe du in die Schule gehst und ich an meinen PC. Der Mindbreaker wird heute wohl eine ganze Galaxie ausradieren. Ich habe da ein paar bahnbrechende Ideen in der vergangenen Nacht gehabt. Ein ganz spezielles Raum-Zeit-Kontinuum und ein Zeitsprung, der es in sich hat.« Er schob Ben einen Teller mit Toast zu. »Honig oder Marmelade? Oder eher Käse?«

Aber Ben hatte den Kopf geschüttelt. Ihm war der Appetit gründlich vergangen. Letizia, die lächelnd ihren Milchkaffee trank, mit einem koketten Milchbart auf der Oberlippe, hatte in der Zwischenzeit zwar wenigstens ihre Füße von seinem Stuhl genommen, aber er hatte dennoch keine Lust auf Frühstück. Jede Sekunde rechnete er mit Karla – und Henning. Und auf jemanden wie Henning Bialas, den Schweinehund, hatte er jetzt absolut keinen Bock! Da konnte der hundertmal der bekannteste Meeresbiologe der Welt sein. Das und dazu ein berühmt-berüchtigter Greenpeace-Aktivist, der sich schon mehr als einmal in Lebensgefahr gebracht hatte bei seinen Störtebekeraktionen in allen Meeren dieser Welt. Vor ein paar Jahren hatte er sogar einmal einen siebzehn Meter langen und zwanzig Tonnen schweren Finnwal, der tot in der Ostsee aufgetaucht war, bis nach Berlin vor die japanische Botschaft schleppen lassen. So einer war Prof. Dr. Henning Bialas, der schrecklich Wichtige.

Ben zog seine Scheuklappen an und verließ mit leerem Magen das Haus. Hier drinnen konnte man wirklich nur eins. Durchdrehen.

Hinter sich in der Küche hörte er Lachen und Geschirrklappern und dann fing jemand auf dem alten Klavier zu klimpern an, das Letizia Jo im letzten Winter zum fünfundvierzigsten Geburtstag geschenkt hatte. Es war so verstimmt, wie Ben sich fühlte, als er durch den Vorgarten ging.

In der Nacht hatte er noch den kleinen Prinzen gelesen. Das Buch, das eher ein Büchlein war, stand tatsächlich bei ihnen im Bücherregal und es war schon wahnsinnig alt. Karlas Name stand in schnörkeliger Kinderschrift darin.

Ben hatte von Planeten, einem Fuchs, einer Rose, dem Zähmen, Lieben, Sterben, Vergessen, Erinnern und Verantwortlichsein gelesen. Außerdem von Farben, Weinen, Abschiednehmen und einer Menge anderer Sachen.

Sein Kopf hatte geschwirrt. Dieses Buch war ein ganz anderes Kaliber als sein Lieblingsbuch.

Oh Mann.

Da war sie. Verdammt, da war sie. Da saß sie. Sehr weit hinten im Raum. Sehr nah am Fenster. Sehr rothaarig.

Sehr schön. Ben nahm Karlas schwarzen, mit einem gelben »Atomkraft nein danke«-Aufkleber beklebten Helm ab und stolperte überrumpelt in den letzten Klassenraum des Kunstpavillons hinein.

»Oh? Bist du etwa auch in der Schülerzeitungs-AG?«, fragte sie erstaunt und warf einen prüfenden Blick auf eine alte Ausgabe der Schulzeitung vom letzten Schuljahr, die vor ihr auf dem Tisch lag. »Der Intelligenzquotient des Agrarökonomen verhält sich ...«, las sie irritiert, als Ben langsam zu ihr herüberkam und seine Jacke über einen Stuhl warf.

»Spar dir ruhig den Rest von diesem Irrwitz«, sagte er und deutete auf den völlig bescheuerten Titel der Schulzeitung. Er lächelte ihr zu und setzte sich neben sie. Sie schien womöglich noch blasser zu sein als am Vortag, aber er spürte, wie er sich freute, sie zu sehen. Ihr Gesicht fiel schon deshalb auf, weil sie sich nicht schminkte. Vielleicht war sie überhaupt nur deshalb blass.

Probeweise wendete er den Kopf den anderen zu, aber da gab es nicht viel zu sehen außer Amandus, der gerade mit seinem Riesenrucksack durch die Tür trottete und dabei mit den Fingerspitzen gegen den Türrahmen trommelte. Bens Blick wanderte wieder zu Nisha zurück, doch als er sie nun vorsichtig von der Seite musterte, bemerkte er, dass ihm ihre sturmgrauen Augen auswichen.

Sie sah ihn halb an, aber auch halb an ihm vorbei. Hatte er irgendwas falsch gemacht?

Nisha

Was hatte dieser Ruben im Bus gesagt? Nimm dich vor ihm in Acht! Er legt heute dich flach und morgen die Nächste.

War das möglich? Konnte das sein? Er sah so gar nicht danach aus. Er sah gut aus. Gut und gut, dachte Nisha. Er hatte schöne, leuchtend grüne Augen. Und einen irgendwie überraschend klaren Blick. Aber trotzdem, Rubens Worte hingen in ihrem Kopf fest.

»Was ist?«, fragte er plötzlich. »Habe ich so was wie ... Frühmorgenaussatz? Warum guckst du so komisch?«

»Es ... es ist nichts«, sagte Nisha und senkte den Blick. In ihrem Kopf summte es.

»Sorry, so war es auch nicht gemeint«, lenkte Ben ein. »Guck wieder hoch, okay?« Er lächelte ihr noch einmal zu, als ihre Blicke sich wieder trafen. »Und, nicht erkältet?«

»Was? Ach so, nein.«

Nisha lächelte jetzt ebenfalls, wenn auch vorsichtig. Dieses Die-Welt-verschwommen-wie-durch-Glas-Sehen war in der letzten Zeit wieder stärker geworden. Es war eigentlich ein Spiel. Ein Spiel zwischen ihr und Jamil. Beim Safttrinken aus ihren Saftgläsern hatten sie sich als kleine Kinder durch den Boden ihres jeweiligen Glases angeschaut.

»Deine Nase!«, hatte Jamil geprustet. »Dick, knollig, hässlich. Igitt!«

»Nichts gegen deine hervorquellenden Glupschaugen!«, hatte sie zurückgegeben.

Oft hatten sie gelacht, bis sie durch Nase und Mund Saft prusteten.

Auch gestern Abend hatte Jamil sie beim Trinken prüfend durch sein Glas angesehen, als sie beim Abendessen saßen.

Sie war tropfnass und zu spät gewesen, als sie zu Hause angekommen war. Torte tropfte ebenfalls von der Schnauze bis zum Schwanz.

Ihr Vater hatte sie vorwurfsvoll angesehen. »Willst du dir eine Lungenentzündung holen? Oder den Hund ins Grab bringen?«

Sie hatte den Kopf geschüttelt, war nach oben gelaufen, hatte sich umgezogen und die Haare trocken gerubbelt. Ihre Mutter hatte sich um Torte gekümmert. Hinterher, als sie und Jamil zusammen die Küche aufräumten, sagte Jam: »Ich hab dich übrigens am Stadtpark gesehen, als ich vom Sport kam. Dich und Torte – und so einen Jungen.«

Sie hatte genickt. »Ja, er ist an meiner neuen Schule.«

Jamil hatte die Stirn gerunzelt und sein leeres Glas vom Abendessen wie ein Fernrohr vor sein Auge gehalten. Dazu hatte er sie aus nächster Nähe gemustert. »Sieh dich vor, Nisha«, hatte er grinsend geflüstert.

»Was meinst du?«

»Nichts weiter.« Er musterte sie weiter durch das Glas. »Oh, oh, was für eine knubbelige, hässliche Fratze. Da brauche ich mir ja eigentlich überhaupt keine Sorgen zu machen.« Er lachte, aber dann seufzte er und ließ das Glas sinken, um es in der Spülmaschine zu versenken. »Mann, Nisha, ich meine doch nur! Denk dran, man kann mit sechzehn schon, äh, Kinder kriegen und so, wenn man nicht aufpasst. He, du weißt, was ich damit sagen will ...«

Sie hatte ihm einen Vogel gezeigt. »Spinnst du? Wir haben uns rein zufällig dort getroffen und waren mit den Hunden spazieren. Dabei entstehen, soweit ich weiß, keine Kinder, oder?«

Sie regte sich über Jam auf. Aber so war ihr großer Bruder

eben. Er selbst zog dauernd mit Mädchen um die Häuser, aber wenn sie einmal ...

»Ich mein ja nur«, murmelte Jam verlegen. »Sorry, Nisha, war nur ein blöder, behämmerter, idiotischer Spruch.«

Sie lächelte ihm zu. »Schon okay«, sagte sie und schloss die Klappe der Spülmaschine.

»Nicht sauer?«

»Nein, nicht sauer«, sagte sie. Ihre Eltern saßen im Wohnzimmer und spielten Scrabble mit Aysel.

Ben

Irgendwie kam sie Ben zerbrechlich vor. Schützenswert. Was das genau bedeutete, wusste er selbst nicht. Er sah sie an. Und nicht an. Und wieder an. Irgendetwas war da zwischen ihnen. Wenn er mit ihr zusammen war, schien ihm alles andere, der ganze Mist, weiter weg zu sein.

»Guten Morgen«, sagte in diesem Moment Frau Müllermaier mit lauter Stimme. Sie gab diesen Kurs seit Jahren. Dazu klatschte sie, wohl um sich ein Maximum an Aufmerksamkeit zu verschaffen, ein paar Mal in die Hände. »Ein paar neue Gesichter? Ich freue mich – und übergebe am besten gleich an den ältesten Hasen dieses Kurses.«

Sie nickte Amandus mit dem Riesenrucksack auf den Knien zu, während Ben verstohlen seufzte.

Oh Mann! Hoffentlich ging das mit ihm und Amandus gut. Er hatte wirklich keine Lust, dass da was nach außen drang. Schlimm genug, was sonst schon schieflief, da brauchte er nicht auch noch einen Liebesnachrichten tippenden Amandus an seinem Rockzipfel.

Er hatte nichts gegen Schwule und Schwulsein, aber er hatte eben auch so schon genug Stress am Hals.

Auch Amandus sah zu ihm rüber. Ben versuchte, neutral zu schauen, und hoffte, Amandus würde kapieren, dass alles okay war. Amandus räusperte sich und wendete den Blick ab.

Frau Müllermaier wollte unterdessen die drei obligatorischen Schulkameras an den Mann bringen, wie sie es wohl jahrelang getan hatte.

»Amandus, wer aus dem Kurs wird dieses Jahr für die Fotos zuständig sein?«, rief sie dem Riesen zu, der jetzt eine der Schulzeitungen des vergangenen Jahrs am Wickel hatte, darin herumblätterte und dabei leise vor sich hin murmelte. Die Lehrerin wedelte mit der Liste, auf der man den Erhalt der Schulkamera aus versicherungstechnischen Gründen zu unterschreiben hatte.

Amandus hob den Kopf. Sein Blick flackerte kurz, wie immer, wenn er in etwas versunken war und daraus herausgerissen wurde. »Ich hab's doch schon letztes Jahr gesagt, Poppy!«, stotterte er dann. »Wir brauchen diese antiquarischen Schuldinger nicht mehr. Wir machen die Bilder mit unseren Handys – bessere Bildauflösung, viele Megapixel, viel Speichervolumen. Und fürs Grobe und Bizarre hab ich ja meine LOMO.«

Er zwinkerte nervös mit den Augen, sah für Sekunden zu Ben hinüber und kramte dann seine heiß geliebte Billigkamera aus dem Rucksack. »Schlechte Bildqualität, krasse Aufnahmefehler, Störeffekte? Bitte schön! Dafür habe ich sie doch immer griffbereit, Poppy!«

»Warum nennt er sie so?«, fragte Nisha. Ihre Stimme klang irritiert.

»Poppy? Ach, alle nennen sie so«, gab Ben genauso leise zurück. »Wegen Mary Poppins. Weil sie ihr so ähnlich sieht. Und ist. Verstehst du? Nett, lieb, verrückt, komische Klamotten ...«

Fast zuckte Nisha zusammen. Ihr Blick verwischte und schwenkte hastig zum großen Kunstsaalfenster. Auch Ben sah hinaus. Der Himmel war an diesem Morgen ruhig und grau. Fast, als würde er den Atem anhalten – so wie sie, wie er jetzt bemerkte.

»Was hast du?«, fragte Ben verwundert.

»Nichts«, sagte Nisha leise und drehte sich zurück.

»Weißt du vielleicht nicht, wer Mary Poppins ist?«

»Doch, doch. Ist schon okay. Frau Müllermaier sieht aus wie sie. Klar. Stimmt. Julie Andrews. Der Film. Darum nennt ihr sie so, Poppy.«

Nisha trug heute ein schwarzes Shirt mit drei kleinen Druckknöpfen, der oberste offen, weshalb eine kleine Ecke des runden Ausschnitts ein Stückchen aufklappte. Ein winziges Stück helle Haut schaute darunter hervor. Ein winziges Stück helle Haut, das Ben Gänsehaut machte. Dazu trug sie grauschwarze Jeans und schwarze Chucks. Und um den Hals eine dünne Silberkette ohne Anhänger. Um ihre Schultern lagen die beiden obligatorischen schwarzen Kabel, die zu den Ohrhöhrersteckern führten. Sie hatte die jetzt im Unterricht allerdings ausnahmsweise nicht in den Ohren. Die dunkelroten Haare fielen ihr weich über die dünnen Schultern.

Gerne hätte er diese Schultern einmal berührt. Einfach nur, um zu spüren, wie sie sich anfühlten. Ja, ihre Schultern. Oder auch ihre Schulterblätter, die jedes Mal ganz leicht unter dem Shirt hervortraten, wenn sie sich bewegte.

»Nisha?«, sagte Ben sehr leise, während Frau Müllermaier

an die Tafel schrieb, welche pressetauglichen Schul-Highlights für das vor ihnen liegende Jahr bereits festgelegt waren. Welttag des Buches, Schachturnier, Anti-Rassismus-Tag, Sonnenfinsternis, Theater- und Physikwoche. Bis auf die Sonnenfinsternis das Übliche.

»Dazu kommen jede Menge Sportfeste, Praktika, freie Projekte, Konzerte«, sagte sie und legte die Kreide zur Seite. »Bleibt am Ball, fangt die Momente ein!«

»Nisha?«, flüsterte Ben noch einmal.

Sie hatte ihn gehört, sie sah ihn aber nicht wirklich an. Ihre Finger öffneten und schlossen einen Stift. Immer wieder. Plopp, plopp, plopp, plopp.

Ben betrachtete ihre Fingernägel. Und den kleinen braunen, ledrigen Fleck auf ihrem linken Handrücken.

»Dein ... Leben in fünf Songs?«

Er lächelte ihr zu. Sie sollte etwas sagen. Er wollte einfach nur hören, wie ihre Stimme klang, wenn sie flüsterte.

»Wie bitte?«

Sie klang irritiert und ließ den Stift los. Klack. Er lag jetzt zwischen ihnen auf dem Tisch.

»Ben, keine Privatgespräche jetzt, okay?« Poppy sah mit gerunzelter Stirn zu ihnen hinüber.

»Hm, jaja«, murmelte Ben.

Nisha neben ihm senkte den Blick. Ihre Finger spielten jetzt nervös an einem der beiden schwarzen Steckerkabel. Ben griff zeitlupenlangsam nach dem Stift. Es gab ihm tatsächlich etwas, das Ding einfach nur in der Hand zu halten. Irgendetwas hatte ihn schwer erwischt. Seine nervösen Finger umschlossen den schwarzen Fineliner wie einen Anker.

»Die Interviews mit den Lehrern sind bei unseren Lesern am beliebtesten«, sagte Amandus gerade und räusperte sich ein paar Mal. »Keine Ahnung, warum.« Er war der nervöseste Mensch, der Ben je untergekommen war. Wobei er heute vorsichtig mit so einer Aussage sein musste. Er selbst gab vermutlich ein ähnliches Kaliber an Nervosität ab, wie er hier neben Nisha saß und sich an einem Stift festhielt.

»Wir müssen mit jedem einen Termin ausmachen. Und auf den nageln wir sie dann fest«, murmelte Amandus weiter. »Manche versuchen immer wieder, uns abzuwimmeln, es auszusitzen oder so lange hinauszuzögern, bis das Schuljahr rum ist. Am besten machen wir einfach eine Liste, wer sich an wessen Fersen haftet.«

Er notierte sich etwas in seinen Block und räusperte sich ein weiteres Mal.

Ben schob sich unterdessen einen Hauch näher an Nisha heran. »Also, bei mir sind's derzeit jedenfalls *Mother* von Pink Floyd, *Stairway to Heaven* von Led Zeppelin, *Like a Rolling Stone* von Bob Dylan – äh ... dann, ganz klar, *Eleanor Rigby* von den Beatles und ...«

»Ben Bennet, stell gefälligst das Dauergeflüster ein! Was ist denn heute los mit dir? Schließlich ist Nisha neu bei uns und für sie ist es sicherlich sehr hilfreich, wenn sie mitbekommt, worauf es in diesem Kurs ankommt, meinst du nicht auch?« Poppy hatte ihre Stirn gerunzelt. »Und für dich natürlich auch!«

Ben atmete einmal tief ein und aus und nickte. Aber kaum, dass sich die Lehrerin wieder Amandus und den anderen zuwandte, sah er einmal mehr zu Nisha hinüber. Sie war wie ein Magnet. Dabei schaute sie im Moment reglos und mit gerunzelter Stirn nach vorne, ohne ihn auch nur im Geringsten zu beachten.

Ben betrachtete verstohlen ihr Profil. Ihre Stirn, hell, ihre

Nase, klein und schmal, ihr Mund, zu einem Strich zusammengepresst, ihr Kinn, irgendwie schön geschwungen, ihre Ohren, klein, die Ohrläppchen angewachsen …

»… und, wie schon gesagt, *Cats in the Cradle* von Harry Chapin«, flüsterte Ben abschließend und sehr leise und fuhr sich mit den Fingern durch die Haare. »Diese fünf Lieder bin ich.«

Er lehnte sich auf seinem Platz zurück und merkte, dass er so verspannt wie noch nie in seinem Leben war.

Nisha neben ihm rührte sich nicht.

Dafür redete Amandus jetzt wie aufgezogen, räusperte sich, sprang von seinem Stuhl auf, kopierte etwas am Kunstraumkopierer, fummelte an seiner LOMO-Kamera herum, schaffte es sogar einmal, ziemlich unautistisch zu lachen, ein paar andere lachten ebenfalls, Frau Müllermaier schrieb etwas an die Tafel.

Aber Ben bekam das alles nicht wirklich mit. Es war, als sei er durch eine Ritze in diesem verdammten Raum-Zeit-Kontinuum, von dem Jo dauernd faselte, gerast und befände sich nun in einer Art Parallelwelt. In einer Welt, die aus ihm und dem stillen, rothaarigen Mädchen neben ihm bestand.

Nisha schwieg ebenfalls.

Nisha

Sie hörte sich alle fünf Lieder an. »Diese fünf Lieder bin ich«, hatte er zu ihr gesagt. Ben Bennet. Diesmal hatte sie seinen Namen behalten. Nisha lauschte und versuchte, alles zu verstehen. In den Songs ging es um Mütter, Väter, eine Treppe in den Himmel, ums Entwurzeltsein und um das Gefühl, alleine zu sein, ohne ein Zuhause. Zuletzt suchte sie das Lied *Eleanor Rigby.*

Sie hörte es den Rest des Tages immer wieder. Und eigentlich weinte sie. Obwohl sie nicht weinte. In sich drin weinte sie, während sie Torte streichelte und in ihrem Zimmer blieb.

»Wo steckt Nisha?«, rief ihre Mutter am Nachmittag, als sie nach Hause kam.

»Oben«, rief Aysel. »In ihrem Zimmer. Sie will unbedingt alleine sein, sagt sie.«

»Ist sie – okay?«

»Ja, ist sie. Zumindest war sie es vorhin.«

Aysels Stimme klang vergnügt, was kein Wunder war. Sie hatte zwei Schulfreundinnen zu Besuch und Nisha hatte ihnen ihre alten *Bibi und Tina*-DVDs überlassen, die sie sich unten ansahen.

»Abendessen! Nisha?«, rief ihre Mutter, als auch ihr Vater nach Hause gekommen war. Nisha hörte sie auf der Treppe und gleich darauf öffnete sich die Tür. Nisha saß auf ihrem Bett.

»Ist wirklich alles in Ordnung mit dir?«, fragte ihre Mutter und kam mit gerunzelter Stirn herein.

Nisha nickte. Ihre Mutter sah blass und müde aus. In Nishas Kopf begannen Bilder zu schweben. Bilder, die sie nicht sehen wollte. Aber in Bremerhaven hatten sie gesagt, sie solle sie sehen. Nisha presste den Kopf in die Hände.

»Warum verkriechst du dich denn hier?«, fragte ihre Mutter. »Was ist passiert? Hast du Kummer?«

Nisha seufzte. »Nein, nur Kopfweh. Ich wollte ein bisschen alleine sein.«

»Warst du wenigstens mit Torte draußen?«

Nisha nickte erneut. Ja, sie war mit dem Hund gegangen, bis an den Leinpfadkanal. Dort hatte sie gesessen, während sie *Mother* und *Stairway to Heaven* gehört hatte. Die Lichtung im Stadtpark hatte sie dieses Mal bewusst gemieden, sie wusste selbst nicht, warum. Es regnete nicht. Es wehte kein Wind. Der Himmel war grau in grau, aber ruhig.

Das Wasser des Kanals floss langsam, dunkel, träge und glucksend durch sein betoniertes Bett. Torte war schnüffelnd durch die Büsche getappt und sie selbst hatte versucht, sich nicht im Blick auf das Wasser zu verlieren. Früher war sie so oft hier gewesen, dass es Teil der Begründung war, weshalb sie nach Bremerhaven gemusst hatte.

»Warst du wieder am Wasser?«, fragte ihre Mutter da auch schon besorgt.

Nisha hob den Kopf. »Nur ganz kurz«, sagte sie. »Ich hab nur dagesessen. Mehr nicht.«

Ihre Mutter sah sie an. »Bist du wirklich in Ordnung? Nisha?«

»Ja. Es ist alles gut.«

Merkwürdige Gefühle überkamen sie und schwebten durch den Raum wie ... ungeöffnete Briefe.

»Wenn du reden willst, Nisha? Ich bin immer für dich da. Das weißt du doch, oder?«

»Ja«, flüsterte sie und fühlte sich schwer wie ein Stein. Plötzlich brannten Tränen hinter ihren Augen. Sie wünschte, ihre Mutter würde diesen letzten Satz noch einmal wiederholen, aber das tat sie nicht.

Erst als es draußen ganz und gar dunkel war, schlich Nisha sich wie ein Geist durch das stille Haus bis in die Küche. Sie trank zwanzig Schlucke Wasser direkt aus dem Wasserhahn und aß siebenundzwanzig Bissen von einem Apfel.

Das Kerngehäuse warf sie in den Müll. Blasses bläuliches Mondlicht fiel durch das Küchenfenster.

»Hilfe«, flüsterte Nisha leise, »bitte!«

In Aysels rosa Kinderzimmer schliefen Aysel und ihre beiden Freundinnen. Jamil übernachtete diese Nacht bei seinem Kumpel, mit dem er demnächst ins Schanzenviertel umziehen würde. Sie wollten die Wände der Wohnung streichen, das hatte Jamil vorhin durchs Haus gerufen, ehe er losgegangen war. Und ihre Eltern? Die schliefen vermutlich dicht aneinandergekuschelt in ihrem blau geblümten Schlafzimmer, in dem sie, Jamil und Aysel als Kleinkinder auch hin und wieder geschlafen hatten. In der Besucherritze. Lange war das her.

Nisha starrte aus dem Küchenfenster. Ihre Augen schienen nichts wahrzunehmen. Sehr langsam lehnte sie ihre Stirn gegen die kalte Scheibe und schloss die Augen.

Eeeeeeeeey, supercalifragilistisch-expialigorisch.

Dieses Wort klingt durch und durch furchtbar, weil synthetisch. Wer es laut genug aufsagt, scheint klug und fast prophetisch, supercalifragilistisch-expialigorisch.

Nisha biss sich auf die Lippen, bis sie Blut schmeckte.

Ben

Letizia war am nächsten Morgen nicht mehr da. Dafür war gestern Abend Sontje gekommen. Sie war die Schwester von Jos Agentin und sie kam oft abends zum Siedlern bei Kerzenschein und einem guten Wein vorbei. Und wenn es spät wurde, blieb sie über Nacht. Früher hatte Ben hin und wieder mitgespielt. Immerhin war *Die Siedler von Catan* eigentlich sein Spiel, aber irgendwie war das im Laufe der Zeit in Vergessenheit geraten. Sontjes Hündin Hellavonsinnen war die Mutter vom fremden Herrn und Ben mochte Sontje. Eigentlich.

»Wer ist im Bad?«, fragte Ben und kam gereizt in die Küche. Seine Haare standen wirr um seinen Kopf und im Mund hatte er einen grässlichen Frühmorgengeschmack, den er loswerden wollte. Er war in Boxershorts und einem abgewrackten schwarzen T-Shirt, das die sofortige Nuklearabrüstung forderte, er hatte noch nicht geduscht und kaum geschlafen, kurz, er fühlte sich mies.

»Henning, natürlich. Wer sonst? Guten Morgen, Benny«, sagte Sontje. Sie steckte in Karlas Bademantel und lächelte Ben zu. »Und zwar schon ewig. Dabei muss ich mich dringend fertig machen. Ich habe gleich einen Termin in der Stadt. Ich hab's Henning schon ein paar Mal durch die Tür zugerufen, aber er stellt sich mal wieder taub.«

»Warum ist er überhaupt noch da, kann mir das mal einer sagen?«

Bens Stimme klang sauer, er ließ sich auf einen Stuhl fallen und sah Jo an. »Er wollte doch gestern Abend noch weg, oder? Hat er nicht was von einer Konferenz in Amsterdam gefaselt?«

Jo schnitt seelenruhig Obst für sein Müsli. Hellavonsinnen stand winselnd neben ihm. Ben hätte seinem Vater am liebsten die Schüssel mit dem Müslikram über den Kopf gehauen.

»Henning ist eben Henning, Ben, das weißt du doch.«

»Kacke, echt.« Verdammt, im Grunde hatte er gewusst, dass Henning noch da war. Er hatte es schlicht verdrängt. Scheuklappenland.

Ben griff nach einem Messer und stach es mit Nachdruck

in eine auf dem Tisch liegende Orange. Saft schoss hervor und spritzte über den Tisch.

»Ferkel«, sagte Jo grinsend und mehr nicht.

Das musste ausgerechnet er sagen. Ben biss die Zähne zusammen. »Und wo steckt Karla, wenn ich fragen darf?«

»Schläft noch«, sagte Jo. »Ist spät geworden heute Nacht, denke ich. Du weißt ja, wie deine Mutter ist. Eine hungrige Nachteule.« Er lachte.

»Na klasse«, murmelte Ben und stand so abrupt auf, dass sein Stuhl umkippte und polternd auf die schwarz-weißen Küchenfliesen fiel. Was sagte Lola immer? »Lass doch die Alten, Ben. Sie sind eben so. Uns kann's egal sein. Es ist ihr Leben. Sie sind Spinner. Sie kompensieren da was. Was auch immer das sein mag.«

Am liebsten hätte er die Badezimmertür eingetreten, den Duschvorhang zur Seite gezerrt und Professor Henning Bialas, nackt, wie er war, aus dem Haus gejagt. Das wäre mal ein Bild für die Presse gewesen. Besser als das Toter-Blauwal-Bild. Ein Schrumpeliger-Greenpeace-Aktivist-auf-der-Flucht-Bild.

»Du musst morgens aber etwas in den Magen bekommen, Benny!«, rief Sontje besorgt, als Ben wortlos die Küche verließ und die Tür hinter sich ins Schloss krachen ließ.

Raus, raus, er musste raus, wenn er nicht augenblicklich platzen wollte.

Benny?

Was bildete sich Sontje Lütjen eigentlich ein? Wollte sie seine neue Mutter sein? Oder seine persönliche Ernährungsberaterin? Was ging es sie an, ob er etwas aß oder nicht? Sie sollte sich nicht seinen Kopf zerbrechen. Sie sollte sich einfach nur zum Teufel scheren!

Sontje war im Grunde nicht besser als Henning. Und als Karla, Jo und Letizia und, und, und. Da wäre beispielsweise noch Jette, Lolas bescheuerte Mutter, die eine Weile auch dauernd bei ihnen abgehangen hatte. Jette, die außer Lola noch Luke großzog, dieses dicke, dumme, enervierende Kleinkind.

»Red nicht schlecht über Luke, Ben«, sagte Lola oft. »Er kann nichts dafür. Er ist einer von uns. Einer von den Guten. Begreif das doch endlich mal.«

Ben zog sich an, schnappte seinen iPod und seine Schulsachen und verließ das verdammte Haus. Karlas Vespa stand zwar im überwucherten Garten neben der Achtundzwanzig, aber was nützte ihm das, solange er den Schlüssel nicht hatte? Und der Schlüssel lag vermutlich irgendwo in Karlas Schlafzimmer. Drauf geschissen!

Sein Fahrrad hatte Jo sich schon vor Ewigkeiten klauen lassen, als er es sich ungefragt ausgeliehen, aber unverschlossen vor der Kampnagelfabrik hatte stehen lassen. Typisch Jo! Und hatte er sich vielleicht mal um Ersatz gekümmert?

Ben lachte wütend vor sich hin, während er zur Haltestelle joggte. Mit solch profanen Dingen wie Entschuldigungen und Fahrradkäufen gab einer wie Jo sich nicht ab. Er hatte seinen Kopf irgendwo in den beschissenen Wolken und dachte nur an sich selbst. An sich, an Karla und höchstens noch an den Mindbreaker. Für mehr reichte es eben nicht.

Im Bus war an diesem Morgen nicht viel los. Vermutlich, weil er ziemlich spät dran war. Nirgends waren die dunkelroten Haare zu entdecken, die Ben zu sehen gehofft hatte. Nirgends ein schmaler Rücken mit spitzen Schulterblättern. Nirgends eine ganz bestimmte dünne, schwarz gekleidete

Person mit zusammengepressten Lippen und sturmgrauen Augen, die stand, statt sich zu setzen. Warum stand sie eigentlich immer?

Enttäuscht sank Ben auf den erstbesten freien Sitzplatz. Er war außer Atem und niedergeschlagen. Außerdem ungeduscht und größtenteils mit Sachen vom Vortag bekleidet. Verdammt. Vermutlich war er sowieso kein sehenswerter Anblick.

Lola sagte immer, er sei ein Normalo. »Bis auf deine Hammeraugen«, hatte sie mal freundlich hinzugefügt und ihn angelächelt.

»Was an ihnen ist Hammer?«, hatte er ehrlich interessiert zurückgefragt. Nur mit Lola konnte man so reden.

»Die Farbe«, hatte sie prompt erwidert. »Dieses Leuchtendgrün. Das ist echt krass. Und deine Art zu gucken. Drumherum siehst du einfach – na ja – normal aus. Aber das ist okay«, hatte sie noch rasch hinzugefügt, als sie seine Miene bemerkt hatte. »Normal ist okay.«

Als Ben gestern Abend noch ganz spät mit dem fremden Herrn gelaufen war, hatte er an nichts anderes als an Nisha gedacht.

Sie war nett. Nein, Blödsinn, das traf es nicht. Nicht annähernd. Er konnte es nicht wirklich beschreiben. Sie machte ganz einfach, dass er Herzklopfen bekam, wenn er nur an sie dachte. Aber sie war auch unnahbar. Nicht völlig unnahbar, aber dennoch, sie hielt sich fern. Von allem. Auch von ihm. Das war deutlich zu spüren.

Was sie wohl von ihm hielt? Dachte sie überhaupt an ihn, den Normalo? Oder war er für sie unwichtig? Einfach einer von vielen? Jemand, den man treffen konnte, wenn man mit seinem Hund um die Ecken ging?

Wir treffen uns, wenn es das nächste Mal regnet.

Verdammt, warum regnete es eigentlich nicht? Das wäre ein Zeichen, ein sogenannter Wink des Schicksals gewesen. Sonst regnete es in dieser verflixten Stadt doch dauernd. Was war los? Der Himmel war hell und fast wolkenlos. Nicht mal viele Vögel waren heute früh unterwegs.

Nach dem Hundespaziergang hatte er noch mitten in der Nacht mit Zuu geskypt. Dreiundzwanzig Uhr bei ihm bedeutete zwölf Uhr mittags bei Zuu. Den Zeitunterschied Hawaii–Hamburg hatte er immer drauf. Und zwölf Uhr mittags, das passte. Ungefähr um die Zeit war mit Zuu am Morgen zu rechnen.

Ben hatte sich eingewählt und ließ es gefühlt tausendmal läuten, ehe der Monitor aufflackerte und Zuus völlig verschlafenes, zermatschtes, gutes Gesicht auftauchte.

»Mann, was willst du denn um diese unheilige Zeit?«, gähnte er und rieb sich mit dem Handballen so fest die Augen, dass Ben Angst bekam, er könne sie sich versehentlich in die Augenhöhlen hineindrücken. Hinterher schaffte er immerhin ein schiefes Lächeln.

»Wollte nur mal Hallo sagen«, sagte Ben seufzend. »Gehe gleich ins Bett und fühle mich irgendwie einsam heute Nacht.«

»Einsam? Woahhh, Alter! Komm heim nach Hawaii, du Deutschländer, hier ist es nie einsam, wie du weißt!«

Das war eine Lüge, das wussten sie beide, aber Ben ließ es unkommentiert. Zuu sah fürchterlich aus, sein Gesicht war ausgemergelt und seine Augen flackerig und rot.

»Warte einen Moment, Bro, ich such nur rasch …«

Ben beobachtete, wie Zuu sich irgendwelchen Stoff reinpfiff, und fühlte sich hilflos.

»Zuu – nein! He, lass das doch! Verdammt!«

»Mach dich locker, Junge, ich bin gleich ganz für dich da. Dann hört Onkel Zuu sich alle deine Sorgen an, Mann!«

Etwas an Zuus Gesicht, an seinem Blick, war noch wie früher, war noch sein altes, verschmitzes Kindergesicht, aber das meiste an ihm war Elend. Elend, Droge, Frust.

Was sollte Ben ihm erzählen? Von sich? Von Nisha? Von seinen Gefühlen für sie? Und seiner geradezu kindischen Unsicherheit?

Er, Ben Bennet, der noch nie Sex gehabt hatte, versus Zuu Abby, der die Bräute nur so pflückte, wie er es nannte, und trotzdem so fertig und elend war, dass Ben jedes Mal beim Skypen, wenn sein Gesicht auftauchte, einen Schreck bekam.

Sie sahen sich einen Moment an. Würde dieses Gespräch noch etwas werden? Und wenn nicht, wer würde zuerst einknicken?

Ben biss sich auf die Lippen.

»Ben?«, sagte Zuu da.

»Hm?«

»Nimm's mir nicht übel, okay? Aber mir ist grad nicht nach Plappern, wenn du verstehst, was ich meine.«

Ja, er verstand – und nein, er verstand nicht. Was war nur los? In Hamburg? Auf Hawaii?

»Ach, Ben, fuck, ich wünschte echt, du wärst hier. Und nicht dort. Komm doch wieder, alter Stinker, ich würde mir den Arsch wegfreuen, echt.«

Und mit einem Skype-Bing verlosch die Verbindung nach Nanakuli. Ben hatte danach Ewigkeiten nicht einschlafen können und beim Aufwachen war es genauso mies weitergegangen.

»Scheißgefühl, was?«

Ben zuckte zusammen. Er hatte nicht mal mitbekommen, dass Amandus neben ihm im Bus aufgeschlagen war.

»Was meinst du?«

Amandus setzte sich nicht, stattdessen stellte er seinen Rucksack auf den freien Platz neben Ben. Aus dem Rucksack stakste wie üblich Schmuddel-Chewbacca und grinste breit. Amandus dagegen zwinkerte nervös mit den Augen und klemmte sein Longboard zwischen die Beine. Er grinste nicht. Amandus war keiner, der grinste.

»Dieses Mädchen, diese ... diese ... du weißt schon, auf die fährst du ab. Oder?«, sagte er leise.

Ben runzelte die Stirn. Was würde das denn werden? Und warum wusste Amandus, was mit ihm los war? Ausgerechnet der autistische Spinner?

»Und sie will nichts von dir. So ist es doch, hab ich recht?«

Ben gab keine Antwort. Er würde nicht mit Amandus über Nisha reden.

»Darum sagte ich: ›Scheißgefühl.‹«

Amandus nickte vor sich hin und seine Augen zuckten.

»Du irrst dich«, murmelte Ben matt, nur um etwas zu erwidern.

»Irre mich nur selten, echt. Prozentual betrachtet.«

»In dem Fall irrst du dich schon«, unterbrach ihn Ben, wenn möglich noch matter.

Amandus runzelte die Stirn.

»Sie ist anders als die anderen, was? Als Marla oder Selma und so. Und darum gefällt sie dir. Sie ist nicht Mainstream.«

Er sprach von Nisha, klar. Aber wieso wusste er von Bens Gefühlen? Ben warf Amandus einen Blick zu. Dachte er überhaupt noch an diese schräge SMS, die er ihm im letzten Frühling geschickt hatte?

Du bedeutest mir was. Du bist wie Licht. Wie ein Prisma.

An dich zu denken, ist essenziell für mich. Ich verliere mich beim Gedanken an dich.

Oder war das alles, was er damals geschrieben hatte, irgendwo in seinem Geniehirn untergegangen? Vergraben unter neueren, wichtigeren Infos? Ben hatte keine Ahnung, wie so ein IQ-von-150-Hirn funktionierte.

»Du guckst sie immer an. Ich sehe es dauernd.«

Amandus räusperte sich. Einmal, zweimal, dreimal.

Okay, das stimmte. Vermutlich war Ben durchschaubarer, als er gedacht hatte.

»Zuerst hab ich geglaubt, du guckst sie nur an, weil sie so merkwürdig ist.«

Amandus' Blick flackerte, als Ben ihn unvermittelt anschaute.

»Merkwürdig?« Ben hatte das gar nicht wiederholen wollen. Er hörte selbst, wie verwirrt seine Stimme klang.

Amandus nickte, als der Bus in die Haltebucht vor der Schule einschwenkte. »Ja. Doch. Ja.«

»Wie meinst du das?«, hakte Ben nach, doch Amandus beachtete ihn nicht, sondern suchte stattdessen seine Sachen zusammen und schulterte seinen Rucksack. Dabei murmelte er vor sich hin. »Hab ich alles? Das? Das? Das? Okay. Dann los. Schule. Doppelstunde Latein, Mathe, Physik, Politik, Ethik, Pause, Schach-AG, heute bewölkt, die Temperatur beträgt derzeit siebzehn Grad, die Höchsttemperatur wird bei neunzehn Grad liegen. Regenwahrscheinlichkeit null Prozent – super ...«

Gleich darauf waren sie draußen. Der Bus rollte brummend hinter ihren Rücken davon. Es hatte schon geläutet, der Hof war leer.

»He, Amandus?«

»Was?«

Amandus drehte sich um wie Dory in *Findet Nemo*, mit einer Miene, als sehe er Ben zum ersten Mal seit langer Zeit wieder.

»Warum ist sie – merkwürdig?«

»Wer?«

Ben seufzte. »Mann! Amandus! Nisha! Was du da eben über sie gesagt hast!«

»Ach so.« Amandus sprang auf sein Board und rollte los. Als sie die Treppe erreichten, kickte er es hoch und fing es mit einer seiner großen Hände auf. »Merkwürdig. Ja. Oder auch sinnwidrig, abseitig, sonderbar, schrullig, spleenig, absonderlich, irrig. Such dir was aus.« Amandus lächelte sein schiefes Lächeln. »Sie guckt, dass es zwei Assoziationen bei einem weckt, oder? Ist dir das nicht aufgefallen? Sie sieht tieftraurig aus. Und gleichzeitig vollkommen gleichgültig. Das meinte ich mit merkwürdig.«

Er hob den Kopf. »Und noch was, Ben. Wegen der Schulzeitungs-AG, in der wir jetzt beide abhängen. Keine Sorge, ich bin nicht mehr in dich ... Du weißt schon. Meine Gefühle. Dieser ganze Scheiß hat sich, sagen wir mal, neutralisiert.«

Nach diesen gemurmelten Worten ging er eilig davon. Chewbacca, über seiner Schulter, wippte mit der felligen Nase im Takt von Amandus' Schritten und grinste Ben zu.

Nisha

»Ich muss nach Hause, wirklich.«

Nisha sah Ben an. Sie mochte seine braunen Locken. Und seine grünen Augen. Grün wie Blätter. Und dass er so groß war. Größer noch als Jamil. Und ernster. Seine Augen waren immer ernst. Sogar, wenn er mal lachte. Obwohl, richtig gelacht hatte er noch nie. Nur gelächelt.

Es war Mittag. Die Schule war aus, die erste Hälfte des Tages rum. Sie zählte die Zeit, sie konnte es einfach nicht lassen. Alleinezeit. Schulzeit. Schlafzeit.

Am schwersten war die Schulzeit. Sie war laut, hektisch, unübersichtlich und einsam. Freundinnen? Sie hatte keine. Noch keine? Sie wusste es nicht. Marla, Peggy und wie sie alle hießen, waren so ganz anders als sie. Um manches beneidete sie sie, anderes stieß sie eher ab.

Sie waren laut, bunt, schrill, sorglos, ja, vor allem sorglos. Shiva, das Mädchen mit den indischen Wurzeln, war vielleicht anders, aber wer wusste das schon genau?

»Man kann in niemanden hineinsehen«, sagte ihre Mutter oft. Und dann war da Lola. Sie lächelte ihr ab und zu zu, aber mehr auch nicht.

So viel zur Schulzeit. Aber die Alleinzeit, sie war fast genauso schwer. Oder vielleicht noch schwerer? Oder war nicht eigentlich die Schlafzeit am schlimmsten, wenn sie nicht schlafen konnte?

»Ich ... ich muss jetzt wirklich nach Hause«, sagte sie ein zweites Mal.

»Nur eine Stunde?«, bat Ben. Er hatte nach dem Unterricht vor der Tür auf sie gewartet und sie gefragt, ob sie noch etwas unternehmen wollten.

»In der wir was machen?«

»Stadt? Starbucks? Einfach rumlaufen?«

Nisha fühlte, wie sich ihr Gesicht skeptisch verzog. Sie wich seinem Blick aus. Alleinezeit oder Benzeit? Aber was würde das bringen? Ben konnte auch nicht machen, dass ...

Nein, sie wollte nicht weiterdenken. Das waren Kaleidoskopgedanken, die nichts brachten außer Durcheinander. Schillerndes Durcheinander vielleicht, weil das Zusammensein mit Ben nett war – schön war, aber dennoch. Kaleidoskopgedanken konnten nur zu leicht zu Kaleidoskopgefühlen werden. Und Gefühle waren schlecht. Sie machten einen schwach und lieferten einen aus.

Nisha fühlte sich schwindelig. Mit einer Hand tastete sie nach der bunten Schulkorridorwand. Sie sah, dass er es sah, und versuchte, sich zu wappnen.

»Nisha, was ist?«, fragte er da auch schon.

»Alles in Ordnung«, murmelte sie hastig, nahm die Hand von der Wand und schob sich stattdessen eine rote Haarsträhne aus dem Gesicht. In ihr war nichts als Unruhe.

Aber auch Ben schien nervös zu sein, trotzdem hing sein Blick bittend an ihrem.

»Wir könnten die Hunde holen«, schlug er als Nächstes vor. »Und mit ihnen im Stadtpark rumlaufen. Oder an die Elbe? Egal. Mir ist alles recht. Wenn du nur mitkommst.«

Sie merkte, wie er sie weiterhin unverwandt ansah. Immerzu sah er sie an. Das irritierte sie, aber sie versuchte, es nicht zu zeigen. Sie wollte so gerne mal alles richtig machen. Nicht auffallen. In ein Schlupfloch aus Normalität schlüpfen. Sie blinzelte, vor ihren Augen flimmerte imaginäres – Irgendwas.

»Wie gesagt, ich muss wirklich nach Hause«, sagte sie leise, was natürlich schon wieder unlocker war, und zog die Schultern hoch. Sie dachte daran, dass sie sich sehnte, ihre Mutter zu sehen. Und Aysel. Bei ihnen fühlte sie sich gut. Sicher. Geborgen. Zu Hause war die Welt in Ordnung.

»Wie lange hast du Zeit, wenn du alle Zeit, die nur irgend geht, zusammenkratzt?«

Nein, er ließ nicht locker. Und natürlich sah er sie weiterhin an, mit diesen wahnsinnig grünen, grünen, grünen Augen. Sein Blick war weich. Anders konnte man es nicht nennen. Wenn sie sich nur ihren ... Gefühlen hingeben könnte. Aber das war nicht möglich. Im Gegenteil, sie musste wachsam sein. Auf der Hut. Gewappnet. Immer. Sie atmete tief durch.

Wieder flatterte ihr Blick in seinen. Nein, nein, nein!

Andererseits, warum hielt er so zu ihr? Warum kam er immer wieder, auch wenn sie nicht sehr nett und entgegenkommend war?

Sie sah ja nicht mal gut aus. Sie war blass und sehr, sehr dünn und hatte immer Schatten unter den Augen. Früher, als kleines Kind, da war sie niedlich gewesen. »Schöne, kleine persische Prinzessin«, hatte ihr Pap sie damals genannt. Schöne, kleine persische Prinzessin.

Beim Gedanken an diese Worte ging es ihr wieder ein bisschen besser.

Ben

Was hatte Amandus gesagt? Sie sah traurig und gleichgültig zur selben Zeit aus. Traurig und gleichgültig? Stimmte denn das? Nein, eher erschöpft und ... herausfordernd? Oder verbissen? Sie hielt sich sehr gerade, fast unnatürlich gerade. Sie schminkte sich nicht. Und sie schien nie ein Handy in der Hand zu haben.

Ben gefiel das. Sie war wie Vintage. Wie früher. So wie man wohl gewesen war, als es noch keine Handys, Facebook und Whatsapps gegeben hatte. Von dieser Zeit schwärmten

Karla und Jo natürlich in den höchsten Tönen. Gute alte Zeit. Bla, bla, bla. Aber trotzdem hatte es etwas an ihr.

»Okay. Zehn, fünfzehn Minuten«, sagte sie plötzlich mit einem winzigen, vorsichtigen Lächeln im Gesicht.

Ben atmete auf. »Besser als nichts.«

Was war nur los mit ihm? Machte er sich zum Affen? Er musste an Jo denken und daran, was er sich tausendmal im Hinblick auf seine idiotischen Eltern geschworen hatte.

Sie verließen gemeinsam den Schulhof. Amandus saß riesengleich und reglos an der Haltestelle, die Füße auf seinem Skateboard. Auf der anderen Straßenseite küssten sich Janto und Marla. Ben spürte ein bescheuertes, komisches Ziehen im Bauch, als er das sah.

Zum Teufel, er war doch nicht mehr dreizehn! Aber Janto war ihm eben meilenweit voraus. Er küsste andauernd Mädchen. Mit Lola war er auch mal kurz zusammen gewesen.

»Komm«, sagte Ben hastig.

»Wohin?«

Nisha machte ein unschlüssiges Gesicht. Immerhin hatte sie sich die allgegenwärtigen Ohrstöpsel noch nicht in die Ohren gesteckt, wie sie es sonst dauernd tat. Ben war froh darüber.

»Wir sind gleich da. Vertrau mir.«

Er würde ihr seinen alten Nachdenkplatz zeigen. Eigentlich war es sein und Lolas Nachdenkplatz, aber er konnte sich sicher sein, dass Lola heute nicht dort sein würde. Ihr kleiner Bruder Luke hatte Scharlach und sie hatte Jette versprochen, sich den Nachmittag über um die kleine Nervensäge zu kümmern.

»Da wären wir.«

Ben deutete auf das winzige Stück Natur zwischen der

langen Häuserreihe, die hinter der Immanuel-Kant und der großen Hauptstraße lag. Zwei dicht stehende Bäume, eine Linde und eine Birke, ein bisschen ungepflegte Wiese, eine alte, bröckelige Restmauer von einem Haus, das hier wohl früher mal gestanden hatte, und ein Stück Kanal, der daneben floss. Komisch, dass sich kaum einer bis auf ihn und Lola hierher verirrte.

Es roch nach Gras, Matsch, Kanalwasser und heute nach Herbst. Ben mochte den Geruch. Dünner Wind streifte ihre Gesichter. Die Natur rührte sich wieder. Gott sei Dank.

»Und jetzt?« Nishas Stimme klang angespannt.

»Ich will so gerne noch mehr von dir wissen«, sagte Ben leise und lehnte sich gegen das vorstehende Stück Mauer hinter ihm. Nisha stand ihm gegenüber unter der Birke, deren Blätter herbstgelb waren. Gerne hätte Ben seine Hände nach ihr ausgestreckt, aber er ließ es besser bleiben. Sie würde es nicht wollen, da war er sich ziemlich sicher.

»Warum willst du ständig etwas wissen? Bist du immer so? Quetschst du jeden aus? Beziehungsweise jede?«

Nishas Stimme klang misstrauisch bei dieser Frage.

Ben schüttelte den Kopf. »Nein. Nein. Natürlich nicht.«

Im Kanal platschte es, als habe jemand etwas hineingeworfen. Nisha zuckte erschrocken zusammen und fuhr herum.

»Äh, Kanalratten«, sagte Ben entschuldigend. »Sie sind nur selten da. Aber wenn, machen sie Krach. Sorry. Ekelst du dich?«

Nisha spähte kurz Richtung Wasser. »Ich sehe nichts«, sagte sie.

Ben deutete mit dem Arm auf das Wasser. Er und Nisha standen jetzt direkt nebeneinander und Ben genoss diesen

Moment. »Da! Bei dem Stein! Es sind zwei. Erkennst du sie?« Ihr Arm an seinem Arm beziehungsweise ihr Jackenärmel an seinem Jackenärmel. Für den Hauch eines Moments.

»Ja – oh, wie groß sie sind. Fast wie junge Katzen oder so.«

Nisha drehte sich zurück und brachte so wieder Distanz zwischen sie. Ihre Augen sahen plötzlich verändert aus, es sah so aus, als ob irgendetwas im Wasser sie erschreckt hatte.

»Ekelst du dich doch?«

Sie schüttelte eilig den Kopf und Ben lächelte ihr zu.

»Oh Mann, ich würde gerne tausend Sachen von dir wissen.«

»So viel gibt es über mich gar nicht.«

»Bestimmt doch.«

»Nein, wirklich nicht. Ich habe noch nicht sehr viel – erlebt.«

Sie schwiegen beide einen Moment.

»Frag eine Sache«, sagte Nisha dann. Ihre Stimme klang immer noch zögernd. Aber sie lächelte ihm auch zu. Sekundenlang. Ben wünschte sich, sie würde öfter so lächeln. Es machte etwas in ihm, das sich wahnsinnig anfühlte.

»Eine Sache?«

Nisha nickte. »Dann bin ich dran. Eine Frage gegen eine Frage.«

Ben nickte. »In Ordnung. Das ist ein Deal.«

Er starrte einen Moment nachdenklich vor sich hin. Wieder sprangen die Kanalratten.

»Also?«

»Okay ... warum siehst du so oft so traurig aus?« Die Frage schoss aus ihm heraus, ehe er sie aufhalten konnte. Sie hatte mindestens so viel Tempo wie die nassen Viecher hinter ihnen im Wasser.

Nisha sah ihn an. *»Traurig?* Ich bin nicht traurig.«

»Echt nicht?«

Meinte sie das ernst? Ben sah in ihre traurigen, umschatteten Augen und war völlig verwirrt.

»Nein.« Sie schüttelte den Kopf, als wolle sie dem ›Nein‹ mehr Nachdruck verleihen. »Jetzt bin ich dran.«

»Stimmt. So schnell kann das gehen.«

Nisha zupfte ein kleines Birkenblatt von einem der weichen, hängenden Äste um sie herum und zerpflückte es zwischen den Fingern.

»Was ist mit *dir?* Wie lebst du?«

»Das soll *eine* Frage sein?«

»Ja.«

»Dann ist es eine *Riesenfrage.«*

Nisha lächelte diesmal nicht. Nicht mal im Ansatz. Keinen Hauch. Aber ihre Augen begegneten Bens.

»Du hast eine tolle Augenfarbe, weißt du das?«, sagte er, die Gunst des Moments nutzend. Wenigstens das hatte er also schon mal gesagt. Immerhin, puh. Er sah sie weiter an. Sie hatte so glatte, weich und warm aussehende Wangen und himbeerrosa Lippen, auf denen nicht mal Lippenbalsam war. Sie waren leicht rau und sie presste sie immer fest zusammen, egal, ob sie nun lächelte oder nicht.

»Du weichst mir aus.« Sie erschien jetzt mutiger. »Erzähl doch mal was von dir. Wie lebst du so? Und was machst du, wenn du nicht in der Schule bist?«

Ben seufzte. »Okay. Also, ich wohne fast am Stadtpark. Direkt dort um die Ecke. Himmelsstraße. Eine kleine Straße mit einem großen Namen. Unser Haus ist ganz am hinteren, unspektakulären Ende, Nummer achtundzwanzig. Aber ich hänge nicht viel zu Hause rum. Bin lieber unterwegs. Was noch?«

Nisha hob den Kopf. »Geschwister? Hast du welche?«

»Eher nein. – Nein, nicht wirklich. Also, im Grunde bin ich ein typisches Einzelkind.«

»Eher nein? Nicht wirklich?«, wiederholte Nisha mit fragender Miene sein Gestammel. Na klasse, er war wirklich ein Trottel, der es darauf anlegte, in die Enge getrieben zu werden. Ben kniff grinsend die Augen zusammen. »He, das waren jetzt schon drei Fragen. Mindestens. Ich bin wieder dran.«

Nach einem kurzen Zögern nickte sie. Ben war froh über dieses Nicken. Es bewies, dass er ihr nicht komplett auf die Nerven ging mit seinen vielen Fragen.

Er lächelte ihr erleichtert zu. »Wo wir gerade bei Geschwistern waren: Hast du denn welche?«

Nisha

Ihre Geschwister? Sie lächelte einen Moment vor sich hin. Als kleines Mädchen hatte sie ein Kaleidoskop gehabt. Wenn man hindurchsah, sah man eine bunte, wunderschöne Welt, die anhielt, wenn man es wollte, und die sich schillernd veränderte, wieder, wenn man es wollte. Stundenlang hatte sie hindurchgeschaut in diese Welt aus Blumen, Zauber und Glitzer, bis ihr großer Bruder ihr das Kaleidoskop eines Tages geklaut und auseinandergenommen hatte, um nachzusehen, was diese Wunderwelt so wunderbar machte.

»Nur diese drei kleinen Spiegel, Nish«, hatte er hinterher achselzuckend gesagt. »Drei kleine Spiegelstücke und ein paar bunte Plastikglitzersteine, mehr nicht. So ein Kaleidoskop ist nix als – Betrug.«

Sie hatten sich erstaunt angesehen, dann hatten sie das zerstörte Kaleidoskop in den Papierkorb geworfen und waren spielen gegangen.

Und Aysel? Als sie geboren wurde, war Jamil schon sieben und sie selbst fünf gewesen. Himmel, waren sie aufgeregt gewesen. Sie hatte tatsächlich von Kopf bis Fuß gezittert, als ihr Pap ihr das neugeborene Baby zum ersten Mal behutsam in den Arm gelegt hatte. Jamil stand mit einem stolzen Lächeln im Gesicht daneben. Davon gab es eine Fotografie. Sie stand bei ihnen auf dem Kaminsims.

Als Nisha Ben von Jamil und Aysel erzählte, wurde ihr leichter zumute. Sie fühlte sich nicht mehr so unwohl, so ausgefragt. Sie dachte nicht länger über jedes ihrer Worte nach. »Jamil hat in vier Tagen Geburtstag, er wird achtzehn«, begann sie. »Ich mag ihn sehr. Wir verstehen uns großartig. Es wird ein großes Fest geben. Aysel dagegen ist noch furchtbar klein. Sie bekommt in zwei Wochen eine Zahnspange und redet im Moment von nichts anderem. Sonst sind Pferde und Ponys ihr einziges Thema. Es ist völlig verrückt, sie hat Pferdepullis, einen Pferdeschulranzen, eine Pferdelampe, eine Pferdezahnbürste, einen Pferdeschlafanzug, Pferdebettwäsche.« Nisha lachte leise und begegnete dabei Bens Blick. Er sah aus, als wäre er gern näher gekommen, traute sich aber nicht.

»Trotzdem kommt Aysel nachts oft zu mir rüber«, fuhr Nisha fort. »Sie hat manchmal schlimme Träume. Dann weint sie und kriecht zu mir ins Bett.«

Nisha spürte etwas tief in ihrem Inneren, das sie schnell beiseiteschob. Etwas Dunkles, Leeres, Bleiernes. »Ich fände es einfach schrecklich, keine Geschwister zu haben«, platzte es aus ihr heraus.

Ben bohrte mit der Ferse eine Kuhle in den lehmigen Erdboden. Dabei seufzte er. »Das kann man jetzt so sehen und so.« Er biss sich auf die Lippen.

»Was machen denn deine Eltern so den ganzen Tag?«, fragte Nisha weiter. »Sind sie beide berufstätig oder ist deine Mutter zu Hause?«

Ben

Er seufzte erneut und ließ die Kuhle Kuhle sein. Dazu machte er ein entsagendes Gesicht und bemühte sich, nicht nervös zu wirken. Oder frustriert. Oder eine Mischung aus beidem. Er spürte selbst, dass es ihm nicht besonders gut gelang. »Sorry, aber über meine Eltern mag ich nicht unbedingt reden, wenn's nicht sein muss. Nimm's nicht persönlich, bitte. Aber Jo und Karla. Also ...«

Er ließ es einfach sein weiterzusprechen. Nisha nickte und drängte ihn glücklicherweise nicht.

Nisha

Was hatte er sie noch als Erstes gefragt? Warum sie so traurig aussah?

Sie fand, jetzt sah er traurig aus.

Oder, nein, das stimmte nicht ganz. Vielleicht traf daseinserschöpft es besser.

Da-seins-erschöpft. Das war eigentlich ein Wort, das ihr gehörte. Sie hatte es in Bremerhaven geschaffen. Für sich. Nur für sich.

Aber zum ersten Mal keimte in ihr die Idee, dass es vielleicht auch für andere gelten konnte. Unter Umständen.

Aber, andererseits – für Ben Bennett?

Er hatte doch alles. Alles, was man brauchte und wollte.

Ben

»Warum packst du deinen Koffer?«, erkundigte sich Ben bei seiner Mutter, als er nach Hause kam.

In ihm schwang immer noch die Begegnung mit Nisha nach. Schon lange hatte ihn keiner mehr gefragt, was mit seinen Eltern war. Ruben, Janto, Peggy, der andere Ben, Marla und natürlich Zuu auf Hawaii, alle wussten Bescheid. Und inzwischen ließen sie ihn damit in Ruhe, bis auf Ruben, der gar nicht anders konnte, als seine blöden, bissigen, höhnischen Bemerkungen zu machen.

Nisha aber hatte nicht weitergefragt. Sie hatte einfach akzeptiert, dass er nicht gerne über Karla und Jo sprechen wollte. Die Erinnerung daran fühlte sich – gut an.

»Verlässt du Jo jetzt doch?« Ben biss halbherzig in eine Milchschnitte, die er im Kühlschrank aufgetrieben hatte. Nie gab es bei ihnen Mittagessen, außer Sontje war um die Uhrzeit mal da. Dann erbarmte sie sich seiner und kochte für ihn. Trotzdem war es besser, wenn Sontje mittags blieb, wo sie hingehörte. In ihrem Redakteurinnenbüro des NDR in der Rothenbaumchaussee.

Karla lachte kurz auf. »Natürlich nicht, aber ich übernachte bei Letizia.«

»Warum denn das?«

Karla bei Letizia? Sonst kam doch Letizia immer zu ihnen,

um in ihrer Küche abzuhängen, Wein zu trinken und alte französische Chansons mit Jo zu hören.

Der fremde Herr lag schnarchend mitten in Karlas und Jos Bett und Karla zog mühsam ihr geringeltes Lieblingsnachthemd unter ihm hervor. »Ab, du Koloss«, sagte sie unfreundlich, aber der Hund gähnte nur und wich keinen Zentimeter.

»Mistköter«, murmelte Karla.

»He, lass es nicht an ihm aus. Er kann nix dafür«, begehrte Ben auf.

»Stimmt, aber ich bin gereizt«, lenkte Karla ein. »Sorry, fremder Herr, nimm's nicht persönlich, aber heute Nacht ist wieder mal Mindbreakernacht. Jo weiß es natürlich schon seit Wochen, hat sich aber eben erst dazu bequemt, mich einzuweihen.«

»Oh Hölle«, stöhnte Ben. Das hatte ja gerade noch gefehlt.

In dem Moment schaute Jo zur Tür herein. Wenn man vom Teufel sprach, hieß es nicht so? Bens Vater warf einen Blick auf Karlas offen daliegenden Koffer. »Verlässt du mich jetzt doch?«, fragte er grinsend, ohne zu ahnen, dass er die gleichen Worte wie sein Sohn, haha, gewählt hatte.

»Witzbold«, murmelte Karla und schlug den Kofferdeckel zu.

Jo schwenkte einen kleinen Notizzettel zwischen den Fingern. »Soll das auch ein Scherz sein? Diese kryptischen Zeilen habe ich soeben auf meinem Schreibtisch entdeckt. Wann hast du das geschrieben? Heute?«

Sein Grinsen war noch breiter geworden. Jo hatte graue Locken, einen kultivierten Dreitagebart, hellblaue Augen und erste krisselige Falten unter den Augen. »Die Wechseljahre schränken meine sexuelle Energie ein, darum gehe ich heute besser?«, las er mit hochgezogenen Augenbrauen vor. Er lachte laut auf.

»Verdammt, ich meine das ernst«, sagte Karla.

Ben stand abrupt auf. »Ihr beide seid echt das Letzte«, schnaubte er, pfiff nach seinem Hund, der sich aber nicht um ihn scherte, und floh aus dem Haus.

Mindbreakernacht? Ohne ihn. Er würde es wie Karla halten und außer Haus übernachten.

Die Bescheuerten würden, wie immer, rund um die Achtundzwanzig kampieren, dabei ihren üblichen Lärm machen, Texte rezitieren, Feuer anzünden, kiffen, saufen, Unmengen Zigaretten im Gras austreten, das idiotische Ritual der Unendlichkeit nachspielen und die ebenso idiotische tödliche Kammer des Mindbreakers aufbauen, nur um sie am Ende des Spektakels wieder abzufackeln. Es war jedes Mal der gleich Scheiß.

Warum hatte er nicht einen Vater, der Speditionskaufmann war? Oder Mathematiklehrer? Oder Ohrenarzt?

Jede Wette, dass Sontje vorbeikommen würde. Und vermutlich auch Jette, die Lola schon so weit kriegen würde, dass sie auch über Nacht den Scharlachbabysitter für Luke spielen würde.

Was hatte Jo mal gerufen, vor ein paar Jahren, ausgerechnet, als Janto und Ruben bei ihm zu Besuch gewesen waren?

»Was kommt, wird gewickelt!«

Janto und Ruben hatten sich fast bepinkelt vor Lachen. Manchmal war das Leben eben nur schwer zu ertragen.

Jamil sagte immer, sie sehe katzenhaft aus. »Wie eine rote, geheimnisvolle Wildkatze.« Er zwinkerte ihr zu, wenn er das sagte. Oft sagte er auch, sie sei leider das hübscheste Mädchen, das er kenne, was ein Jammer sei, weil er nie eine finden würde, die es mit ihr aufnehmen könne.

Morgen würde er achtzehn werden. Er war noch mit seinem Kumpel unterwegs, obwohl es schon sehr spät war.

»Mam, wir feiern rein«, hatte er beim Abendessen verkündet und gegrinst. Aysel saß auf seinen Knien, wie oft beim gemeinsamen Abendbrot. Sie aßen *Zereshk Polou bā Morgh*, Hähnchen mit Safran und Berberitzenreis, Nishas Lieblingsgericht.

Ihr Vater war wenig begeistert gewesen von Jamils Ankündigung. »Wenn du dich besäufst, gibt's morgen kein einziges Geschenk, verstanden?«, hatte er gesagt.

Jamil verzog das Gesicht. »Ich saufe nicht, Ali Reza«, hatte er würdevoll erwidert. »Ich trinke höchstens gepflegt ein bisschen dies und das, wie alle anderen.«

»Was immer du trinkst, wenn es zu viel ist, kannst du deine Feier morgen vergessen, du Kindskopf!«

Bis auf den Kindskopf hatte er den letzten Satz auf Persisch gesprochen.

Nisha hatte während des gesamten Essens ein Rauschen in den Ohren, das nicht verging.

»Ist dir nicht gut?«, fragte ihre Mutter besorgt. »Du bist so blass und still.«

»Doch, doch, es ist alles in Ordnung«, sagte Nisha leise. Dabei sollte sie nicht leise sein. In Bremerhaven hatte sie geübt, lauter zu sein. Es war schwere Arbeit für sie.

Wenn dir die Welt als 'ne Leiter erscheint, ich sitz auf der untersten Sprosse, mein Freund.

Das Rauschen wurde stärker. Nisha spürte Schwindel und Übelkeit. Sie schwemmten durch ihren Körper, wie ein schmutziger Algenteppich über die Ostsee schwappen konnte, von einem Moment zum nächsten.

Du willst dich einmauern mit deiner Angst vor dem Leben.

Hatte das nicht mal jemand zu ihr gesagt? Nur wer? Und warum? Wovor fürchtete sie sich?

»Ich geh mit Torte raus«, sagte sie leise und floh aus dem Haus, das ihr plötzlich wie eine dunkle, bedrohliche Sackgasse vorkam, ein Ort, dem sie unbedingt entfliehen musste.

Ben Bennet begegnete sie nicht.

Später, mitten in der Nacht, Stunden nach ihrer Rückkehr, war Aysel zu ihr unter die Bettdecke gekrochen.

»Was ist?«, murmelte Nisha verschlafen und rückte zur Seite.

»Angst«, flüsterte Aysel mit erstickter Stimme zurück und presste sich an sie. Ihre kleinen, kalten Füße stießen gegen Nishas Beine.

»Angst? Wovor denn schon wieder?« Sie nahm sie in den Arm. Aysels weiche Haare kitzelten ihr Gesicht, was sich schön anfühlte.

»Feuer, Nisha, Feuer.«

Aysels Stimme war nur ein Hauchen.

Ihre kleine Schwester fürchtete sich sehr vor Feuer. Und vor Hitze. Keiner wusste, warum. Und wo es herkam. Aber sie konnte es einfach nicht abschütteln.

»Dummerchen, alles ist gut«, flüsterte Nisha. Mehr fiel ihr nicht ein.

»Singst du was für mich?«, bat Aysel flüsternd.

Nisha in der Dunkelheit nickte und sang ein altes persisches Schlaflied, das ihr Vater für sie gesungen hatte, als sie selbst noch klein gewesen war. Ab und zu fehlte ihr ein Wort oder auch eine ganze Liedzeile, die sie leise mit Lalala ersetzte, aber das schien Aysel nicht zu stören. Nisha lauschte ihren warmen, kindlichen Atemzügen, die nach und nach wieder ruhiger und länger wurden. Sie streichelte behutsam Aysels weiche Stirn und fuhr ihr mit den Fingerspitzen ein paar Mal durch die vom Schlaf zerstrubbelten Haare.

Da war etwas ... Da war etwas ...

Etwas.

Aber sie kam nicht darauf, was es war. Aysels ruhige Atemzüge machten sie selbst wieder schläfrig. Sie fühlte, wie ihre Augen schwer wurden und nach und nach zufielen. *Ihre Arme ... so schwer. So unendlich schwer ... zu halten ... und zu atmen ... So viel Stille ... So ... allein ... so ... schwer ... zu halten ... und zu tragen ... zu – ertragen.*

Ben

Verdammt. Ben ging im Kopf seine Optionen durch.

Ruben und Janto waren unterwegs und ignorierten, wie es schien, ihre Handys. Marla und Peggy? Besser nicht. Dabei wohnte Marla ziemlich in seiner Nähe, aber sie war bis zum Abwinken oberflächlich und öde und selbstverliebt. Ihre Welt drehte sich um Aussehen, Ausgehen, Whatsapps, Youtube, Mode, Fernsehen, Heidi Klum. »Sie ist eine Zumutung«, sagte Lola oft kopfschüttelnd.

Und Shiva und Selma, die er auch noch vage zu seinem Bekanntenkreis zählte? Sie lungerten vermutlich gerade jetzt bei ihm zu Hause im Garten herum, sie waren oft bei Jos bescheuerten Mindbreakernächten dabei.

Zu dumm, dass er immer noch nicht wusste, wo Nisha wohnte. Irgendwo fußläufig zum Stadtparkt musste es sein, denn sie kam ja zu Fuß mit ihrem alten Hund auf die Lichtung. Aber mehr wusste er nicht. Er hatte auch keine Telefonnummer von ihr. Und keine Handynummer. Hatte sie überhaupt eins?

Zum Teufel, er stellte sich aber auch wirklich ungeschickt an. Er war eben wirklich mehr der Kumpeltyp als der Aufreißertyp.

Danke, Lola.

Wo sollte er jetzt hin? Wo die Nacht verbringen? Er sehnte sich plötzlich wie verrückt nach Zuu und der guten alten sonnigen Zeit in Nanakuli. Wieso musste sein bester Freund eigentlich über elftausend Kilometer entfernt wohnen? Andererseits – Zuu war einfach nicht mehr wie früher. All der Blödsinn, den sie zusammen ausgeheckt hatten. Damals war die Welt bunt und schön gewesen. Aber Zuu hatte sich verändert. Und er selbst sich auch. Irgendwie waren sie beide in ein dunkles, bescheuertes Loch gefallen. Nur leider nicht in dasselbe. Zusammen wäre es vielleicht leichter zu ertragen gewesen, aber ihre Löcher unterschieden sich wie Tag und Nacht.

»Verdammt, Zuu, verdammt«, murmelte Ben.

Er seufzte und tippte halbherzig Lolas Nummer in sein Handy, doch sie wimmelte ihn ab, wie er es fast erwartet hatte.

»Luke geht's echt mies, Ben, hohes Fieber und so. Und er ist ansteckend. Ich füttere ihn alle halbe Stunde mit homöopathischem Zeug und bespaße ihn, so gut es eben geht. Jette ist vor einer Weile zu euch gefahren. Jo hat sie herbeizitiert.«

Ben knurrte einen düsteren Kommentar.

»Jette ist sich übrigens nicht sicher, ob ich überhaupt gegen Scharlach immun bin. Sollte es mich umhauen, kannst du dann mal antreten und Luki versorgen, hat sie gesagt. Und mich gleich dazu.« Lola lachte leise.

Ben sagte nichts dazu. Er sollte den Nervbolzen versorgen? So weit kam es noch. Jette hatte sie doch nicht alle.

Im selben Moment entdeckte er auf der andere Straßenseite Amandus in Begleitung des anderen Ben.

»Ich melde mich, Lola«, sagte er verdrießlich und schaltete das Handy aus.

»Amandus? Ben? He, wartet doch mal!«

Der andere Ben drehte sich zuerst um. Dann, zeitverzögert, Amandus.

»Wohin geht ihr?« Ben joggte über die Straße, erleichtert, auf andere Gedanken zu kommen.

Der andere Ben grinste. »Wir haben uns rein zufällig getroffen. Ich fahr an den Flughafen. Und Amandus fühlt sich zum Kotzen, sagt er, und darum kommt er mit. Er braucht Zerstreuung, behauptet er.«

Der Genieriese nickte düster. »Blauer Mond am Firmament. Noch nicht zu sehen, aber in ein paar Stunden. Das spür ich in allen Knochen. Atmosphärisch. Ein zweiter Mond im selben Mondzyklus, das gibt's nur alle zwei Komma vier Jahre. Ich bin irgendwie total geschlaucht davon. Und da sagen die Wissenschaftler immer, dass der Einfluss des Mondes auf die Psyche des Menschen eine urbane Legende sei.«

Der andere Ben tippte sich verstohlen gegen die Stirn, aber er meinte es nicht böse. Der andere Ben war, seit er zwölf war, kaum mehr gewachsen. Also wenigstens nicht in die Höhe, dafür umso mehr in die Breite.

»Kummerspeck«, sagte Karla hin und wieder mitleidig. »Er hat dieses fiese Gemobbe in jungen Jahren eben nie wirklich verwunden und sich einen Schutzwall angefuttert. Seine Mutter und ich haben schon oft drüber gesprochen.«

Von Karla wusste Ben auch, dass der andere Ben deswegen zur Therapie ging, was aber keiner erfahren sollte.

»Was wollt ihr am Flughafen? Abhauen? Last Minute?«

Ben schloss sich ihnen ungefragt an. Sie liefen in Richtung Hauptstraße, wo die Bushaltestelle war. Abhauen. Vielleicht wäre das gar nicht mal das Schlechteste.

»Nein, der andere Ben will nur in fremde Häute schlüpfen, weil er sich in seiner eigenen nicht wohlfühlt«, sagte Amandus kryptisch und tippte beim Gehen mit den Fingerspitzen immer wieder die Hauswände neben sich an, wie es für ihn typisch war. Die Welt war eben voller Spinner, dachte Ben, der ihm dabei zusah. War das ein tröstlicher Gedanke? Er war sich nicht sicher.

»Was willst du?«, fragte er den anderen Ben, obwohl er keine Ahnung hatte, ob er es wirklich wissen wollte. »In fremde Häute schlüpfen?«

»Quatsch«, erklärte der andere Ben. »Das klingt ja voll pervers, wenn man das so hört.« Er sah Ben an. »Ich fahr einfach immer, wenn's sich einrichten lässt, zu den Koffersteigerungen am Airport. Manchmal ersteigere ich einen, das ist das ganze Geheimnis, okay?«

Amandus räusperte sich. »Und was ist da so drin? Fummel von Frauen? Wäsche?«

Sie stiegen in einen Bus in Richtung Fuhlsbüttel.

»Das ist ganz unterschiedlich. Ich hatte da zum Beispiel mal einen Koffer voller Bücher über Kerbtiere. Lauter antiquarische, vergilbte Wälzer.«

»Was zur Hölle sind denn Kerbtiere?«, fragte Ben.

»Insekten«, erklärte Amandus prompt.

Der andere Ben nickte.

»Und wo willst du hin?«, erkundigte er sich dann.

Ben zuckte mit den Schultern. »Keine Ahnung. Ich bin *lost,* wie man so sagt.«

»Wer ist das nicht?«, murmelte der andere Ben, den er damals davor gerettet hatte, mit dem Kopf voran in einer Schulkloschlüssel zu enden. Das war verdammt lange her.

»Janto Danowsky, Ruben Trautmannsdorff, Attila Mihrimah, Tobias Gramse, Clemens Hagmeister, Sebastian Liebig, Kalle Meerbaum«, murmelte Amandus vor sich hin.

Ben und der andere Ben warfen sich einen Blick zu und sahen dann beide zu Amandus hinüber, der ihnen gegenüber Platz genommen hatte.

»Levin Altmeyer, Jonas Müller«, schnurrte Amandus von dort drüben weiter.

»Äh, Amandus, warum leierst du den halben männlichen Jahrgang herunter?«, unterbrach ihn der andere Ben irritiert. »Haben wir irgendwas verpasst?«

»Weil du gefragt hast, wer das nicht ist«, nuschelte Amandus und blickte zwischen Ben und dem anderen Ben hindurch. »Ich meine *lost.* Sie sind's nicht, oder? Wir schon, aus dem einen oder anderen Grund.«

Amandus lächelte ein dünnes, verschleiertes Lächeln und dann schwieg er stur, bis sie am Flughafen waren.

Nisha

In der Morgendämmerung hatte es angefangen. Wie aus dem Nichts. Zuerst, als Nisha gegen sechs aufwachte, halb benommen wie so oft morgens, war alles ruhig gewesen. Dann war dünnstes silbriges Frühmorgenlicht durch die Jalousie getröpfelt wie feines Gespinst. Aber dann war es losgegangen, von einer Sekunde zur nächsten. Der Wind vor dem Fenster pfiff und tobte und bäumte sich auf. Nisha hörte die Bäume im Garten überrascht aufstöhnen. Die hohen Blätterkronen der Birke, der Linde, des Kirschbaums, der Rotbuche, der dünnen Zypresse, sie alle raschelten und keuchten und bogen sich. Der eingewickelte Sonnenschirm auf der Terrasse, der noch nicht in einem Winterquartier im Gartenschuppen war, klapperte ächzend in seinem steinernen Fuß.

Leise stand Nisha auf und ging an das auf Kipp stehende Fenster, um es zu schließen. Eine wilde, kalte Windböe schlug ihr von dort entgegen. Nur mit Mühe konnte sie das Fenster zudrücken. Der Wind heulte gereizt auf, als sie es schließlich schaffte, ihn auszusperren. Buntes Laub prasselte von allen Seiten gegen die Glasscheibe. Nisha blieb, wo sie war, und starrte wie gebannt nach draußen. Wie unheimlich stark die Natur war. Feuer, das alles verbrennen, Wasser, das alles überfluten, Wind, der Häuser zum Einstürzen bringen und Lawinen, die ganze Dörfer begraben konnten. Schon wenn man versehentlich über eine Kerze, die auf dem Tisch stand, hinweggriff, spürte man, welche wahnsinnige Hitze eine einzelne, so kleine Flamme zustande brachte.

Nisha zitterte.

»Was ist?«, wisperte Aysels Stimme hinter ihrem Rücken schläfrig.

»Nichts, alles gut«, sagte Nisha leise.

Torte am Fußende des Bettes brummelte im Schlaf. Sie war fast taub, früher hatte sie sich schrecklich gefürchtet vor Sturm, aber die Zeiten waren vorbei.

Heute war Jamils Geburtstag, alle würden kommen. Die alten Großeltern, außerdem ihre Tante Sandra, die ältere Schwester ihrer Mutter und dazu die vielen Freunde der Familie. Nisha spürte, dass sie sich auf den Tag freute.

Ihre Mutter hatte Torten und Kuchen gebacken, als gälte es, ganze Menschenmassen satt zu bekommen.

»Wer soll denn das alles essen?«, hatte ihr Vater kopfschüttelnd gefragt, als er gestern nach Hause gekommen war und sich in der vollgestellten Küche umgesehen hatte.

»Du wirst schon sehen, dass nichts übrig bleibt«, hatte ihre Mutter lächelnd geantwortet und Jamils Raumschifftorte dabei den letzten Schliff gegeben. Jamil bekam immer eine Raumschifftorte, so wie Nisha im Frühling zu ihrem Geburtstag eine Regenbogentorte bekam und Aysel eine rosa Prinzessinnentorte in Herzform. Daran ändert auch nichts, dass zumindest sie und Jamil in der Zwischenzeit fast erwachsen waren.

Nisha schlüpfte aus dem Zimmer und ging ins Badezimmer, um zu duschen und sich fertig zu machen. Es war noch ganz still im Haus. Schliefen tatsächlich noch alle? Wann Jamil wohl nach Hause gekommen war? Das Haus war voller Schatten und plötzlich fror Nisha. Auch im Bad war der Sturm gut zu hören.

Nisha dachte an *Der Zauberer von Oz*. Ihre Mutter hatte ihr das Buch einmal – vor langer Zeit – vorgelesen, aber sie waren nie bis zum Schluss gekommen. Nisha konnte sich nicht erinnern, warum nicht, sie hatten einfach eines Tages etwas anderes gelesen. *Momo? Die unendliche Geschichte?* Oder war es – *Mary Poppins* gewesen?

Nisha stand einen Moment reglos unter dem heißen, auf sie niederprasselnden Wasserstrahl, die Hände vor dem nassen Gesicht, Wasserdröhnen auf dem Kopf.

Die schattenhafte Gestalt, vom Wind hin und her geworfen, klinkte das Gartentor auf, und sie sahen, dass es eine Frau war, die mit einer Hand ihren Hut festhielt und in der anderen eine Reisetasche trug ...

Nein! Nein! Nein!

Im Zauberer von Oz jedenfalls hatte ein Wirbelsturm das Haus, in dem die kleine Dorothy mit Onkel und Tante lebte, vom Boden fortgerissen und Dorothy war mit ihrem Hund nach Oz geweht worden, in ein Land voller Abenteuer und Gefahren. Daran erinnerte Nisha sich noch genau.

Und so war das Leben eben. Auch in Wirklichkeit. Voller Abenteuer und Gefahren. Ob man wollte oder nicht.

Und sie hatte keine Ahnung, ob die vom Sturm davongewehte Dorthy jemals zurückgekehrt war.

Nisha weinte ein wenig, während sie sich die Haare wusch und spülte, aber dann drehte sie den Wasserhahn entschlossen zu und schlüpfte in ihren Bademantel. Was sagte Jamil so oft und zitierte damit aus einem Song, den er mochte?

So ist das Leben eben, es muss Beben geben.

Als sie angezogen war, ging sie zögernd nach unten. Von dort roch es inzwischen immerhin nach Kaffee, es musste also schon jemand wach sein. Na endlich.

Nisha war nicht gerne alleine wach. Die Haustür stand überraschenderweise halb offen, Wind strömte ungebändigt herein und im Vorgarten polterte es, als habe der Sturm es nun auf die ebenfalls noch herumstehenden Gartenmöbel abgesehen. Und tatsächlich, einer der Gartenstühle lag angeschlagen direkt vor der Haustürtreppe. Und eine grüne Plastikgießkanne schlingerte haltlos über die Türschwelle, als tanze sie einen einsamen Tanz.

Wer war dort draußen zugange, um nach dem Rechten zu sehen? Bestimmt ihr Vater. Der Garten war von jeher sein Hoheitsgebiet. Wahrscheinlich sah er nach seinen geliebten persischen Palmen, die er selbst vor vielen Jahren gezogen hatte und die in drei großen Kübeln beim Wintergarten ihren Platz hatten.

»Hallo Pap? Bist du da draußen?«, rief Nisha gedämpft und trat in den Wind hinaus, der sofort an ihren noch nassen Haaren riss, als wolle er sie am liebsten ebenso mitschleifen wie die Gartenmöbel. Oder wie Dorothy, die er mitsamt ihrem Haus nach Oz gezwungen hatte.

»Guten Morgen, Nisha.«

Er war wie eine graue Silhouette und Nisha musste zweimal hinsehen, ehe sie ihn wirklich erkannte. Dort an der Hauswand. Im Windschatten. Er sah sie prüfend an. Mit zusammengekniffenen Augen. Böse? Nicht böse?

Herr Vandegen.

»Nisha, Nisha«, sagte er leise und Nisha hielt den Atem an vor Schreck.

Ben

Amandus hatte sich flach atmend vom Acker gemacht.

»Dieser *Monk«,* sagte der andere Ben kopfschüttelnd, während sie dem Riesen hinterhersahen, der mit großen Schritten davonging. »Also echt! Wie der abging bei dem Gedanken, den fremden Koffern womöglich zu nah zu kommen. Und warum hat er denn nicht früher daran gedacht?«

»Er hat das auch mit anderen Sachen«, warf Ben ein. »In der Schule geht er zum Beispiel nie aufs Klo. Und er will nicht angeatmet werden. Und wenn er im Getränkemarkt am Flaschenautomaten ist, legt er immer erst ein Taschentuch über den grünen Knopf, ehe er draufdrückt. Er sagt, die grünen Knöpfe an den Pfandflaschenautomaten sind in Wahrheit schlimmer als öffentliche Klos. Auf ihnen wären noch mehr Keime, weil sie praktisch nie sauber gemacht werden. Niemand denkt an sie.«

»Irre. Absolut durchgeknallt.« Der andere Ben riss sich vom Gedanken an den verrückten Amandus los und betrachtete stattdessen prüfend die beiden Koffer, die sie erwischt hatten. Seiner war ein unscheinbarer grauer Trolley aus Portugal für siebzig Euro und Bens war ein klassischer grüner, reichlich abgewetzter Koffer aus Frankreich, der fünfzig Euro gekostet hatte.

»Dass ich so was mal machen würde«, sagte Ben kopfschüttelnd. »Was für eine verrückte Aktion.« Sein Portemonnaie war jetzt jedenfalls erst mal leer, aber die Sache mit dem anonymen Koffer war immer noch besser, als zu Hause abzuhängen und Jos gefühlt hundertste Mindbreakernacht ertragen zu müssen.

»Ich steh da voll drauf und hoffe immer noch auf einen Koffer voll Kohle – soll ja vorkommen«, sagte der andere Ben und dann fuhren sie zu ihm.

Der andere Ben lebte so alleine mit seiner Mutter, wie Amandus alleine mit seinem Vater lebte, nur dass der Vater des anderen Ben gestorben war, während Amandus' Mutter Amandus und seinen Vater Angelus vor vielen Jahren mal verlassen hatte. Keiner konnte es ihr so richtig verdenken, denn Amandus' Vater war mindestens so schräg wie sein Sohn. Er war zwar nicht klug wie er, dafür tiefreligiös und er machte darum ein ziemliches Tamtam. Rosenkranz, Sonntagsmessen bis zum Abwinken, ein Arsenal aus Kreuzen in der gesamten Wohnung, Beichte, verbale Hatz auf Schwule, das volle Programm.

»Na, Jungs? Gut, dass ihr heil hier ankommt«, sagte die Mutter des anderen Ben, als sie mit den Koffern beladen ins Haus schneiten. Sie sah besorgt zum Himmel hinauf. »So ein Sturm«, murmelte sie. »Meine Schwester aus Frankfurt hat gerade angerufen. Dort tobt so ein Orkan, dass der Main in die verkehrte Richtung strömt, sagt sie. Aber euch geht's gut, ja?«

»Ja, Mama, alles bestens«, murmelte der andere Ben ungeduldig. Seine Mutter fragte ihn dauernd, ob alles klar bei ihm sei. Es war wie ein Mantra zwischen ihnen.

Karla hatte Ben anvertraut, dass die Mutter des anderen Ben das Leben wahnsinnig schwernahm und immer froh war, wenn mal jemand kam, um den anderen Ben zu besuchen. Sehr oft kam das allerdings nicht vor.

»Einmal Stigma, immer Stigma«, hatte Lola dazu gesagt und mitleidig geseufzt. Sie war auch eine der wenigen, die ab und zu beim anderen Ben vorbeischaute.

»Dann wollen wir mal«, murmelte der andere Ben in diesem Moment. Sie waren in sein Zimmer gegangen und er griff nach dem Zip des Kofferreißverschlusses.

Bens Vater war Anfang letzten Jahres an einem Herzinfarkt gestorben, in einem Supermarkt, als er mit seinem Sohn gerade Getränke holte. Er war einfach in sich zusammengesackt, seufzte einmal halblaut auf und war tot. Still und leise und unspektakulär. Das hatte dem anderen Ben, der mit Apfelsaftschorle und Cola beladen um eine Ecke gebogen war, den sprichwörtlichen Rest gegeben. Er hatte wochenlang kein Wort mehr gesprochen. Nichts. Finite Kantate. Grabesstille. Als der Rettungswagen kam, schwieg er schon. Saß mit seinen Getränken am Fuß einer Steige mit Mineralwasser und starrte ins Leere.

»Mist, dass so was ausgerechnet ihn treffen musste«, hatte Lola damals gesagt.

Aber irgendwann erholte er sich. Fast wider Erwarten. Vorher war er allerdings über zwei Monate verschwunden gewesen.

»Der war in der Hoppela«, hatte Ruben gemutmaßt. »Hundertpro.«

»Wo?«, fragte Janto, der einen Joint baute.

»Mann, stehst du auf dem Schlauch oder was? In der Klapse. Psychiatrie. Bei den Bekloppten. Nenn es, wie du willst.«

»Schauen wir mal. Hier haben wir Klamotten«, murmelte der andere Ben jetzt gerade bedächtig und holte Blusen und Pullis aus dem Rollkoffer. »Und, okay, Wäsche.«

Er hielt ein paar rosa, verdrehte Stringtangas in den Händen und wedelte mit ihnen. »Wow.«

Amandus wäre vermutlich in Ohnmacht gefallen vor Ekel, schoss es Ben durch den Kopf. Dem anderen Ben aber schienen die Slips zu gefallen, er grinste vor sich hin und Ben wollte sich nicht wirklich vorstellen, woran er gerade dachte.

Unter der rosa Wäsche ruhten ein paar vergessene und zerlesene Taschenbücher, eine billige Leopardenmustersonnenbrille und mehrere CDs mit irgendwelchen portugiesischen Songs.

»Also keine Kohle«, sagte Ben und schaute auf seinen eigenen grünen Koffer, der sein Geheimnis – wenn es denn eins gab – noch barg. Vermutlich machte die Spannung vorher den Reiz der Sache überhaupt aus.

Der andere Ben nickte. »Wusstest du übrigens, dass sie letztes Jahr – sterben wollte?«, sagte er dann wie beiläufig.

Was? Wen meinst du?, wollte Ben im ersten Moment zurückfragen, aber irgendwie war es nicht nötig. Er wusste aus einem Grund, den er selbst nicht verstand, sofort, von wem der andere Ben da sprach – wen er mit *sie* gemeint hatte. Und, was noch merkwürdiger war, er war sofort überzeugt, dass der andere Ben die Wahrheit sagte.

Nisha

Sie hatten ein wunderschönes Haus in der Nähe der Eppendorfer Uniklinik. Das schönste der Straße. Leider war es nur gemietet und nicht gekauft, aber Nisha liebte es und hoffte immer, ihr Vater würde es eines Tages doch noch kaufen können. Der jetzige Besitzer war ein uralter Hanseat, dem eine kleine Kette Feinkostläden in der Innenstadt gehörte und der sich einfach nicht entschließen konnte, das Haus endgültig abzugeben.

»Außerdem wird es so teuer sein, dass mich bestimmt der Schlag trifft, wenn der alte Sturbock mir doch mal ein Angebot machen sollte«, sagte Nishas Vater hin und wieder. In dem großen, nach Kräutern duftenden Garten hatte Nisha ihre eigene Ecke, in der sie zwei Korbstühle und einen alten Mosaiksteinetisch stehen hatte, den sie liebte. Dort wuchsen auch ihre kleinen Rosensträucher und der duftende Jasmin, den sie und Jamil vor vielen Jahren mal selbst gepflanzt hatten. War es an Nishas achtem Geburtstag gewesen?

Im Inneren sah das alte Hamburger Zwanzigerjahrehaus ein bisschen persisch aus, und auch das mochte sie. Sie lief gerne über die schon leicht verblichenen Teppiche und sie hatte die großen abstrakten Gemälde gerne, die das Steckenpferd ihrer Mutter waren. Wenn ihr Vater und sie alleine zu Hause waren, sprachen sie fast immer Persisch miteinander. Jamil und Aysel machten sich nicht viel draus, aber Nisha liebte den Klang dieser Sprache. Es war schade, dass es – außer ihrem Vater und ein paar uralten, vergessenen Groß- und Urgroßtanten in Teheran – keinen mehr gab von seiner Familie. Sie waren alle an Altersschwäche oder im Krieg gestorben oder aber in alle Himmelsrichtungen über den Globus verstreut und in Vergessenheit geraten.

»Es muss noch Alavis geben«, sagte ihr Vater manchmal sinnierend. »In den USA, vielleicht. Oder in Kanada? Auch nach Australien hat es mal welche verschlagen in den 1980er-Jahren. Daran erinnere ich mich genau.«

Heute aber war das Haus voller Leute. Dabei war der große Sturm vom Morgen, der an den Bäumen und Fensterläden riss, noch nicht vorbei. Er kam und ging, flaute ab und schwoll wieder an. Doch wenigstens die Gartenmöbel waren jetzt in Sicherheit. Ihr Vater und Jamil hatten sie ins Gartenhaus gebracht.

Jamil hatte endlich seinen Golf bekommen und war glücklich zu einer Spritztour aufgebrochen. Seine zwei besten Freunde und Aysel hatte er dazu mitgenommen. Nisha war in Gesellschaft ihrer Eltern, ihrer depressiven Tante Sandra und einiger Freunde der Familie zurückgeblieben. Das Haus roch nach Sekt und Parfüm und Lachen und Kuchen und Kerzenqualm. Und nach etwas anderem. Aber wonach?

Nisha stand auf dem Treppenabsatz und hielt die Pulliärmel ihres schwarzen Pullis mit den Fingerspitzen fest, wie sie es oft tat und was ihre Mutter nicht leiden konnte.

»Nisha, lass das doch bitte! Du leierst alle Pullis aus, wenn du das tust.«

Wonach roch es? Sie versuchte, zu schnuppern und gleichzeitig nicht zu schnuppern. Roch es nach Schweiß? Oder – Katzenurin?

Aber das war Unsinn und unmöglich. Ihr Vater konnte Katzen nicht leiden. Schon Torte zu bekommen, war eine große Sache gewesen, Torte, die ein kleiner Cockerspanielmischling war. Eine Katze käme ihrem Vater niemals ins Haus. Für ihren Vater waren Katzen wie – Ungeziefer.

Vielleicht waren es fremde Katzen aus der Nachbarschaft, die sich bei schlechtem Wetter wie heute ins Haus schlichen und in die Ecken pinkelten? Wer konnte das wissen?

Nisha hatte noch nicht erzählt, dass sie am frühen Morgen Herrn Vandegen gesehen hatte. Sie wollte Jamils Geburtstag nicht verderben, aber es ließ sie nicht los.

Was wollte er? Warum trieb er sich früh um sechs in ihrem Garten herum? Und warum sah er sie immer so an? War er gefährlich?

Sie hatte ein paar Mal mit Jamil über ihn gesprochen, doch Jamil, der sie sonst in allem ernst nahm, reagierte in diesem Punkt anders. »Du spinnst«, sagte er schulterzuckend, wenn sie mit dem Thema anfing. »Lass den armen Kerl endlich in Ruhe, der tut doch keiner Fliege was zuleide.«

Herr Vandegen hatte jedenfalls Katzen, mehrere sogar, die durch seine Fenster ins Freie starrten, mit zusammengekniffenen gelben Augen und gesträubtem Fell. Und er roch schlecht. Nach Zigaretten, nach Schweiß, nach seinen Katzen, nach Unglück.

War er etwa im Haus? Oder im Haus gewesen?

»Nisha, ich sehe, was du tust, immer«, hatte er am Morgen leise zu ihr gesagt und war nah gekommen. Sein Gesicht hatte gezuckt und in seinen Augen hatte einen merkwürdiger Ausdruck gelegen.

Mitleid? Hatte er so etwas wie Mitleid mit ihr? Nein, das war Unsinn.

»Lassen Sie mich, bitte«, hatte sie selbst geflüstert und war ins Haus zurückgestolpert. Herrn Vandegen umgab etwas, das sie nicht verstand, das ihr Angst machte. Er schien in sie hineinzusehen, sie zu durchleuchten, er war eindeutig hinter ihr her. Und er wollte ihr etwas wegnehmen, wenn sie auch nicht verstand, was genau das war.

Ben

Er fragte nicht nach und der andere Ben beließ es ebenfalls dabei. Er schnitt das Thema Letztes-Jahr-wollte-sie-sterben nicht mehr an. Stattdessen wollte er Ben dazu überreden, seinen Koffer aufzumachen.

»Denk an die mögliche Kohle«, drängte er und beförderte seinen eigenen, ausgeräumten Koffer mit dem Fuß unter sein Bett zu seinen anderen ersteigerten Koffern. »Denk an das, was du dir alles kaufen könntest ...«

Aber Ben schüttelte den Kopf. »Ich warte noch«, sagte er und wusste selbst nicht, warum er sich sträubte.

»Komm schon, sei kein Spielverderber«, brummte der andere Ben. »Kohle, sexy Wäsche, Geheimdokumente – Mann, alles ist möglich.«

»Vielleicht später.«

»Verdammter Sadist. Aber wie du meinst.«

Ben sah hoch. »Wie ist's? Kann ich trotzdem heute bei dir pennen?«

»Okay.«

Mit dem anderen Ben die Zeit totzuschlagen, war nicht so einfach, aber das hatte Ben vorher gewusst. Auf jeden Fall war es um Längen besser als eine weitere Mindbreakernacht mit Jo und seinen abgedrehten Fans.

Der andere Ben wanderte immer wieder ruhelos in die Küche, um dort etwas zu essen aufzutreiben, und jedes Mal kam ihm dabei todsicher seine Mutter in die Quere.

»Ben, holst du etwa schon wieder etwas? Das ist ungesund! Denk doch an dein Übergewicht! Was hast du da? Schon die dritte Tüte Chips? Und eine ganze Packung Teewurst? Willst du sie etwa mit dem Finger auslöffeln, Ben? Das geht gar nicht! Bring das sofort zurück.«

»Sei froh, dass deine Mutter dich nicht so auf dem Kieker hat«, sagte der andere Ben ärgerlich, als er beim letzten Mal wiederkam. Er zog zwei entwendete Packungen Salami, einen XL-Riegel Toblerone und zwei Dosen Bier unter seinem Sweatshirt hervor und zappte dann ununterbrochen kauend durch die verschiedenen Programme seines Riesenfernsehers.

Reden ging ebenfalls kaum. Der andere Ben hasste praktisch alles.

»Schule? Hasse ich! Janto und Ruben? Hasse ich! Hitze? Hasse ich! Regen? Zum Kotzen! Politik? Flüchtlinge? Angela Merkel? Pegida?« Er tat, als stecke er sich einen Finger in den Hals und müsse sich erbrechen. »RTL? Arte? Scheiße, hasse ich auch!«

Irgendwann schlief Ben einfach ein, wie er war, in Jeans und T-Shirt und Turnschuhen. Er fühlte sich müde, erschöpft und ausgelaugt. Sein letzter Gedanke, ehe er wegsackte, galt Nisha und dem, was der andere Ben über sie gesagt hatte.

Was sie wohl gerade tat? Hatte nicht heute ihr älterer Bruder Geburtstag? Hatte sie das nicht erwähnt? Zu blöd, dass er sie nie erreichen konnte. Das musste er unbedingt ändern.

Hast du eigentlich ein Handy? Kann ich dann bitte deine Nummer haben?

So schwer war das doch nicht. Und, falls sie eine Art Anachronismus war und tatsächlich ohne Handy lebte, hatte sie vielleicht wenigstens eine Festnetznummer?

Wieder wanderten seine Gedanken zu dem, was der andere Ben angedeutet hatte. Woher er das wohl haben konnte?

Hatte es jemand in der Schule erzählt? Aber so richtig glaubte Ben nicht daran. Der andere Ben hatte bis auf ihn und Amandus keine Freunde, und wenn so ein Gerücht in der Schule entstanden wäre, hätte es Ben auf jeden Fall früher erfahren. Ruben hätte es ihm gesteckt, auf seine penetrante Art, oder Lola, etwas behutsamer, vermutlich.

Dennoch – woher hatte er es dann?

Sie wollte sterben, weißt du?

Er dachte daran, dass der andere Ben in der Klinik gewesen war, letztes Jahr nach dem Tod seines Vaters. Vielleicht kannte er sich einfach mit so was aus und tippte ins Blaue.

Und doch wieder, es hatte verdammt konkret geklungen.

Ben sah Nisha vor sich, wie sie neben ihm durch den Regen gelaufen war. Die nassen roten Haare, der zum Strich zusammengepresste Mund mit den himbeerroten Lippen, die so schön waren, wenn sie die mal nicht zusammenpresste. Und dann ihre Art zu gehen. Immer zog sie die Ärmel ihrer Jacke oder Pullis so weit nach unten, dass sie die Ränder mit den Fingerspitzen umklammern konnte. Außerdem hatte sie einen schnellen Schritt und sah oft nicht nach links und nicht nach rechts, wenn sie durch die Gänge der Schule hastete.

Sah so jemand aus, der sterben wollte? Möglich war es.

Der andere Ben am anderen Ende des Zimmers daddelte selbstvergessen auf seinem iPad herum und atmete laut dabei. »Geil – zack – tot! Und noch mal zack – zack – zack – tot – tot – tot«, murmelte er.

Ben driftete weg und wachte irgendwann wieder auf – vielleicht ein paar Minuten, vielleicht eine Stunde später, er wusste es nicht. Auf jeden Fall schien sich an der Situation nicht viel geändert zu haben. Er hörte den anderen Ben immer noch laut atmen. Nur, dass es inzwischen eher wie ein Keuchen klang.

»Alles okay?«, murmelte er schlaftrunken, um nett zu sein. Was hatte ihn nur geweckt? Er fühlte sich mies und zerknautscht und er fror, was kein Wunder war, er hatte ja nicht mal eine Bettdecke.

»Schnauze, ich wichse«, schnaubte der andere Ben.

Ben zuckte zusammen. »Sorry.« Na klar, wie hatte er nur so blöd nachfragen können.

»Und dein blödes Handy klingelt die ganze Zeit. Das bringt mich voll raus.«

Der andere Ben atmete, als erklimme er Berge. »Diese Höschen aus dem Koffer sind allerdings super, echt. Die bringen's voll.«

Ben hörte überhaupt nicht zu. Es war okay für ihn, dass der andere Ben sich einen runterholte, aber er hatte nicht unbedingt Lust auf Details. Und außerdem – wer rief ihn da mitten in der Nacht an? Ben tastete in der Dunkelheit nach seinem Telefon, das irgendwo auf dem Boden liegen musste, und warf, als er es endlich hatte, einen Blick auf das Display. Seine Mutter? Sein Vater? War etwas passiert? Nein, auf dem Handy stand weder Jos noch Karlas Name und auch nicht Lolas. *Unbekannter Anrufer?*

»Äh, hallo?«

Er fuhr sich durch die Haare und klang schrecklich verschlafen.

»Ben? Ben, bist du das?«

Er hielt den Atem an.

»Nisha?«, stotterte er dann.

»Ja.«

Sie weinte. Ganz eindeutig weinte sie.

»Was ist los? Ist etwas passiert?«

Sein Herz spielte von einer Sekunde zur anderen Weltuntergang.

»Kannst du ... kannst du – vielleicht kommen?«

»Kommen? Jetzt? Zu dir?«

»Zwei Uhr dreizehn, falls es von Interesse ist«, sagte der andere Ben von der anderen Seite des Zimmers gähnend. Er schien jetzt fertig zu sein.

»Vor unserem Haus steht – ein Mann, Ben. Unter – der Straßenlaterne. Herr Vandegen. Ich bin einfach weggerannt.« Ihre Stimme verlor sich.

»Wer steht da? Und wo bist du denn jetzt?«

Und woher hast du meine Nummer?, wollte er hinzufügen, tat es aber doch nicht. Das war jetzt nicht wichtig.

»Im Stadtpark.« Ihre Stimme klang dünn und weit weg und verschwommen.

»Okay. Warte. Ich komme. Rühr dich nicht von der Stelle. Ich beeil mich.«

Er beeilte sich nicht nur, er raste.

Es war stockdunkel draußen und es roch nach dem kommenden Winter. Dieser komische blaue Mond hing am Himmel, obwohl er nicht blau war. Absolut nicht. Woher hatten manche Sachen eigentlich ihre Namen?

Und es regnete.

Wir sehen uns wieder, wenn es regnet.

Ben rannte, wie er noch nie gerannt war. Er rannte, bis sein Brustkorb schmerzte.

Und dann sah er sie. Sie stand vor der ersten Weide und war nass wie beim letzten Mal. Blass. Mit zusammengepressten Lippen stand sie da, Regentropfen und Tränen im Gesicht. Sie trug keine Jacke und ihre Fingerspitzen krallten sich um die Säume ihres dünnen Pullis.

Ben fühlte sich unwirklich, so mitten in der Nacht im Stadtpark. Was, wenn das alles ein Traum war? Was, wenn er immer noch auf dem Sitzsack des anderen Ben lag und pennte?

Aber dann umarmte er sie und machte sich damit klar, dass sie wirklich war. Wirklich da und wirklich in seinen Armen.

»Was ist denn, Nisha? Wer war da vor eurem Haus? Wovor hattest du Angst?«, flüsterte er in ihr Ohr.

Wie gerne er ihren Namen aussprach. Nisha. Nisha. Nisha. Aber, verdammt, um ihn ging es hier nicht.

»Ich ... ich weiß nicht. Ich frage mich nur: Warum – warum steht er immer dort?«

Wer stand dort?

»Um diese Uhrzeit, meine ich«, schluchzte sie weiter. »Ich ... ich habe Angst vor ihm. Er sieht mich an. Er sieht in mich hinein. Er lässt mich nie in Ruhe.« Sie sprach die einzelnen Worte stockend aus, mit einer winzigen Pause zwischen ihnen. Dabei zitterte sie so sehr, dass Ben das Gefühl hatte, sie würde ihm jeden Moment aus den Armen rutschen.

Eine vereinzelte Windböe riss an ihnen, ein Nachhall des Sturms, der mittlerweile fast verebbt war. Dafür hatte der Regen Sturmflutqualitäten erreicht.

Was hatte die Mutter des anderen Ben gesagt? In Frankfurt ströme der Main in die verkehrte Richtung? Ja, das passte. Hier regnete es praktisch von unten nach oben. Nishas Pulli blähte sich auf.

»Mistwetter«, knurrte beziehungsweise brüllte Ben, um sich verständlich zu machen. Sie musste höllisch frieren. »Soll ich dich nach Hause bringen? Und was ist das für ein Typ, der dich da beobachtet? Wissen deine Eltern davon? Ist das so ... so ein Perverser?«

Ben zog sie näher an sich, um ihr von seiner übrig gebliebenen Wärme abzugeben.

Nisha, in seinem Arm, nickte zuerst und schüttelte dann den Kopf. »Sie glauben mir nicht«, sagte sie dumpf in seine Armbeuge hinein. Hoffentlich roch er nicht muffig, schoss es Ben durch den Kopf. Wann hatte er zuletzt geduscht? Heute Morgen? Oder gestern Morgen?

»Sie glauben dir nicht?«

»Nein, sie sagen – ich bilde mir das wahrscheinlich alles nur ein.«

Nisha

Sie wollte nicht von Bremerhaven sprechen. Alles, nur das nicht. Zuerst hatte sie geglaubt, sie habe Bremerhaven verstanden, aber das stimmte nicht. Sie hatte nichts verstanden.

Herr Vandegen war vor Bremerhaven da gewesen. Und er war immer noch da. Er verfolgte sie, er zog sie mit seinen wässrigen, eng stehenden Augen aus, er behielt sie im Blick, das hatte er schließlich selbst gesagt. Und im Haus hatte es heute nach ihm gerochen.

Nein, sie wollte nicht nach Hause. Jamil war mit seinem neuen Auto in die Stadt gebraust, um mit seinem Kumpel, mit dem er nächste Woche eine WG gründen würde, die Bars von St. Pauli aufzumischen (»Wage dich und kassiere schon in den ersten vierundzwanzig Stunden als Autobesitzer einen Strafzettel!«, hatte ihr Vater ihm noch aus dem Fenster hinterhergerufen, als er aufgebrochen war), und Aysel schlief natürlich längst, genau wie ihre Eltern.

Tante Sandra war zum Glück schon recht früh wieder gegangen. Sie war ein weicher, weinerlicher Berg aus Komplexen und es war schwer, mit ihr auszukommen. Sie schaffte es über kurz oder lang bei fast jedem, ihn mit ihren komischen, destruktiven Stimmungen anzustecken. Egal, wie gut man vorher drauf gewesen war, ihre Tante konnte launemäßig jeden umhauen.

»Ich bin welk«, war ihr Lieblingsspruch. »Das Leben hat mich betrogen. Ich bin immer übrig geblieben.«

Warum dachte sie in diesem Moment überhaupt an ihre alte, traurige Tante?

Ben

»Willst du vielleicht mit zu mir kommen?«, brüllte Ben durch den Sturm. Er wusste nicht recht, was er machen sollte. Nisha sah so verzweifelt aus. Und verloren.

Die Mindbreakernacht musste bei diesem Wetter sowieso in die Hose gegangen sein. Zuerst hatten sie es bestimmt alle geil gefunden: speziell schräges Wetter für einen speziell schrägen Außerirdischen mit drei Gehirnen, dazu blauer Mondschein, auch wenn er nicht wirklich blau war. Aber bei dem Regen war vermutlich selbst für Hardcore-Fans das Ritual der Unendlichkeit endlich.

Zuerst nickte Nisha zu seiner Frage, aber dann schüttelte sie plötzlich den Kopf. »Ginge auch U-Bahn fahren?«

Ben dachte, er hätte sie falsch verstanden. »Wie? U-Bahn fahren? Jetzt?«

»Ich fahre oft U-Bahn. Einfach so.«

»Weshalb?«

Nisha

Weshalb? Darauf wusste sie keine Antwort. Aber er schien auch keine zu brauchen. Das war das Schöne an ihm. Dass er keine Antworten brauchte.

Er hielt ihr die Hand entgegen und führte sie aus dem Park. Sie hatte aufgehört zu weinen. Ben neben sich zu haben, tat gut. Sie mochte seine deutlichen, scharfen Konturen, sein deutliches, scharfes Dasein. Das war, außer seinen wahnsinnig grünen, guten Augen, das Schönste an ihm, dass er so – ganz und gar war.

Er gab ihr das Gefühl, aus tiefem, kaltem, dunklem Wasser wieder aufzutauchen. Er war so groß. Und irgendwie zuversichtlich. Seine Haare hatten, wenn sie trocken waren, die Farbe von hellem Sand am Meer.

»Du willst Bens Nummer? Ben Bennets Nummer?«, hatte

Lola gefragt, als sie sich bei ihr nach Bens Telefonnummer erkundigt hatte. Sie musste sie wissen, Nisha hatte Ben oft in der Schule mit ihr reden gesehen. Zuerst hatte sie angenommen und befürchtet, die beiden seien eine Art Paar, aber dann schien es doch nicht so.

»Ben ist mein Bruder im Geiste«, hatte Lola, die pinke Haare hatte, ihr anvertraut. »Er sagt immer, ich sei eine Art Cousine von ihm, aber Geschwister im Geiste trifft es besser, finde ich. Unsere Familien verbindet so etwas wie Hassliebe, musst du wissen.«

»Frierst du nicht?«, fragte Ben sie jetzt und legte ihr ungefragt seine Jacke über die nassen Schultern.

»Nein.«

Ben lächelte. »Wir treffen uns wieder, wenn es regnet«, sagte er. »Erinnerst du dich? Das waren deine Worte.«

Sie nickte und fühlte sich noch ein bisschen besser. Es war gut, dass er da war. Es war richtig. Mit ihm konnte sie wieder atmen.

»Verdammt, du musst einfach frieren.«

»Ist egal.«

»Nicht, wenn du davon krank wirst.«

»Ich hatte seit Jahren keine Erkältung. Ich bin – unverwüstlich.«

Nisha lächelte ein nanosekundenlanges Lächeln, sie spürte es selbst, es glitt einfach so über ihr Gesicht. Sie hätte nicht geglaubt, dass sie in dieser Nacht noch lächeln würde.

»Und jetzt echt U-Bahn fahren?«, hakte Ben nach.

Nisha nickte. »Wenn's okay für dich ist?«

Sie gingen die menschenleere U-Bahn-Schacht-Treppen hinunter. Die U3 fuhr am Borgweg auch nachts, Nisha kannte sich damit aus.

»Und eins und zwei und drei und vier«, sagte Ben, »und fünf und sechs und sieben und acht ... Was ist?«

Nisha war stehen geblieben. Sie sah ihn an und schloss dann für einen Moment die Augen.

»Kennst du das auch? Karla – also meine Mutter – hat das früher immer mit mir gemacht, wenn ich lauffaul wurde. So als Kleinkind. Geht weiter mit: und neun und zehn, mein Hut, mein Stock, mein Regensch...«

Nisha machte einen jähen Schritt und legte Ben eine eisige Hand auf den Mund. »Nicht«, flüsterte sie erschrocken.

»Was hast du?«

»Nichts. Ich mag das nur nicht.«

»Warum nicht?«

Sie standen immer noch auf der Treppe. Der Wind über ihnen rauschte und dröhnte. Nisha nahm ihre Hand wieder von seinem Mund.

»Keine Ahnung. Einfach so.« Sie zuckte unter Bens Jacke mit den Schultern. »Wollen wir weiter? Magst du auch den Geruch von U-Bahnen? Ich mag ihn.«

... mein Hut, mein Stock, mein Regenschirm ...

Wo war das Problem? Aysel liebte das Laufspiel ebenfalls. Wie oft waren sie so schon durch die Lange Reihe gelaufen? Unzählige Male. Sie und Jamil und Aysel zwischen ihnen. Warum war sie eben so erschrocken, als Ben damit angefangen hatte?

Etwas Graues, Schweres hüllte sie plötzlich ein. Schon wieder. Oh nein, schon wieder. Wie aus heiterem Himmel, nur dass der Himmel nicht heiter war. Und die Kälte in ihrem Inneren ebenfalls nicht. Sie warf Ben einen nervösen Seitenblick zu, den er sofort auffing. Mit einem Lächeln auffing.

Er war gut. Gut zu ihr. Gut für sie. Wer hätte das gedacht,

dass es auf dieser Welt jemanden wie ihn gab? Nisha versuchte, ruhig zu atmen und das Graue, Schwere wieder abzuschütteln. *Mein Hut, mein Stock, mein Regenschirm* ... Es war wie ein jäher Schlag in den Bauch gewesen.

Es – war – alles – so – lange – her ...

Ben

»Du magst also Regen und U-Bahn-Fahren und den komischen Geruch von schmuddeligen U-Bahnhöfen.«

Ben sah Nisha an, während die U-Bahn mit einem Ruck und einem Summen anfuhr. »Es ist übrigens fast halb vier. Was magst du noch? Und du frierst. Ich meine, empirisch frierst du. Du zitterst.«

»Ich mag ... *dich*«, sagte Nisha da leise und völlig unerwartet.

Ben hielt den Atem an, dabei wollte er eigentlich aufschreien vor Glück, Nisha umarmen, die Welt umarmen, etwas Lautes, Gutes, Beeindruckendes tun. *Ich mag dich*, hatte sie gesagt. Ich mag dich. Ich mag dich. Ich mag dich.

Aber statt zu schreien oder Nisha zu umarmen oder – die Welt zu retten, sank er nur auf eine der vielen freien Sitzbänke und wagte dann nicht mehr, sich zu rühren, aus Angst, diesen wunderbaren Moment in Gefahr zu bringen.

Sie hatten den Wagen für sich und die Bank genommen, unter der die Abteilheizung angebracht war. Nisha hatte sie zielsicher angesteuert. Feuchte Hitze wallte von dort unten mittelangenehm über ihre Füße und Beine nach oben.

Ben hockte stumm da. Ihr rechtes Bein berührte sein linkes. Etwas antworten, etwas antworten, etwas antworten, dröhnte es im Takt des U-Bahn-Ratterns nervös durch seinen Kopf. Verdammt, was war nur los mit ihm?

Du bist schön wie Sommer, dachte er so intensiv, dass er sich fragte, ob sie es, obwohl er es nicht aussprach, dennoch hörte. Er hoffte es.

Karlas Bruder, sein Onkel Pius, forschte über die Möglichkeit, eine Kugel schlicht durch Konzentration zum Leuchten zu bringen. Wenn das möglich war, musste es doch auch möglich sein, dass Nisha seine Gedanken und Gefühle las.

Sie hatte ihre Schläfe jetzt erschöpft gegen die dunkle U-Bahn-Scheibe gelehnt. Ben sah sie vorsichtig von der Seite an. Letztes Jahr wollte sie sterben, hatte der andere Ben wie nebenbei gesagt. Woher auch immer er das wusste.

»Nisha?«

»Hm?«

Sie war so nass. Und so blass. Die U-Bahn rollte durch die Nacht. Ben wünschte sich plötzlich, den Himmel sehen zu können. Den Himmel, den Mond, Wolken, Regen – vielleicht Sterne.

»Was ist mit dir?« Ahhh, ein Fehler, ein Fehler, verdammt, ein Fehler. Er sah, wie sie sich zurückzog und wieder verschloss. Wie eine Auster. Ihr Gesicht wurde von einer Sekunde zur nächsten eine Maske und er wollte den Satz zurückholen und ihn in kleine Fetzen reißen, aber dazu war es jetzt zu spät.

»Was meinst du? Mit mir ist nichts.«

Ihre Stimme war leise und reserviert? Ärgerlich? Oder einfach nur unnahbar?

»Aber, Nisha, ich meine ... äh ...« Ben hörte selbst, wie er sich verhaspelte. »Dein, dein Anruf, dieser Mann, deine Angst. Und dass deine Eltern sagen, du bildest dir das alles nur ein.«

Okay, okay, er machte es noch schlimmer.

Sie sah ihn jetzt stumm und abweisend an, ihre helle Stirn gerunzelt, ihr Blick allerdings klar wie kaltes Wasser. Ihre grauen Augen, die zu dem Sturm von gestern passten, flackerten nicht, wie sie es sonst so oft taten.

Ben wollte ihre Hand nehmen und sie drücken oder streicheln oder einfach nur berühren, aber er traute sich nicht.

Ich mag dich, das waren ihre Worte gewesen.

Aber er hatte es vermasselt.

»Ich bin okay«, sagte sie jetzt knapp und mit veränderter Stimme. »Alles ist gut, verstehst du?«

Er nickte widerstrebend. Ihre dunkelroten Haare waren nass und strähnig und sahen in diesem Moment eher schwarz als rot aus. Sie schob sie zurück, während sie sich aus seiner Jacke schälte und sie ihm zurückgab.

»Was hast du vor?«

»Ich fahre nach Hause. Ich war nur überspannt. Tut mir leid, dass du es abgekriegt hast.«

»Nein! Das ist in Ordnung. Ich habe mich gefreut, als ich deine Stimme gehört habe. Wirklich. Sehr. Obwohl du geweint hast. Ich meine, ich habe mich natürlich nicht gefreut, dass du geweint hast, sondern …«

Oh Hölle! Vermasseln war gar kein Ausdruck für das, was er da tat.

Sie sah ihn an, während die U-Bahn pfeifend ihr Tempo drosselte. Sie waren am Berliner Tor angelangt. Ben seufzte und stieg aus dem angefangenen, verhedderten Satz aus.

»He, ich kann dich doch nicht mitten in der Nacht hier alleine herumlaufen lassen. Du bist ein Mädchen und …«

»Ich steige hier um. Mach's gut. Danke für deine Jacke.«

»Bitte, nein! Nisha! Behalte sie wenigstens. Es ist scheißkalt da draußen heute Nacht und du bist doch völlig durchfroren.«

Aber sie behielt sie natürlich nicht an, sie legte sie ihm stattdessen über die nassen Knie seiner nassen Jeans. »Danke für deine Hilfe. Bis Montag.« Ihre Fingerspitzen schlossen sich augenblicklich um die ausgeleierten Ränder ihres schwarzen Pullis.

Ich mag dich, hatte sie gesagt. Sie hatte es gesagt. Oder hatte er sich das nur eingebildet?

Ben fühlte sich fahrig und wie zerschlagen. Er wollte sie aufhalten, ihr tausend Sachen sagen, darauf bestehen, sie nach Hause zu bringen, sie endlich umarmen, laut und wild sein und endlich Gutes tun, aber er schaute ihr nur stumm hinterher, als sie durch die sich zischend öffnende U-Bahn-Tür verschwand.

Er wusste, es hatte jetzt keinen Sinn, sie weiter zu drängen. Er würde es nur noch schlimmer machen. Sie drehte sich nicht nach ihm um, aber er hatte auch nicht damit gerechnet. Er hatte es verbockt, so einfach war das.

Was für eine Nacht. Und diesen bescheuerten ersteigerten Koffer hatte er beim anderen Ben stehen lassen. Egal. Vermutlich war auch in ihm statt Geld nur schmuddelige Wäsche, auf die konnte er gut verzichten.

Er war bisher noch nie auf die Idee gekommen, sich solche Hilfsmittel zu organisieren, um sich selbst zu befriedigen. Dabei ließen sich bei ihm zu Hause mit Sicherheit ein paar Slips oder Push-up-BHs von Letizia auftreiben, so oft, wie sie bei ihnen abhing.

Wie in Trance fuhr er zurück. Das letzte Stück Weg musste er zu Fuß gehen. Alsterdorferstraße, Himmelsstraße. Der Wind schob ihn praktisch vor sich her. Seine Jacke hatte er sich über die Schulter geworfen. Wenn Nisha es ohne aushielt, hielt er es ebenfalls ohne aus.

Der Garten der Himmelsstraße achtundzwanzig sah, wie erwartet, wüst aus. Zertretene Zigarettenstummel im zertretenen Gras, eine Feuerschale, die umgekippt am Boden lag, dazu überall Kohlereste, leere Wein- und Cola- und Bierflaschen und lächerliche, in Alufolie gewickelte Mindbreakerutensilien. Der Kampf gegen das Böse.

Von wegen!

Die riesige Hausnummer knarzte im Wind, der einfach nicht weichen wollte. Ben schloss so leise wie nur möglich die Haustür auf. Es war schon Sonntagmorgen, wenn auch ein sehr früher Sonntagmorgen, und er sehnte sich plötzlich wie verrückt nach seinem Bett. Nach Wärme, Trockenheit und, verdammt noch mal, Schlaf.

Der fremde Herr und Hellavonsinnen begrüßten ihn verschlafen, sie schnupperten pflichtschuldig einen Moment an seinen regennassen Hosenbeinen und rollten sich dann wieder auf dem großen Sofa im Wohnzimmer zusammen. *Mutter und Sohn.* Zehn Jahre früher und er wäre jetzt auch gerne zu Karla ins Bett geschlüpft.

Das Letzte, was Ben hörte, waren sehr wache Geräusche aus Jos Schlafzimmer.

Oh Mann, hatte man hier wirklich nie seine Ruhe?

Scheuklappenland. Ben schlüpfte bleischwer aus seinen nassen Sachen, schmiss sie wahllos in eine Ecke seines Zimmers, spürte, wie sich wach machende Wut in ihm ausbreitete, und zog sich, nachdem er unter die Decke geschlüpft war, seine drei Kissen als Lärmschutz über den Kopf.

Asket hatte er früher werden wollen. Oder Mönch. Irgendwas war dran.

Verdammt, dachte er benommen und schaffte es dann aber doch, dort weiterzumachen, wo er aufgehört hatte, als Nishas Anruf ihn beim anderen Ben aufgeweckt hatte.

Er schlief ein.

Nisha

»Nisha? Rate mal, was Mam entdeckt und gekauft hat? Für mich gekauft hat? Nur für mich, nur für mich!«

»Was?«

Nisha schreckte aus dem Tiefschlaf, weil Aysel auf sie draufsprang. Torte winselte erschrocken auf und kroch zur Seite. Oder schlief sie noch? Die Nacht war furchtbar gewesen. Nisha fühlte sich benommen und immer noch nicht ganz da.

»Hühnchennuggets in Pferdeform! Die sind so süß! Fast zu süß zum Essen!«

»Hühnchennuggets in Pferdeform? Gibt's so was überhaupt?« Sie richtete sich auf. »Achtung, pass doch auf Torte auf, Aysel!«

Ihre kleine Schwester nickte und kraulte dem alten Hund rasch tröstend die Ohren, aber Torte tat, als bemerke er die versöhnliche Geste überhaupt nicht. Sie döste einfach wieder ein, als sei gar nichts geschehen.

Nisha blinzelte geblendet. Aysels Konturen, dicht vor ihr, waren noch leicht verschwommen, als ob Nisha ihre kleine Schwester durch ein beschlagenes Fensterglas sehen würde. Dieses Gefühl hatte sie manchmal, aber es verschwand zum Glück jedes Mal recht schnell wieder.

»Mam sagt, sie sind sogar bio – sie hat sie in dem neuen Biosupermarkt entdeckt. Steh auf, dann zeig ich sie dir.«

»Ich bin eigentlich noch müde.«

»Nachher begleite ich Mam ins Museum. Sie hat Dienst heute. Kommst du auch wieder mit? Oh bitte – ja?«

Aysel und Nisha gingen am Wochenende oft mit in die Kunsthalle. Ihre Mutter war dort Museumspädagogin und hatte es gerne, wenn ihre Töchter sie hin und wieder begleiteten.

Aysel schloss sich einfach den angemeldeten Kindergruppen an, aber Nisha ging ihrer Mutter zur Hand, indem sie mithalf, wo Hilfe nötig war. Zumindest war das so gewesen, ehe sie nach Bremerhaven gemusst hatte.

»Heute nicht, Aysel«, sagte Nisha leise. Nein, nein, sie war noch nicht so weit. Wenn sie an das letzte Mal dachte, als sie ihre Mutter zur Arbeit begleitet hatte, wurde ihr eiskalt. An das Chaos, das damals entstanden war.

Und – verdammt – was hatte sie überhaupt heute Nacht angestellt? Ben musste sie ja für eine Irre halten. Na großartig! Was hatte sie ihm bloß erzählt? Von Herrn Vandegen? Und ihrer Angst?

Warum war sie überhaupt so außer sich gewesen? Ach ja, weil sie ihn gesehen hatte. Draußen, unter der Straßenlaterne.

Nisha spürte ein Zittern, das durch ihren Körper rauschte wie jähe Elektrizität. Sie schälte sich unruhig aus dem Bett, tappte zum Fenster und zog vorsichtig die Gardine zur Seite. Nichts. Gott sei Dank. Die Straße war leer und still und friedlich.

Trotzdem klopfte ihr Herz holperig von innen gegen den Brustkorb. Aber wenigstens fror sie jetzt nicht mehr. Sie hatte so gefroren, als sie nach Hause gekommen war.

Aysel lärmte schon wieder durch das Haus wie an jedem

Sonntag. »Ich wünsche mir ein Handy! Ich wünsche mir ein Handy! Ich wünsche mir ein Handy!«, sang sie ihr aktuelles Mantra.

Ihre Mutter klapperte in der Küche unbeeindruckt davon mit dem Geschirr, es roch nach Kaffee und frischem Toast und aus dem Schlafzimmer hörte man das Vertrauter-als-alles-andere-Schnarchen ihres Vaters, der erschöpft von der Woche war.

Und *sie?* Hatte sie in der vergangenen Nacht tatsächlich zu Ben Bennet gesagt, dass sie ihn *mögen* würde? Nisha hielt einen Moment den Atem an. Ja, das hatte sie. Und was war schon dabei? Sie mochte ihn ja tatsächlich. Sie mochte seine blättergrünen Augen. Seine lockigen Haare. Sein Lächeln. Seinen Blick. Seine schmalen Hände.

War sie eigentlich verrückt geworden? Schon heute Nacht hatte sie gewusst, dass Gefühle gefährlich waren, aber sie hatte ihn trotzdem angerufen. Warum hatte sie das nur getan?

Vielleicht, weil Ben Bennet etwas an sich hatte, etwas ... Verfolgtes, Nervöses, das sie mutiger machte, als sie es sonst war?

Plötzlich summte es in Nishas Kopf. Sie spürte, wie sie schwankte. Einbrach. Vornüberkippte. Nein! Nein! Nein! Erschrocken suchte sie den nächstbesten Halt, den sie finden konnte, und ihre eisigen Finger berührten eine glatte weiße Wand, an der sie sich abstützen konnte.

Nisha hob erschrocken den Kopf und schaute zum Bild hinauf, das an der Wand hing und das sie sofort erkannte. Die spitzen Schollen, hochgetürmt zu einer gewaltigen, Angst einflößenden Skulptur: *Das Eismeer* von Caspar David Friedrich. Sie kannte das Bild gut, schon oft hatte sie davorgestanden. Und dort drüben hing ein weiteres Bild des Malers: D*er Wanderer über dem Nebelmeer.*

Nisha runzelte die Stirn, ihr Blick flog voller Panik hin und her. War sie etwa in der Kunsthalle?

Was? Was? Was? Wie konnte das sein?

Dann musste es schon Nachmittag sein. Und sie war doch mitgegangen. Ohne es zu merken, ohne es zu wollen.

Wo war der Morgen geblieben? Das Duschen? Das Anziehen? Frühstücken? Mit Torte gehen? Mittagessen? Aysels Hühnchennuggets in Pferdeform?

»Nisha, komm doch endlich!« Aysels ungeduldige Kleinmädchenstimme klang aus dem Nebenraum. Dort hing auch das Bild, das sie liebte. Und gleichzeitig kaum ertrug.

Sie war also doch mitgegangen. Ohne es zu merken, ohne es zu wollen. War sie angezogen? Oder am Ende noch in ihren Schlafsachen? Nein, Gott sei Dank, sie war vollständig bekleidet. Warum nur erinnerte sie sich an nichts?

»Uh, ich finde es soo unheimlich«, jammerte Aysel und sprang vor Edvard Munchs Studie zu seinem berühmten Gemälde *Das kranke Kind* auf und ab wie ein rosa Flummi.

Wie war sie nur hierhergekommen?

Nisha fühlte sich aufgelöst. Sie spürte, wie ihr die Angst dumpf die Beine hochkroch, als sie sich neben Aysel stellte und auf das Bild schaute, auf dem eine Mutter an dem Krankenbett ihrer Tochter wachte.

Das Licht stand so, dass sie sich leicht im Bild spiegelte, und das, was sie dort sah, war dünn, zerbrechlich und schwach.

Sie drehte sich um. Sie musste ihre Mutter finden.

Ben

Noch im Bett hörte er, dass sie sich mal wieder stritten.

»Wie viele Spülmaschinen habe ich eigentlich im Laufe der Jahre hier ein- und ausgeräumt?«, schrie Karla wütend. »Das frage ich mich wirklich!«

Hellavonsinnen, die Geschrei hasste wie die Pest, bellte aufgeregt in den höchsten Tönen. Der fremde Herr hatte sich vermutlich bereits panisch unter dem Sofa verkrochen. Er war wie sein Herrchen. Er floh ins Scheuklappenland, wenn er sich scheiße fühlte.

Jos Kommentare waren auf die Distanz lediglich ein undeutliches Brummen. Vielleicht brummte er allerdings auch tatsächlich nur. Jo war alles zuzutrauen.

Ben angelte nach seinem Handy und holte Nishas Anruf von gestern Nacht noch einmal auf den Bildschirm.

Unbekannte Nummer.

Er konnte sie also immer noch nicht anrufen, mit ihr reden, etwas einrenken, sie um ein Treffen und um Verzeihung für seine blöden Kommentare bitten.

Ben versuchte mit geschlossenen Augen, sich an alles zu erinnern, was letzte Nacht vorgefallen war. Nishas Anruf, ihr ersticktes Weinen, als sie ihn gebeten hatte zu kommen, wie er sie umarmt hatte unter der Weide im Stadtpark, der wahnsinnige Regen, ihr Dagegenanbrüllen, der Mann unter der Straßenlaterne, von dem sie gesprochen hatte und an den ihre Eltern nicht zu glauben schienen. Dann die Fahrt in der U-Bahn und wie sie gesagt hatte, dass sie ihn mögen würde. Wenn sie es denn gesagt hatte und er nicht einfach allmählich durchdrehte.

Mögen? Was genau bedeutete in diesem Zusammenhang

eigentlich mögen? Das konnte alles und nichts heißen. Seine Jacke jedenfalls hatte sie zurückgewiesen. Oder nein, zuerst hatte sie die genommen, aber später, als er angefangen hatte, blöde Fragen zu stellen, hatte sie sie ihm zurückgegeben.

Ben hörte Hellavonsinnens Bellen leiser werden, weil es jetzt nicht mehr aus dem Wohnzimmer zu ihm hinaufdrang, sondern aus dem versifften Garten. Er warf einen prüfenden Blick aus dem Fenster. Sontje und ihr Hund suchten sich einen Weg durch den Mindbreakerjünger-Müll. Kurz darauf fiel das Gartentor ins Schloss.

Wer würde den Garten auf Vordermann bringen? Vermutlich Karla, wie immer. Oder Karla und er, wie manchmal. Ben runzelte die Stirn. Karla zerdepperte dort unten eindeutig etwas. Und im nächsten Moment dröhnte einer von Karlas fünf liebsten Krisensongs durchs Haus, wie sie sie nannte. In dem Fall *This is not a Lovesong* von Public Image Limited.

Oh Mann. Ben raffte sich auf und schlurfte nach unten. Der fremde Herr musste auf ihn gewartet haben, er kam ihm erleichtert entgegengetrappelt und winselte nervös.

»Wird schon wieder, Alter«, murmelte Ben und kraulte ihn tröstend zwischen den Ohren, während er den Lautstärkeregler von Karlas Musikanlage zurückdrehte. »Wird doch immer wieder, über kurz oder lang.«

Einmal mehr wünschte er sich Eltern wie die von Ruben oder Janto, normale Leute mit normalem Stress.

»Scheiße, Jo, allmählich langt es mir so was von«, brüllte Karla gerade, als Ben sich endlich in die Küche wagte. Sie weinte.

Was lief denn da plötzlich aus dem Ruder? Sonst war Karla nicht so nah am Wasser gebaut. »Was habe ich nur falsch gemacht?«, schoss sie wüst hinterher und fegte dabei einen herumstehenden IKEA-Teller vom vollgestellten Tisch.

»So ziemlich alles?«, murmelte Ben spontan.

Seine Eltern drehten sich zu ihm um, beide in einer Bewegung. Wenn die Situation nicht so blöd gewesen wäre, hätte es ein fast lustiger Anblick sein können. Synchronumdrehen.

»Oh, hi – Sohn«, sagte Jo und – Ruben hätte es mit »kratzte sich am Sack« formuliert, aber Ben war nicht Ruben.

Derangiert, das war sein Wort für seinen Vater, wie er da an der Spüle lehnte, qualmend und in Karlas Morgenmantel, der ihm natürlich viel zu klein war. Außerdem trug er eine Bart-Simpson-Boxershort, die eigentlich Ben gehörte – und ja, verdammt, er kratzte sich tatsächlich an seinen Eiern herum, wie immer, wenn sie ganz unter sich waren und dicke Luft herrschte und Karla streitmäßig so richtig aufdrehte.

Nur, dass sie sonst eigentlich nicht weinte.

Ben seufzte. So sollten Jo mal seine Verlagsfuzzis sehen, vor denen er einmal im Jahr auf der Buchmesse den ambitionierten, aalglatten Autor spielte.

»Ach, Ben, sorry für den Mist hier«, schluchzte Karla und kramte im Küchenschrank herum, auf der Suche nach Handfeger und Müllschaufel. Was genau sie wohl mit »dem Mist hier« meinte?

Die versiffte Küche? Oder tatsächlich das Leben, das sie ihm aufzwangen?

Die Müllschaufel trieb Karla auf, den Handfeger nicht, darum schob sie die Tellerscherben und die Reste einer ebenfalls zerschlagenen Weinflasche mit dem rechten Handballen Richtung Müllschaufel.

»Karla, nee«, sagte Ben noch rasch, aber da hatte sie sich schon geschnitten, und zwar richtig.

»Verdammt, du verrückte Streitaxt!«, schnaubte Jo und kam ihr natürlich zu Hilfe. Blut tropfte von Karlas Hand und Jo nannte Karla immer Streitaxt, wenn wieder Licht am Horizont war nach einem Zoff. Karla nannte Jo in diesen Momenten versöhnlich »alte Hütte«.

Ben seufzte, er war sich sicher, was nun kommen würde. Schniefen, Hochhelfen, vertrautes Anlächeln, »Danke, du alte Hütte«, eine gemeinsame Kippe (»Dabei wollten wir doch aufhören, Jo«) und dann würde wieder alles im Lot sein.

Aber heute war es tatsächlich anders. »Lass mich los, Jo! Lass mich so was von los!«, fauchte Karla, wickelte sich ein herumliegendes Küchenhandtuch um die Hand und schoss davon.

»Weiber«, murmelte Jo daraufhin achselzuckend in Bens Richtung, sortierte Scherben und wischte Karlas Blut auf. »Echt.«

Ben sah ihm zu. Und sah ihn an. Mit zusammengekniffenen Augen. »Liebst du sie eigentlich, Jo?«, fragte er schließlich leise.

Jo hob abrupt den Kopf. »Lieben? Ich sterbe ohne sie.«

Ah. Okay. Das saß. Ben betrachtete seinen Vater, der nur vielleicht sein Vater war. Er und Karla hatten nie testen lassen, ob Ben sein leibliches Kind war. Es war okay für sie, wie es war. Es gab da eben noch einen Jerôme Sowieso in den Cevennen in Südfrankreich, der eventuell auch ... Aber es war ihnen, wie gesagt, egal. Und, wie es schien, konnte sich auch keiner an den Nachnamen dieses Jerôme erinnern, weshalb er im Laufe der Jahre einfach zu Jerôme Sowieso geworden war.

»Er hatte jedenfalls auch so grüne Augen, wie du sie hast«, hatte Karla einmal gesagt und gelächelt. »Und er konnte

Banjo spielen wie ein Gott! Aber von Jo hast du auch einiges. Die Locken, den Sturkopf, den Blick, die Hobbitfüße.«

Das musste Ben reichen, was die Sache mit seinem Vater anging. Mehr hatten sie nicht für ihn gehabt.

Weil es wie gesagt für sie okay war, wie es war.

Wie er damit klarkam, danach fragte keiner.

Nisha

Sie wollte nicht dünn, zerbrechlich und schwach sein. Nie wieder. Eigentlich noch nie. Sie hatte genug. Genug davon. Genug von alldem.

Aber sie sehnte sich danach, wieder neben Ben eine Straße entlangzugehen. Das würde ihr reichen, mehr wollte sie gar nicht. Nur zusammen eine Straße entlanggehen. Das konnte kompliziert genug sein. Schritt, Schritt, Schritt, Schritt. Dazu Konversation. Und Atmen. Und Armbewegungen. Und Blicke tauschen. Und an den richtigen Stellen das Richtige tun. Lachen. Lächeln. Nicken. Schweigen. Dabei die Richtung nicht verlieren. Nicht ins Leere laufen. Nichts falsch machen.

Sie wusste, dass das falsch war. Am besten wäre es, Ben nicht wiederzutreffen, ihn nicht noch mal so nah kommen zu lassen. Es brachte sie durcheinander. Es brachte alles durcheinander. Die Sache mit dem Museum bewies das eindeutig. Bevor Ben gekommen war, hatte sie die schwarzen Löcher im Griff gehabt. Die verschwommenen Tage, das nebelige Nichts.

Am Montag ging sie vorsichtshalber nicht in die Schule. Und auch sonst nirgendwohin.

»Geht es dir nicht gut?«, fragte ihre Mutter besorgt und kam zu ihr ins Zimmer. Jamils Zimmer nebenan war schon größtenteils ausgeräumt. Überall standen Kisten herum wie Mahnmale.

»Ich wünschte, er würde dableiben«, flüsterte Nisha. »Er soll nicht gehen. Ich kann es mir nicht ohne ihn vorstellen.«

Sie hatte in der vergangenen Nacht schlecht geträumt. So schlecht und schlimm, dass sich etwas in ihr weigerte, sich zu erinnern. Sie verkroch sich in sich. Jamil war in diesem Traum vorgekommen, Jamil, der ...

Sie spürte Tränen in den Augen und drehte sich in ihrem Bett zur Wand.

Ein lautes Kreischen.

Eine zusammengeballte Hand voller Blut, die sich langsam öffnete und schlaff wurde.

Sie ging auch am Dienstag, am Mittwoch, Donnerstag und Freitag nicht in die Schule. Sie blieb, wo sie war. In ihrem Zimmer. Dünn, zerbrechlich und schwach. So, wie sie nicht sein wollte.

In ihren Montag-Dienstag-Mittwoch- und Donnerstag- und Freitagnachtträumen starb Jamil weiterhin jedes Mal. Und seine Hände bluteten dabei.

Unterdessen kroch der Geruch nach Katzen in ihren Körper. Sie hatte das Gefühl, Katzengerüche ein- und auszuatmen. Ihre Haut roch danach, ihre Haare ebenfalls. Torte winselte, als leide sie ebenfalls. Sie hatte einen blutigen Riss unter dem linken Auge. Waren das Katzenkrallen gewesen?

»Ich hasse Katzen«, flüsterte Nisha sich selbst und ihrem alten Hund zu. Sie wagte kaum zu atmen.

In der Nacht zwischen Freitag und Samstag versuchte sie, sich wach zu halten, um nicht wieder schlecht zu träumen, und überlegte sich ihre fünf Lieder.

Fünf Songs, die dich ausmachen.

Hatte Ben immer dieselben fünf Songs? Oder variierten sie? Warum hatte sie ihn nicht gefragt? Ganz am Anfang, auf der Wiese mit den beiden Hunden, in den Tagen, bevor sie ihm gesagt hatte, dass sie ihn mochte?

»The moment you believe«, flüsterte Nisha dem dunklen Zimmer statt Ben zu. Der Liedtitel schwebte durch das Schwarz um sie herum und hüllte sie minutenlang ein. *»Nobody Knows. Only Time. I Hate Love.«*

Sie überlegte einen Moment. *»All About Us.«*

Plötzlich sehnte sie sich danach, Ben die Lieder zu nennen. Aber nein, das war Blödsinn. War sie nicht genau aus dem Grund zu Hause geblieben, weil sie die Sache mit Ben beenden wollte?

Andererseits: beenden? Es hatte doch eigentlich nie wirklich begonnen, also gab es auch nichts zu beenden. Und was hatte Ruben noch über Ben gesagt? An einem der ersten Tage im Bus?

Er legt heute dich flach und morgen eine andere. Da kennt er nix, der saubere Ben Bennet!

Es war Blödsinn gewesen, da war sie sich sicher, aber dennoch erinnerte sie sich jetzt wieder an die Worte.

Nisha stand leise auf. Sie hatte ihr Handy in den letzten Tagen nicht benutzt. Überhaupt benutzte sie es selten. Höchstens, um ihrer Tanzlehrerin abzusagen, wenn sie sich das Training mal wieder nicht zutraute. Oder um ... ja, natürlich, um Mam, Pap, Jam oder Aysel anzurufen, wenn sie unterwegs war und es später wurde.

Sollte sie das hier wirklich tun? Aber dann war der Entschluss plötzlich da.

Mit kalten Fingern tippte sie seine Nummer in die Tastatur. Es klingelte nur ein einziges Mal. So schnell hätte sie es nicht mal geschafft, ihr Telefon aus den Tiefen ihrer Tasche zu fischen.

»Ja?«

Er klang atemlos und fragend.

»Ich bin's«, sagte sie leise. Sollte sie ihren Namen nennen? Sie wusste, dass sie anonym anrief.

»Nisha? Verdammt! Endlich!«, sagte er da aber schon.

Sie antwortete nicht, die Heftigkeit in seiner Stimme überrumpelte sie.

»Bist du noch dran?«

Zuerst nickte sie nur, aber dann riss sie sich zusammen und antwortete. »Ja.«

»Wo bist du? Wo warst du? Warum kommst du nicht in die Schule? Ich habe mir solche Sorgen gemacht.«

Sie antwortete wieder nicht, aber es fühlte sich schön und tröstlich an, seine Stimme zu hören. Das Atmen fiel ihr mit einem Mal leichter. Ihre schweren Augenlider fühlten sich plötzlich nicht mehr ganz so schwer an.

»Ich habe sogar im Schulbüro nach dir gefragt, aber sie haben sich geweigert, mir deine Nummer oder deine Adresse zu geben.«

»Ich habe mich nicht so gut gefühlt.«

Ihre Stimme wackelte und sie wusste, dass sie nuschelte. In Bremerhaven hatten sie ihr gesagt, sie müsse sich nur daran gewöhnen, es würde besser, wenn sie ein bisschen lauter sprechen würde, aber das konnte sie eben nicht. Sie war nun mal leise. Es war eben alles falsch an ihr.

»Was hast du? Bist du krank?«

»Nein.« Nein, sie war nicht krank. Sie war nur ...

»Gott sei Dank.«

Er war plötzlich still und Nisha lauschte angespannt Bens Atem. Sie drehte sich in ihrem Bett auf den Bauch und presste das Handy ans Ohr und das Gesicht in die Matratze. Am liebsten hätte sie ihn gebeten, seinen Hörer enger an den Mund zu halten, um ihm näher zu sein.

»Ben?«, flüsterte sie schließlich.

»Ja?«

»TheMomentYouBelieve und *NobodyKnows* und *OnlyTime* und *IHateLove* und *AllAboutUs.«*

»Was? Was? Was? Oh, deine Lieder? Nisha! Langsam! Bitte! Und noch mal. Das war, verdammt noch mal, zu schnell!«

Sie wiederholte die Lieder hastig, ihre Stimme klang immer noch schräg und verwaschen, obwohl sie versuchte, sich zusammenzunehmen.

»I Hate Love?«, wiederholte Ben, als sie wieder still war. Sein Atem gegen ihren Atem.

»Ja.«

»Von wem ist das? Es klingt traurig.«

»Keine Ahnung, von wem. Ich hab es einfach mal entdeckt. Irgendwo. Zufällig.«

»Und? Hasst du die Liebe ... auch?«

Er probierte eine Art kleines Lachen, aber es schlug fehl.

Oh Gott, sie konnte das hier nicht tun. Sie konnte es doch nicht tun. Ihre Finger beendeten das Gespräch fast wie von selbst. Es war nur ein Zucken mit dem Zeigefinger, der das Handy ausschaltete. Ansonsten rührte sie sich nicht.

Hasste sie die Liebe?

Ja.

Sie fühlte sich verloren und spielte sich selbst vor, sie könnte einschlafen, angezogen, wie sie war. Vielleicht für immer. Auf dem Bauch liegend. Mit dem Gesicht gegen die

Matratze gepresst. Das Handy in der schlaffen Hand. Aber es funktionierte nicht.

Nur gewöhnliche Kinderschwestern gehen mit Kindern in den Park! Wenn ihr mit Mary Poppins ausgeht, dann führt sie euch an Plätze, von denen ihr noch nicht mal geträumt habt.

Nisha spürte, dass sie weinte. Wie lange würde sie das alles noch aushalten? Und was kam danach? Wenn sie es nicht mehr aushielte?

Ben

Es war bestimmt zwei Wochen her, dass er von Zuu gehört hatte. Immer, wenn sein Kopf vor Stress oder Ärger oder Traurigkeit oder Wut überlief, brauchte er Zuu. Zuus Rat. Oder sein Lachen. Oder seine Coolness. Oder einfach den Spirit von Hawaii. Oder vielleicht alles zusammen.

»Hey, Mr Abby, ich hoffe, du bist wach und einigermaßen klar im Kopf«, murmelte er, während er Zuus Skype-Account anklickte.

Zuu war wach und sogar einigermaßen nüchtern, wie es schien. Ben atmete auf. Und er wusch Ben den Kopf, genau deswegen hatte er ihn ja auch angerufen.

»He, Mann!«, schnauzte er einmal quer über den Ozean, der sie trennte. »Das Leben ist überall kompliziert, wie du es nennst. Ich zum Beispiel knall mir immerzu den Kopf mit Shit und so weiter zu und habe keine Ahnung, wer der Ficker ist, dem ich meine Existenz verdanke! Und meine Mom heult sich seit Jahren die Augen aus dem Kopf, weil sie Blue Angel, Apple und Taiwo verloren hat.«

Blue Angel und Apple waren Zuus kleine Halbschwestern

gewesen, die ihr Vater – immerhin bekannt – sternhagelvoll mitgenommen hatte, als er die Patchworkfamilie eines Nachts Knall auf Fall verließ. Seitdem waren er und die Kinder unauffindbar. Und Taiwo war Zuus ein Jahr jüngerer Halbbruder gewesen, der mit zwei Jahren still und leise im Meer ertrunken war.

»Leben ist eben kacke, Ben«, wiederholte Zuu noch einmal achselzuckend. »Und was ist das überhaupt für eine Braut, von der du da faselst? Wo ist das Problem? Hat sie eins? Ist sie eins?«

Und dann begann Ben, von Nisha zu erzählen. Erst eine Stunde später klappte er seinen Laptop zu, nachdem er sich von Zuu verabschiedet hatte.

Ja, wo war eigentlich das Problem?

Nisha

Die Friseurin fächerte ihre roten Haare herausfordernd mit zwei Kämmen auseinander und sah Nisha, die sich dünner, zerbrechlicher und schwacher denn je fühlte, durch den Frisiersalonspiegel hindurch beinahe vorwurfsvoll an. Sie selbst hatte raspelkurze, dünne und platinblond gefärbte Stoppelhaare.

»Wahnsinn«, sagte sie seufzend, legte die Kämme zur Seite und fuhr beim zweiten Mal stattdessen mit ihren Fingern durch Nishas Haare. »Wirklich, sie sind perfekt, wenn du mich fragst! So was sieht man nicht alle Tage. Warum willst du sie nicht lassen, wie sie sind? Spitzen schneiden und fertig?«

»Ich weiß nicht«, sagte Nisha leise. »Ich gefalle mir nicht.«

Sie räusperte sich. Sie war schon wieder viel zu leise. In Bremerhaven hätten sie gesagt, sie solle …

Nein!

Außerdem ging sie jetzt schon die zweite Woche nicht in die Schule. Nervös öffnete und schloss sie die Augen.

»Also wirklich Locken? Dauerwelle? Das volle Programm?«

Nisha nickte und verkroch sich in Magazinen und Zeitschriften, solange die Frisörin an ihren Haare herumschnitt und sie zum Schluss auf große Lockenwickler rollte. Der Geruch des Dauerwellenmittels brannte in Nishas Augen wie Feuer und darum schloss sie die und atmete flach.

Hinterher tat sie, was sie sich vorgenommen hatte.

Nie mehr dünn, zerbrechlich und schwach. Sie spürte ihren Herzschlag im ganzen Körper. In der »Mottenkiste«, einem winzigen Hinterhofladen in der Nähe, kaufte sie sich einen schwarzen Chapeau Claque, an den sie schon eine ganze Weile dachte. Immer, wenn sie zum Tanzen fuhr, kam sie hier vorbei. Ihre neuen Locken quollen unter dem Chapeau Claque hervor wie rote, wilde Wellen.

Schwarzer Mantel, schwarze Jeans, schwarze Docs.

Zitternd lief sie zur U-Bahn. Sie wusste, wo sie hinwollte.

Ben

Diesen Oktobertag würde er niemals vergessen. In jeder Beziehung nicht.

Karla ertappte er schlecht gelaunt beim Googeln über Scheidungen und Wer-behält-im-Zweifelsfalle-das-Haus?

Jo verließ daraufhin türenschlagend das besagte.

Danach ging Karla wütend wie ein Stier Letizia besuchen.

Und eine Weile klingelte immerzu das Telefon, was darin gipfelte, dass in null Komma nichts der Anrufbeantworter voll war und Alarm piepste und blinkte. Nacheinander hatten Henning, der Greenpeacer, Lolas Mutter Jette und Sontje die Leitung blockiert, jeder auf seine Weise penetrant und nervig.

»Karla, Darling? Liebes? Wo steckst du? Und warum schickst du so schräge SMS? Was soll das heißen: Du willst mich nicht mehr sehen? Und du pfeifst auf alles?«, hörte Ben Hennings gekränkte, angesäuerte Stimme, als er durch die Diele ging, um das Klo aufzusuchen.

»Jo, ist das wirklich wahr? Verdammt, du Hornochse!«

So begann Jettes saurer Anrufbeantwortermonolog.

»Jo? Karla? Davon bricht doch die Welt nicht zusammen! Warum flippt ihr so aus, wenn ich fragen darf?«, folgte Sontje kurz danach. Sie redete sich ebenfalls in Fahrt und quatschte in einem Fort von Schicksal, Fügung, irgendeiner biologischen Uhr und solchen verqueren Sachen.

Ben knallte gereizt seine Zimmertür hinter sich zu, um den Mist nicht länger mit anhören zu müssen.

Dieses Haus war ein Irrenhaus, wenn auch im Moment ein, bis auf den AB, stilles, und Ben suchte in seinen Erinnerungen nach nur einem Tag an diesem Ort, der wirklich prima gewesen war. Aber es fiel ihm beim besten Willen keiner ein.

Und dann kam sie. Woher wusste sie, wo er wohnte? Und wie sah sie aus? Was hatte sie mit ihren Haaren gemacht? Und warum wirkte sie so – anders?

Sie hatte die Schultern gestrafft, drehte einen eigentümlichen, leicht abgewetzten Samtzylinder in den dünnen Händen, kam fast unaufgefordert herein und sah sich um, während sie auf den Fußspitzen wippte. Ihre Haare umgaben sie wie Feuer.

»Wow«, murmelte Ben überrumpelt. Ihre Augen waren unergründlich, aber sie war, auf ihre Weise, schöner als jedes andere Mädchen, das er kannte. Ruben allerdings, der stundenlang über Mädchen reden konnte, wenn er erst mal in Fahrt war, schien sie nicht weiter erwähnenswert zu finden, aber was wusste schon Ruben von den wirklich wichtigen Dingen des Lebens?

»Sorry, es ist ziemlich unordentlich hier, ich weiß«, sagte Ben nervös. Er schob mit dem Fuß herumstehenden Kram zur Seite. »Ich hatte nicht mit Besuch gerechnet. Und schon gar nicht mit ... ähm, Besuch von – dir.«

Der Flur war voller Jacken, Schuhe, Stiefel, Schlüssel, Schals, Mützen, Altpapier, Altglas, als lebte hier mindestens ein Dutzend sehr unordentliche Leute. Nisha musste das ähnlich sehen.

»Wer wohnt hier alles?«, fragte sie verwirrt und schaute sich weiter um.

»Nur Karla, Jo und ich«, sagte Ben schnell. »Also, meine Eltern und ich, meine ich.« In keiner Sekunde seines Lebens hatte Ben sich uncooler gefühlt als in diesen.

»Mein Zimmer?«, fragte er schließlich und versuchte, unauffällig einen Stapel Altpapier aus dem Weg zu schieben. Nachher würde er Karla und Jo zwingen aufzuräumen, das schwor er sich.

»Was?« Nisha sah ihn verwirrt an.

»Ich meine, wollen wir in mein Zimmer hochgehen?« Ben gab der offen stehenden Haustür einen leichten Tritt mit dem Fuß.

Nisha nickte zögernd. Ihre dunkelroten Locken ringelten

sich um ihre Schultern und rochen frisch gewaschen. Halb nebeneinander und halb hintereinander stiegen sie die knarrende Holztreppe hinauf. An der Wand hing das berühmte Kommune-eins-Bild mit den sieben nackten Erwachsenen und dem kleinen nackten Jungen daneben. Ben tat sein Bestes, es zu ignorieren, und hoffte, dass Nisha es ebenfalls übersah. In seinem Zimmer hob der fremde Herr verschlafen den Kopf, als sie hereinkamen. Nisha lächelte und streichelte ihn.

»Okay, hier ist es auch ziemlich unordentlich.« Bens Blick blieb leicht panisch an zwei auf dem Boden liegenden Boxershorts hängen. Es waren nicht die neuesten, coolsten. Es waren einfach so H & M-Dinger, grau, nichtssagend, die eine auch noch ziemlich ausgeleiert. Ben hob sie hastig und in einer fahrigen Bewegung auf und schmiss sie in die Tiefen seines offen stehenden Schranks, den er hinterher schnell zuschob, ehe etwas anderes die Chance hatte herauszufallen.

»Toller Garten«, sagte Nisha. Sie war zum Fenster gegangen und sah zu der Achtundzwanzig hinunter.

Ben stellte sich neben sie. Warum war das hier nur so schwer? Er hatte – verdammt noch mal – Peggy geküsst. Und Lola, auch wenn das irgendwie nicht galt.

Er spürte, dass er wackelig atmete.

An allem waren nur Jo und Karla schuld. Er war eine Null mit null Erfahrung. Andererseits – hatte er es wirklich anders gewollt? Er befriedigte sich nicht mal häufig selbst. Dabei und vor allem hinterher fühlte er sich immer merkwürdig.

Karla hatte eine Postkarte von Woody Allen an ihrem Schreibtisch hängen. »Onanie ist Sex mit jemandem, den ich sehr liebe«, stand darauf. Vielleicht war es das, vielleicht liebte er sich einfach selbst nicht. Er hatte noch nie näher darüber nachgedacht.

Aber jetzt war da was. Jetzt und hier. Eine sexuelle Energie. Zwischen ihm und Nisha. Und er war sich sicher, dass sie die ebenfalls spürte. Spüren musste.

War sie deswegen zu ihm gekommen, obwohl sie immer noch nicht in der Schule aufgetaucht war? Immerhin hatte sie bei ihrem letzten Telefonat, ohne sich zu verabschieden, aufgelegt.

Wenn er nur nicht so nervös wäre. Darüber hinaus hatte er natürlich keinen blassen Dunst, wann Karla und Jo sich abgeregt hatten und wieder zu Hause aufschlagen würden. So oder so graute ihm vor diesem Moment.

»Ich habe deine Songs gehört«, sagte er, nur um etwas zu sagen. Sie konnten schließlich nicht ewig in den Garten hinunterschauen.

Und abgesehen davon stimmte es. Er hatte sie alle gehört, wieder und wieder.

»Sie sind traurig. Alle«, sagte er leise.

Nisha sah ihn an. »Heißt du wirklich Ben?«

Anscheinend wollte sie jetzt nicht über ihre Lieder sprechen.

»Eigentlich Benjamin, aber das ist ... also echt, oder?«

»Ich finde, es klingt schön. Weich. *Benjamin.*« Sie lächelte und ihre Züge entspannten sich. Noch mal sagte sie seinen Namen in dieser sanften Tonlage. Ben konnte sich nicht erinnern, dass je jemand seinen Namen auf diese Weise ausgesprochen hatte.

»Erzähl mehr von dir, ja?«, bat Nisha da in seine Gedanken hinein.

Was war mit ihrem Gesicht? Ihrem Blick? Sie sah anders

aus als sonst. Sie schaute anders. Was war da in ihren Augen? Etwa Hoffnung? Ein klein wenig Vertrauen? Ein winziges bisschen Fröhlichkeit?

Sie setzten sich zum fremden Herrn auf sein zerwühltes Bett und Ben, der sich immer noch durch und durch zittrig fühlte, begann, von Hawaii zu erzählen, von Zuu, von seiner Kindheit dort und irgendwann, viel später, auch von Taiwo, Zuus ertrunkenem kleinem Bruder.

»Wir waren angeblich dabei, als sie ihn fanden, aber ich kann mich nicht erinnern. Zuu auch nicht. Meine Mutter sagt, wir haben das beide irgendwie verdrängt.«

Ben seufzte und Nisha starrte einen Moment vor sich hin. »Schrecklich«, sagte sie anschließend leise und plötzlich war sie wieder leicht bedrückt. Ihre Augen flackerten. »Dein armer Freund. Ich würde verrückt werden, wenn ich zusehen müsste, wie Jamil oder Aysel so etwas passieren würde.«

Ben nickte.

Sie wechselten das Thema. Warum ewig über den Tod reden, der ein absoluter Stimmungstöter war? Und nachdem sie sich einmal warm geredet hatten, war es plötzlich ganz leicht.

Sie redeten über Familie, Lieblingsfilme, *Star Wars*, Bücher, Lieblingsjahreszeiten, Flüchtlingspolitik, Religionen, teure und billige Schuhe, Modediktat und soziale Medien. Sie konnten gar nicht mehr aufhören zu reden.

»Warum hast du das mit deinen Haaren gemacht?«, fragte Ben schließlich.

Nisha hob die Schultern. »Um das hier fertigzubringen.«

»Was meinst du?«

Nisha deutete um sich herum.

»Zu dir zu kommen. Mich zu ... überwinden.«

Ben schnappte nach Luft. »Moment! Du musstest dich überwinden, zu mir zu kommen? Und dazu hast du dir vorher diese wahnsinnigen Locken machen lassen, die dafür sorgen, dass du völlig verändert aussiehst?« Er wagte ein Lächeln. »Zumindest auf den ersten Blick.«

»Ja, schon. Ich bin nicht sehr mutig.« Sie schaute zu Boden.

»Das glaube ich nicht.«

»Was glaubst du denn?«

»Ich glaube, dass du großartig bist. Und eigentlich sehr mutig.«

Nisha schwieg. Etwas ging durch ihren Kopf, er sah es, aber er sah auch, dass sie den Gedanken nicht mochte.

Ben biss sich auf die Lippen. Er hatte wahnsinnige Angst, wieder etwas falsch zu machen. Draußen wurde es unterdessen langsam dunkel. Von Karla und Jo fehlte glücklicherweise jede Spur. Umso besser.

»Hörst du, es regnet«, sagte Nisha endlich. Ja, er hatte es auch gehört. Dünne, verhaltene Regentropfen tröpfelten irgendwie freundlich gegen das dunkle Fenster. Es war ein warmer Tag für einen Oktobertag gewesen.

»Komm!«, sagte er plötzlich.

»Wohin?«

»Runter. Ich mache etwas zu essen für dich. Für uns.«

Nisha schien unschlüssig, ob sie ... was eigentlich? Ihm trauen konnte? Was dachte sie über ihn?

Dass er einfach so über sie herfallen würde?

Das wäre das Letzte, was er tun würde, wobei er gerade in diesem Moment von oben bis unten voller sexueller Energie war. Verdammt, er dachte schon wieder an Karla und Jo. Voller sexueller Energie sein, das war ein aalglatter, hundertprozentiger Karlasatz. Aber was war die Alternative?

Geil sein? Nein, das klang ja ekelhaft, nach Ruben, auch wenn es – vielleicht – den Kern der Sache traf.

Ben war beinahe schwindelig vor Erregung. Er fuhr sich durch die Haare und hatte das Gefühl, ein verwildertes Vogelnest auf dem Kopf zu haben. Er sah bestimmt bescheuert aus. Zerwühlt und aufgeregt und zerstrubbelt. Janto und Ruben sahen vermutlich nie so aus, wenn sie sich mit einem Mädchen trafen.

»Kommst du?«, fragte er nervös. Er war schon an der Tür. Der fremde Herr schloss sich ihnen ebenfalls an und zu dritt gingen sie nach unten. Ben wollte das Flurlicht auslassen, beim Hinuntergehen fiel einem das Kommunebild noch eher ins Auge als beim Raufgehen, aber Nisha knipste das Licht an. Sie waren beide einen Moment lang geblendet und Nisha stieß gegen ihn. Ben drehte sich um und sekundenlang berührten sich, wie von selbst, ihre Lippen. Dann stolperte er hastig weiter, während Nisha ihm etwas langsamer folgte.

Unten stürzte Ben, der jetzt von Kopf bis Fuß unter Strom stand, wie ein Irrer in die Küche. Und von dort in die Speisekammer. Der Kuss hatte ihn ganz zittrig gemacht. Nisha setzte sich an den Küchentisch. Sie sagte nichts und er sagte auch nichts. Hoffentlich kamen seine Eltern nicht ausgerechnet jetzt nach Hause.

Jo Bennet oder Jerôme Sowieso.

Zum ersten Mal dachte Ben genauer darüber nach, was das im Grunde bedeutete. Dabei war es ja sonnenklar: Karla hatte im selben Monat mit beiden geschlafen. Vielleicht sogar am selben Tag? Zumindest aber an sehr nah aufeinanderfolgenden Tagen. Hatte sie sich gefühlt wie er gerade, als er Nisha geküsst hatte? War auch solch ein Aufruhr in ihr gewesen?

Für Jo? Und für Jerôme? Für beide gleichzeitig?

Ging das überhaupt? So viel Gefühl? So viel Liebe ... geteilt durch zwei?

Da waren sie, Gott sei Dank, *Cappellini,* diese hauchdünnen Spaghetti, die Ben am liebsten kochte, weil sie so schnell gingen. Man brauchte sie nur für wenige Minuten ins heiße Wasser zu werfen. Dazu diese vegetarische Biotomatensoße aus dem Glas, die Jo immer kaufte. Ben betete, dass noch eine da war, und er hatte Glück. Außerdem geriebener Parmesan und etwas frisches Basilikum. Fertig!

»Hast du Hunger?«

Sie sahen sich an und wieder lächelte sie, dieses leicht schiefe, kleine Lächeln, das ihr Gesicht völlig verwandelte.

Und von da an lief alles wie am Schnürchen, auch wenn Ben sich immer noch kopflos und atemlos fühlte. Schwungvoll riss er die Terrassentür auf. Den alten Gartentisch, der dort in einer Ecke stand, hatte er selbst vor ein paar Jahren zu Karlas Geburtstag golden gestrichen, genau wie die alten, schnörkeligen, leicht maroden Gartenstühle.

»Was wird das denn?«, erkundigte sich Nisha vorsichtig. Sie trat hinter ihm ins Freie. Ben war dabei, Teelichter in Gläsern, die er von überallher holte, anzuzünden. Er schaffte es, zwanzig zusammenzubringen, und stellte sie an alle regengeschützten Orte, die er fand. Mauervorsprünge, Fenstersimse, Wandnischen, unter Büsche, in die Achtundzwanzig und unter Jos R2-D2-Gartenzwerg.

»Spaghetti im Regen«, sagte Ben und schob das Feuerzeug in seine Jeans. »Du liebst doch Regen. Und wart's ab, ein Extra kommt noch dazu.«

Ben beeilte sich. Der Regen tröpfelte weiter vom liladunklen, diesigen Himmel auf ihre Köpfe, auf den Tisch, die Teller, das Besteck. Ein Teelicht schaffte es nicht und verlöschte zischend, aber die anderen neunzehn brannten tapfer weiter und verbreiteten warmes, weiches, gutes, flackerndes Licht.

Verdammt, wenn sie jetzt am Ende gleich nach Hause wollte? Ben fiel ein, was sie über ihren Vater gesagt hatte, dass er am Abend gerne seine ganze Familie um den Tisch versammelt haben wollte. Ihr Vater war Iraner. Ben hatte keine Ahnung, wie streng und traditionell er womöglich war, und er wollte nicht, dass Nisha seinetwegen Schwierigkeiten bekam.

»Ist meine Idee überhaupt okay?«, fragte er darum und blieb vor ihr stehen. Er starrte auf ihren Mund, den er gerade erst geküsst hatte. Er konnte sich schon kaum noch erinnern, wie es sich angefühlt hatte. Er war viel zu aufgeregt gewesen und es war viel zu schnell gegangen, dort oben auf der Treppe.

Konnte er vielleicht noch mal? Oder war das jetzt eher der falsche Moment? Verdammt, warum wusste er nichts und stellte sich an wie ein kleiner, dummer Junge?

»Ich ... ich sag zu Hause Bescheid«, flüsterte Nisha und der Kussmoment war vorbei. Sie sah sich nach ihrer Tasche um, die noch oben auf Bens Bett war.

»Festnetz?«, fragte Ben, als es ihnen beiden einfiel, und drückte ihr das Telefon schon in die Hand, ehe er zurück in die Küche joggte, um die Nudeln und die Soße vom Herd zu holen und den Parmesan zu reiben. Aus dem Wohnzimmer hörte er ihre gedämpfte Stimme.

»Oh bitte, bitte, lass sie Zeit haben«, murmelte Ben vor sich hin und kippte die dünnen Spaghetti aus dem Kochtopf in eine bunte Schüssel.

»Alles klar«, sagte Nisha nur Augenblicke später, kam in die Küche, legte das Telefon auf dem Tisch ab, lächelte ihr winziges Lächeln und half Ben wie selbstverständlich beim Raustragen der Sachen, so als wäre zusammen essen zwischen ihnen eine ganz alltägliche, vertraute Sache. Dabei hatte Ben wie verrückt Herzklopfen und fühlte sich so aufgeregt wie zuletzt als Kleinkind an Weihnachten.

Auf der Terrasse setzten sie sich nebeneinander, weil Nisha die Teller nebeneinandergestellt hatte. Ben freute sich darüber. Während sie im Nieselregen Spaghetti auf ihre Gabeln wickelten, berührten sich hin und wieder ihre Arme.

»Schön, dass du gekommen bist«, sagte Ben, gerade als ihn ein Regentropfen ins Auge traf. Nisha sah es und lachte auf. Es war das erste Mal, dass Ben sie lachen hörte. Einen Moment blickte er sie einfach nur überrascht von der Seite an, aber sofort verlor er sich wieder in ihr und konnte nicht aufhören, sie anzusehen.

»He, es sollen schon mal jemandem die Augen aus dem Kopf gefallen sein vom zu viel Starren«, sagte Nisha und stieß ihn in die Seite. Lächelnd saßen sie vor ihren dampfenden Tellern, die bei dem Wetter nicht mehr lange dampfen würden, mit einer geöffneten Flasche Rotwein zwischen sich. Gläser waren nach der Kerzen-im-Glas-Aktion keine mehr übrig.

Während sie aßen, redeten sie und wieder ging es ganz leicht. Sie unterhielten sich über alles Mögliche, die Schule, die Leute dort, Lehrer wie Schüler.

»Wo warst du eigentlich vorher auf der Schule?«, fragte Ben, als Nisha vorsichtig einen ersten Schluck Wein trank. Und dann einen zweiten.

»Auf dem Helene-Lange-Gymnasium.«

Sie stellte die angebrochene Flasche zurück auf den Tisch.

»Und warum bist du da weg?« Diesmal nahm er einen Schluck. Er war sonst kein Weintrinker, aber außer Wein wäre nur Leitungswasser da gewesen. Oder Früchtetee. Und beides war ihm unangebracht vorgekommen.

Nisha sah einen Moment vor sich hin.

»Sorry, wenn ich dich mit meinen Fragen nerve.« Ben machte ein zerknirschtes Gesicht. »Du musst nichts sagen, wenn du nicht willst. Lola behauptet immer, ich rede zu viel und verkompliziere damit alles.«

Nisha lächelte. »Ist schon in Ordnung. Ich ... ich kam auf meiner alten Schule einfach nicht klar. Ich habe mich nicht wohlgefühlt.« Sie schloss einen Moment die Augen, es sah so aus, als wollte sie nicht über dieses Thema sprechen.

»Ich war mal auf dem Eiffelturm«, sagte sie stattdessen und gab dem Gespräch eine andere Richtung. »Als ich noch sehr klein war. Dort oben war so ein Wind, dass ich mich an ihm anlehnen konnte. Daran erinnere ich mich noch genau! Ich konnte mich richtig zurücklehnen, mehrere Sekunden, glaube ich, und der Wind machte, dass ich nicht fiel. Irgendwo muss es ein Foto davon geben. Das würde ich gerne noch mal machen.«

Sie sah mit einem eigentümlichen Ausdruck im Gesicht vor sich hin und Ben machte die Entdeckung, dass Nisha Alavi für ihn nicht nur Nisha war – ein Mädchen mit roten Haaren, das er nicht mehr aus dem Kopf bekam, sondern eher so etwas wie ein Ort, wie eine ganze Welt, die er, wenn möglich, nie mehr verlieren wollte.

»Da wäre ich gern dabei«, sagte er deshalb leise und berührte für ein paar Sekunden mit den Fingerspitzen ihre auf dem Tisch liegende Hand. Die mit dem braunen Fleck darauf. Sie zog die Hand nicht zurück. »Da war ja noch was.« Plötzlich fühlte er sich mutiger als je zuvor. »Hatte ich doch angekündigt: Spaghetti im Regen. Und dazu ...«

»Und dazu?«

»Hm, ein Lied. Ein Lied, an das ich mich deinetwegen erinnert habe. Aber Achtung, ich singe sonst eigentlich nie. Vielleicht klingt es miserabel, keine Ahnung. Wenn ja, sag Bescheid.«

Und dann sang er für sie. Einfach so. Den Song kannte er aus einem Film, den er zusammen mit Karla, Lola und Jette gesehen hatte. *Das Leben der anderen.* Karla stand unheimlich darauf und sang den Song hin und wieder vor sich hin.

Stell dich mitten in den Regen, glaube an den Tropfen Segen, spinn dich in dies Rauschen ein und versuche, gut zu sein! Stell dich mitten in den Wind, glaub an ihn und sei ein Kind – lass den Sturm in dich hinein und versuche, gut zu sein!

Und versuche, gut zu sein …

Als er zu Ende gesungen hatte, waren in Nishas Gesicht Tränen.

»Oh, verdammt, bin ich so zum Heulen?«, fragte Ben und fuhr sich verlegen durch die nassen Haare. »Es ist doch nur ein Lied, ein kleines, verrücktes Regenlied, weil du Regen so magst. Oder?«

Oder?

Plötzlich musste er, ob er wollte oder nicht, an die Worte des anderen Ben denken.

Nisha

Bens Lippen waren weich und warm gewesen. Nisha war sich sicher, diesen ersten, eiligen, stolperigen, wahnsinnig kurzen Kuss auf der Treppe niemals in ihrem Leben zu vergessen.

Und dann Spaghetti im Regen. Was für Ideen dieser Ben Bennet hatte. Gut, dass ihr Vater ihr erlaubt hatte zu bleiben.

»Jamil und Aysel sind auch unterwegs, Jamil im Baumarkt, Tapeten kaufen und Aysel auf der Eisbahn, da können deine Mutter und ich es uns mal zu zweit so richtig gemütlich machen«, hatte er entgegenkommend gesagt. Nisha hatte an seiner Stimme hören können, dass er lächelte, als freue er sich darauf, wieder mal alleine mit ihrer Mutter zu sein. »Aber komm nicht zu spät. Wie heißt noch mal das Mädchen, bei dem du zu Besuch bist?«

»Lola«, hatte sie rasch geantwortet, einfach weil ihr Lolas Name zuerst eingefallen war.

»Gut, und sind Lolas Eltern einverstanden damit, dass du zum Abendessen bleibst?«

Sie hatte Ja gesagt. Was hätte sie sonst sagen sollen? In manchen Dingen war ihr Vater, so lieb er auch war, sehr altmodisch. Sein liebes, gutes, fürsorgliches Gesicht ...

Und dann war ja auch alles gut gegangen, bis Ben ... bis Ben das Regenlied gesungen hatte. Sie wusste selbst nicht, warum es sie so zum Weinen brachte. Das Weinen kam einfach über sie und sie konnte nicht damit aufhören. So, als hätte sie einen Grund zu weinen, wo gar keiner war.

Ben wendete sich ihr zerknirscht zu und zuerst sahen sie sich nur stumm an, aber dann legte er, statt etwas zu sagen, einfach ein zweites Mal seinen Mund auf ihren. Sehr langsam und sehr behutsam diesmal, nicht eilig und stolperig wie auf der Treppe. Und so, wie er immer warm zu sein schien, war sie immer kalt. Ihrer beider Haare und Gesichter und Anziehsachen waren regennass, trotzdem strahlte Bens nasses Regengesicht Wärme aus und Nisha war sich sicher, dass er spüren konnte, wie nervös sie war. Der Kuss war tröstlich und schien eine wunderbare Ewigkeit zu dauern.

»Wieder besser?«, flüsterte Ben hinterher, als sie den Kopf senkte. Seine Hände lagen jetzt auf ihren Schultern.

Nisha nickte und da zog Ben sie näher zu sich und küsste ihre nassen Haare.

Und in diesem Moment waren plötzlich seine Eltern da gewesen.

»Oh nein«, hatte Ben geflüstert und Nisha irgendwie losgelassen und dann doch nicht losgelassen.

»Oh«, sagte auch Bens Mutter, in der Nisha sofort seine Mutter erkannte, weil sie Ben so ähnlich sah. »Ihr habt es aber schön hier.« Sie schaute über die teelichtbeschienene Terrasse.

»Ja, schön und nass«, sagte Bens Vater. »Was macht ihr hier? *Singing in the Rain?* Oder vielmehr *Eating in the Rain?«*

Bens Blick flackerte kurz in Nishas Richtung. Sie schwiegen beide.

»Fast wie bei Loriot«, fuhr Bens Vater fort und schnappte sich eine kalt gewordene, übrig gebliebene Nudel aus der Schüssel. »Da essen sie auch Nudeln im Regen. Vicco von Bülow und Evelyn Hamann. Allerdings mehr im Regensturm. Ich bin übrigens Jo. Und mit wem haben wir das nasse Vergnügen?«

Er grinste Nisha zu und Karla verdrehte die Augen. »Jo, ich glaube, wir stören hier nur«, sagte sie, während Jo die Weinflasche umdrehte und in Augenschein nahm. »Ah, einer von Hennings Edelweinen, ein 2010er St. Emilion«, sagte er grinsend. »Ja, haut weg, das teure Gesöff. Stehen eh viel zu viele von den Flaschen hier rum, aber der alte Angeber muss ja immer raushängen lassen, was für ein großkotziger Weinkenner und weinkennender Großkotz er ist.«

Er ging an ihnen vorbei ins Haus und sah halb gut gelaunt und halb nicht ganz so gut gelaunt aus.

»Achtet am besten gar nicht auf ihn«, sagte Bens Mutter, um dann hinzuzufügen: »Ich bin Bens Mutter, Karla.« Sie lächelte Nisha zu. Um ihre Augen herum war die Schminke verlaufen. Sie sah erschöpft und immer noch verweint aus.

»Und ich bin Nisha«, sagte Nisha leise. Mehr nicht. Ihre Finger bebten leicht und sie schob sie rasch unter ihre Oberschenkel. Der Nieselregen hatte Abendwind gebracht und dieser Wind ließ sie auf einmal frieren. Einen Moment kam es ihr so vor, als habe der Wind Finger und Hände, die ihr über das kalte, erstarrte Gesicht strichen, aber das war natürlich nur Unsinn. Sie fühlte sich dennoch beklommen.

»Nisha? Aha. Schön, dass du da bist, Nisha. Und schön, dass ihr es euch so ... schön gemacht habt«, sagte Karla. »Wenn euch kalt wird, kommt rein. Nicht, dass ihr euch was holt.«

Sie nickte ihnen zu und ging ebenfalls ins Haus.

Ben stand auf und schob schweigend die Teller zusammen. Sie half ihm. Wenn sie doch nur gewusst hätte, was sie sagen sollte. Aber das erste Mal, seit sie ihn kannte, wirkte auch er angespannt, so, als lausche er darauf, was im Haus geschah. Und tatsächlich, wenig später drangen laute Stimmen zu ihnen heraus und sie sah, wie Ben resigniert aufseufzte.

»Ich suche, verdammt noch mal, deine Nähe, Karla!«, brüllte Bens Vater ärgerlich. »Merkst du das eigentlich nicht?«

»Meine Nähe?«, schrie Karla zurück.

»Ja, Himmelherrgott noch mal.«

»Meine Nähe kriegst du nicht, Jo!«

Ben schaute Nisha an und seine Augen sahen wütend und niedergeschlagen zur gleichen Zeit aus. »Voilà – meine Eltern«, murmelte er und seufzte tief. »Jetzt hast du ja mal einen ersten Eindruck von ihnen. Wenn auch nicht den besten, fürchte ich.«

»Ist doch nicht schlimm«, sagte Nisha und eine Woge von Unwirklichkeit überrollte sie, wie es Wellen im Meer tun.

Es kümmerte sie nicht. Sie wollte bei Ben bleiben, der Spaghetti für sie kochte und Regenlieder sang. Dessen Lippen sich weich anfühlten und bei dem sie sicher war. Ja, sie wollte nichts anderes, als bei ihm zu bleiben, hier in diesem unordentlichen Haus mit seinen streitenden Eltern.

Sie wollte Kinder mit ihm. Viele Kinder. Babys, die seine und ihre waren. Sie wollte sich an ihn binden. Sie hätte in dieser Sekunde alles für ihn gegeben.

Ihr ganzes Leben.

Ben

Sie gingen ins Haus, um Nishas Sachen zu holen. Die Teelichter, die es bis jetzt geschafft hatten, ließen sie brennen. Ihr Gesichtsausdruck war unergründlich, zumindest für ihn, und er fühlte, wie er minütlich unglücklicher wurde.

Es war perfekt gewesen, einfach perfekt, er hatte es gefühlt. Alles hatte endlich einmal gestimmt. Und jetzt? War nun alles kaputt?

Ahnte Nisha am Ende schon, was mit seinen Eltern los war? Vielleicht hatte Lola ja geplaudert. Bei Lola wusste man nie. Es gab Zeiten, da pfiff sie auf das Elternding, und wieder andere Zeiten, da ging sie damit geradezu hausieren.

»Karla, du weißt, dass ich dich liebe!«, brüllte Jo aus irgendeinem Zimmer, als sie durch die Diele gingen. »Unsere

Liebe ist, verdammt noch mal, der Beweis, dass es uns gibt! Das war, verdammte Scheiße, doch immer unser Lebensmotto! Darauf baut doch alles!«

Nisha zuckte zusammen. Wegen des Geschreis? Oder wegen des Blödsinns, den Jo da lauthals verzapfte? Ben war sich nicht sicher.

»Sie spinnen«, knurrte er darum ärgerlich. »Hör einfach nicht hin. Ich höre auch nie hin, wenn sie so sind. Sie haben einen hundertprozentigen Knall, sorry.«

Er wollte nur noch weg hier, weg mit Nisha, damit sie all das nicht hören konnte. Er würde sie nach Hause begleiten. Sie würden gemeinsam durch die Straßen gehen und alles würde wieder so werden wie vorhin, bevor Karla und Jo aufgetaucht waren.

»Los, wir verschwinden«, sagte er, als sie ihre Tasche geholt hatte. Sie gingen zusammen nach draußen und durch den Chaosgarten. Als das Gartentor hinter ihnen zufiel, nahm Ben ihre Hand. »Komm, ich bring dich nach Hause«, sagte er, doch im selben Moment spürte er schon, dass etwas falsch war.

Nisha blieb stehen. »Ich möchte lieber alleine nach Hause gehen, Ben«, sagte sie nervös. Der fremde Herr pinkelte an einen nassen Baum und sprang dann um sie herum wie aufgezogen.

»Aber ich …«, sagte Ben verwirrt, doch Nisha schüttelte den Kopf.

»Sei nicht sauer. Es war schön. Sehr. Und wir sehen uns morgen in der Schule.«

Ihre Augen waren dunkle Seen. Er hätte alles dafür gegeben, in ihnen zu ertrinken. Jetzt und hier und für immer. Und immer war eine verdammt lange Zeit.

»Dann kommst du morgen wieder in die Schule?«

Seine Frage klang drängend. Verdammt, wenn er nicht aufpasste, hatte sie ihn über, ehe wirklich etwas passiert war zwischen ihnen.

Sie nickte, wenn auch zögernd. Wovor fürchtete sie sich bloß?

Sie hielt ihren verrückten Zylinder in der Hand, ihre neuen Haare waren ein wildes, zerzaustes Gewusel und ihr Gesicht eigentlich zu schmal und zu dünn darunter.

»Wie soll ich dir nur sagen, dass du das schönste Mädchen bist, das ich kenne?«, flüsterte Ben heiser.

Nisha sah ihn halb an und halb an ihm vorbei. »Du hast es doch gesagt.«

»Stimmt.« Er lächelte sie an. »Na, immerhin das.«

Sie lächelte jetzt auch, wenn auch nur leicht. Es war wie der Schimmer eines Lächelns, der über ihr trauriges Gesicht schwebte.

»Nisha?«

»Ja?«

»Verrätst du mir deine Adresse? Dann könnte ich mal vorbeikommen. Oder dich morgens abholen?«

»Oh, besser nicht«, sagte Nisha.

»Warum nicht?«

»Es ist nur ... wegen ... weil –« Sie brach ab. »Bis morgen, Ben.«

Dann drehte sie sich ohne ein weiteres Wort um und ging davon. Wie immer, ohne noch einmal zurückzusehen.

Nisha

Er war da, als sie nach Hause kam. Wie konnte das sein? Wie konnte das sein? Wie konnte das sein?

Sonst war das Haus leer und still und dunkel. Niemand da, um sie abzulenken. Um ihr die Angst zu nehmen.

Vielleicht hatte Aysel ja die Erlaubnis bekommen, nach der Eisbahn bei ihrer Freundin Molly zu übernachten. Das tat sie manchmal. Und vielleicht hatten ihre Eltern die Gunst der Stunde des Alleineseins genutzt und waren ausgegangen.

Ausgerechnet jetzt hatte er sich in den Garten geschlichen. Er stand einfach da, als sie kam, dicht an den Zaun gepresst.

Still, stumm, mit hängenden Armen. Und er sah ihr entgegen. Sein Gesicht war fahl, fast grau, fleckig marmoriert. Er schien aufgeregt zu sein. Eine seiner Katzen stromerte um seine Füße herum.

Nisha blieb wie erstarrt stehen.

Er. Wartete. Auf. Sie.

Sie hatte es ja gewusst.

Was sagte Jamil, der nichts begriff, immer? »Herr Vandegen hat dir doch nichts getan, Nisha. Was hast du bloß? Er wohnt hier halt. *So what?*«

Nisha spürte immer noch den Wein, den sie mit Ben getrunken hatte. Vorhin hatte er geholfen, sie hatte sich durch ihn leicht und gut gefühlt, aber jetzt wurde ihr schwindelig und flau davon.

Und Herr Vandegen kam langsam auf sie zu. Eine seiner vielen Katzen schlich weiter um ihn herum und rieb sich an seinem Bein. Nisha hörte sie leise und klagend maunzen.

Sich selbst hörte sie keuchend atmen, es war wie ein lautes, wüstes Rauschen tief in ihrem Kopf, obwohl sie gleichzeitig sicher war, dass kein Laut über ihre Lippen drang. Oder vielleicht doch?

»Nisha«, sagte Herr Vandegen flüsternd. Leise. Gedämpft. Sanft. Auch sein Atem schien stoßweise zu gehen. »Da – bist – du – ja – endlich. Du – warst – lange – weg.«

Nisha fühlte, dass sie immer noch nicht ganz wieder da war. Sie war mit Ben außerhalb von Zeit und Raum und Denken gewesen.

Ben! Ben ...

»Was – hast – du – nur – mit – deinen – Haaren – angestellt?«

Herr Vandegen streckte eine dickliche, weiche Hand aus.

Was wollte er? Würde er sie am Ende berühren? Das – das durfte er nicht. So viel stand fest, wenn auch sonst nichts feststand.

Nisha fühlte sich weit weg. Hinter dem Himmel, über der Sonne, jenseits aller gesprochenen und ungesprochenen Worte. Sie war in einer Woge aus Grau gefangen und konnte sich nicht rühren.

»Komm«, sagte Herr Vandegen leise. »Komm her, nun komm schon, du dummes Mädchen. Ich habe mir Sorgen um dich gemacht.«

Und dann berührte er sie. Er presste sie an sich, Nisha hörte seinen Atem und roch seinen Schweiß. Warum, warum, warum nur konnte sie sich nicht rühren? Sich nicht wehren? Warum half ihr niemand? Wo blieben ihre Eltern? Herr Vandegen hüllte sie ein mit seinem Körper, mit seiner Gegenwart, mit Bewegungen, die er für Zärtlichkeiten zu halten schien.

Wenn ein Löffelchen voll Zucker bitt're Medizin versüßt, ja, Medizin versüßt ...

Herr Vandegen streichelte sie. Und er tat das nicht zum ersten Mal. Nein! Seine Hände waren ihre Gegenwart. Oder nicht?

Alles in ihrem Kopf begann, sich zu drehen.

Ben

Im Bus, am anderen Morgen, traf er auf Lola, Amandus und den anderen Ben. Sonst war niemand Erwähnenswertes da.

»Ich habe Nisha übrigens neulich deine Nummer und deine Adresse gegeben, Ben«, sagte Lola und setzte sich neben ihn. Ihre Haare waren moosgrün an diesem Tag. »Ich hoffe, das war okay. Sie hat mich danach gefragt – und sie scheint nett zu sein, wenn auch etwas verdreht, oder?«

Der andere Ben warf ihm einen Siehst-du-was-habe-ich-gesagt-Blick zu, sagte aber nichts bis auf: »Dein Koffer steht auch noch bei mir rum. Soll ich ihn dir bei Gelegenheit vorbeibringen? Oder willst du ihn nicht mehr? Dann kauf ich ihn dir ab. Mit Rabatt, fürs Unterstellen, okay? Sagen wir zwanzig Öcken?«

Aber Ben hatte jetzt keine Zeit, über den ersteigerten Koffer zu sprechen. Er winkte ab und wandte sich stattdessen an Lola.

»Ja, klar war das völlig in Ordnung. Sie war gestern bei mir.«

»Oh, là là?« Lola zog die Augenbrauen hoch. »Das geht ja zack, zack mit euch beiden. Da ist also was zwischen euch?«

»Igitt, diese schmuddeligen Koffer, die sonst woher stammen können«, stöhnte Amandus, der Bilder mit seiner LOMO schoss, und verzog das Gesicht.

»Ich weiß es nicht wirklich«, sagte Ben unterdessen zu Lola, obwohl das nicht ganz der Wahrheit entsprach. Aber mit Lola über so etwas wie Liebe zu reden, war nicht leicht. Sie war da ähnlich vorbelastet wie er. Und sie hatte ähnliche Vorbehalte in Sachen Gefühle.

»Kommt sie denn jetzt wieder in die Schule? Sie war krank, oder? Ich hab sie letzte Woche im Park getroffen. Sie saß da auf der Bank am Jo-und-Jette-Ententeich und starrte vor sich hin. Als ich sie ansprach, wirkte sie erst irgendwie weggetreten oder so, aber nach und nach taute sie dann doch auf und wir haben uns ziemlich gut unterhalten. Bei der Gelegenheit hat sie mich auch nach deiner Adresse gefragt.«

Der Bus erreichte die Schule.

»Gestern sagte sie jedenfalls, sie käme heute.«

»Dann ist's ja gut.«

Das fand Ben auch. Er hatte Nishas wegen kaum geschlafen in der vergangenen Nacht. Immer wieder hatte er ihre fünf Songs abgespielt und nachgedacht. Warum waren sie so traurig? Was war passiert, das der andere Ben in die Worte Sie-wollte-sterben gepackt hatte? Und warum durfte er nicht wissen, wo sie wohnte?

Seine streitenden Eltern hatten, Wand an Wand mit ihm, auch eine schlaflose Nacht zugebracht. Aber ihr Gebrüll hatte Ben ausgeblendet und war komplett in Scheuklappenland geblieben. Er hatte sie nur dafür verflucht, dass sie seinen perfekten Moment mit Nisha zerstört hatten.

In den ersten beiden Stunden hatten sie Politik, doch Nisha ließ sich nicht sehen.

Nervös und wie gebannt starrte Ben die Klassentür an.

Warum kam sie denn nicht? Sie hatte es doch versprochen. Verstohlen sah er ein paar Mal auf sein Handy. Würde sie sich melden? Aber sein Handy blieb still. Kein Anruf, keine Nachrichten.

Ben ertappte sich dabei, wie er in winzigen schwarzen Buchstaben die erste Strophe von *Stell dich mitten in den Regen* auf seinen Tisch kritzelte.

»Jetzt ist sie doch nicht gekommen«, sagte Lola in der großen Pause. »Meinst du, sie macht blau? Sie wird Ärger mit der Schulleitung bekommen, wenn sie das auf Dauer so durchzieht.«

Draußen goss es in Strömen. Nisha-Wetter, dachte Ben. Herr Esche hatte eine Regen-und-drinbleib-Pause verkündet, wofür ihm alle dankbar waren.

»Von wem redet ihr denn?«, erkundigte sich Shiva, die eine Handvoll Mandarinen schälte. Sie lebte für und von Obst.

»Von der Neuen – Nisha Alavi mit den roten Haaren«, sagte Lola.

»Ach, Nisha«, unterbrach sie Shiva. »Meine Schwester kennt sie. Sie tanzen zusammen in der Jugendtheatergruppe. Meine Schwester sagt, Nisha wäre wahnsinnig gut, müsse aber einzeln unterrichtet werden, weil sie sonst abkackt.« Shiva winkte ab, als sie Bens Blick auffing. »Sorry für das bescheuerte Wort, aber meine Schwester hat es nun mal exakt so formuliert.« Sie stopfte sich eine halbe Mandarine auf einmal in den Mund und kaute aus vollen Backen.

»Wusstest du, dass sie tanzt?«, fragte Lola Ben hinterher, als Shiva mit Marla und Peggy weitergegangen war.

»Nein.«

»Sie ist schon irgendwie komisch, oder?« Lola seufzte. »Wir ziehen die Komischen an.«

Ben gab keine Antwort. In seinem Kopf herrschte Wirrwarr.

»Jette ist übrigens stinkwütend auf Jo«, fuhr Lola zusammenhanglos fort und zupfte bunte Fusseln von ihrem regenbogenbunten Shirt. »Wegen Luke. Und Sontje. Und überhaupt ...«

»Karla auch«, murmelte Ben. Dann fiel ihm etwas ein. Er hob den Kopf und sah Lola an. »Was hast du Nisha eigentlich über ... uns erzählt?«

»Nichts.«

»Echt nicht?«

»Echt nicht. Ich wusste ja nicht, was du willst, was sie wissen soll.«

Ben seufzte. »Eigentlich ist es ja kein Geheimnis. Früher oder später wird sie es mitkriegen.«

Lola nickte.

In der nächsten Stunde hatten sie Mal-AG. Ruben, Janto und die anderen Jungs schwenkten alle lärmend und mehr oder weniger gut gelaunt in Richtung Computerräume oder Sportbereiche ab, während Ben Lola zum bunten Kunstpavillon folgte. Gleich im Nachbarraum der Schulzeitungsredaktion war das große Malatelier mit dem hohen Glaskuppeldach. Bisher war Nisha hier noch nie aufgekreuzt, Ben hatte zuerst überhaupt nicht gewusst, dass sie zum Kurs gehörte, bis Frau Kraja, die die AG leitete, in der letzten Woche Nishas Abwesenheit erwähnt hatte.

»Ich kenne sie noch gar nicht«, hatte sie gemurmelt und sich eine Notiz gemacht.

Ihr Halbjahresthema in der AG war Licht und Schatten.

»Malt, was ihr fühlt, denkt, empfindet«, sagte Frau Kraja.

»Lasst eurer Fantasie freien Lauf. Hauptsache, ihr malt! Malt, bis ihr lachen oder weinen müsst!«

Frau Kraja war entschieden merkwürdig. Aber sie war trotzdem in Ordnung, fand Ben.

Lola malte an einer der Schulstaffeleien ein Wahnsinnsbild in Silber, einen Meter auf einen Meter, mit viel Licht und nur wenig Schatten, während Ben sich mit schwarzen Eddings am Blick auf die Achtundzwanzig aus seinem Zimmer heraus versuchte.

Und plötzlich, mitten am angefangenen Vormittag, wie aus den Wolken gefallen, stand Nisha neben ihm. Sie roch nach Regen, Nässe, Wind und sich selbst.

»Da bin ich«, sagte sie leise und schlüpfte aus ihrer schwarzen Jacke.

Ben drehte sich um und versank auf der Stelle in ihr. Sie war so dünn, blass, ernst und rothaarig, dass er sicher war, dünner, blasser, ernster und rothaariger ging gar nicht.

»Nisha Alavi?«, unterbrach die Kunstlehrerin den Moment. Nisha drehte sich um.

»Ja?«

Frau Kraja musterte Nisha kurz und begrüßte sie dann, ohne viele Worte wegen der drei bereits versäumten Doppelstunden zu machen. Das war in der Tat ein kleines Wunder, denn Frau Kraja war zwar originell und in Sachen Kunst nicht zu schlagen, hatte aber normalerweise eine recht scharfe Zunge, was Zuspätkommer und Schwänzer betraf. Aber heute war sie unerwartet milde. Sie lächelte sogar und bat Nisha schlussendlich nur, nun einfach schnell mit dem Malen anzufangen.

Sie wiederholte ihr zu Ehren sogar ihren Lachen-oder-weinen-Satz.

»Los, los, los jetzt«, sagte sie zum Schluss und klopfte Nisha aufmunternd auf den Arm.

Ben spürte, wie nervös Nisha war. Sie sagte kein Wort, stattdessen fuhr sie sich immer wieder mit den Zähnen über die Unterlippe, bis sie ganz weiß war, und starrte vor sich hin.

Lola lächelte ihr zu. »Komm doch hier rüber!«, sagte sie. »Und übrigens, deine Haare sind ja wirklich der Wahnsinn! Um die bist du zu beneiden, echt!«

Nisha ging zu Lola hinüber und nahm sich sehr langsam einen Bogen Papier.

»Staffelei?«, rief Frau Kraja aus dem Kabuff. Das Kabuff – der Materialraum – war ihr Heiligtum.

Nisha gab keine Antwort. Stattdessen klebte sie das große Blatt einfach mit Kreppklebeband an die Wand, wie sie es offenbar bei Ben gesehen hatte, der sein Bild an der gegenüberliegenden Wand fixiert hatte.

Eine Weile stand sie nur da und starrte das weiße Blatt an. Ben sah, wie der Daumen ihrer linken Hand begann, unruhig über den glänzenden dunklen Fleck auf ihrem rechten Handrücken zu fahren. Wieder und wieder und wieder und wieder und wieder und wieder und wieder und wieder.

»Nisha?«

Die Stimme der Kunstlehrerin schreckte Nisha auf. Sie fuhr heftig zusammen.

»Ja?«

»Alles in Ordnung? Oder brauchst du noch etwas?«

Ben fühlte sich auf einmal wahnsinnig wackelig innerlich. Verdammt, er wollte sich in Nisha verlieren. Er wollte seine Arme um sie schlingen und sich in ihr vergessen. Wenn er ihr nur zeigen würde, wie sehr er sie brauchte! Aber das war keine gute Idee. Wenn er das tat, würde sie bestimmt davonlaufen.

Klammern ist nie gut, sagte Karla immer.

Andererseits, was wusste Karla schon?

Und was war, diese Frage begleitete ihn nun Tag und Nacht, bloß mit ihm los?

Nisha

Sie malte.

»Nisha?«

Sie antwortete nicht, weil sie nichts hörte. Sie war weit weg auf einmal. Von einem Moment zum nächsten. Zur Schule hatte sie es geschafft. Seinetwegen. Sie wollte ihn sehen und sich wieder sicher fühlen. Auch wenn das schrecklich schwer war.

»Guckt mal.«

»Oh?«

Jemand lachte.

»Wie bei Pippi Langstrumpf – als sie in der Schule ihr Pferd an die Wand malt.«

Doch, sie war da. Ein Teil von ihr war es jedenfalls.

»Nisha?«

Diesmal drehte sie sich erschrocken um. Und ließ gleichzeitig den roten Gelmalstift fallen, den sie bis eben in der Hand gehalten hatte. Er kullerte über den Boden und verschwand unter einem Schrank.

»Das ist ja sehr beeindruckend geworden.«

Frau Kraja sah Nisha prüfend an. »Ist alles in Ordnung mit dir? Geht's dir gut?«

Nisha gab keine Antwort. Was sollte sie sagen? Sie wusste ja selbst nicht, wie es ihr ging. Und wo sie eigentlich war. Konnte man gleichzeitig hier und dort …? Nein! Zu Hause? Auf der Straße? In der Schule?

Nach und nach tauchte sie wieder auf.

»Ein großes und interessantes Bild.«

Nisha wischte sich benommen über die Augen. Das Bild war Mist. Ein Geschmiere. Warum tat die Lehrerin, als gefalle es ihr? Sie bemerkte, dass alle sie jetzt ansahen. Ganz langsam wendete sie sich ab, legte sie die Hände vors Gesicht.

Niemals würde sie es schaffen, normal zu sein. Niemals.

Und was hatte die Kunstlehrerin noch gesagt? Mal, bis du lachen oder weinen musst?

Was für ein Blödsinn.

Ben, dachte sie.

Ben

Sie standen im Gang. Frau Kraja hatte zugestimmt, als er vorgeschlagen hatte, er würde für einen Moment mit Nisha nach draußen gehen. Er wusste nicht, ob das in ihrem Sinn war, aber er hatte das plötzliche Gefühl gehabt, er müsste sie da rausholen, raus aus dem Kunstraum, wo alle sie anstarrten.

Er sah sie an, als sie still neben ihm stehen blieb, sich gegen die gemauerte Wand lehnte und die Arme um sich selbst schlang: die feinen Augenbrauen, die geschlossenen Augen, das schmale Gesicht. Auch ihre Nase war fein, heute Morgen glänzte sie ganz leicht fettig, was irgendwie rührend aussah, Ben wusste selbst nicht, warum, und sie hatte wieder diese dunklen Schatten unter den Augen. Ihr Mund war ein Strich, wie fast immer, und ihre Lippen rissig und trocken.

»Was ist denn passiert?«, fragte Ben vorsichtig.

Nisha zwang sich zu einem Lächeln und schaute dann schnell zu Boden. »Ist schon wieder okay«, murmelte sie. »Das war nur so ... ein Moment.«

»Was für ein Moment?«

»Egal.«

»Nein, sag doch.«

»Kein Moment, eher ein Gefühl. Jetzt geht es schon wieder, ehrlich.«

Es sah eher nach dem Gegenteil aus. »Was hast du da eigentlich gemalt?«, erkundigte sich Ben vorsichtig. »Und hattest du geplant ...« Er lächelte ihr zu. »... die halbe Wand anzumalen? Nicht, dass es schlimm ist«, fügte er eilig hinzu. »Ist ja alles mit Papier abgeklebt für die Direkt-an-der-Wand-Maler.«

Ben wartete auf eine Antwort, doch es kam keine.

»Nisha?«

Endlich hob sie den Kopf, aber sie sah an ihm vorbei aus dem großen Fenster.

Er wollte sie unbedingt erreichen, wollte ihr etwas sagen, das sie zu ihm zurückholte. Gestern, im Regen, da war sie bei ihm gewesen. Bevor Karla und Jo auftauchten.

»Es gibt da was über mich und meine Familie, das du noch nicht weißt«, begann er leise. »Etwas über mich und mein komisches Leben, das du vielleicht – äh – wissen solltest.«

Wieso er plötzlich davon anfing? Er hatte keine Ahnung, aber einmal musste es sowieso sein. Und wenn er vor ihr verheimlichte, was los war, dann würde sie ihm vielleicht nie richtig vertrauen können.

Ihr Blick flackerte in seine Richtung. Okay. Das war schon mal besser als nichts.

»Es geht um meine Eltern.« Er musste sich zusammenneh-men, um nicht zu stottern. »Sie sind ... ich meine, sie streiten nicht immer, wie gestern. Aber sie sind trotzdem anders als normale Paare. Du musst wissen, sie leben ... polyamor.«

Wamm, es war heraus.

Doch Nisha reagierte so gut wie gar nicht.

»Sagt dir das was?«

Sie schüttelte den Kopf.

Er sah sich um. Wie sollte er ihr das alles nur erklären? Hier, in den Fluren der Immanuel-Kant mit ihrem typischen schalen, abgestandenen Schulgeruch, schien es ihm plötzlich unmöglich. »Komm, hauen wir ab«, schlug er deshalb vor. »Wir holen Karlas Vespa und fahren ein bisschen raus. Und dann erklär ich es dir.«

Wieder ein flackernder Blick. Sie sah nervös und blass aus und auf ihrer Stirn war ein dünner Film aus Schweiß, aber sie sah ihn jetzt jedenfalls richtig an. Ben hielt den Atem an und hätte vor Erleichterung beinahe laut aufgeseufzt, als sie endlich zögernd nickte.

»Warte hier, okay?«, sagte er. »Rühr dich nicht vom Fleck.«

Dann ging er allein zurück in den Kunstraum, um ihre und seine Sachen zu holen.

»Ich bringe Nisha nach Hause«, erklärte er. »Es geht ihr nicht gut, »sie hat Kopfschmerzen.«

Frau Kraja nickte nur. »Danke, das ist nett von dir, Ben.«

Nisha

Sie liefen nebeneinander zum Bus.

Sie stiegen nebeneinander ein.

Sie blieben nebeneinander stehen, bis es Zeit zum Aussteigen war.

Nisha betrachtete Ben von der Seite.

»Warum gibst du dich eigentlich mit jemandem wie mir ab?«, fragte sie leise, als sie in die Himmelsstraße einbogen. Ihre Arme berührten sich beim Laufen.

Das war eine der vielen Fragen, die sie sich schon die ganze Zeit stellte.

Ben

Himmelherrgott noch mal – warum war Karla zu Hause? Er hatte eher mit Jo gerechnet, aber Jo konnte man am Vormittag ohne Probleme aus dem Weg gehen, er saß sowieso in seinem Büro, alleine mit dem Mindbreaker. Karla hingegen, die eigentlich an der Uni hätte sein sollen, saß im Wohnzimmer und trank einen von Greenpeace-Hennings teuren Biorotweinen. Dazu blätterte sie in ihrem großen Chronikkalender, den Henning ihr im vergangenen Jahr zu Weihnachten geschenkt hatte. Von Jo hingegen war keine Spur zu entdecken.

»Was wollt ihr denn um diese Uhrzeit hier?«, fragte Karla überrumpelt, als Ben und Nisha zur Tür hereinschneiten. Dieselbe Frage hätte er ihr stellen können, aber er verbiss sie sich.

»Äh, eigentlich deine Vespa ausleihen«, sagte er stattdessen nur.

»Schule etwa schon zu Ende?«

»Sozusagen.«

»Wusstet ihr, dass Edith Piaf nur achtundvierzig Jahre alt wurde? Und Judy Garland schlappe siebenundvierzig? Und Jane Austen sogar nur zweiundvierzig?« Karlas Stimme klang niedergeschlagen. »Da sieht man es mal. Edith Piaf und ich.«

Ben konnte es nicht fassen. »Oh Mann – Karla! Mutter Theresa und Marlene Dietrich wurden dafür beide ungefähr hundertzehn! Was ist denn mit dir los? Hast du Weltschmerz? Oder Midlife-Crisis?«

Er schnappte sich den Vespaschlüssel aus C-3POs ausgestreckter silberner Droidenhand. Der Miniatur-Protokolldroide stand seit Neuestem oben auf Karlas antiker Kommode, die sie mal mit Henning in Venedig entdeckt hatte.

»Vermutlich von allem etwas«, murmelte Karla. »Da! Whitney Houston – auch nur achtundvierzig geworden! Ich drehe noch durch!«

»Vielleicht solltest du nicht schon um …«, Ben warf einen Blick auf sein Handy, »zwölf Uhr mittags Wein trinken? Das wäre deiner Gesundheit bestimmt zuträglich. Und deinem Nervenkostüm auch.«

»Sontje bekommt ein Kind, Ben.«

Oh Mann! Okay, das war es also, was Karla die ganze Zeit die Wände hochtrieb.

Er hätte schon eher darauf kommen können, wenn er nicht so sehr mit sich selbst beschäftigt gewesen wäre. Und jetzt kapierte er auch, was Lola gemeint hatte, als sie heute Morgen davon sprach, wie sauer Jette war. Schon um Luke kümmerte Jo sich eher wenig.

Ben wandte sich ab. Scheuklappenland.

»Verschon mich damit, Karla. Das ist euer Ding, nicht meins!«

Was stand schließlich seit Jahren bei ihnen auf der Gästetoilette an der Wand? Herausgerissen aus einem Zitatekalender? Und mit Klebstreifen neben den Toilettenpapierhalter geklebt? *Das Herz ist ein sehr elastischer, kleiner Muskel.*

Na bitte.

Ben drehte sich zu Nisha um. »Komm. Bloß raus hier«, murmelte er und fragte sich gleichzeitig, wie er auf die Nachricht reagiert hätte, wenn sie nicht dabei gewesen wäre. Vermutlich ähnlich. Mit Flucht.

Aber durch Nisha war etwas anders. Er war nicht mehr alleine. Alleine auf verlorenem Posten. Sollten sie in der Himmelsstraße abziehen, was immer sie wollten, er würde sich jetzt abseilen. Er war nicht länger Ben, die fügsame Marionette, das spürte er und es fühlte sich gut an.

Vor dem Gartentor, wo die Vespa parkte, reichte er Nisha einen Helm. »Steig auf.« Er lächelte ihr zu.

»Oh, ich weiß nicht«, sagte sie leise. »Ich bin noch nie mit so etwas gefahren.«

Aber dann nahm sie doch den Helm und kletterte unsicher auf die alte Vespa. Jede ihrer Bewegungen gefiel ihm. Er hätte sie stundenlang einfach nur ansehen wollen.

»Geht's?« Ben schwang sich auf den Fahrersitz und drehte sich zu ihr um.

»Ich ... ich weiß nicht.«

»Halt dich einfach an mir fest, okay? Dir kann nichts passieren.«

Sie nickte und klammerte sich von hinten an ihm fest, als wolle sie ihn nie mehr loslassen. Mit Lola fuhr Ben hin und wieder, aber Lola hinter sich war ein ganz anderes Gefühl als

Nisha. Lola redete in einem fort, fuchtelte mit den Armen, wollte selbst fahren, zappelte herum und hielt sich nie an ihm fest. Nisha dagegen hatte ihre Arme jetzt fest um ihn geschlungen und rührte sich nicht mehr.

»Los geht's«, sagte Ben aufmunternd und gab Gas. Es tat gut. Zum einen, weil er sein Zuhause hinter sich lassen konnte, mit allem, was ihn dort drin rasend machte. Aber vor allem, weil er Nisha so nah bei sich hatte. Und er hatte schon eine Idee, wo er mit ihr hinfahren würde.

Nisha

Sie hatte sich fest vorgenommen, endlich mit ihrer Mutter über Herrn Vandegen zu sprechen. Aber sie hatte es nicht getan.

»Nisha, was ist los mit dir?«, hatte ihre Mutter sie heute am Morgen gefragt und ihr leicht über den Kopf gestrichen, als sie in die Küche kam, wo Nisha still und mit in die Hände gestütztem Kinn am Tisch saß und aus dem Fenster sah. Sie hatte eben Torte Futter gemacht und lauschte jetzt ihrem hungrigen Schmatzen. Sie hörte Torte von jeher gerne beim Essen zu.

Nisha zuckte zusammen. Ihre Mutter war der leiseste Mensch der Welt. Nisha hatte sie nicht mal kommen hören.

»Ich ... ich ...«, hatte sie nervös angefangen.

Sie wollte sich endlich von dieser Angst befreien. Und vor dem, was da geschah. Mit ihr. Aber sie brachte es nicht über die Lippen. Immer, wenn sie den Versuch unternahm, endlich etwas zu sagen, war ihre Kehle wie zugeschnürt.

»Ist es etwa wegen Jamil?«

Ihre Mutter sah sie prüfend an. Nisha sollte an diesem Morgen wieder in die Schule gehen. Bis gestern hatte sie eine Krankmeldung gehabt, aber auch ihr Arzt sagte, sie solle es wieder versuchen. Und sie wollte es ja auch selbst, schon alleine wegen Ben.

»Ja. Nein …«

»Nisha, sei doch vernünftig! Jam ist nicht aus der Welt. Und er wird mit Sicherheit oft herkommen. Allein wegen seiner Wäsche und, natürlich, um unseren Kühlschrank auszuräubern. Du weißt doch, wie hungrig er immer ist.«

Sie hatte schwach genickt und ihre Mutter mit zusammengekniffenen Augen mühsam angesehen. Ihre schöne blonde, große Mutter.

Als sie klein gewesen war, hatte sie immer gedacht, ihre Mutter sähe aus wie eine Königin aus einem Märchen. Die Königin von Hamburg. Und sie hatte das Glück, ihre Tochter zu sein.

Ihre Mutter hatte große blaue, weit auseinanderstehende Augen und roch nach Vanille und Apfelsinen und Gutsein. Außerdem strahlte sie alle Sicherheit dieser Welt aus. Als kleines Kind war Nisha überzeugt davon gewesen, dass ihre Mutter alles lenken und bestimmen und leiten konnte. Sie verjagte Gespenster, Räuber, Angst, knacksende Leitungen, wilde Tiere, Monster im Klo. Aber keine Mutter konnte alles.

Nisha fuhr sich über das Gesicht. Herr Vandegen hatte über ihre Finger gestreichelt und dabei gemurmelt, wie kalt sie seien. Seine Stimme hatte besorgt dabei geklungen und er hatte seine weichen, heißen Hände über ihre gebreitet wie eine Decke.

»Mama … ich …«

»Hm?«

Es war, als sehe sie ihre Mutter durch dickes Glas an. Oder durch Wellen hindurch. Undeutlich, konturenlos, verwaschen. Auch ein Universum war möglich. Unendliche Weite, die sich ausdehnte. Fremde Planeten.

»Mama?« Ihre Stimme klang erstickt.

Sie konnte ihr nichts sagen. Obwohl sie sich so danach sehnte.

Von draußen sprang jäh eine Katze auf das Fenstersims, starrte aus gelbgrün geschlitzten Augen herein und Nisha zuckte zusammen.

Ben

»Dort drüben ist der Bramfelder See«, rief Ben über die Schulter und fuhr langsamer. In Schlangenlinien rollte er schließlich in eine kleine Einfahrt, zwischen eine goldene Birke und ein kleines, leicht schäbig anmutendes Wochenendhaus. »Warst du schon mal hier?«

»Ben, lass uns da wegbleiben. Das ist ein fremdes Grundstück.«

»Nein, keine Sorge. Es gehört einem Freund von uns. Henning Bialas, seines Zeichens Meeresbiologe und Greenpeace-Aktivist.«

»Oh, okay.«

Ben bremste ab und schaltete Karlas Vespa aus. Das kleine Grundstück war tief in Herbstlaub versunken. Die Luft um sie herum roch nach nassem Laub, feuchter Erde und dem nahen See. Die Birke glitzerte golden und hatte, anders als die übrigen Bäume, noch so gut wie alle Blätter, die wie ein leuchtender Vorhang oder ein zartes Windspiel aussahen.

»Schön hier, oder?«

Ben drehte sich zu Nisha um und zog gleichzeitig den Helm vom Kopf. Nisha hatte Karlas Helm schon ausgezogen.

»Ja.«

Sie schüttelte den Kopf und ihre Haare fielen ihr wie Wellen um die dünnen Schultern. Ben sah, wie sich ihre Fingerspitzen instinktiv um die Ränder ihrer schwarzen Jacke schlossen, nachdem sie ihm den Helm gegeben hatte. Komisch, was man alles mögen konnte bei einem anderen Menschen. Selbst solch kleinen, tickartigen Gesten.

»Und was machen wir jetzt?« Nisha sah ihn fragend an.

Plötzlich war in ihrem Gesicht wieder dieses kleine, winzig kleine Lächeln, das er so mochte. Es kam ihm wie ein Wunder vor, dieser Moment, wenn sich ihre Mundwinkel anhoben und sich dadurch der gesamte Ausdruck ihres Gesichts veränderte.

»Schön«, entfuhr es Ben.

»Was?«

»Wenn du lächelst. Dann bist du noch schöner als sonst. Ich meine, du bist immer schön, aber ...«

Das war es, was Lola meinte, wenn sie sagte, er rede zu viel. Ben biss sich auf die Lippen, aber Nisha lächelte tatsächlich weiter.

»Früher war ich mal wahnsinnig dick«, sagte sie plötzlich.

»Echt?«

Bens Stimme klang ungläubig.

»Ja. Warte, ich zeig's dir.«

Nisha nahm ihre Stofftasche von der Schulter, die sie fast immer dabeihatte, und holte aus ihren Tiefen ihr Portemonnaie heraus.

»Da. Guck.«

Sie faltete die Aufnahme, die sehr zerknittert war, behutsam auseinander und reichte sie an Ben weiter. Darauf war ein kleines, sehr blasses, sehr dickes Mädchen abgebildet. Ben erkannte sie dennoch sofort. Ihre sturmgrauen Augen, damals noch Kinderaugen, die zusammengepressten Lippen, die roten Haare, die strähnig und schnittlauchglatt und trotzdem zerzaust waren.

»Da guckst du aber wütend«, sagte Ben.

»Wütend?«, wiederholte Nisha verwirrt.

»Schon, oder?«

Ben gab ihr das Bild mit einem Lächeln zurück. »Ich mag es trotzdem. Kleine, dicke, wütende Nisha.«

Sie schwieg dazu und er fragte sich, was mit ihr geschehen war. Wütend war sie nie, stattdessen verkroch sie sich und schien vor etwas – Angst zu haben, wie vorhin im Kunstraum.

Aber diese beiden Küsse zwischen ihnen – die hatte es doch gegeben – den kurzen und den – hm, etwas weniger kurzen, ihre Lippen auf seinen, ihr Körper nah an seinem, ihre Augen so nah bei ihm, dass er sich sekundenlang in ihnen gespiegelt hatte. Und die Spaghetti im Regen. Und jetzt hatte sie ihm das Foto gezeigt. Da war doch was. Irgendetwas. Zwischen ihnen. Ganz eindeutig. Etwas ohne Worte. Etwas noch nicht Identifizierbares.

Seine Fingerspitzen zuckten. Konnte er es wagen? Wie sollte er anfangen?

Lass uns um den See gehen? War das idiotisch? War das gut?

Darf ich dich küssen? Oh Hölle – diesen Satz, obwohl nur vier kurze Worte, würde er nie über die Lippen bekommen, da war er sich sicher.

Oder so ein blöder Ruben-Spruch?

Wie weit waren wir beim letzten Mal?

Oh Gott, nein, auf gar keinen Fall. Dann doch lieber die Wahrheit.

Nisha, ich werde wahnsinnig, wenn ich dich nicht sofort küssen darf! War er des Wahnsinns fette Beute? In seinem Inneren schwang so etwas wie Panik. Würde er am Ende wieder alles vermasseln?

»Darf ich dich ...?«, stotterte er schließlich und hatte dabei keine blasse Ahnung, wie es weitergehen sollte. »Ähm, ich meine ...«

Nisha schaffte das Kunststück, immer noch zu lächeln, so als hätte sie extra für ihn, den Trottel, den Moment angehalten.

Und dieses Lächeln machte es einfacher. Ben hob eine Hand und begann, sachte mit den Fingerspitzen ihr Gesicht zu streicheln, das ganz kalt war.

Nisha rührte sich nicht, aber sie wich auch nicht zurück. Dieses Streicheln kam Ben noch intimer vor als die beiden Küsse. Behutsam berührte er mit dem Daumen ihre trockenen, rissigen Lippen, um zu sehen, ob sie jetzt einen Schritt zurückmachen würde. Aber sie blieb, wo sie war.

Wamm, wamm, wamm, wamm, wamm, machte Bens Herz überall in ihm drin. Vermutlich würde er gleich hyperventilieren oder so. Er beugte sich näher zu ihr.

»Das ist jetzt kein Traum, oder?«, fragte Nisha da leise.

»Was? Nein, das ist kein Traum.« Oder war es doch einer? Ein ganz großartiger?

»Gut.«

Kam sie ihm entgegen? Jedenfalls zögerte Ben jetzt nicht länger. Er presste seine Lippen auf ihre. Sie waren kalt und spröde, noch kälter und spröder als beim letzten Mal, aber sie fühlten sich trotzdem wunderbar an. Ben spürte Nishas Puls in ihrer Wange. Es war wie versinken, wie weinen und lachen zur gleichen Zeit – jetzt verstand er, was Frau Kraja meinte – wie zittern und irgendwo ankommen, wo man immer schon mal dringend hingewollt hatte.

Viel zu schnell verhaspelte Ben sich mit seinem Atem und ließ Nisha los. Er war eben, verdammt noch mal, kein routinierter Küsser. Er öffnete die Augen und sah, dass sie ihre ebenfalls fast geschlossen hatte.

»Wollen wir vielleicht reingehen?« Seine Stimme klang so wackelig, wie er sich fühlte. »Drinnen ist es wärmer.«

Sie nickte, aber er spürte ihre Unsicherheit. Hatte sie etwa Angst vor ihm? Dass er etwas tat, womit sie nicht einverstanden war? Er erinnerte sich an den Moment zu Hause, kurz bevor sie nach unten gegangen waren, um Spaghetti zu kochen. Kurz vor ihrem ersten Kuss. Da hatte er etwas Ähnliches gedacht.

Bens Hände waren auf Nishas Schultern. »Ich würde nie etwas tun, was du nicht willst, Nisha!«, sagte er leise. »Das glaubst du mir doch, oder?«

Nisha

Seine Stimme klang warm und gut. Wie etwas, an dem man sich festhalten konnte. Und ja, sie glaubte, was er sagte. Das war das Merkwürdige an ihm. Sie glaubte ihm vorbehaltlos, obwohl sie wusste, wie gefährlich das war. Sie hatte schon viel geglaubt in ihrem Leben und irgendwie war es trotzdem immer wieder anders gekommen. Darum hatte sie sich eigentlich geschworen, von nun an immer auf der Hut zu sein. Das Leben war gefährlich. Es war voller Tücken und Abgründe.

»Ben?«

»Ja?«

»Kannst du mich mal in den Arm nehmen? So richtig fest?«

Er tat es, wenn auch nicht wirklich fest, aber doch fest genug. Er war womöglich sogar größer als ihr Vater, der ebenfalls sehr groß war. Aber Ben war dünner, viel dünner, er war ja fast mager. Aber er roch gut. Und seine weichen, lockigen Haare berührten ihr Gesicht. Und er war immer noch mehr Junge als Mann, dachte Nisha plötzlich. Auch wenn sie ihm das natürlich nie gesagt hätte. Aber für sie war das ein beruhigender Gedanke.

»Was ist denn jetzt eigentlich mit deinen Eltern?«, fragte sie leise.

Ben seufzte. Sie spürte es mehr, als sie es hörte. Es war ein Seufzer, der tief durch seinen Körper ging. Im nächsten Augenblick ließ er sie los und machte sich an dem Zahlenschloss zu schaffen, mit dem der Riegel des kleinen Wochenendhauses gesichert war. Innen war es viel heller und freundlicher, als Nisha vermutet hatte. Jede Menge Holz, ein paar Möbel, die selbst gezimmert aussahen, und sogar eine winzige Küche und ein genauso winziges Bad gab es. An den Wänden hingen viele Schwarz-Weiß-Fotografien von Menschen, die Nisha nicht kannte. Die Luft roch staubig und leicht abgestanden, aber nicht schlecht.

»Polyamor«, sagte Ben.

Da war es wieder, das Wort, das er vorhin erwähnt hatte und das ihr nichts sagte. Er wirkte nervös, während er es aussprach. Nervös und beinahe etwas gereizt. Ein kleines Wort – und so viel Nervosität in seinem Gesicht dabei.

Versuchsweise tastete Nisha nach seiner Hand und da erschien der Hauch eines Lächelns auf seinem Gesicht. Seine Finger fühlten sich wie immer warm und sicher an; ihre eigenen erschienen ihr umso kälter und ungelenker.

»Polyamor? Was bedeutet das denn?«, fragte sie leise.

Jetzt seufzte er wieder, ließ sie erneut los und sank auf etwas, das wie ein grob gezimmertes Tagesbett aussah.

Nisha setzte sich auf die schmale Kante neben ihn. Aus den Augenwinkeln sah sie, dass die Fenster des Gartenhauses durch ihre Gegenwart und ihre Körperwärme beschlugen.

Er schwieg.

Oh nein, sie hätte es vielleicht nicht noch einmal ansprechen sollen. Was musste er jetzt von ihr denken. »Ben? Du musst nichts erklären, wenn du nicht willst«, sagte sie hastig. »Es ist egal, was mit deinen Eltern ist. Sie sehen jedenfalls nett aus. Und ihr lebt zusammen und scheint es schön zu haben. Nur darauf kommt es an, oder?«

Es schön zu haben. Die Worte schwebten zwischen ihnen hin und her und sie spürte ihnen sehnsüchtig nach und wagte kaum, zu atmen ihretwegen.

Darum ging es doch, es schön zu haben. Das war wichtig, wichtiger als alles andere. Darauf kam es an – wie man lebte.

Ben schwieg noch immer und sein Schweigen fühlte sich niedergeschlagen an. Sie verstand das, weil sie es kannte, nur zu gut kannte sie das.

»Ben?«

»Hm?«

»Ich … ich …«

Sie sahen sich an. Beide. Sekundenlang, minutenlang, eine Ewigkeit lang. Oder ging in Wahrheit alles ganz schnell? Und diesmal war es Nisha, die den Anfang machte. Plötzlich umarmte sie Ben, drückte ihr Gesicht gegen seins, küsste ihn eigentlich nicht, aber dann doch, fuhr durch seine weichen, wolligen Haare, atmete seinen Geruch ein, benetzte seine Wangen mit Tränen und mit Küssen, wild durcheinander. Dann waren sie ganz still, Nisha schmiegte sich noch enger an Ben und wollte für immer die Zeit anhalten. Jetzt und hier.

»Ben ... Ben ... Ben ...«, flüsterte Nisha und wollte nie mehr aufhören, seinen Namen zu sagen.

Ben

Es war ein bisschen wie sterben. Man gab alles auf, alles hin. Ben fühlte sich von Kopf bis Fuß außer Kontrolle. Alles an ihm war Liebe. Und Sorge, Angst, Zärtlichkeit, Wahnsinn, Stille, Explosion, Musik, Irrenhaus, Ewigkeit, Feuerwerk, Sinn und Begreifen.

So war das also: Liebe. LIEBE. LIEBE. LIEBE.

Nie wieder wollte er Nisha loslassen. Nie wieder. So viel stand fest. Irgendwann lockerten sie dennoch ihre Umklammerung und die Welt ohne Nishas Umarmung kam ihm leer und karg vor. Er legte stattdessen für einen Moment seine Hände vors Gesicht, wie um sich zu sammeln, und versuchte, es dann zu kaschieren, indem er die Finger ausfächerte und sich ein paar Mal durch die Haare fuhr, als wollte er sie wieder einigermaßen in Form bringen. Sein Herz klopfte so, dass er überzeugt davon war, Nisha würde es hören. In seinen Augen waren ein paar unmännliche Tränen, die er rasch fortblinzelte, und er hoffte, dass sie es nicht gesehen hatte.

»Ich will es dir aber trotzdem erklären, ja?«, sagte er, als er sich wieder einigermaßen gefasst hatte. Er hatte plötzlich ihre Frage wieder im Kopf. Die Frage von vor tausend Jahren – vor diesem Kuss, der alles verändert hatte, der einen anderen Menschen aus ihm gemacht hatte. Und es war Nisha gewesen, die den Kuss begonnen hatte. Auch das würde er nie vergessen.

»Das mit Jo und Karla, das gehört eben zu mir, auch wenn es mir nicht passt. Sie sind nun mal nicht wie normale Eltern. Wie die von Marla zum Beispiel. Oder wie deine.«

Ben richtete sich auf, während er sprach. Seine Stirn war gerunzelt und sein Körper angespannt. Nisha jetzt zu berühren, wäre ihm falsch vorgekommen. Nicht, während er das hier erklärte. »Schon seit ich denken kann, haben meine Eltern andere, also zusätzliche Beziehungen«, sagte er leise. »Und sie sind da total offen mit, verstehst du? Jo hat zum Beispiel immer mal wieder etwas mit Jette, Lolas Mutter, am Laufen. Lolas Bruder Luke ist sein Kind. Was ihn zu meinem Halbbruder macht.« Er sprach jetzt hastiger, um es schneller hinter sich zu haben. »Und neben Jette gibt es zurzeit auch noch Letizia und Sontje, während meine Mutter Henning hat, mit dem sie eben auch zusammen ist.«

Ben fuhr sich erneut durch die Haare. »Meistens hängen sie auch noch alle bei uns zu Hause ab. Sie kennen da nichts. Es ist ihnen nicht peinlich oder so. Sie finden es besser, als betrügen und hintergehen. Henning taucht einfach ab und zu auf und übernachtet bei Karla oder ich treffe morgens Sontje oder Letizia am Frühstückstisch. Sie sagen, sie lieben sich trotzdem, also, Karla und Jo, meine ich, aber ...«

Verdammt – Sontje. Der Gedanke an sie brachte ihn plötzlich doch noch aus dem Konzept.

Sie bekommt ein Kind von Jo, Ben. Die Worte seiner Mutter klangen noch einmal in seinem Kopf nach.

Er konnte Nisha in diesem Moment nicht ansehen, so gerne er es auch getan hätte. Vielleicht hätte er doch einfach ihr Angebot annehmen und die Klappe halten sollen? Aber das hatte sie nicht verdient. Er wollte doch, verdammt noch mal, ehrlich zu ihr sein.

Er verdrängte mit Mühe den Gedanken an Sontje und ließ seine Schultern sinken. »Jetzt weißt du's. Für mich ist es ein großer Mist«, sagte er dabei niedergeschlagen. »Alle in der Schule wissen es irgendwoher und irgendwie. Und jeder gibt, wenn es ihm gerade passt, seinen höchstpersönlichen Senf dazu. Ey, deine Eltern sind ja voll pervers und so.« Ben runzelte die Stirn. »Jeder hat sofort irgendwas Schräges vor Augen, wenn er davon hört. Einmal hat Ruben mich tatsächlich gefragt, ob sie es denn immer zu mehreren treiben. Oh Mann! Das ist natürlich absoluter Blödsinn. Sie sind nicht pervers, sie sind nur schräg, verstehst du?«

»Ja«, sagte Nisha, auf ihren Wangen waren plötzlich rote Flecken und sie hatte ungewohnt laut gesprochen. Ben sah sie überrascht an.

»Dieser Ruben erzählt anscheinend eine Menge Blödsinn.« Sie schüttelte den Kopf und wurde sofort wieder leise. »Polyamor.« Sie sprach es ganz langsam aus. »Davon hatte ich wirklich noch nie gehört.«

Ben nickte schwach und er griff vorsichtig nach Nishas Hand. »Als Kind kam es mir ganz normal vor. Ich kannte es ja nicht anders. Aber später ...«

Jetzt konnte er sie wieder anschauen und er atmete erleichtert auf, denn in ihren Augen lagen weder Mitleid, was er am schlimmsten gefunden hätte, noch Verachtung, was ebenfalls schlimm gewesen wäre. Sie musterte ihn – er fand nicht das richtige Wort dafür – nachdenklich?

»Vielleicht ist es besser so, als wenn sie sich einfach vor Jahren sang- und klanglos getrennt hätten«, sagte sie dann.

»Hm«, machte Ben. Alleine mit Karla leben? Das hatte er sich schon öfter ausgemalt und die Idee war nicht die schlechteste, wie er fand.

»Meine Tante Sandra jedenfalls …«, begann Nisha da, bevor sie stockte, als schrecke sie vor etwas zurück.

»Was ist mit ihr?«

»Sie ist die ältere Schwester meiner Mutter. Sie ist wirklich ein ganzes Stück älter. Schon über sechzig. Und sie …«

Nisha seufzte und schüttelte leicht den Kopf. Ihre Haare fielen weich über ihre Schultern und Ben sehnte sich sehr danach, sie wieder zu berühren. Ständig sehnte er sich danach, sie zu berühren. Eine Woge Wünsche in Bezug auf Nisha jagten durch seinen Körper, für die er sich fast schämte.

Er dachte an den Kuss von eben. Vielleicht sollte er ihr einfach sagen, was er für sie empfand? Lampen fingen nicht durch reines Denken zu leuchten an – und Menschen errieten nicht die Gedanken von anderen, so intensiv sie auch waren.

»Meine Tante hatte zwei Ehemänner, aber beide haben sie sitzen lassen«, erklärte Nisha weiter. »Der erste nach zwei oder drei Jahren, wegen einer anderen, und der zweite, als sie gerade ihr erstes Baby erwartete. Auch wegen einer anderen. Meine Tante hatte daraufhin einen schlimmen Nervenzusammenbruch. Das Baby starb, weil es durch die Aufregung viel zu früh auf die Welt kam. Seitdem ist meine Tante nicht mehr die Alte.«

Nisha sah einen Moment vor sich hin. »Sie hat sich damals, nach dem Tod ihres Babys, die Pulsadern aufgeschnitten.«

»Oh«, sagte Ben. Er wusste, worauf sie hinauswollte.

Und ja, vielleicht war etwas dran an der Art, wie seine Eltern ihr Leben lebten. Als Luke sich angekündigt hatte, war Karla jedenfalls nicht durchgedreht. Und die Pulsadern hatte sich auch keiner aufschneiden müssen. Diesmal, bei der Sache mit Sontje, war Karla aber nicht mehr ganz so tough, wie es schien.

»Was ist das Schlimmste für dich daran?«, fragte Nisha. Es war keine rhetorische Frage, das spürte er genau, sie wollte es wirklich wissen, und das erfüllte ihn, trotz des Themas, mit einem wilden Glück.

»Am schlimmsten war für mich eigentlich immer, dass sie es so offen bei uns zu Hause ausleben.« Ben fuhr leicht mit den Fingerspitzen über ihren Handrücken. »Überall stolpert man über ihre Art zu leben. Im Wohnzimmer – Jo und seine Weiber. Jederzeit. Oder in der Küche, im Garten, auf der Terrasse. Und in Karlas Schlafzimmer entweder Jo oder eben Henning. Oder früher mal Nikodemus. So ein Schauspieler aus Wien. Obwohl der nett war.«

Sie schwiegen beide einen Moment.

»Willst du etwas sehen?«, fragte Nisha dann.

Wollte sie ihn auf andere Gedanken bringen? Sie schien die Sache mit seinen Eltern ganz einfach zu akzeptieren. Ben war erleichtert darüber.

»Was denn?«

»Es ist ein ... warte.«

Nisha beugte sich vor, griff nach ihrer Batiktasche und wühlte darin herum. Sekunden später zog sie ein kleines schwarzes Buch heraus. Sie gab es Ben und zupfte dann nervös an dem schwarzen Lederband, das sie um ihr Handgelenk geschlungen hatte.

»Was ist das?«

»Guck rein.«

»Okay.«

Ben öffnete das Buch. *Gutes* stand in Nishas Handschrift auf der ersten Seite.

»Gutes?«, wiederholte Ben.

Nisha

Sie nickte. Bens Hände hielten das Buch und Nisha starrte die Hände an. Sie waren perfekt. Kein gerubbelter Stressfleck, keine abgekauten Nägel, keine kleinen Hautfetzen, die sich entzünden konnten. Stattdessen saubere hellrosa Fingernägel und honigfarbene Haut. Alles an Ben sah perfekt aus. Perfekt und heil.

Er las laut vor und sie sprach innerlich die Worte mit, die sie auswendig kannte.

»Frühlingserwachen«, las Ben. »Traumtänzer. Tautropfen. Luftschloss. Kinkerlitzchen. Lichtspielhaus. Augenstern. Butterweich. Vergissmeinnicht. Pusteblume. Hoffnungsschimmer. Fingerspitzengefühl. Sehnsucht. Lebenslust. Gänseblümchen. Laubgelb. Wolkenweiß. Glückskind.«

Auf jeder Seite stand nur ein Wort. Hin und wieder hatte sie die aufgeschriebenen Wörter bis zur Unkenntlichkeit durchgestrichen und durch andere ersetzt.

Ben sprach eins nach dem anderen aus, manche neugierig, manche fragend. Ein paar Mal hob er seinen Blick, aber sie wich ihm aus und starrte, ohne zu blinzeln, aus dem Fenster nach draußen auf die goldblättrige Birke im Garten.

»Sandfarben. Blättergrün. Lockig«, las Ben weiter. Dann folgte die letzte bisherige Eintragung.

Sie hielt den Atem an.

»Ben«, las Ben, nachdem er dorthin umgeblättert hatte.

Aus den Augenwinkeln sah sie, wie er das Buch auf seine Knie sinken ließ.

Und sie? Sie ließ die Birke Birke sein und schaute nun doch in sein Gesicht, obwohl sie wusste, was das in ihr auslösen würde: ein Gefühl, das sie bisher nicht gekannt hatte und das sich anfühlte, als würde man ihr Innerstes durch die Brust nach außen ziehen.

»Gutes. Ich?«, fragte Ben leise. »Gut? Für dich?«

Nisha nickte.

»Wow.«

Bens Augen lächelten.

Und Nisha schaute ihn weiter an, schaute tief in diese lächelnden blättergrünen Augen hinein. Sie hatten eine schöne Form und Nisha mochte die Beschaffenheit seiner Augenlider. Sie waren wie Mandeln, aber an den Rändern ein bisschen wulstig, obwohl das ein bescheuertes Wort war. Es war einfach so, als seien Bens große Augen rundherum ganz leicht geschwollen, wie es bei ihr war, wenn sie geweint hatte. Das gab ihm etwas Kindliches, Rührendes, Zartes, obwohl er doch so groß und schlaksig war. Und es sah schön aus, wenn seine Augen blinzelten, so wie jetzt.

»Die Sonne geht schon unter«, sagte Nisha. Plötzlich konnte sie die Stille, die sie umgab, nicht mehr aushalten. »Schau mal, der Himmel.«

Ben nickte. »Wollen wir vielleicht ans Wasser gehen?«

»Ja, gerne.«

Sie beeilten sich, um die sinkende Sonne am Wasser nicht zu verpassen, und beim Hinausgehen nahm Ben eine von ihren kalten Händen in seine warme. Nisha fühlte diese Wärme einen Moment im ganzen Körper.

Wie hatte sie das Leben je ohne seine Hand ausgehalten?

Ben

Ihre Haare reagierten auf die Feuchtigkeit in der Luft. Sie sahen noch wilder aus als sonst, seit sie sich diese irren Locken hatte machen lassen, nur waren sie in diesem Moment eher kraus als lockig und bauschten sich afroartig um ihren Kopf.

»Wahnsinn, so rot«, rief Nisha, als sie am Wasser waren. Sie meinte die untergehende Sonne, aber der Ausruf hätte auch auf ihre Haare gepasst. Ihr Ausruf. Sie hatte gerufen! Sie war fast laut gewesen.

Ben nickte. Der ganze See leuchtete. Der ganze See. Und er selbst mit Nisha an seiner Seite. Alles leuchtete.

Gutes. Sein Name hatte in ihrem Buch gestanden. Er war etwas – Gutes. Er war noch nie etwas Gutes gewesen.

Sie blieben dicht am Ufer stehen und klammerten sich aneinander. Es wurde, wie es schien, nun doch kälter. Immerhin war es schon Ende Oktober, aber trotz des Regens waren die letzten Tage mild gewesen. »Klimadramawetter« nannte Henning dieses Wetter mit bärbeißiger Miene gerne.

Seit der Sekunde, in der er und Nisha sich umarmten, fragte Ben sich, wie er es nur so lange ohne sie ausgehalten hatte.

»Oh mein Gott, ist das schön – dieses Licht und … alles hier«, flüsterte Nisha dicht an seiner Brust.

Sie war so klein. Es war, als würde man einen Schmetterling halten. Etwas Zartes, Zerbrechliches, aber sehr Lebendiges. Ben hatte schon Marla und Lola im Arm gehalten, aber das war ein bisschen gewesen wie früher, wenn Karla ihn an sich gedrückt hatte. Weich, warm, beschützt, doch ohne das gewisse Etwas.

Ben hatte sich mehr als einmal gefragt, ob es an ihm lag. War er vielleicht schwul und hatte das nur noch nicht geschnallt? Er hatte nächtelang über sich und Zuu nachgedacht, seinen besten Freund, der ihm immer noch fehlte, obwohl ihre gemeinsame Zeit nun doch schon so lange vorbei war. Zuu und er hatten sich oft aneinandergekuschelt und in einem Bett zusammen übernachtet. Oder sich nackig aneinandergerieben, beim Herumplanschen in der Lagune, weil das so lustige Gefühle auslöste. Sie hatten auch in aller Stille ihre Penisse aneinandergelegt, um sie zu vergleichen, Farbe, Form, Länge, Beschaffenheit. Okay, damals waren sie maximal fünf gewesen, aber es war schön und intim gewesen. Und als Amandus ihm dann diese Liebesgeständnisnachricht geschickt hatte, da war er doch ins Schwitzen geraten. Nicht, dass er etwas gegen Schwule hatte, überhaupt nicht, aber er wollte endlich Klarheit haben, weil er so gar nichts empfand, in keine Richtung.

Bis Nisha an diesem ersten Schulmorgen im neuen Schuljahr in den Bus gestiegen war und an ihm vorbei aus dem Fenster gesehen hatte.

Sie war eine an den Menschen vorbei Aus-dem-Fenster-Seherin, so viel stand fest. Eine Aus-dem-Fenster-Seherin, in die er sich wie verrückt verliebt hatte.

»Und was machen wir jetzt?«, fragte Ben, als die Sonne schließlich im Wasser versunken war und die Dämmerung den See und auch sie beide umhüllte wie ein schwarzer Mantel.

»Hierbleiben und auf den Sonnenaufgang warten«, schlug Nisha unerwartet vor.

Hatte er sich wirklich nicht verhört? Aber nein:

»Nur um sicherzugehen, dass sie auch wiederkommt«, fügte sie jetzt noch hinzu. »Als Kind hatte ich oft Angst, sie würde eines Tages nach dem Untergehen für immer verschwinden.«

Sie sahen sich an.

»Aber nicht hier draußen, oder?« Ben hauchte probeweise eine Atemwolke aus. Es war die erste in diesem Herbst. Er mochte Atemwolken und hauchte noch eine zweite und eine dritte.

Nisha presste sich noch enger an ihn. »Nein, besser, wir gehen zurück in die Hütte.«

Er konnte es fast nicht glauben. Sie sagte das so selbstverständlich, als ob sie ... ja, was? – Jetzt zusammen waren? Zusammengehörten?

Da fiel ihm etwas ein. »Erlauben deine Eltern das denn? Ich meine ...«

»Sie sind unterwegs«, unterbrach ihn Nisha. Sie zögerte und so etwas wie ein Schatten huschte über ihr Gesicht. »Ich muss aber bei meiner Tante Bescheid sagen.«

»Der, von der du vorhin erzählt hast? Der traurigen?«

Nisha nickte und holte ihr Handy aus der Tasche. Zuerst tippte sie eine Nachricht hinein. »Ich schreibe am besten, ich schlafe bei einer Freundin«, murmelte sie. Ben sah ihr zu, konnte aber nicht lesen, was sie schrieb, weil sie sich zur Seite wendete.

Es versetzte ihm ein Hochgefühl, als sie ihm hinterher ganz von selbst ihre Handynummer diktierte.

»Obwohl ich nicht gerne damit telefoniere«, sagte sie hinterher. »Oft stelle ich es aus. Wundere dich also nicht, wenn du mich auf dem Ding nicht erreichst.«

Ben nickte. Alles war ihm recht. Alles war gut heute. Er streckte die Hand aus und berührte leicht Nishas Handrücken. Den mit dem braunen Fleck.

»Auf mich kannst du dich hundertprozentig verlassen, Nisha«, sagte er leise. »Immer.«

Nisha

Sie waren wie außerhalb der Zeit.

Als sie wieder in dem kleinen Haus waren, hatte Ben bei sich zu Hause angerufen, aber nur den Anrufbeantworter erreicht, wie sie an der Art erkannte, wie er sprach.

»Hi, ich übernachte heute in Hennings Hütte«, sagte er knapp. »Muss mal den Kopf freibekommen. *By the way:* Haut euch eure nicht ein, okay? Weiß noch nicht, ob ich morgen in die Schule gehe. Also, in diesem Sinne, Leute. Man sieht sich.«

Er schaltete sein Telefon aus und steckte es wortlos wieder ein.

Ihr Kopf lag in seinem Schoß, und das fühlte sich gut an. Sie hörte ihm zu und schaute ihn an und dachte, dass sie am liebsten nichts anderes mehr machen würde.

Sie redeten gar nicht viel. Es war die kürzeste und wärmste und längste und stillste und sanfteste Nacht, die Nisha je erlebt hatte. Ben und sie hatten in Hennings altem gusseisernem Kaminofen wider Erwarten ein perfektes Feuer zustande gebracht und die kleine Hütte wurde im Nu wunderbar warm.

Daraufhin lehnte Nisha eine Ewigkeit nur an Ben, während er mit seinen Fingerspitzen behutsam ihre Hand mit dem brauen Fleck streichelte. Ihre Wange lag auf seiner Schulter und ihr und sein Atem schwebten unsichtbar durch den kleinen Raum, obwohl Nisha das Gefühl hatte, in Wirklichkeit kaum zu atmen. Sie rührte sich lange Zeit nicht und hatte den Wunsch, hier und jetzt für sehr, sehr lange, vielleicht für immer?, die Zeit anzuhalten.

Als sie es Ben sagte, schüttelte er allerdings den Kopf. »Das kann der Mindbreaker«, sagte er. »Das ist Teil seiner Macht.«

»Der wer?«

Ben erzählte ihr von dem Beruf seines Vaters und den dazugehörenden Mindbreakernächten.

»Aber manchmal wäre Zeit anhalten gut«, beharrte Nisha, als er geendet hatte.

»Warum?«, fragte Ben, aber er sah aus, als stimme er ihr insgeheim zu.

Darauf wusste sie keine Antwort.

»Oder die Zeit zurückdrehen«, schlug sie vor.

Ben wiegte den Kopf. »Ja, Zuus kleinen Bruder Taiwo auf Hawaii würde man damit retten können«, gab er seufzend zu. »Andererseits, wenn das alle könnten, gäbe es ein riesiges Hin und Her und irgendwann würde die Welt davon mit einem einzigen großen Knall explodieren, und das wäre es dann gewesen.«

Sie sahen sich an. Und Nisha fühlte sich plötzlich merkwürdig aufgelöst.

»Ja«, sagte sie leise. »Ja. Vermutlich hast du recht. Aber wäre das denn so schlimm? Lieber ein Ende mit Schrecken als ...«

Sie schwiegen wieder. Und Ben beugte sich vor und berührte mit den Lippen ihre Nase. Und dann ihre Stirn. Und ihre Augen. Und ihre Wangen. Und zuletzt ihren Mund. Den Mund am längsten. So verging eine Ewigkeit.

Eine andere verging, als er ihr noch einmal das Regenlied vorsang. Sehr leise und vorsichtig diesmal. Schatten kamen und gingen. Nisha schaute vor sich hin und lauschte Bens leiser Stimme. Schatten von Menschen. Ihre winkenden Geschwister, ihre Mutter, die aus irgendeinem Grund einschlief, ihr Vater, der die Hand ihrer Mutter genommen hatte und sie festhielt – und dann ... Herr Vandegen, der einfach dastand und mit den Händen rang. *Stell dich mitten in den Wind ... glaub an ihn und sei ein Kind ... lass den Sturm in dich hinein ... und versuche, gut zu sein ...*

»Ben«, flüsterte Nisha. Sie war doch – gut. Warum fürchtete sie sich so? Und wovor? Sie begriff es selbst nicht. Was war falsch an ihr, dass sie sogar in diesem Moment nicht richtig glücklich sein konnte?

Sie schmiegte sich eng an Ben und lehnte ihr Gesicht an seinen Oberkörper.

Bens Stimme war verklungen Er wickelte längst still ihre roten Haare um seine Finger, immer wieder und immer wieder, während draußen Tierraschelgeräusche zu hören waren. Das Feuer im Kamin war nur noch ein Glühen, doch das reichte aus. Der Raum war warm vom Bis-eben-Feuer und von ihnen und sie spürte, wie sie müde wurde, endlich einmal *richtig* müde.

Sie kuschelte sich in das fremde Bett und Ben kramte eine Wolldecke aus einer der Kommoden und legte sich neben sie. Vorher hatte er sie in die Decke eingehüllt und ihre Beine zusätzlich zugedeckt mit seinen.

»Ben?«

»Hm?«

»Ich bin froh, dass wir hierhergefahren sind.«

Sie musste es nicht sehen. Sie wusste es auch so, dass er lächelte. In der Dunkelheit, genau wie sie.

»Ben?«, sagte sie nach einer Weile ein zweites Mal.

Dieses Mal drückte er statt einer Antwort ihre Hand, die in seiner lag.

»Heute Nacht – ist mir das erste Mal seit Jahren nicht kalt.«

Sie entzog ihm die Hand, aber nur um sie vorsichtig unter sein Shirt auf seine nackte Brust zu schieben. Dort ließ sie sie liegen, klein, weich und höchstens noch ein bisschen kühl.

Nicht mehr kalt.

So schlief sie ein.

Ben

Blutrot sahen sie am Morgen die Sonne aufgehen.

»Wir müssen allmählich los«, sagte Nisha widerstrebend, als es hinterher ganz hell war. Der Himmel hatte ein helles Blau, das im Laufe des Tages noch tiefer werden würde.

Sie standen Hand in Hand am Seeufer.

Außer den Küssen in Hennings Bett war nichts weiter passiert, aber Ben fühlte sich dennoch so gut wie schon lange nicht.

»Wohin willst du?«, fragte er. »Doch nicht etwa in die Schule?«

Nisha fror sichtlich im eisigen Morgenwind, der über den See strich. Er nahm sie in den Arm.

Sie schüttelte den Kopf. »Ich muss erst zu meiner Tante. Die Katzen füttern.«

Ben war verwirrt. »Aber ist deine Tante denn auch weg? Ich dachte, du hättest bei ihr schlafen sollen.«

Nisha runzelte nur die Stirn. »Meine Eltern kommen bald zurück«, sagte sie unbestimmt.

»Wo sind sie denn eigentlich hingefahren?«

Hand in Hand gingen sie zurück zu Hennings Hütte und suchten ihre Sachen zusammen. Roch die Luft nach Winter? Ben war sich nicht sicher, aber er freute sich jedenfalls auf den ersten Schnee. Mehr als in den Jahren zuvor. Durch Nisha hatte alles neuen Sinn bekommen.

»Zu Verwandten nach Köln«, sagte sie jetzt leise, während Ben die Hütte hinter ihnen abschloss.

Einmal war er mehrere Tage mit Karla und Henning hier gewesen, vor ein paar Jahren, in den Sommerferien. Er hatte unter der Birke, die jetzt so golden war, sein Kinderzelt aufgeschlagen, mit Hennings Hilfe, während seine Mutter und ihr Meeresbiologe zu zweit im Haus übernachteten. Damals war der fremde Herr ein winziger Welpe gewesen, was bedeutete, dass das jetzt vier Jahre her war. Er war also zwölf gewesen.

Nachts, aus dem Zelt heraus, mit dem fremden Herrn an seiner Seite, hatte er Karla und Henning beim Sex zugehört. Ben lauschte ärgerlich. Er hatte schon Karla und Jo zugehört. Und Karla und Nikodemus. Und Jo und Jette. Und Jo und Letizia.

Mitunter war er sogar mitten hineingeplatzt, wenn sie sich überraschend am helllichten Tag in irgendeiner Kombination liebten. Damals hatten er und Lola sich geschworen, Sex niemals ernst zu nehmen und, wenn möglich, darauf zu verzichten.

»Antisexschwur?«, hatte Lola geflüstert.

Ben hatte genickt. »Geht klar! Antisexschwur!«

Er hatte versucht, sich vorzustellen, wie sich Sex anfühlte, aber es hatte ihn nicht angemacht. Zuu hatte ihm vor ein paar Jahren per Skype mal erzählt, dass Blue Angel, seine jüngste Schwester, durch eine Vergewaltigung entstanden war. »Tarlton war total hacke«, wiederholte er das, was seine Mutter dazu gesagt hatte, »Apple war noch winzig und schlief in ihrem Bettchen, da ging er plötzlich wie eine Furie auf meine Mum los, er war eben voll wie sieben Mann, aber das störte seinen Schwanz doch nicht.«

Und ein paar Jahre später klaute der besoffene Tarlton seine beiden kleinen Töchter und verschwand auf Nimmerwiedersehen mit ihnen.

Das bewies es doch: Sex war Mist und der Antisexschwur eine gute Sache.

»Woran denkst du?«, fragte Nisha und riss Ben aus seinen Gedanken.

»Ach, an nichts. An alles und nichts.« Er lächelte schwach.

Sie fuhren zurück und Ben war erleichtert und traurig gleichzeitig, dass man beim schnellen Vespafahren praktisch nicht miteinander reden konnte. Er hupte stattdessen ab und zu, wenn ihm danach war. Nishas Hände um seinen Bauch waren das schönste Gefühl der Welt.

Aber hatte Zuus Mutter sich auch mal so in Tarltons Armen gefühlt? Oder Schmetterlinge seinetwegen im Bauch gehabt?

Liebe war eine schräge, merkwürdige Sache, so viel stand fest.

»Wohin?«, rief Ben, als sie etwas später in ihr Viertel einbogen. Er fühlte sich schwer und leicht zur gleichen Zeit.

»Lass mich da vorne runter. An der Kirche. Da, ja.«

Ben bremste. »Wohnt ihr hier in der Nähe? Oder deine Tante?« Er schaute sich um. Er kannte die Kirche, er kam oft daran vorbei, mit ihrem winzigen Platz, zwischen den langen Reihen von mehrstöckigen Backsteinhäusern.

Nisha zog den Helm vom Kopf und stieg von der Vespa. »Es ist noch ein Stück.«

Ben sah sie an. »Warum willst du nie, dass ich dich nach Hause bringe?«

Nisha wich einer Antwort aus, das spürte er deutlich.

»Einfach so«, sagte sie schließlich. »Ist doch keine große Sache. Ich laufe halt gerne noch ein bisschen.«

»Die Schule hat jedenfalls schon angefangen.« Ben sah Nisha fragend an. »Wollen wir sie sausen lassen und stattdessen im *Mutterland* frühstücken gehen? Ich füttere den fremden Herrn und du die Katzen deiner Tante. Und dann sammle ich dich hier wieder ein und wir fahren nach Eppendorf?«

Aber sie schüttelte den Kopf.

Ben war enttäuscht. Diese Nacht war ... er hatte keine Worte dafür, so ... einzigartig gewesen. Er hatte geglaubt, dass nun alles zwischen ihnen klar war. Aber jeder Schritt nach vorne schien ein halber Schritt zurück zu sein. Immer noch.

Obwohl sein Name in ihrem kleinen Buch stand.

Obwohl sie ihn geküsst hatte.

»Schade«, sagte er und ließ den Motor von Karlas Vespa leise aufheulen.

In Nishas wirren Locken hing ein kleines mitgebrachtes goldenes Blatt aus Hennings goldener Windspielbirke. Sollte er es herauspicken? Er tat es nicht. Er mochte sie mit diesem Blatt in den Haaren. Sollte sie es selbst entdecken, wenn sie später in den Spiegel sah. Wenn es nicht vorher verloren ging. Ihre Haut war hell wie die Sonne.

»Es war wirklich schön, Ben«, sagte Nisha in diesem Moment. »Benjamin«, fügte sie leise hinzu. »Ben-ja-min.«

»Also, kein Frühstück?« Er musste einfach noch mal nachhaken, es noch mal versuchen. Nisha lehnte schnell einen Vorschlag ab, das hatte er inzwischen kapiert. Vielleicht konnte er sie doch noch umstimmen?

Aber es war sinnlos, sie blieb dabei.

»Okay. Aber Schule auch nicht, oder? Immerhin sind wir schon reichlich spät.«

»Mal sehen«, sagte Nisha unbestimmt.

Er versuchte, zu lächeln und seine Stimme scherzhaft klingen zu lassen.

»Am Ende verkrümelst du dich schon wieder ganz? Und ich Trottel rase in die bekloppte Schule und du kommst gar nicht?«

Sie schaute zu Boden. »Ben, ich ...«

»Ja?«

»Ich versuche zu kommen. Ich schaue nur erst nach Torte und den Katzen. Die Katzen sind schrecklich. Torte hasst sie. Und leidet unter ihnen. Sie verkriecht sich in meinem Zimmer, um ihnen zu entkommen, aber hin und wieder schnappen die sie sich doch.«

Ben verstand es nicht ganz. Er hatte angenommen, dass Nisha bei ihrer Tante wohnte, solange die Eltern unterwegs waren, aber vermutlich war die Tante einfach bei ihnen? Das machte allerdings Sinn. Nisha hatte ja auch noch eine kleine Schwester.

»Nimm mal dein Handy«, sagte er.

»Was? Wieso?«

»Los, hol's raus. Ich schreib dir was. Eine Nachricht.«

»Oh … okay.«

Nisha kramte ihr Handy aus der Batiktasche, Ben zog seins aus der Hosentasche. Er tippte auf *Nisha!!,* seine neueste gespeicherte Nummer. Die wichtigste Nummer der Welt.

»Die Sonne kommt«, las Nisha Sekunden später leise murmelnd vor, *»und du bist hier, ich kann dich fühlen, ich bin ein Teil von dir.«* Was ist das?«

Sie hob den Kopf und lächelte ihm zu. Endlich lächelte sie wieder, wenn auch nur zaghaft.

»Ein Song. Ein uralter Song, glaube ich. *Komm, schlaf bei mir,* heißt er.«

»Danke«, sagte Nisha. »Du bist sehr, sehr lieb. Wirklich.«

Ob sie – je bei ihm schlafen würde? Was sah sie in ihm?

Was dachte sie wirklich? Bei ihm schlafen … Mit ihm schlafen … In Bens Kopf wirbelten die Gefühle, während Nisha sich umdrehte und davonging, ohne sich noch einmal nach ihm umzusehen.

Ben fühlte sich wieder einmal schwer wie ein Stein.

Nisha

Die Katzen ihrer Tante sahen sich alle sehr ähnlich. Sie waren alle schwarz-weiß, hatten ähnliches Fell und waren nervöse, gereizte Unruhegeister. Vermutlich litten sie am meisten darunter, dass sie so viele waren, und dann waren sie ja auch alle irgendwie zu eng verwandt miteinander. Sie hatten eine ganze Weile kreuz und quer Nachwuchs gezeugt, Brüder und Schwestern, Mütter und Söhne, Väter und Töchter, Onkel und Tanten, bis Nishas Tante sich eines Tages ein Herz genommen und alle hatte kastrieren lassen.

Tante Sandra liebte am meisten die dicke, immer hungrige Miss Lark und Nisha verabscheute am meisten die dürre, immer bösartige Wini, die es am schlimmsten auf Torte abgesehen hatte und der der alte Hund eine Menge Narben und seelische Tiefschläge verdankte.

Da waren sie alle. Miss Lark maunzte gereizt, als sie Nisha entdeckte, und funkelte hungrig mit ihren gelben Augen. Wini, wenn es denn Winifred war, lag in einem schwarzweißen Knäuel aus anderen Katzen, Mrs Brill, Jane, Onkel Albert, Katie, Admiral Boom, wenn Nisha sich nicht irrte. Mrs Corry und Bert, der schon grau war und einen Knick im Schwanz hatte, sprangen direkt vor Nisha vom Küchenschrank, sodass sie erschrocken zusammenfuhr.

»Nisha? Bist du das?«

Ihre Tante war noch im Bett, zumindest drang ihre Stimme aus dem Schlafzimmer und klang verschlafen. Trotzdem lief schon der Fernseher.

»Ja.«

»Der Hund hat Pipi in die Küche gemacht.«

»Ich wisch es auf. Es tut mir leid.«

»Der Hund muss was haben. Was Ernstliches, meine ich.«

»Sie ist alt, mehr nicht.«

»Mary ist siebzehn und trotzdem noch völlig in Ordnung.« Mary war die älteste der grässlichen Katzen.

Nisha sah in ihr Zimmer. »Torte?«

Die graunasige Hündin hob schwerfällig den Kopf und winselte leise. Nisha kniete sich zu ihr nieder und vergrub ihr Gesicht in ihrem Fell, das warm und gut nach Hund roch.

Der Rest des Tages verstrich wie im Nebel.

Ben

»Ich altere«, sagte Karla düster, als Ben eilig zur Tür hereingestürmt kam. Sie saß im Schneidersitz auf dem bunten Buckelsofa im Wohnzimmer und betrachtete ihr Gesicht in einem Handspiegel. Warum war sie schon wieder da? Wollte sie denn nie mehr ins Institut fahren?

»Alle altern, Karla«, sagte er ungeduldig.

Der fremde Herr kam herbeigesprungen und sprang wild an Ben hoch, als sei er wochenlang nicht zu Hause gewesen.

»Aber nicht im selben Tempo. Ich sehe von Tag zu Tag schlimmer aus. Jo dagegen ist seit Jahren derselbe. Wie kann das sein?«

Ben musterte sie. Es war etwas dran, sie sah mies aus. Aber das sagte er ihr natürlich nicht. »Du siehst aus wie gestern und vorgestern und letzte Woche und letzten Monat. Kein Grund zum Durchdrehen also, Mama.«

Es war ihm so rausgerutscht. Er nannte sie sonst nie Mama.

»Bist du sicher?« Sie hatte es nicht mal gemerkt.

»Ja.«

»Wirklich?«

»Ja, doch.«

»Hm, andererseits, du bist mein Sohn, klar, dass du nett sein willst.«

Du bist meine Mutter, dachte Ben. Und trotzdem zwingst du mich in dieses schräge Leben. Aber er sprach es nicht aus. Es hatte keinen Sinn, mit der Tür ins Haus zu fallen.

»Wie sieht's aus? Habt Jo und du euch wieder eingekriegt?«

Karla schnalzte mit der Zunge, betrachtete ihre Arme und ignorierte seine Frage. »Zum Beispiel, wenn ich winke, dann wackelt die untere Haut an meinen Oberarmen. Ist dir das schon mal aufgefallen? – Was wolltest du eben wissen?«

»Du und Jo, meine ich, ist wieder alles im Lot?«

»Er wird Vater, Ben. Sontje kriegt ein Baby. So weit ist alles im Lot.«

Ben dachte an Jos Spruch. *Was kommt, wird gewickelt.*

»Jette ist auch ziemlich sauer, sagt Lola«, murmelte er. Vielleicht würde das seine Mutter etwas trösten.

»Ach, Jette.«

Okay, das klappte nicht wirklich.

Ben zog sein Handy aus der Tasche, tippte auf den Eintrag *Nisha!!*, klemmte sich das Telefon zwischen Ohr und Schulter und füllte den Fressnapf des fremden Herrn.

Nishas Handy war ausgeschaltet. »Der Inhaber dieses Anschlusses ist derzeit nicht erreichbar.« Na klasse. Noch ein halber Schritt rückwärts. Wie ging es jetzt weiter? Der Tag hatte so gut angefangen. Er war davon wach geworden, dass Nisha ihm etwas auf den Rücken gemalt hatte.

»Was ist das?«, flüsterte sie.

Er hatte es sofort gewusst.

»Die Sonne?«

»Jaa! Und das?« Ihre Finger waren weich wie Schnee über seinen Rücken geglitten.

»Keine Ahnung.«

»Warte, ich male es noch mal. Sooo? Und?«

»Ich weiß es immer noch nicht – war das ein Baum?«

Nisha hatte leise gelacht. »Nein. Ein Blitz. Genau genommen eine Wolke und ein Blitz.«

»Ah, okay. Sonne ist mir ja lieber.«

»Ich weiß. Das hast du schon einmal gesagt. Bei unserem ersten Treffen. Weißt du noch?«

»Natürlich.«

»Ich mag Katastrophenwetter.«

»Oha.«

»Was ist oha?«

»Wie kann man Katastrophenwetter mögen?«

»Ich weiß auch nicht.«

Dann waren sie aufgestanden und hatten sich dabei nicht aus den Augen gelassen. Sturmgraue Augen in blättergrünen Augen. Sie lächelten beide.

»Warum bist du eigentlich nicht in der Schule, Ben?« Karla holte ihn ins Hier und Jetzt zurück. »Ich dachte, du fährst von Hennings Hütte aus.«

»War zu spät dran. Außerdem war mir nicht nach Schule.«

Er versuchte es erneut bei Nisha, aber es war natürlich vergeblich. »Der Inhaber dieses Anschlusses ...«

Verdammter Mist.

»Karla?«

»Ja?«

Sie straffte mit den Fingern ihr Gesicht, als wolle sie sich hier und jetzt liften.

»Was ist eigentlich mit Jeröme Sowieso?«

Verdammt, warum fragte er das jetzt? War er denn total bescheuert?

»Oh, was soll mit ihm sein? Was meinst du?«

»Na ja, was weißt du noch von ihm? Und wo ist er heute? Was macht er? Habt ihr noch Kontakt? So halt.«

»Um Himmels willen, Ben, warum stellst du plötzlich all diese Fragen?« Karla fuhr sich durch die kurzen Haare. In ihren Ohrläppchen steckten pinke Glitzerohrringe. Sie sah jung und gleichzeitig nicht mehr jung aus.

»Ich meine, kann er wirklich mein Vater sein? Und weiß

er das? Weiß er von mir? Wann hast du ihn das letzte Mal gesehen?«

Karla drehte sich zu ihm um und dann ließ sie sich tatsächlich ein paar Details aus der Nase ziehen, aber hinterher war Ben auch nicht viel klüger.

Journalist? Groß? Dünn? Gut aussehend? Verheiratet? Kontakt verloren, weil seine Frau ausgeflippt war?

Aha.

»Karla?«

»Hm?«

»Warst du damals eigentlich verliebt in ihn? So richtig? Wie war das? Und was war mit Jo in dieser Zeit?«

Karla zuckte nur mit den Schultern und Ben spürte, wie ein Gefühl der Mutlosigkeit ihn überkam. Das hier brachte ihn doch keinen Schritt weiter.

Nicht mit Nisha und nicht mit sich selbst.

Sollte er vielleicht besser mit Jo sprechen? Aber dazu hatte er eigentlich keine Lust.

In dem Moment summte sein Handy. Ben zuckte zusammen, während Karla noch irgendwas über Jerôme und Jo sagte. Etwas über Gefühle und die Freiheit der Liebe. Das Übliche eben.

War das Nisha? Bens Finger zitterten, während er nach dem dünnen Smartphone griff, das er auf der Kommode neben C-3POs silberne Füße gelegt hatte. Aber es war nur eine Nachricht von Ruben.

»Wo steckst du, alter Schulschwänzer?«

Ben runzelte die Stirn. Ruben war ein Satz-für-Satz-Verschicker. Egal, wie oft ihm Ben schon gesagt hatte, dass es ihm auf den Senkel ging, wenn Ruben sein Handy stakkatoartig zum Summen brachte, Ruben war das egal. Er brachte es einfach nicht, einen längeren Text hintereinander zu schreiben und dann erst auf Senden zu drücken.

»He, Mann, pinkel dich nicht an«, war damals seine Antwort gewesen, als Ben sich beschwert hatte. »Ist doch mein Ding, wie ich Nachrichten verschicke! Pass auf, wenn du weiter nervst, schicke ich dir meine Nachrichten in Zukunft Wort für Wort!«

Warum gab er sich eigentlich mit Ruben ab, fragte sich Ben. Wobei, so richtig gaben sie sich ja nicht ab. Manchmal hingen sie nach der Schule mit Janto zusammen herum, in Ermanglung besserer Gesellschaft, aber das war schon alles.

Mit Zuu wäre das anders. Selbst über Tausende von Kilometern gab es mehr zwischen ihnen als zwischen ihm und seinen sogenannten Schulfreunden.

»Tztztz – Woman in Black fehlt ebenfalls!«, folgte da schon Rubens nächster Kommentar auf dem Handy.

Dann summte es wieder. *»Was geht denn da, Mann?«*

Und schließlich: *»Hast du mit der etwa was am Laufen???«*

»Ich liebte Jo«, sagte Karla. »Und ich hatte mich trotzdem in Jerôme verliebt. Das ist alles, Ben. Es war ein wunderbarer Sommer in Südfrankreich in Jerômes fantastischem Cevennenhaus, in das wir alle zusammen gefahren waren. Dort war ein Kastanienhain und ein Wildbach.« Ihre Stimme klang schwärmerisch, während sie diesen weit zurückliegenden Erinnerungen nachhing.

»Sorry, Karla, ein andermal, okay?« Er hatte gefragt, aber plötzlich war Jerôme Sowieso nicht mehr wichtig.

»Was findest du nur an der?«, summte sein Handy nämlich.

Und dann:

»Ich hab übrigens läuten hören, sie hat einen an der Waffel. So richtig amtlich, Mann.«

»Ihr solltet eindeutig mehr reden und weniger Nachrichten schicken«, sagte Karla stirnrunzelnd. »Bei dieser ewigen Auf-dem-Handy-Herumtipperei geht wahnsinnig viel Zwischenmenschliches verloren.«

Klar, sie musste es wissen. Sie war ja eine Meisterin der Zwischenmenschlichkeit.

»Nerv nicht«, schrieb Ben gereizt an Ruben zurück, der immer noch online war. Rubens letzte Nachricht hatte ihn aus dem Konzept gebracht. Was meinte er? Und woher hatte er das?

Wieder musste er an das denken, was ihm der andere Ben erzählt hatte. Was zur Hölle kursierten da für Gerüchte um Nisha, von denen er nichts wusste?

»Bums du nicht am helllichten Tag rum!«, kam es von Ruben zurück – garniert von einer ganzen Zeile tränenlachender Smileys.

Alle gingen davon aus, dass er nach seinen Eltern kam und Sex auf die leichte Schulter nahm. Ben wusste, dass Ruben und Janto davon ausgingen, dass er schon mit Mädchen geschlafen hatte. Und er hatte sie in dem Glauben gelassen, nicht zuletzt, weil er annahm, dass Ruben und Janto schon längst dabei waren.

Plötzlich hatte er wahnsinnig genug von Ruben. War er eigentlich total bescheuert? Wieso gab er sich überhaupt mit so einem wie ihm ab? Das war doch völlig daneben.

Ruben war ein Arschloch, ein Sexist, ein Idiot und ein Hohlroller. Fluchend tippte er auf Rubens Kontaktdaten und blockierte sie. So – wenigstens das! Dieser Bockmist, den dieser Trottel da dauernd verfasste, war jetzt nicht mehr seine Sache. Das war ein für alle Mal vorbei.

»Fahr zur Hölle, Idiot«, murmelte Ben und fühlte sich einen Hauch leichter.

Nisha

Ihre Eltern waren zurück. Gott sei Dank. Torte schlief auf dem Sofa den Schlaf der Gerechten und Aysel war gerade ebenfalls singend ins Bett gehopst. Ihr Vater hingegen war schon wieder unterwegs zu irgendeinem Kongress über Homöopathie.

»Alles in Ordnung, Nisha?«, fragte ihre Mutter und schaute von ihrem Laptop auf. Sie arbeitete an einem neuen Kindermuseumsprojekt. *Ich – Du – Wir. Selbstbilder in Texten, Tönen und Porträts.* »Du siehst erschöpft aus, meine Große.«

»Alles in Ordnung, Mam.« Sie fuhr sich über die brennenden Augen.

»Was ist? Hast du Kopfschmerzen?«

»Nein.«

Ihre Mutter verbreitete plötzlich ein unheimliches, nebliges Licht um sich herum. Wie von einem anderen Stern.

Nisha versuchte, sie scharf zu stellen.

Ihre Mutter lächelte ihr zu und beugte sich dann wieder über ihre Arbeit. Nisha erinnerte sich daran, dass sie als ganz kleines Mädchen mal eine imaginäre Freundin besessen hatte. Wie hatte sie sie nur vergessen können? Sie hieß Melody.

Melody Kirschbaum. Für Melody hätte sie alles gegeben. Nisha ließ ihr damals immer einen Platz im Bett zum Schlafen frei. Mit einem kleinen Sternenkissen. Sie deckte für sie mit den Tisch und flüsterte »Gute Nacht, Melody«, wenn sie am Abend zusammen ins Bett krochen. Einmal war ihr Vater, der Gartenliebhaber, ernstlich böse geworden, als Nisha, die für Melody ein Gartenhaus bauen wollte, auf der Terrasse einen Berg rote Geranien aus einem Blumenkübel gerissen hatte.

»Schluss damit!«, hatte er geschimpft und Nisha ins Haus gescheucht.

»Aber Melody braucht doch auch einen eigenen Ort!«, hatte Nisha geschluchzt, doch ihr Vater wollte davon nichts wissen.

»Unsinn«, sagte er streng und ging zurück in den Garten, der nach Jasmin und Rosen roch, wie immer im Sommer.

»Wo ist denn diese – Melody?«, hatte Jamil sich erkundigt, der ihr ins Haus gefolgt war. Er drückte sich neben der Tür herum.

»Da!«, sagte Nisha ärgerlich und deutete neben sich.

Jamil runzelte die Stirn. »Da? Da ist nix, Nisha. Echt nicht. Da ist nur Luft.«

Aber Melody war da. Jamil wusste ja nicht, was er sagte. Melody war wie ein Engel. Golden. Ein bisschen durchscheinend. Aber sie hatte Sommersprossen. Und eine Lücke in der oberen Zahnreihe. Und eine rote Haarschleife in den Haaren. Und Blümchensandalen an den Füßen. Und sie konnte für Nisha singen. Und ihre Hand halten. Sie war einfach so in Nishas Leben geschwebt. Fast wie ein Geist, ein guter Geist.

Nisha fröstelte plötzlich, weil ihr einfiel, dass Melody auch hin und wieder so ein nebliges Licht um sich gehabt hatte, einfach so, von einem Moment zum anderen. Nisha hatte den Nebel nicht leiden können.

»Nicht, Melody«, flüsterte sie in diesen Augenblicken bittend. Und irgendwann lichtete sich der Nebel immer wieder.

»Ich glaube, ich bin – verliebt, Mam«, sagte Nisha jetzt

hastig, um auf andere Gedanken zu kommen. Und Ben war ein guter Gedanke, so viel stand fest.

Ihre Mutter hob erneut den Kopf. »Oh? Tatsächlich?«

Nisha nickte. »Er heißt Ben und geht auch auf die Immanuel-Kant.«

Ihre Mutter schob den Laptop zur Seite und klappte ihn zu. »Wie schön! Erzähl mal: Wie ist er? Wie sieht er aus? Wie habt ihr euch kennengelernt? Wann bringst du ihn mal mit?«

Nisha dachte an Bens grüne Augen, an seine widerspenstigen Locken, an seine weichen Lippen, an seinen oft etwas wackeligen Blick, an sein leises Lachen. Sie wollte ihn ihrer Mutter unbedingt so bald wie möglich zeigen. Worte waren manchmal einfach nicht genug.

»Mam?«

»Ja?«

»Sag, was waren deine glücklichsten Momente?«

»Meine glücklichsten Momente?« Einen Moment schien ihre Mutter verwirrt.

Nisha nickte ernst, während ihre Mutter näher zu ihr rückte, einen Arm um sie schlang und ihre Fingerspitzen in Nishas neuen Locken vergrub.

»Also gut. Der erste glücklichste Moment war, als ich euren Vater traf. Und dann eure Geburten. Jamils, deine, Aysels. Eure kleinen, neugeborenen Körper in meinen Armen, eure winzigen Gesichter ...«

»War es bei Pap und dir eigentlich Liebe auf den ersten Blick?«

Ihre Mutter lächelte und ihre Gedanken schwebten zurück in die Vergangenheit. Nisha konnte es förmlich sehen.

»Jaaaaa«, sagte sie dann. Summte sie dann. Sang sie dann. »Jaaaa. Jaaaaaa. Jaaaaa.«

»Mama?«

»Ja, doch.«

»Was – ist – das?«

»Was?«

»Dieses Summen? Und wo schaust du denn hin? – Wo bist du?«

Die Welt kippte.

Ben

»Wie? Du weißt nicht, wo sie wohnt?«, fragte Lola überrascht.

Ben zuckte einen Hauch resigniert mit den Schultern. »Ja, sie rückt irgendwie nie raus damit. Das letzte Mal hat sie mich zur Matthäuskirche beim Krohnskamp gelotst, als ich sie mit Karlas Vespa nach Hause bringen wollte. Sie sagte, von dort sei es noch ein Stück.«

»Warum will sie denn nicht, dass du weißt, wo sie wohnt?« Lola machte ein verwundertes Gesicht.

»Keine Ahnung. Ihr Vater stammt aus dem Iran. Vielleicht ist er ja ein heimlicher Despot und will nicht, dass sie sich mit mir trifft.«

»Aber ihre Mutter ist Deutsche und scheint ziemlich tough zu sein«, warf Lola ein. »Das hat sie mir erzählt, als wir am Jo-und-Jette-Teich waren. Sie hat mir von ihrer ganzen Familie erzählt und alles klang nach Happy Life, wenn du mich fragst.«

Ben runzelte die Stirn. »Aber irgendwas ist da komisch.«

Lola nickte. »Ich denke, es ist schon bis zu dir vorgedrungen, oder?«

»Was?«

»Na, dass sie letztes Jahr in einer Klinik war?«

Er starrte sie an. »Woher weißt du das?«

»Ben hat so was in der Richtung verlauten lassen.«

Also doch.

Aber was bedeutete das? Auch Ben war in einer Klinik gewesen – vor einem Jahr. Konnte das heißen, er hatte sie da kennengelernt? Aber das wäre ein ganz schöner Zufall, oder?

Ben stöhnte leise und presste seine Hände an die Stirn. Er wusste einfach nicht mehr, was er noch denken sollte.

Konnte. Wollte.

Und er war inzwischen ziemlich außer sich. Nach ihrer Nacht in Hennings Hütte, dieser wahnsinnig schönen Nacht, war Nisha mal wieder einfach so abgetaucht. Seit einer Woche war sie unerreichbar, egal, was Ben versuchte.

Er dachte mit einem flauen Gefühl im Bauch an diesen merkwürdigen Mann, von dem Nisha gesprochen hatte. Der Mann, der ihr auflauerte und sie verfolgte und vor dem sie Angst hatte. Ihre Eltern nahmen das, wie es schien, nicht weiter ernst, warum auch immer nicht.

»Was ist mit ihrem Handy?«, fragte Lola.

»Ausgeschaltet.«

»Das Schulbüro?«

»Die sagen nichts.«

»Idioten, also wirklich.«

Ben nickte. Sie saßen an ihrem Nachdenkeplatz und es war kalt, grau und diesig. November eben. Gerade hatte es angefangen zu regnen. Schwere, kalte Tropfen fielen Ben unablässig auf Gesicht und Nacken.

»Diese Klinik – weißt du, weswegen genau sie dort war?«

Lola zuckte die Schultern. »Keine Ahnung. Depressionen vielleicht? Oder eine Essstörung? Wobei – sie ist zwar schon schmal und irgendwie zerbrechlich, aber magersüchtig sieht anders aus, glaube ich. Außerdem isst sie ganz normal, soweit ich weiß.«

»Letztes Jahr wollte sie sterben«, hatte Ben Schmitz gesagt. Ben fühlte sich ganz krank vor Sorge und Hilflosigkeit und hatte das Gefühl, demnächst durchzudrehen.

Plötzlich fiel Lola etwas ein. »Was ist mit dieser Theatertanzschule, von der Shiva gesprochen hat?«

Die Idee hatte Ben auch schon gehabt. »Da ist sie auch nicht aufgetaucht«, sagte er seufzend. »Ich hab dort nachgefragt.«

Sie sahen sich an und Ben fühlte die Verzweiflung immer weiter in sich hineinsickern. Wo war Nisha nur? Und warum war sie verschwunden und meldete sich nicht?

Bis zum Abend kurvte er um die Matthäuskirche und die umliegenden Straßen. Er fühlte sich hundsmiserabel.

Nisha

Sie löste sich auf. Sie spürte schon ihre Fingerspitzen nicht mehr. Hatte sie sich wieder verloren?

»Nisha?«, flüsterte Herr Vandegen weich. Er beugte sich über sie und streichelte sie. »Nisha, komm, wach auf. Sei mein gutes Mädchen.«

Er umarmte sie und hielt sie fest.

Aber Nisha wachte nicht auf.

Ist das ein herrlicher Tag?

So wie den Morgen ich mag!

Ich geh gleich in die Luft ...

Nisha bedeckte ihr Gesicht mit den Händen und bewegte sich nicht.

Ben

Nach drei genauso schlaflosen wie stillen Nächten beschloss Ben, den Versuch zu unternehmen, sich zu zwingen, an etwas anderes als an Nisha zu denken. Auch wenn er sich eigentlich sicher war, dass es nicht klappen würde.

Die Nächte waren still gewesen, weil Jo fehlte. Er war, wie Karla mehrfach betont hatte, nicht vorübergehend bei Letizia, Jette oder Sontje untergekrochen wie sonst manches Mal. Er war stattdessen nach einem neuerlichen Streit mit Karla schlicht wutentbrannt abgehauen. Zusammen mit seinem Laptop, in dem der ebenso miesepetrige wie destruktive Mindbreaker lebte.

Er war einfach weg – wie Nisha.

Auch Henning ließ sich nicht blicken. Ben, Karla und der fremde Herr hatten das Haus zum ersten Mal ganz für sich. Aber es war lange nicht so toll, wie Ben gedacht hatte. Und Karla sah so fertig aus, wie er sich fühlte.

Schlaflos waren die Nächte, weil Ben es einfach nicht schaffte einzuschlafen. Manchmal dämmerte er ganz kurz weg, aber dann träumte er augenblicklich von Nisha. Natürlich. Wie sollte es anders sein?

In seinen Träumen war Nisha jedes Mal irgendwie in Not gewesen. In seinem schlimmsten Albtraum stand sie in der Talsenke eines düsteren Waldes mit wahnsinnig hohen Bäumen in einer Art Nebel und konnte nicht vor und nicht zurück. Hinter ihr brannte ein Feuer. Nein, kein Feuer. Eher ein Feuersturm. Und sie war nackt gewesen. Zuerst hatte er sich kaum getraut, sie anzusehen, weil er sich sicher war, dass sie das nicht wollte, aber dann hatte er es doch getan. Und sie hatte ihn ebenfalls angesehen, aus dieser weiten, nebligen Distanz, und hatte so flehend seinen Namen gerufen, wie es noch nie jemand vor ihr getan hatte.

»Ben! Benjamin!« Immer wieder. Und nach und nach wurde ihre Stimme zu einem Schrei.

Es hatte ihm den Hals zugeschnürt und er hatte versucht, sie zu erreichen. Aber seine Beine versanken bis zu den Knien in einem Boden, der unter ihm nachgab wie Treibsand.

»Ben«, schrie Nisha erneut.

Ben fluchte und versuchte vorwärtszukommen, aber die nasse, kalte, glitschige Erde hielt ihn fest.

»Ben«, flüsterte Nisha irgendwann traurig und mit gebrochener Stimme, während das Feuer hinter ihr immer näher kam. Sie wandte sich ab, rot gleißende Flammen begannen, an ihren roten Haaren zu fressen – und dann war er aufgewacht und sein Herz hatte so wild geschlagen, dass es wehgetan hatte.

Danach hatte er Angst vor dem Schlaf bekommen. Statt zu schlafen, schaute er Filme. Und starrte an die Decke. Oder aus dem Fenster. Er dachte an den Mann, vor dem Nisha sich fürchtete. Jede Stunde rief er sie an. Aber sie war nach wie vor nicht erreichbar. *Der Inhaber dieses Anschlusses …*

Ben kämpfte gegen den Impuls an, sein eigenes Handy mit aller Kraft an die Zimmerwand zu schleudern.

Platt wie eine Flunder und total gerädert lag er am dritten Morgen in seinem Bett, als unverhofft sein Handy summte. Ben fuhr zusammen, als habe ihm jemand ein Messer in die

Seite gerammt, und sprang so hastig auf, dass er beinahe das Gleichgewicht verloren hätte. Er ruderte mit den Armen und fing sich wieder. Sein Herz klopfte wie verrückt und er griff wild nach dem Telefon, das er beim letzten Herumstromern durch sein nächtliches Zimmer versehentlich auf der Fensterbank liegen gelassen hatte.

Aber es war keine Nachricht von Nisha, es war eine Nachricht von Lola.

»Ben? Heute Abend Werwolfparty? Komm schon! Dir fällt in der Himmelsstraße doch eh nur die Decke auf den Kopf! Ich rede heute in der Schule mal mit dem Esche! Vielleicht sagt er mir ja was.«

»Und?«, fragte Ben atemlos, als er Lola eine Stunde später abfing, die aus dem Schulbüro kam. Gerade klingelte es zur ersten Stunde und er hatte schon jetzt das Gefühl, keine Minute davon durchzustehen.

»Fehlanzeige«, sagte Lola. »Obwohl sie, glaube ich, was wissen. Irgendwas ist da. Aber der Esche wollte auf keinen Fall drüber reden. Er sagte nur, wir sollten uns keine Sorgen machen. Oh Mann.« Sie seufzte und pustete sich eine türkise Haarsträhne aus der Stirn.

Ben seufzte ebenfalls. Und dann gab er sich endlich einen Ruck und berichtete Lola, was der andere Ben ihm erzählt hatte.

»Oh«, sagte Lola hinterher betroffen. »Echt jetzt? Dann stimmen die Gerüchte doch. Aber Selbstmord? Irgendwie sieht sie gar nicht so aus. Ich meine, Ben Schmitz sieht ja immer ein bisschen angeschlagen aus, Nisha dagegen ...«

Ben wusste, was sie meinte.

In dem Moment kam der andere Ben mit gereizter Miene

durch den Schulgang marschiert. Über der Schulter trug er seine Schulsachen und in der anderen Hand zog er Bens ersteigerten Koffer, der laut über das Linoleum des Schulbodens ratterte.

»Hier«, sagte er. »Meine Mutter hat voll den Aufstand geprobt, weil ich so viele Koffer im Zimmer rumstehen habe. Sie sagt, die müssen alle wieder raus, weil es psycho sei, Koffer mit Zeug drin zu horten. Und der da ist ja deiner!«

Er stellte ihn vor Ben auf den Boden. »Mach das Ding doch endlich auf, Mann! Vielleicht bist du längst ein reicher Mann und weißt es nur nicht.«

Nisha

Sie sah sich zögernd im Spiegel an. Da war sie wieder. Oder nicht? Oder doch?

»Hallo«, sagte sie zu sich. Und lächelte sich vorsichtig zu.

»Nisha, alles in Ordnung bei dir? Frühstück steht auf dem Tisch.«

Ihre Mutter war in Eile. Man hörte es an ihrer Stimme, die von unten nach oben tönte. Ihr Kinderkunstprojekt in der Kunsthalle hatte einen Preis gewonnen. Heute kam das Regionalfernsehen, um einen kleinen Bericht zu senden.

Und heute endete auch Nishas Krankschreibung.

»Geht es wieder?«, hatte Doktor Blaschke sie gefragt.

Und sie hatte genickt. Ja, es ging wieder.

Ihr fehlte Ben. Sie wollte sich an ihn anlehnen. Seine Sicherheit spüren. Und seine Körperwärme. Und sein Lächeln sehen.

Nur darum ging es wieder.

Seinetwegen. Und weil ihre Familie wieder um sie herum war.

Wenn man Erinnerungen verbrennen könnte, würde sie ein riesiges Feuer machen, dachte Nisha.

Ben

Ben stopfte den Koffer lustlos in seinen Spind und schlug die Tür zu. Auf getragene Schmuddelunterwäsche und ausgelesene Rosamunde-Pilcher-Bücher hatte er jetzt wirklich keine Lust. Und an das Koffergeld glaubte er nicht.

»Frust?«, fragte der andere Ben, der, wie es aussah, von Woche zu Woche dicker wurde.

»Hm«, machte Ben.

»Wegen ihr, was?«

Ben drehte sich nach ihm um. Er musste ihn endlich fragen. Er hätte es schon längst tun sollen.

»Warum erzählst du eigentlich überall herum, dass Nisha in einer … Klinik war? Und das mit dem … Du weißt schon, mit dem Sterben?«

Der andere Ben schüttelte den Kopf. »Ich erzähl es nicht überall herum«, sagte er ärgerlich. »Schon gar nicht, dass …« Er beendete den Satz nicht. »Aber das mit der Klinik ist kein Geheimnis.«

»Ach nein?«

Ben starrte ihn an. »Nein.«

»Was soll das heißen?«

Ben zögerte und sah plötzlich verlegen aus. »Nisha und ich sind uns schon mal über den Weg gelaufen, bevor sie auf unsere Schule kam.«

»Wo?«

»Hier in Hamburg. Nach dem Tod meines Vaters ...«, er stockte, redete dann aber doch widerstrebend weiter, »... na ja, ging es mir nicht so gut. Ich musste in eine Klinik. In die Klapse, wenn du so willst. Und da hab ich sie in einer Nacht im Lichtraum getroffen. Das ist so ein Raum gegen Durchdrehen, wenn du verstehst, was ich meine. Sie weinte. Und irgendwie kamen wir ins Gespräch.«

»Und?«

»Und was?« Ben sah aus, als bereute er inzwischen, überhaupt davon angefangen zu haben.

»Was hat sie gesagt?«

»Na, hab ich dir doch schon erzählt.«

»Sie wird ja nicht einfach gesagt haben, hey, neulich wollte ich übrigens sterben?«

Bens Stimme klang ungeduldig.

»Schnauz ihn nicht so an«, sagte Lola leise, die Ben fast vergessen hatte. »Er kann doch nix dafür.«

Der andere Ben kratzte sich am Kopf. »Mann, ich hatte damals eine Menge Tabletten intus. Es war alles – äh – grau in grau. Wir saßen einfach da, verstehst du? Aber an diesen Satz erinnere ich mich. Und eigentlich hat sie es genau so gesagt.« Er räusperte sich. »Später hab ich sie dort nicht mehr gesehen. Vermutlich war sie schon wieder zu Hause. Oder sonst wo.«

Ben fühlte sich elend.

Wo war Nisha nur? Und was hatte sie?

Nisha

Sie zog sich an. Erst schwarze Jeans, dann den schwarzen Pullover. Schwarze Jacke, schwarze Docs. In Bremerhaven hatte mal jemand zu ihr »Na, böse Prinzessin« gesagt. War sie böse? Sie fühlte sich nicht böse. Oder doch?

»Warum ziehst du immer schwarze Sachen an?«, fragte Aysel, die auf einmal hinter ihr stand.

Nisha fuhr herum. »Weil ich es mag.«

»Ich mag Rosa viel lieber«, sagte Aysel und hüpfte von einem Bein auf das andere. »Rosa, Rosa, Rosa!«

Nisha schloss für einen Moment die Augen und versuchte, möglichst gleichmäßig ein- und auszuatmen, so wie sie es gelernt hatte. An guten Tagen beruhigte sie das.

Als sie die Augen wieder öffnete, war Aysel schon wieder aus dem Zimmer geflitzt. Nisha hörte ihr »Ich will ein Handy! Ich will ein Handy! Ich will ein Handy« durchs Haus schallen. Für den Bruchteil einer Sekunde lächelte sie, aber dann fiel ihr Blick auf die oberste Schublade ihres Schreibtischs. Darin waren ihre Tabletten. Sollte sie die nehmen? Einerseits taten sie ihr gut, andererseits fürchtete sie sich davor, was sie mit ihr machten.

Nisha lehnte ihre Stirn gegen die kühle Fensterscheibe und starrte mit brennenden Augen nach draußen. Wenn sie ihre Tabletten nahm, wie Doktor Blaschke es verordnet hatte, wurde sie ein Roboter. Ja, das traf es. Gefühllos. Kalt. Leer. Sollte sie die dennoch nehmen?

In der Klinik bestanden sie darauf – und außerdem behaupteten die Ärzte dort, sie müsse sich an die Medikamente nur gewöhnen. Aber konnte man das? Konnte man sich an Leere gewöhnen?

Nisha fröstelte, obwohl es im Zimmer nicht kalt war, im Gegenteil. Torte, auf ihrem ungemachten Bett, winselte im Schlaf und Nishas Blick verfing sich nur Sekunden später an einem alten Vogelnest vom vergangenen Frühling, das verloren und zerzaust in den Ästen eines Baumes im Garten hing.

Ein Vogelnest.

Ihre Mutter hatte ihr, als sie noch klein war, einmal erzählt, man müsse sich küssen, wenn man zufällig unter einen Baum geriete, in dem ein Vogelnest war. Und sie hatte Nisha fest in die Arme genommen und ihr viele kleine Küsse ins Gesicht gehaucht. Nisha wurde fast schwindelig bei dieser Erinnerung. Wie lang das alles her war. Küsse ... Umarmungen ... Glück ...

Aber jetzt gab es Ben.

Ihn und seine Küsse. Und ihre Küsse.

Nisha spürte plötzlich ein Lächeln im Gesicht. Ein Lächeln, das sich gut anfühlte. Nein, sie würde die Tabletten nicht nehmen. Nein. Nein. Und nochmals nein.

Hastig verließ sie ihr Zimmer, stolperte an der Treppe und ging eilig nach unten.

»Siehst du, Mam, sie ist wieder ganz in Schwarz«, flüsterte Aysel gut hörbar durch die Küche. »Von Kopf bis Fuß.«

Ihre Mutter lächelte ihr zu. »Lass sie doch, Aysel. Sie sieht wunderschön aus, oder?«

Aysel nickte. »Aber ganz in Rosa würde noch besser aussehen«, beharrte sie hartnäckig.

»Rot und Rosa beißt sich, du verrücktes Kind«, gab Nisha zurück, wuschelte ihrer kleinen Schwester durch die ringeligen blonden Haare und nahm sich ein bereits getoastetes Stück Brot.

Ben

Der Tag war ein Misttag, anders konnte man es nicht nennen. In Mathe bekam Ben eine Fünf zurück, mit der er absolut nicht gerechnet hatte. In Sport zofften sich Janto und Ruben so, dass sie irgendwann wie zwei Irre aufeinander eindroschen, woraufhin der Sportunterricht abgebrochen wurde und der Schulleiter ein Riesentheater machte. Und in der Schulzeitungs-AG in der siebten und achten Stunde regte sich Amandus über irgendetwas, was keiner wirklich kapierte, derart auf, dass er sich übergeben musste und Bens Rucksack dabei Kotze abbekam.

»Aber immerhin Geniekotze«, sagte Janto hinterher an der Bushaltestelle leutselig und schlug Ben aufmunternd auf die Schulter. »Versuch doch, die Kotzbröckchen bei Ebay zu versteigern.«

Nisha war nicht gekommen, aber Ben hatte auch kaum noch mit ihr gerechnet. Er würde sie trotzdem finden, und wenn er das ganze Viertel um die Matthäuskirche umgraben musste. Aus irgendeinem Grund kroch ihm bei diesem Gedanken eine Gänsehaut über den Rücken.

»Jetzt dreh nicht durch«, sagte Lola und nahm ihn gleich mit zu sich nach Hause, obwohl die Party erst abends beginnen würde. Sie schien zu spüren, dass er jetzt nicht auch noch die deprimierende Stimmung in der Himmelsstraße ertragen konnte. »Jette und Luke sind bei meiner Oma. Das Haus ist also sturmfrei. Komm schon, du armer Romeo.«

Ab nachmittags tröpfelten die anderen ein. Lola, die immer aussah wie ein Sorgenpüppchen, ohne eins zu sein, hatte wirklich einen gigantischen Freundeskreis. Dabei verweigerte sie sich rigoros sozialen Netzwerken wie Facebook und Whatsapp. Sie schwor mehr auf echte Freunde als auf Freundelisten.

»Hast du die wirklich alle eingeladen?«, fragte Ben verwundert, als es draußen gerade erst dunkel wurde. Das Haus platzte bereits aus allen Nähten und in ebendiesem Moment sangen die Rolling Stones lautstark *Lady Jane* bis in den Garten hinaus. Es war eine weitere Besonderheit, dass auf Lolas Festen nur sehr spezielle Musik lief. Die Stones, Beatles, Dead Kennedys, Headless Chicken, Slime, The Cure, Einstürzende Neubauten, Ton Steine Scherben, Liza Minnelli, Konstantin Wecker, Karl Valentin, Louis Armstrong, Bob Marley. Und so weiter. Da war sie ganz eigen. »Adele und Co kommen mir nicht ins Haus«, sagte sie immer. Ben hatte im Laufe der Jahre viel von ihrem Musikgeschmack übernommen.

Jetzt schüttelte sie den Kopf, als es schon wieder klingelte. »Selbstläufer«, sagte sie und saß wieder still, weil Shiva ihr gerade rosa Dreadlocks filzte, die sie mit bunten Perlen verzierte. »Eigentlich habe ich nur Selma, Shiva, Marla, Peggy, Anna, dich und Amandus eingeladen, aber allen gesagt, sie sollen noch Leute mitbringen, damit wir Werwölfe spielen können.«

Lola liebte es, die *Werwölfe von Düsterwald* zu spielen, ein Gesellschaftsspiel, in dem es darum ging, anderen vorzumachen, dass man in Wahrheit jemand ganz anderes war, als man vorgab zu sein. Im schlimmsten Fall eben ein Werwolf, der nachts durchs Dorf schlich und die Dorfbewohner totbiss. Hinterher redete man sich heraus, täuschte die besorgten Leute des Dorfes und log, wenn es sein musste, dass sich die Balken bogen.

Amandus stolperte in den Flur. Er war bereits ziemlich betrunken. Er wurde nur auf die Feiern von Lola oder Ben eingeladen, allen anderen reichte er in der Schule.

»Soll ich dir mal sagen, warum ich vorhin gekübelt habe?«, nuschelte er und ließ sich neben Ben auf die Holzdielen plumpsen. Er seufzte.

»Nein, ist schon okay«, sagte Ben abwehrend.

»Ich sag's dir trotzdem«, beharrte Amandus und nippte an seinem Was-auch-immer-er-da-trank.

Es kursierten eine Menge unterschiedliche alkoholische Getränke im Haus und auch eine Vielzahl Joints machte die Runde.

»Dann spuck's aus.«

Wow, ein Wortwitz. Ben spürte, dass nicht nur Amandus bereits zu viel getrunken hatte.

Amandus lachte natürlich nicht. Er war nicht empfänglich für Witze. Das hatte er Ben selbst mal erklärt. Er bekam Witze oder Ironie nicht mit, er musste sich sowieso schon immer enorm anstrengen, an den richtigen Stellen richtig zu reagieren. Witze waren da nicht drin.

»Unkontrollierbare Erektion«, sagte Amandus jetzt mit schwerer, bleierner Stimme. »Habe ich zurzeit dauernd. Und eigentlich immer, wenn Poppy im Raum ist.«

Frau Müllermaier also, die Lehrerin, die die Schulzeitung betreute.

»Heute lief es erst bombig – Ruhe in der Hose – Eier auf hab acht ...«

Amandus trank sein Glas in einem Zug leer und Ben tat es ihm aus lauter Verzweiflung nach.

»Aber dann flippte der Wilde Bill doch noch aus.«

Amandus' Augen flackerten. »Als sie mir zu nah kam, die blöde Kuh. Sie ist hübsch, oder?«

Shiva winkte Ben zu, schaffte es, Amandus zu ignorieren, und reichte Ben eine halb volle Sektflasche weiter. »Willst du?

Mein Lieblingssekt. Für den würde ich echt sterben! Prost, Ben. Wo steckt eigentlich Nisha? Hast du eine Ahnung?«

»Nicht aus der Flasche trinken. Aus der Flasche trinken, macht sehr betrunken«, sagte Amandus warnend, ehe er gedanklich wieder zurück zu seiner Erektion schwenkte. »Und dann drehte der Typ, also mein Penis, heute voll durch. Zack! Sabber in der Hose. Ein mieses Gefühl, kann ich dir sagen. Ein sehr mieses Gefühl. Am liebsten wollte ich auf der Stelle tot vom Stuhl kippen. Klappte aber nicht. Da musste ich stattdessen kotzen. Klar, oder?«

Ja. Klar.

Oh Mann.

Amandus neben ihm seufzte tief und ließ seinen Kopf dann schwer nach hinten an die Wand sacken. »Einen Moment, Ben, gleich können wir weiterquatschen, okay? Über Penisse, Frauen und was du willst ... Ich synchronisiere nur eben meine desolaten Gehirnhälften.«

Er schloss die Augen und atmete ein paar Mal tief ein und aus.

Ben schloss ebenfalls erschöpft die Augen. Am liebsten wäre er nach Hause gegangen. Aber selbst dazu fehlte ihm die Kraft.

An Nisha zu denken, verbot er sich. Obwohl er die ganze Zeit an sie dachte.

Nisha

Die Wolken am Himmel verdichteten sich. Aber das war in Ordnung. Vielleicht würde es regnen. Nisha stand wieder an ihr Fenster gelehnt und sah in den kleinen Garten hinunter.

Dort stand die Linde. Ihre Linde. Ihre eigene Linde. Gerade verlor sie, wie in jedem Herbst, nach und nach ihre Blätter. Verrückt, wie geordnet die Natur war. Sie tat immer zum richtigen Zeitpunkt das Richtige. Selbst wenn der Sommer sengend heiß war oder völlig verregnet, wenn es frühen Frost gab oder auch mal gar keinen, die kleine Linde dort unten wuchs und gedieh und machte in jedem Monat, zu jeder Jahreszeit das Richtige. Erstaunlich. Sogar in Tschernobyl, wo es vor vielen Jahren mal diese schlimme Atomkatastrophe gegeben hatte, wuchs die Natur unverdrossen und wie verrückt. Knospen und bunte Blüten im Frühling, Sonne, Blumen und der Geruch nach Sommer im Sommer, buntes Laub, Pilze und Beeren im Herbst, Schnee und Eis und Eiskristalle im Winter.

Warum waren die Menschen so ganz anders als die Natur? Eigentlich gehörten sie doch zusammen, waren miteinander verwoben. Warum war die Natur dann so stark und die Menschen so viel schwächer?

»Nisha?«

»Ja?«

Sie schlüpfte in ihre Jacke. Ihre Haare bauschten sich um ihren Kopf. Sie hatte geduscht und sich frisch angezogen. Sie fühlte sich gut heute.

»Willst du wirklich noch mal weg?«

»Ja.«

Sie wollte zu Ben. Sie wollte ihr Gesicht in seine zerzausten braunen Haare legen und die Augen schließen. Sie wollte ihm so viel sagen. So viel erklären. Und ihn küssen. Und sich von ihm küssen lassen. Sich versichern lassen, dass alles gut war.

»Tschüss, Torte. Sei brav. Und lass dich von niemandem ärgern, hörst du?«

Sie streichelte den alten, verschlafenen Hund und ging nach unten.

»Bis später, Mam.«

»Komm nicht zu spät zurück. Nimmst du das Rad?«

Nisha nickte.

Die Linde hatte ihr ihre Tante geschenkt, vor vielen, vielen Jahren. »Für dich, Kleines«, hatte sie gesagt und sie hatten den winzigen Baum zusammen in den Garten gepflanzt. Es war in der Zeit gewesen, als Nisha so dick wurde, und eigentlich hatte nur ihre Tante den Baum in die Erde gebettet, während sie still dabeigestanden hatte.

Was hatte Ben gesagt? Kleine, dicke, wütende Nisha?

»Ich hab dich lieb, Nish.«

»Ich dich auch, Mam.«

»Fahr vorsichtig, hörst du?«

Nisha nickte.

»Du siehst übrigens sehr hübsch aus.« Ihre Mutter lächelte ihr zu. »Allmählich gewöhne ich mich an diese wilden Haare. Sie geben dir etwas Neues, Fröhliches.«

Sie machte plötzlich ein Gesicht, als würde sie gleich, ja, was? Weinen? Fast sah es so aus, aber dann fasste sie sich wieder. »Nisha? Bring diesen Ben doch mal mit.«

In Nishas Ohren begann es zu rauschen, wie von Wasser.

»Ja. Ja, klar.«

Eilig verließ sie das Haus. Von ihrem Vater und Aysel fehlte heute jede Spur. Wo waren sie bloß? Warum waren sie nicht zu Hause? Nisha sah ein paar Mal zurück, während sie durch den Garten ging. Ihre Mutter und ihre Tante ähnelten sich überhaupt nicht und doch war da etwas. Die Art, wie ihre Mutter am Wohnzimmertisch saß, vornübergebeugt, und in ihren Laptop tippte, glich der Art, wenn ihre dicke, traurige

Tante Sandra an ihrem Wohnzimmertisch saß und Kreuzworträtsel löste.

Jetzt war das Wohnzimmer allerdings leer. Ihre Mutter musste in die Küche gegangen sein. Vielleicht holte sie sich ein Glas Wein?

Nisha schloss ihr Rad auf und spürte, wie sich ihr Mut hob. Sie würde Ben sehen. Ben, der für sie Spaghetti im Regen kochen würde. Oder für sie sang. Oder sonst etwas Verrücktes sich ausdachte. Nur für sie.

An der Kanalbrücke traf sie auf den alten Gottzumgruß, einen Obdachlosen oder vielmehr Freien, wie der alte Mann sich selbst kämpferisch nannte. Er war ein guter Bekannter von Nisha. Trotzdem machte es ihr jedes Mal Herzklopfen, wenn sie ihn traf, denn der alte Gottzumgruß redete immer vom Tod, den er seinen liebsten Kumpel nannte.

»Na, mein Kummermädchen, alles klar bei dir? Haste das gute alte Leben im Griff?«

Sie nickte und wollte eigentlich nicht anhalten, aber dann tat sie es doch. Der Obdachlose starrte in das Wasser. Hier saß er oft. Nach was hielt er wohl Ausschau?

»Sag, wusstest du, dass Fische einen Großteil ihres Lebens einfach verschlafen?«

Nisha schüttelte den Kopf.

»Ja, so was lernt ihr nicht in euren dusseligen Gymnasien, was? Aber es ist so. Manchmal legen sie sich aber auch einfach auf die Seite und lassen sich treiben und dann ist es schwer zu erkennen, ob sie wach sind oder tot oder ob sie nur 'ne Runde pofen. Das ist, weil die nassen Viecher keine Augenlider haben. Die Augen sind immer offen, verstehst du? Tot oder lebendig, sie behalten die Welt im Auge.«

»Ich muss jetzt weiter«, sagte Nisha hastig.

»Ja, du Eilige«, murmelte der alte Mann und hob winkend eine Hand. »Sei gut zu dir und pass auf dich auf, hörst du? Aber das sag ich dir ja dauernd. Das kommt dir bestimmt schon zu den Ohren raus.«

»Nein. Danke. Sie sind immer sehr nett.«

»Vertrauen haben. Der Welt ins Gesicht sehen. Laut sein. Ran an den Speck, Kummerkind. Leben. Lieben. Kämpfen. Das ganze Prozedere!«

So redete er immer.

Nisha stieg zurück auf ihr Rad.

»Ein Wort noch, Mädchen.«

»Was?«

»Bist du etwa verliebt?« Der alte Gottzumgruß musterte sie mit zusammengekniffenen Runzelaugen. Er war, wie so oft, leicht beduselt. In der faltigen Hand hielt er eine Flasche.

Nisha zuckte zusammen, aber noch ehe sie sich zu einer Antwort durchringen konnte, sprach der alte Mann schon weiter. »Du musst gar nichts sagen! Klar bist du verliebt! Das sehe ich an deinen Augen. Na, jetzt freue ich mich aber!«

Nisha lächelte schwach, winkte ebenfalls und fuhr davon. Ihr Herz klopfte. Wenn sie sich beeilte, war sie in ein paar Minuten in der Himmelsstraße.

Konnte sie sich wirklich verlieben? Sie war sich nicht sicher. Aber ein bisschen fühlte es sich so an.

Ben

Die Welt stand kopf.

»Ben? Huhu, Ben?«

Er drehte sich langsam um. Wo war oben? Wo war unten?

Oder vielmehr, wo war hinten, wo vorne? Wo Leben? Wo Tod? Wo Licht? Wo Dunkel? Wo Sinn? Wo Unsinn? Wo Liebe? Wo Schwachsinn? Irgendwie und irgendwo hatte er sich verheddert in seinen Gedanken, das spürte er.

»Ben? Hallo, hallo?«

Es waren Janto und Ruben, aber er sah sie nur schemenhaft. Janto wedelte ihm mit einer Hand vor dem Gesicht herum.

Verdammt, war das heiß und stickig hier. Und wo waren Lola und Shiva geblieben?

Ben schloss für einen Moment die Augen und öffnete sie wieder.

»Ich kack ab! Mister Kommune ist ja völlig besoffen!«

Das war natürlich Ruben, der anscheinend noch gar nicht mitbekommen hatte, dass Ben ihm die Freundschaft, die nie eine gewesen war, aufgekündigt hatte.

Ben runzelte die Stirn, obwohl ihn die Vermutung beschlich, dass Ruben unter Umständen recht hatte und er tatsächlich völlig besoffen war. Wobei das ja auch egal war. Was hatte er schon zu verlieren, solange er sich nicht gleich die komplette Alkoholvergiftung zuzog und den Löffel abgab? Ruben und Janto waren schließlich dauernd betrunken.

»Dein Alter säuft auch gerade«, sagte Ruben und sackte neben Ben aufs Parkett.

Oh Hölle! Wo war Amandus? Hatte der nicht gerade noch hier gesessen und über seinen Penis geredet? Saß Ruben jetzt womöglich auf ihm drauf?

Ben riskierte einen Blick, aber unter Ruben war nichts. Amandus musste vorher das Weite gesucht haben. Das beruhigte ihn etwas. Aber dann sickerten nach und nach Rubens

Worte über Jo in sein Restbewusstsein. Was war noch mal mit Jo? Er fragte mit schwerer, wackeliger Stimme nach.

»Er hockt in der *Schramme* am Tresen und gibt sich die Kante. Janto und ich haben ihn da entdeckt. Er bekommt, wie es scheint, ein neues Kind beziehungsweise eine Mieze von ihm hat es derzeit in der Röhre. Dein Alter hat es gerade der Tante, die das Bier ausschenkt, in aller Ausführlichkeit gebeichtet. Vermutlich hat er sie noch vor Mitternacht weichgequatscht und schiebt dann 'ne Nummer mit ihr!«

Ruben lachte auf. »Dein Alter ist echt der Hammer, Ben! Mein Vater kackt immer voll ab, wenn er ihn irgendwo trifft. Er sagt, er fände ihn das Letzte, aber Ben, hey, in Wahrheit ist er bloß neidisch.«

Rubens Worte schwebten wirr durch Bens nebligen Kopf.

»Und deine Mutter ist da echt voll soft mit? Hat Verständnis und so? Und auch 'nen Lover? Oder sogar mehrere? He, Ben, sag doch mal! Offene Liebe? So mit allem? Auch Gangbang? Rudelbumsen? Und du? Mittendrin? Mannmannmann.«

Ben sprang auf und spürte selbst, wie er schwankte.

»Verpiss dich, Ruben!«, brüllte er los wie ein wilder Stier. Dann schwankte er erneut, alles drehte sich. Na klasse.

»He, richtiger Ben! Brüll doch nicht so rum! Was geht? Kackst du jetzt auch ab oder was?« Ruben starrte ihn verwirrt an.

Ben atmete unterdessen tief ein und aus. »Ruben? Es reicht«, sagte er dann und hörte selbst, wie sauer er klang. »Ich habe echt genug von deinem Scheißgelaber! Ein für alle Mal!«

Er schaffte es tatsächlich, Ruben einen Stoß vor die Brust zu versetzen. Okay, dazu war saufen also gut, dass man sich so was traute. Nüchtern wäre er einem wie Ruben nie an den Kragen gegangen. »Pass auf, Idiot!«, fuhr er mit leicht schwankender Stimme fort. »Vergiss meine Familie. Zerbrich dir über sie nicht mehr den Kopf! Sie sind in Ordnung und ich wollte sie nicht gegen deine öden Spießereltern eintauschen, verstehst du? Und noch was: Kannst du auch mal was anderes von dir geben als frauenfeindlichen Mist? Dein Gelaber über Titten und Co nervt hier nämlich längst alle!«

Damit ließ er Ruben und Janto stehen und fühlte sich einen winzigen Augenblick lang richtig gut. Dass es so ein Gefühl überhaupt gab, hatte er schon fast vergessen. Zum letzten Mal hatte er sich in jener Nacht mit Nisha in Hennings Hütte gut gefühlt. Und es war auch gleich wieder vorbei.

Leise vor sich hin fluchend tappte er durch das dämmrige, laute Wohnzimmer. Wo war denn, verdammt noch mal, Lola abgeblieben? Und wo waren Marla und Shiva? Oder wenigstens Amandus?

Irgendwann fand er immerhin Lola wieder, die dabei war, jemanden zu küssen, den er noch nie zuvor gesehen hatte – was war eigentlich mit dem Antisexgelübde? Ah, und dort drüben war auch Amandus, der sich schon wieder übergab, und Shiva, die plötzlich an Bens Seite war und ihm ins Ohr flüsterte, er habe von allen im Haus die schönsten Augen.

Nein, dachte er. Falsches Mädchen, falscher Text. Nein, nein, nein.

Aber Shiva schob ihre warme Hand in seine und zog ihn mit sich. Ihre Hand fühlte sich ganz anders an als Nishas. Trotzdem hielt er sich an ihr fest.

Er brauchte irgendetwas, an dem er sich festhalten konnte, während im Hintergrund *Scarborough Fair* lief, das Lola und er eine Zeit lang tagelang rauf und runter gehört hatten.

In Gedanken sang er den Text mit.

Und Shiva zog ihn hinunter auf den knarrenden Holzdielenboden und küsste ihn.

Nisha

Als sie bei ihm klingelte, schlugen Wind und Regen schon gegen die Fenster von Bens Haus. Und es war seine Mutter, die ihr die Tür öffnete.

»Nisha? Das ist ja eine Überraschung!«

»Ist Ben da?«

Sie fror.

»Oh, leider nein. Er ist, glaube ich, bei Lola. Sie hat ein paar Freunde eingeladen. Du kennst doch Lola?«

Nisha nickte.

»Vielleicht willst du auch hinfahren? Sie freuen sich bestimmt, wenn du kommst. Ben hat tagelang versucht, dich zu erreichen.«

Hinter Bens Mutter war ein Mann aufgetaucht, aber es war nicht sein Vater. Er lächelte Nisha zu. »Hi, ich bin Henning«, sagte er und gab ihr die Hand. Nisha musste an das denken, was Ben ihr über seine Eltern erzählt hatte, aber es störte sie nicht. Sie lächelte ebenfalls. Der Mann sah nett und harmlos und freundlich aus.

Karla nannte Nisha unterdessen Lolas Adresse. »Ben hat sein Handy dabei. Ruf ihn doch an, er holt dich bestimmt mit der Vespa ab. Dann musst du nicht alleine durch den Regen.«

Nisha nickte und verabschiedete sich.

Ben

Remember me to one who lives there

She once was a true love of mine ...

Nichts passierte in ihm. Nichts rührte sich. Was tat er hier nur? Der Song war wie ein Ohrwurm. Ständig hörte er dieselbe Zeile.

»Verdammt, Shiva«, murmelte Ben irgendwann abwehrend. Aber nicht nur abwehrend. Oder doch? »Oh Mann.«

Er spürte ihren Körper an seinem. Ihm war schwindelig von dem vielen Alkohol.

Und dann ...

Dann war plötzlich Nisha da.

NISHA?

Von einer Sekunde zur nächsten. Wo kam sie so plötzlich her, zur Hölle?

Aber da war sie. Und nur das zählte. Da war sie. Vor ihm und Shiva. In all dem Lärm. Der Hitze. Der Musik.

»Nisha?«

Er wollte vor ihr auf die Knie fallen und sie anflehen, ihm zu glauben, dass das hier, dass dieser Kuss mit Shiva nichts, aber auch gar nichts zu bedeuten hatte. Er war bloß betrunken und frustriert und alleine und ausgelaugt und ratlos.

»Nisha?«

Sie sagte kein Wort. Sie sah ihn bloß an. Ungläubig. Wie aus weiter Ferne. Mit gerunzelter Stirn. Und zusammengepressten Lippen.

»Echt, Nisha. Ich ...«

Er erhob sich schwankend und sah nur sie.

Aber Nisha drehte sich um, umklammerte mit den Fingerspitzen den Rand ihrer Jacke und ging davon. Ihre dunkelroten Haare, die wie Feuer waren, verschwanden so schnell, wie sie aufgetaucht waren. Irgendwo schlug eine Tür. Wahrscheinlich hinter ihr.

Ben taumelte, als er ungelenk einen Arm in die Luft ausstreckte, obwohl sie doch gar nicht mehr da war. Dann kippte er um. Irgendjemand lachte und irgendjemand schrie auf. Die Musik spielte weiter, als sei nichts geschehen. Ben hatte keine Ahnung, welche es war. *Scarborough Fair* war ebenfalls aus seinem Kopf verschwunden, in dem es dumpf hämmerte. Ben war sich sicher, für immer.

»Ben?«, rief Lola irgendwo über ihm. Bestimmt war es Lola. Wer sonst? Er kroch auf allen vieren über den Boden und weinte. Er war zu betrunken für das hier.

Für diese Welt.

Für diese beschissene Nacht, die alles kaputt gemacht hatte.

Nisha

Sie stolperte ins Freie. Betäubender, wirbelnder Nebel füllte ihren Kopf. Wieder rauschte es in ihren Ohren und die Kälte, die sich in ihr ausbreitete, ließ sie beinahe erstarren. Ihr Magen krampfte sich zusammen.

Da war etwas, etwas mit ihr, mit ihrem Leben.

Sie vergaß ihr Rad und rannte die Straße entlang. Vage glaubte sie, eine Stimme hinter ihrem Rücken zu hören, die ihren Name rief. Lola? Möglich. Aber was sollte sie mit Lola? Alles war kaputt. Alles.

Nisha rannte und rannte und rannte, bis ihre Füße wehtaten und es in ihrem Kopf hämmerte, als schlüge jemand darin Steine aneinander. Aus ihrem Mund kamen stoßweise Atemwolken wie Rauch.

Dann war sie zu Hause. Zu Hause? Alles kam ihr fremd vor. Aber da war die Linde. Ihre Linde. Das Haus? Falsch. Die Haustür? Falsch. Alles war falsch.

Die Welt barst … zerbrach … überschlug sich … Licht … Hitze … Rauch … Dunkelheit …

Draußen schien der Wind Wellen in der Luft zu schlagen.

»Nisha?«

Da war er. Herr Vandegen. Er sah sie an. Er kam von irgendwoher. Und da ging sie auf ihn zu. Schritt für Schritt.

»Komm zu mir«, sagte der Feind mit seiner heiseren Stimme, die in diesem Moment merkwürdigerweise so traurig klang, wie sie sich fühlte. »Komm, ich helfe dir.«

Nisha hatte ihr Gesicht in Bens weiche Haare legen und die Augen schließen und sich in ihm vergessen wollen. Stattdessen lehnte sie sich jetzt gegen Herrn Vandegen. Und er umarmte sie und hielt sie fest. Berührte er ihr Gesicht mit seinen warmen Fingern? Streichelte er sie? Presste er sie an sich? Nisha zitterte. Was geschah? Geschah hier? Mit ihr?

Sie hatte so auf Ben gehofft. Sich nach ihm gesehnt. An das geglaubt, was da hauchzart zwischen ihnen entstanden war. Sie hatte seine Küsse in ihren Tagträumen festgehalten und sie hatte sich von ihm berühren lassen wollen.

War er jetzt da? War er ihr hinterhergekommen?

Nisha blinzelte. Küsste er sie? Jetzt, in diesem Moment?

Nein, Ben war nicht da. Natürlich nicht. Er war bei Lola zu Hause und küsste dort Shiva. Ausgerechnet Shiva, die Einzige außer Lola, die sich an der Immanuel-Kant für sie zu interessieren schien.

»Nisha?«

Sie riss den Kopf hoch, während Herr Vandegen sie losließ und sich davonschlich, wie er es schon so oft getan hatte.

»Mam? Mam?«

Gott sei Dank. Ihre Mutter war jetzt da.

»Was hast du? Hast du geweint?«

»Ich ... Nein, ich ...«

Auch ihr Vater kam jetzt in die Diele und Aysel, die aus dem Kinderzimmer tapste und verschlafen ins Licht blinzelte. Admiral Boom und Miss Lark huschten wie dunkle Schatten hinter ihr über die Treppe. Nisha sah sie nicht an. Sie hasste diese Katzen. Genau wie ihr Vater.

»Was ist mit dir?«

Ihr Vater sah sie mit gerunzelter Stirn streng an.

»Sie wollte diesen Ben besuchen gehen«, sagte ihre Mutter rasch. »Habt ihr euch etwa gestritten, Nish?«

Nisha dachte an Ben, wie er in Lolas Wohnzimmer auf dem Parkett gehockt hatte, mit Shiva in den Armen, seine Lippen auf ihren Lippen, während der Raum um sie rum voller Menschen war.

»Nein«, flüsterte sie.

»Aber?« Ihre Mutter sah sie verwundert an.

»Es ist nichts, Mam. Ich wollte nur nach Hause. Ich hatte Kopfweh. Und ich habe mein Rad vergessen und bin gelaufen.«

»Wer ist dieser Junge? Warum lässt er unsere Tochter alleine durch die Nacht laufen? Was wissen wir überhaupt von diesem Ben ...? Wie heißt er weiter?«

Ihr Vater sah ärgerlich und besorgt zur gleichen Zeit zwischen ihr und ihrer Mutter hin und her.

»Ali Reza, bitte«, murmelte ihre Mutter und legte ihm beschwichtigend eine Hand auf den Arm. »Lass uns morgen über alles sprechen, ja?«

Sie deutete Nisha mit einem Wink an, in ihr Zimmer zu gehen. Nisha nickte. Sie fühlte sich zittrig und ausgelaugt.

Das Letzte, was sie hörte, waren ein paar unzusammenhängende Worte ihres Vaters, die er an ihre Mutter richtete.

Es war, als spräche er eine andere Sprache, aber nicht Persisch. Es waren merkwürdige, gelallte Laute, die keinen Sinn ergaben und wie in einem bösen Traum klangen. ... Dann verlor sich seine Stimme in einem leiser werdenden Summen.

Nisha war froh, als auch das Summen endlich verklang. Sie zitterte am ganzen Leib und hielt sich einen Moment an der Wand fest.

Was war mit ihrem Vater? Warum gab er diese Laute von sich?

Auf ihrem Kopfkissen lag Andrew, der dreibeinige Kater, und sah ihr aus schmalen gelben Augenschlitzen entgegen.

Ben

»Ist sie weg? Verdammt, Lola, ist sie weg?«

»Ja, ist sie.«

Ben starrte Lola an. »Oh Gott.«

»Woher wusste sie denn, dass du hier bist?« Lolas Stimme klang verwirrt.

»Keine Ahnung«, murmelte Ben und legte die Hände vors Gesicht.

Ja, woher um alles in der Welt hatte sie gewusst, wo er war? Und, was noch viel schlimmer war, wieso, verdammt, verdammt, verdammt, hatte er Shiva geküsst? Er wollte nichts von ihr und sie wollte nichts von ihm, da war er sich sicher. Klar, es war nett, von einem Mädchen wie Shiva

Komplimente zu bekommen und mitzukriegen, dass sie ihn okay und so weiter fand, aber wieso hatte er Idiot zugelassen, dass sie ihn küsste? Er hatte es ja noch nicht mal gewollt. Oder doch?

»Du bist schneeweiß im Gesicht, Ben«, sagte Lola leise.

War er doch wie sie? Wie seine Eltern? Machte er mal mit einem, mal mit einem anderen Mädchen herum? Schließlich hatte niemand ihn dazu gezwungen. Niemand!

Ben hockte im kalten Vorgarten im Gras des vergangenen Sommers, angelehnt an den Stamm eines Baumes, und rührte sich nicht. Im Haus hinter seinem und Lolas Rücken machten die anderen den üblichen Partylärm.

Musik, Lachen, Kreischen, Herumpoltern. Der Geruch von Haschisch schwebte in dünnen Schwaden durch die kalte, klamme Luft.

Ben hatte das Gefühl, als sei das gesamte Blut seines Körpers in sein schmerzendes Herz geströmt. Den Alkohol hatte es in der ganzen Eile mitgenommen. Er fühlte sich nicht mehr betrunken. Er fühlte sich nur leer und verzweifelt. Und wackelig.

Er starrte vor sich hin und fragte sich, ob er sich wohl gleich übergeben müsste.

»Ich bin der letzte Arsch, Lola.« Er hörte selbst, wie brüchig seine Stimme klang.

»Bist du nicht.«

»Doch.«

»Niemand konnte ahnen, dass sie vorbeikommen würde.«

»Darum geht es doch gar nicht.«

Sie schwiegen beide einen Moment.

»Stimmt«, seufzte Lola dann. »Darum geht es nicht, aber das mit Shiva bedeutet dir doch gar nichts, oder?«

Da hatte sie recht. Allerdings, wie wäre es weitergegangen, wenn Nisha nicht aufgetaucht wäre? Ben fuhr sich über das Gesicht, immer wieder, immer wieder, immer wieder.

Verdammt, nichts wäre passiert! Er war nicht Jo! Und er hatte schließlich noch nie mit einem Mädchen geschlafen. Und während Shiva ihn geküsst hatte, war in seinem Körper nichts von Wert passiert. Klar, es war nicht unangenehm gewesen, aber das Wesentliche hatte ...

»GEFEHLT!«, brüllte Ben und sprang auf. Sein Hals brannte von dem jähen Schrei.

»Was?«, fragte Lola, die erschrocken zusammengefahren war.

Und aus einem Nachbarhaus auf der gegenüberliegenden Straßenseite rief jemand: »Ruhe!«

»Scheiße! Scheiße! Scheiße!«, brüllte Ben weiter und stürmte davon.

»Ben?«, rief Lola ihm hinterher.

»Was?«

»Mach keinen Blödsinn, okay? Nicht durchdrehen. Alles kommt wieder in Ordnung, bestimmt! Ich rede auch mit Nisha, wenn du willst.«

Ben rannte schon die Straße entlang. »Das könntest du nur, wenn du hellsehen könntest!«

»Was?«

»Ihre Adresse! Wir wissen immer noch nicht ihre Adresse, zum Teufel noch mal!«

Nisha

Sie lag in ihrem Bett. Sie hatte sich beruhigt. Sie drehte sich auf den Bauch und presste ihr kaltes Gesicht ins Kissen. Warum war ihr eigentlich immer kalt?

Aus Aysels Kinderzimmer drang leises Stimmgemurmel. Ihre kleine Schwester drückte immer die Wiedergabetaste ihres kleinen CD-Spielers, der auf ihrem Ponynachttisch stand, wenn sie nachts wach wurde. Egal, ob es Durst war, der sie aus dem Bett trieb, oder ein Klogang, egal, ob sie aus einem bösen Traum aufwachte oder ihre große Schwester von einer Feier nach Hause kam, wenn Aysel in der Nacht wach wurde, brauchte sie ein Ponyhörspiel, um wieder einzuschlafen. Nisha lauschte.

Lass uns ausreiten, Bibi! Ja, Tina, ja!

Nisha berührte behutsam die dünne Wand, die ihres und Aysels Zimmer trennte. Liebe, kleine Aysel. Glückliche Kinderzeit.

Auch das Schnarchen ihres Vaters war jetzt gedämpft durch zwei Paar Wände zu hören. Nisha starrte mit offenen Augen in die Dunkelheit um sich herum.

Ben, dachte sie verschwommen. Oh, Ben.

Ben

Er blieb im Bett.

»Was hast du?«, fragte Karla, die zur Tür hereinschaute, weil es schon Nachmittag war.

»Ich bin krank.«

»Das sieht man.« Meinte sie das etwa ironisch? Aber Karla setzte sich auf den Rand seines Futonbetts. »Was ist los? Gab es Ärger? Krach? Hast du Nisha gestern noch getroffen?«

Ben öffnete die Augen. »Was?«

»Sie hat hier geklingelt und wollte zu dir. Ich habe sie dann zu Lola geschickt.«

Karla hielt inne, als sie Bens Blick sah. »War das falsch?«

Ben gab keine Antwort. Nein, Karla hatte in der Sache nichts falsch gemacht. Nur er. Er war falsch. Durch und durch. Aber vielleicht wurde man so, wenn man zeit seines Lebens nicht wusste, wer sein wirklicher Vater war, weil die eigene Mutter es völlig normal fand, mit zwei Typen gleichzeitig zu schlafen.

Ben vergrub das Gesicht in den Händen. Nein, das war natürlich Blödsinn.

»Ben?«

»Nein.«

»Nun sag doch, was passiert ist.«

»Also gut.« Ben richtete sich brüsk auf. Wie würde es sich anfühlen, es auszusprechen?

Da ist Nisha, Karla! Nisha Alavi, die ich liebe. Aber sie ist merkwürdig. Sie weicht mir immer aus. Irgendetwas stimmt nicht mit ihr. Ich ... ich darf nicht mal wissen, wo sie wohnt! Und gestern ...

Ben riss sich zusammen. Ach, Quatsch. Wollte er wirklich seiner Mutter sein strapaziertes Herz ausschütten? Was für einen Sinn sollte das haben?

Unten im Haus waren jetzt Schritte zu hören. Ben lauschte. »Henning?«

Was fragte er? Er hatte Hennings Jacke gesehen, als er mitten in der Nacht von seinem sinnlosen Herumziehen durch das Viertel um die Matthäuskirche heimgekommen war. Zuerst hatte er vor Verzweiflung im Park schlafen wollen, um wenigstens so Nisha nahe zu sein, mitten in der Kälte, auf einer Parkbank, aber als seine Zähne so laut aufeinanderschlugen, dass die dösenden Tauben in den Büschen davon aufschreckten und herumzuflattern begannen, hatte er es aufgegeben und war fluchend nach Hause gegangen. Fluchen war besser als weinen.

Er hatte auch Angst um Nisha. Letztes Jahr wollte sie nicht mehr leben.

Klasse, und dann traf sie ausgerechnet so eine Niete wie ihn, der sich unaufgefordert in ihr Leben mengte, um dann bei erstbester Gelegenheit ein anderes Mädchen zu küssen. Wie sollte er ihr je wieder begegnen? Wie sollte er ihr klarmachen, dass diese Küsse mit Shiva ihm nichts, wirklich überhaupt nichts bedeutet hatten? Wie sollte er ihr beweisen, dass nur sie für ihn zählte?

Als er zu Hause war, hatte er doch geweint.

»Ja, Henning kam gestern Abend aus London«, sagte Karla jetzt. »Und heute früh kam dann auch Jo überraschend nach Hause.«

»Wie nett.« Bens Stimme klang so angespannt, wie er sich fühlte.

»Ich weiß nicht, ob das nett ist«, sagte Karla seufzend und zupfte Fussel aus Bens krümeligem Bettlaken.

Ben setzte sich auf. »Vorher war er jedenfalls in der Kneipe und hat der Kellnerin dort von Sontje und seiner Libido und seinem neuen Embryo erzählt, während er sich besoffen hat.« Seine Stimme klang wütend, er hörte es selbst. »Ruben und Janto haben das gestern auf der Party rumerzählt«, fügte er bitter hinzu. »Vor versammelter Mannschaft natürlich.«

Es war leichter, sich über Jo aufzuregen, als über seine Gefühle für Nisha zu reden.

In dem Moment flog seine Zimmertür auf und Jo stürzte herein. Wenn man vom Teufel sprach. Hieß das nicht so? Er hatte einen riesigen Strauß Rosen im Arm, man sah ihn kaum dahinter, und genau den Strauß drückte er nun Karla in die Hände und überallhin. Er heulte auch, genau wie Ben in der vergangenen Nacht.

Verdammt.

»Karla?«

»Oh, Jo«, stotterte Karla nervös. »Ich rede gerade mit Ben und ...«

»Karla! Pssst! Ihr könnt gleich weiterreden.« Jo umschlang Bens Mutter und die Rosen mit beiden Armen. »Karla! Bitte! Sag mir eins: Willst du meine Frau bleiben?«

Oh Hölle. Was sollte das denn jetzt? Ein Verheiratet-bleiben-Antrag? Jo schreckte aber auch wirklich vor nichts zurück.

Ben stand auf, ging wortlos an seinen Eltern vorbei, achtete nicht auf Karlas »Warte, Ben!« und schloss sich im Bad ein.

Für sein Leben wünschte er sich nur eins: einen Zurück-zur-Werkeinstellungs-Knopf.

Neustart. Bitte.

Nisha

Das Wochenende war vorüber. Gott sei Dank. Erstes gräuliches Morgenlicht schwebte durch ihr Zimmer, das immer voller Kerzen stand. Im Sommer wäre es jetzt schon hell und sonnig. Nisha war allerdings erleichtert, dass der Winter vor der Tür stand. Sommer hätte sie jetzt nicht ertragen.

Sie wusste nicht, ob sie es in die Schule schaffen würde. Vielleicht sollte sie Dr. Blaschke anrufen und ihn bitten, sie wieder krankzuschreiben?

Sie könnte mit ihrer Mutter darüber sprechen und sie fragen, ob sie einen Termin machte. Aber ob sie ihren prüfenden Blick ertragen würde?

Außerdem – erst letzte Woche hatte Dr. Blaschke wieder von Bremerhaven gesprochen. Da hatte sie sich zusammengerissen.

»Ich bin in Ordnung, wirklich«, hatte sie gesagt. »Es geht mir gut.«

Aber das tat es nicht, nach dem, was am Samstag passiert war.

Ben. Der Moment in Lolas Wohnzimmer. Shiva.

Alles ihretwegen. Weil sie eben so war, wie sie war.

Ruben, dieser schreckliche Typ, hatte doch recht gehabt. Und das Schlimmste war, sie konnte es verstehen. Was gab Ben sich mit einer wie ihr ab? Das hatte sie ihn einmal gefragt und er hatte keine Antwort gegeben.

Im Haus war alles ruhig. Sie schaltete ihr Nachttischlicht an, eine orange Salzlampe, und kroch aus dem Bett. Sie straffte die Schultern, schüttelte die Nacht ab und ging ins Bad. Wie jeden Morgen drehte sie zuerst den Heißwasserhahn im Waschbecken auf. Und danach die heiße Dusche. Heiße Luft begann, sich auszubreiten, und der Spiegel über dem Waschbecken beschlug.

Sie musste in die Schule gehen. Sie musste einfach, sonst würden die sie wieder nach Bremerhaven schicken. Sie würde niemanden davon erzählen, wie es ihr wirklich ging.

Ihre Tabletten nahm sie nicht. Nein. Nein. Nein, sie war kein Roboter. Egal, was passiert war. Oder vielleicht gerade, weil es passiert war.

Sie. War. Kein. Roboter.

Als sie eine Weile später mit leerem Bauch und nassen Haaren aus dem Haus huschte, war der Wagen ihrer Mutter schon nicht mehr in der Einfahrt. Und auch der silberne Ford ihres Vaters war nirgends zu sehen.

Der silberne Ford ihres Vaters ...

Nisha fröstelte und schlug die Arme um sich selbst. Aysel musste bei einer Freundin übernachtet haben, sonst wäre ihre Mutter noch da, um sie in die Schule zu fahren. Komisch nur, dass sie gegangen war, ohne sich zu verabschieden. Aber manchmal hatte sie es morgens eilig. Wieder einmal schien der Wind Wellen in die Luft zu schlagen und die Luft bebte.

Dabei war es doch gar nicht windig. Oder?

Ben

Ben nahm Karlas Vespa. In Scheuklappenland spielten seine Eltern an diesem Morgen Vielleicht-versöhnen-wir-uns. Henning hatte sich taktvoll verzogen und auch Sontje, Letizia und Jette waren das ganze Wochenende nicht aufgetaucht.

Wo war Nisha? Wie ging es ihr? Würde sie in die Schule kommen? Ben hoffte es und hatte gleichzeitig Angst davor. Ihr Handy war immer noch aus. Ben hatte das Wunder vollbracht, das komplette Restwochenende ohne Schlaf auszukommen. Er fühlte sich merkwürdig neben sich. Und er holte aus der Vespa alles heraus, was ging, und war deswegen wahnsinnig früh in der Schule. Wie in Trance stolperte er zum Oberstufenpavillon. Dort lehnte er sich an die Wand neben der Tür, hielt sein von der Fahrt eisiges Gesicht ins frühe fahle Morgenlicht und schloss die Augen. Würde sie kommen?

Das war die einzige Frage, die ihn beschäftigte, und er beschloss, an dieser Stelle zu verharren, bis sie entweder kam oder er zusammenklappte, was vermutlich nicht mehr lange dauern würde.

In Gedanken küsste er Nisha. Bat sie um Verzeihung. Streichelte sie. Ihre Stirn, ihre Wangen, ihr Kinn, ihren Nacken, ihren Hals, ihre Schultern. In seinen Gedanken fühlte sie sich wärmer an, als sie es sonst war. Wärmer und weicher und nachgiebiger.

Plötzlich hörte er Schritte auf sich zukommen. Ihre Schritte. Er wusste es sofort. Er hörte es. Er spürte es. Er riss die Augen auf. Da war sie.

Nisha Alavi. Fast siebzehn Jahre alt. Rothaarig wie nur was. Blass. Ernst. Lockig. In schwarzen Sachen. Dünn. Besonders. Einzigartig. Die bunte Batiktasche als einzigen Farbtupfer über der Schulter.

»Ich bin ein Arschloch, Nisha«, sagte er statt einer Begrüßung.

Seine Stimme war leise, so wie ihre sonst. War leise sein ansteckend?

Verdammt, dachte er. Hätte er etwas anderes sagen sollen? Ben hatte jetzt fast fünfzig Stunden ununterbrochen an sie gedacht, sein Verlangen nach ihr machte ihn noch benommener als der Schlafentzug.

»Sag nichts«, sagte er hastig, dabei sagte sie nichts. »Es regnet nicht mal.«

»Stell dich mitten in den Regen«, dachte er, flüsterte er und suchte Nishas Blick. Sah sie ihn an? Sah sie an ihm vorbei? Würde sie ihm den Mist vom Wochenende jemals verzeihen können?

Ben schaute für einen Moment zum Himmel hoch. »Komm!«, sagte er plötzlich. »Bitte, Nisha, komm mit mir mit. Vertrau mir – noch einmal …«

Sie sagte noch immer nichts. Auch ihr Blick blieb stumm, aber sie tat es, sie stieg wortlos hinter ihm auf die Vespa, nahm wie beim letzten Mal Karlas Helm und klammerte sich wie beim letzten Mal an ihm fest. Sie fragte nichts und Ben sagte nichts.

Die Luft roch bereits nach dem Fluss, lange bevor sie endlich anhielten. Ben war ans Falkensteiner Ufer in Blankenese gefahren. Hier an der Elbe war einfach einer der besten Plätze der Stadt. Im Sommer herrschte hier Urlaubsstimmung, Sand, Wasser, Strand, Badende, Gummitiere, Luftmatratzen, Eis, der ganze Wahnsinn. Aber jetzt war nicht Sommer. Jetzt gehörte der still daliegende Strand nur ihnen allein.

»Komm«, sagte Ben wieder. Er war hellwach und todmüde zur gleichen Zeit. Er griff nach Nishas Hand und sie gab sie ihm. Sein Herz explodierte fast, als er ihre Finger an seinen spürte.

»Eins, zwei, drei – los?«, sagte Ben und dann rannte er los und zog sie mit sich. Sie rannten mitten ins Wasser hinein.

»Oh nein!«, rief Nisha überwältigt, während das Elbwasser sie wild umspritzte.

»Ich denke, du magst es nass?«

Ben lachte und merkte, dass er eigentlich weinte. Wenn auch nicht sehr, aber irgendwie doch.

»Ben? Warum – weinst du?«

»Weil du es nicht tust. Ich hab es so verbockt, Nisha. Ich hab es so was von verbockt.«

Das Wasser war eisig und Ben nahm Nisha in die Arme. Sie japsten beide und waren beide atemlos. Wie würde sie reagieren? Er war ein normaler Normalo, das einzig Besondere an ihm waren, laut Lola, seine Augen. Und die waren in diesem Moment vermutlich verheult und übernächtigt und nicht sehr ansehnlich.

Aber Nisha sah ihn an. Aus allernächster Nähe sah sie ihn direkt an und nicht wie so oft an ihm vorbei. Und plötzlich streichelte sie ihn. Sie streichelte seinen Hals und seinen Brustkorb und Ben wünschte sich, breiter und eindrucksvoller zu sein, als er es war. Und er hoffte, sie würde nie mehr aufhören, ihn zu berühren, zu streicheln, anzusehen.

»Nisha«, sagte er irgendwann leise.

»Ben«, antwortete sie ebenso leise.

Dann sagten sie lange nichts mehr, sondern sahen sich nur an, waren atemlos vor Kälte und allem anderen und zitterten, dass ihre Zähne aufeinanderschlugen. Küssen ging gar nicht, aber Aneinanderklammern ging umso besser.

Und am Schluss, als es kaum noch auszuhalten war, sagte Nisha plötzlich: »Ben. Meine Seele ist voller Narben.«

Mehr sagte sie nicht. Und mehr aneinanderklammern als sie es bereits taten, ging ebenfalls nicht.

Ben stockte der Atmen bei ihren Worten. Was war nur mit Nisha geschehen?

Nisha

»Wir sind völlig verrückt«, sagte sie kopfschüttelnd und zähneklappernd, als sie endlich einen Klamottenladen fanden, der schon offen hatte. Es war zehn Uhr morgens und der Laden war natürlich nicht mehr in Blankenese, denn Blankenese war zu teuer, wenn man sich neu einkleiden musste.

Sie kauften billige, trockene, schlecht sitzende Jeans, ebenso billige, trockene Sweatshirts, auf denen *I love Regen* stand – Ben hatte sie entdeckt und Nisha damit überrascht – und dazu zwei neongrüne Regenjacken.

»Wir sehen schlimm aus«, fügte sie hinzu, schlüpfte fröstelnd in die Jacke und umklammerte die grünen Ärmelränder mit ihren Fingerspitzen.

»Du nicht«, sagte Ben und hatte behutsam nach ihrer Hand gegriffen. »Du kannst gar nicht schlimm aussehen.«

Er hatte kein Wort davon gesagt, was genau das mit Shiva auf der Party gewesen war, aber merkwürdigerweise hatte sie das auch gar nicht gewollt. Es war okay gewesen, wie es gewesen war. Keine langen Erklärungen, keine Entschuldigungen. Nur das Gefühl, sie könnte ihm – dennoch – vertrauen.

Lag es daran, dass er geweint hatte? Irgendwie hatte ihr das gutgetan. Sie hatte sich merkwürdig getröstet gefühlt durch seine Tränen, warum, wusste sie selbst nicht genau.

Jetzt quietschten seine Turnschuhe bei jedem Schritt. Nisha hatte ihre Docs am Straßenrand ausgeschüttet und die Socken ausgewrungen, aber ihre Füße waren dennoch eisig und fühlten sich fast wie Fremdkörper an. Und sogar ihre Unterwäsche war elbwassernass.

»Wir werden uns natürlich den Tod holen«, sagte Ben. Nisha zuckte ganz leicht zusammen, aber Ben bekam es glücklicherweise nicht mit, denn in genau diesem Moment fiel sein Blick auf das Schild einer kleinen Pension am Straßenrand.

Sommergast, so hieß das geduckte Haus aus roten Backsteinen mit weißen Sprossenfensterläden.

Sie tauschten einen Blick.

»Wollen wir?«, fragte Ben und in seinen blättergünen Augen wechselten sich zwischen Besorgtheit wegen der Kälte, der er sie ausgesetzt hatte, und der Freude, jetzt diese Idee zu haben, ab. Nisha sah ihn stumm an. Wollten sie? Sollten sie? Und was hatte Ben vor?

Es fühlte sich immer noch völlig unwirklich an, mit ihm hier zu sein, nass, in dieser völlig fremden Gegend, nur sie beide.

War es das verrückte Bad in der Elbe gewesen, das sie aufgerüttelt hatte? Oder seine Art, einfach zu machen? Nicht zu denken oder zu hinterfragen?

Es war Ben, der die Klingel drückte und auf das kleine Zimmer-frei-Schild wies, als die Pensionswirtin aufmachte.

Die Frau schien misstrauisch zu sein, vielleicht hatte sie schlechte Erfahrungen gemacht, aber Ben lächelte sie gewinnend an. »Wir haben keinen Dreck am Stecken und keine Drogen in der Tasche«, sagte er und hob beide Hände. »Und wir sind auch keine Pensionsverwüster. Wir sind nur – äh – etwas nass und müssen uns dringend aufwärmen.«

Die Frau gönnte ihnen ein erstes kleines, entgegenkommendes Lächeln. »Okay. Sechzig Euro, wenn ihr Frühstückshunger mitgebracht habt.«

»Haben wir«, sagte Ben froh und zog ein paar Geldscheine aus seiner Hosentasche. »Sie sind klasse, ehrlich.«

»Das will ich meinen«, sagte die grauhaarige Wirtin, trat einen Schritt zurück und ließ sie herein.

Nisha schob ihre Hand wieder in Bens.

Ben

Ein Zimmer. Ein Zimmer nur für sie zwei. Ben starrte auf das raumeinnehmende, hölzerne Doppelbettungeheuer in der Mitte des Raumes. Im Grunde war das Bett der Raum. Drumherum gab es nur noch einen eingebauten Kleiderschrank, an dem außen vier leere, verloren wirkende Holzbügel baumelten, außerdem einen an der Wand befestigten, ausgeklappten Klapptisch und zwei Holzstühle. Auf dem Klapptisch lagen zwei kleine Schokoladentäfelchen mit der Aufschrift *Moin Moin.*

Und jetzt? Nachdem sie sich die nassen Schuhe von den Füßen gekickt hatten? Konnte er Nisha ein weiteres Mal umarmen, so wie in der Elbe? Oder sie küssen, weil ihnen jetzt wenigstens nicht die Zähne klapperten? Er wusste, er sollte ihr die Sache mit Shiva irgendwie erklären, aber ihm fielen nicht die richtigen Worte ein. Und er hätte auch gern gewusst, was sie gemeint hatte, als sie sagte, ihre Seele sei voller Narben – aber durfte er denn das?

Wieso wusste er nie, was er tun sollte?

Immer noch hing sein Blick an dem großen Bett. Es hatte eine gefaltete und an den Seiten festgesteckte Blumendecke und am Kopfende lagen zwei dicke, voluminöse, bauschige Daunenkissen. Würden sie tatsächlich dort drin nebeneinanderliegen? Und dann – was tun?

Ben erinnerte sich an eine jahrelang zurückliegende Begebenheit. Damals war er noch winzig gewesen, vier oder fünf. Es war auf Hawaii gewesen und aus für ihn damals unerfindlichen Gründen war Jo nicht bei ihnen. Stattdessen war ein Freund von Karla mit von der Partie. Ein Jeff? Schon möglich. Oder war sein Name Shaun gewesen? Auch möglich. Jedenfalls waren sie für ein paar Tage zu dritt irgendwohin gefahren, einen Wochenendtrip machen, wie Karla es nannte.

Ben glaubte, sich an bunt schillernde Wasserfälle zu erinnern, die ihm kalte Wassertropfen ins Gesicht gespritzt hatten. Und am Abend waren sie dann zu dritt in einer Unterkunft untergekommen, die ihn entfernt an diese hier erinnerte. Ben sah das Bett dort noch vor sich. Merkwürdig, woran man sich erinnern konnte. Ein blumiges Bett mit aufgeplusterten Kissen. Und an der Decke ein sich immerzu drehender Ventilator. Weitergegangen war es, indem Karla ihn zu sich und diesem Bekannten aufs Bett zog und sagte: »Schau, Ben, es war ein toller Tag. Und jetzt machen wir Liebe. Und damit du nicht in der Nacht wach wirst und vielleicht einen Schreck bekommst, darfst du dabei zusehen, in Ordnung? Es ist etwas Schönes, weißt du? Jo und ich machen es auch oft.«

Sie hatte ihren Bekannten zu sich gezogen, ihn angelächelt und umarmt. Irgendwie zogen sie sich aus und Karlas Kumpel war nett und zwinkerte ihm zu, während er sich aus seinem Shirt schälte. Und sagte noch: »Morgen zeige ich dir was Großartiges! Riesenschildkröten! Hast du Lust?«, ehe er auf einmal völlig nackt war und irgendwie mit Karla zu rangeln begann.

Karla sah vergnügt aus, sie lachte leise und machte ihre Beine etwas auseinander, aber Ben fand das, was er da sah, trotzdem schrecklich.

Was taten sie da bloß? Er wich erschrocken zurück, rutschte vom Bett und versteckte sein erstarrtes Gesicht in einer grünen Gardine mit kleinen Ribbeln und Trotteln, die vor dem Fenster hing.

Als Karla das sah, kam sie sofort zu ihm rüber.

»Ben?«, flüsterte sie und kniete sich neben ihn. Aber er gab keine Antwort und kniff nur weiter die Augen zusammen. »Ben, entschuldige.« Karla zog sich etwas über und an mehr konnte er sich nicht zurückerinnern.

Das war Liebe?

»Ben?«

Er zuckte zusammen und fuhr herum. Nisha saß auf dem Bett, eingewickelt in die Blumendecke, und sah zu ihm auf. Sie hatte in dem winzigen Frühstückszimmer nicht viel gesprochen, aber wenigstens ein Brötchen gegessen und einen Milchkaffee getrunken.

»Woran denkst du?«, fragte sie jetzt. »Du machst ein Gesicht, als hättest du einen Geist gesehen.«

Alles, was recht war, aber woran er gedacht hatte, das konnte er ihr nicht sagen. Auf gar keinen Fall.

Er suchte ihren Blick. »Warum ist deine Seele voller Narben?«, brach es aus ihm heraus, ehe er es verhindern konnte. Oh, verdammt! War er denn wahnsinnig? Er wusste doch, dass es nichts brachte, sie mit blöden Fragen zu überfallen.

Aber diesmal war es anders. Nisha zog sich nicht völlig zurück, wie er es eigentlich erwartet hatte, stattdessen war ihr Gesichtsausdruck auf einmal verwirrt. Sie wickelte sich eine Haarsträhne um einen Finger, wand sie wieder heraus und wickelte sie erneut auf.

»Habe ich das gesagt?«

Ben nickte und setzte sich neben sie auf das weiche, nachgiebige Bett. »Ja.«

»Oh. Wann?«

»Vorhin im Wasser.«

»Da habe ich das gesagt? Dass meine Seele ...?«

Sie brach ab.

Ben nickte wieder. Jetzt war er verwirrt. Erinnerte sie sich wirklich nicht? Oder wollte sie nur nicht darüber sprechen?

»Ben?«

»Ja?«

»Ich …« Sie schwieg wieder.

»Was?«

Ben sah in ihr schmales helles Gesicht. Wich sie jetzt doch wieder zurück? Ehe er es sich nicht mehr trauen würde, schlang er seine Arme um sie, wie er es auch in der Elbe getan hatte. Sein Gesicht war jetzt in ihren weichen roten Haaren, sodass ihr gar nichts anderes übrig blieb, als sich an ihn zu lehnen. Zu schmiegen. Lehnen? Schmiegen? Etwas dazwischen jedenfalls.

»Nisha? Du kannst mir alles sagen. Ich bin immer für dich da. Ich würde dir bei allem helfen. Du wirst mich nie mehr los, fürchte ich.« Ben hielt inne. Hatte er das Richtige gesagt? Oder klang es in ihren Ohren idiotisch? Klang es, als klammere er sich an sie?

Nisha holte tief Luft.

Was würde jetzt kommen?

Er wusste es einfach nicht. Bei ihr wusste er nie.

Nisha

Mit den Fingern fuhr sie seine Brust abwärts und dann unter dem verrückten I-love-Regen-Shirt wieder hinauf. Sie spürte seinen warmen Atem in ihren Haaren. Und nachdem sie erst einmal mit dem Berühren angefangen hatte, fiel es ihr schwer, daran zu denken, dass sie damit jemals wieder würde aufhören müssen. Er war so warm. So warm und lebendig. Und er fühlte sich fest an. Wie ein Fels. Glatt und kantig und gut und stark. Sie spürte sein Herz unter ihren Fingern schlagen und etwas wirbelte in ihrem Kopf. Sie schloss die Augen.

»Ben?«

Ihre Stimme – Sekunden? Minuten? Ewigkeiten? später war nur ein Hauch.

»Hm?«

»Würdest du mit mir schlafen? Jetzt? Hier?«

Er gab keine Antwort. Hundert Jahre gab er keine Antwort.

Ben

Er spürte ihre Hände auf sich. An seinem Hals, auf seiner Brust, seinem Bauch. Ungeschickt, wie er fand, griff er nach einer ihrer Hände und presste sie gegen sein Gesicht. Ein komischer Laut drang über seine Lippen, den er selbst nicht einordnen konnte. Was nun?

Warum spielten sie nicht einfach Stadt-Land-Fluss, wie er es mit Lola oft machte. Stadt-Land-Fluss mit allen möglichen Variablen. Buch von A–Z, Schauspieler, Automarke, Politiker, Songs, literarische Figuren.

Bei F hatte er mal Fred Feuerstein geschrieben und Lola hatte behauptet, das gälte absolut nicht, Fred Feuerstein sei einfach keine literarische Figur. Und er kannte sogar Flüsse mit X und Y. Den Xingu in Brasilien. Und den Yellowknife River in Kanada. Na bitte.

Sie hätten auch den kleinen Fernseher einschalten können, der auf dem äußersten Rand des Klapptisches stand.

Oder sogar zurück in die Stadt fahren? Schließlich war es noch nicht mal Mittag, noch vermisste man sie höchstens in der Schule.

»Ben?«

Er wollte, dass sie ihn weiter berührte, aber er fürchtete sich auch davor. Plötzlich ging alles so schnell. Konnte es sein, dass sie bereit war und er nicht? Hatte sie womöglich schon mal Sex gehabt? Konnte er das fragen? Verdammt, was, wenn er alles falsch machen würde?

Und es war nicht mal gnädig dunkel. Nein, alles, was sie taten, war zu sehen.

Nishas Finger flossen über seinen Körper. Sie lagen jetzt einander zugewandt auf der Seite. Ben spürte Nisha überall. Dazu musste sie ihn nicht mal berühren. Sie waren wie ein Kosmos. Ein eins.

Wieder kam ein Laut über seine Lippen. Ein Stöhnen? Eine Art Stöhnen ... Stöhnte er? Er hatte schon Karla stöhnen hören. Viele Male, seit dieser missglückten Nacht mit diesem Bekannten in der Ventilator-Pension auf Hawaii, wo es seinetwegen zu keinem Stöhnen gekommen war. Aber seitdem. Er hatte Jo, Karla, Henning, Jette, Letizia und Sontje zugehört, wenn sie sich liebten oder wie auch immer sie das nannten, was sie da taten.

»Ben?«

Plötzlich, wie aus dem Nichts, presste er sich an Nisha, drängte vorwärts. Dabei hatte er es so gar nicht geplant. Es kam, wie es kommen musste. Nisha war so dünn und leicht, zu dünn und zu leicht für einen Idioten wie ihn. Mit einem leisen Kieksen rutschte sie nach hinten und fiel zur Seite weg aus dem Bettungeheuer. Ben taumelte hinterher. Es war kaum Platz, sodass er halb auf Nisha fiel.

Seine Schulter brannte.

»Nisha?« Er hörte selbst, wie atemlos er klang.

»Ja?«

»Ich liebe dich. Sorry fürs Runterfallen.«

Sie sagte dazu nichts. Schon gar nicht entgegnete sie die Worte, die er sich erhofft hatte.

Ich liebe dich auch.

Er musste sich weiterhin mit dem hastigen »Ich mag dich« von vor ein paar Wochen begnügen, das sie ihm geschenkt hatte, als sie zusammen in der stürmischen Nacht U-Bahn gefahren waren. Und damit, dass sein Name unter *GUTES* in einem kleinen schwarzen Notizbuch stand, das sie besaß.

Aber dann tat sie etwas. Ben spürte, wie sie zuerst ihr eigenes I-love-Regen-Shirt hochschob und dann seines. Es war ein ziemliches Geziehe, doch dann hatte sie es geschafft. Jetzt lag sein bloßer Bauch auf ihrem. Und ihre Brüste auf seinem nackten Brustkorb.

Ben hatte die Augen fest geschlossen. So war das also.

So war das.

Liebe.

Liebe bis zum Durchdrehen.

Endlich wusste er wenigstens das.

Nisha

Sie wollte überall von ihm gestreichelt werden. Er sollte alles heilen, was kaputt war. Oder besser gesagt, das, was außer Betrieb war. Wie ein Phoenix, der heilen konnte.

Denn wenn das einer konnte, dann Ben. Das wusste sie einfach.

»Ben?«

»Ja?«

»Du darfst ... alles tun. Alles. Nur – dass – du – das – weißt.«

Sie spürte selbst, dass sie weinte.

Ben spürte es auch. Er hielt inne.

»Nicht aufhören«, flüsterte Nisha. »Bitte nicht aufhören.«

»Aber – du weinst?«

»Nein. Ja. Das ist egal. Achte nicht darauf.«

Ben

Sie blieben auf der Erde, wohin sie versehentlich geraten waren. Ben lag auf Nisha. Ihre nackten Oberkörper berührten sich, ihre Beine steckten beide immer noch in den billigen Jeans aus demselben Billigstore. Partnerlookbeine. Partnerlookunterleiber.

Einmal wagte er es, ihre Brust, die ihn völlig aus der Fassung brachte, für Sekunden mit seinen Lippen zu berühren, und ein anderes Mal hatte er das eine Knie, das er bewegen konnte in der Enge, zwischen ihren Beinen und rieb sie sanft, bis sie sich in seinen Armen wand und womöglich noch schneller atmete. War das ...? Hatte sie ...?

Was auch immer es war, er würde hier und heute nicht mit ihr schlafen können, das wusste er plötzlich. Amandus hätte es vermutlich mit Mein-wilder-Bill-machte-plötzlich-Mucken beschrieben, aber Ben wusste einfach, dass es nicht klappen würde. Womöglich war er zu erregt, wenn es das gab. Oder es waren Nishas Tränen, die ihn durcheinander- und aus dem Takt brachten.

Und die vielen Warum.

Irgendwann legten sie sich dann doch zurück auf das blumige Bett. Zuerst kroch sie unter ihm hervor, dann folgte Ben. Das riesige Bett quietschte unter ihnen, aber es war wider Erwarten gemütlich. Sie sanken tief ein, als wäre es in Wahrheit kein Bett, sondern ein Nest. Eine Welle der Müdigkeit rollte über Nisha hinweg und sie schloss für einen Moment die Augen.

Um sich herum fühlte sie nur Wärme und Ben und sie wollte, dass es immer so blieb.

»Sorry. Sorry für eben. Ich war wohl nicht in ...«, flüsterte er irgendwann.

Sie schüttelte den Kopf und fuhr mit den Fingern über seinen Brustkorb, der nun wieder von *I love Regen* bedeckt war.

Wofür entschuldigte er sich?, überlegte sie dabei. Alles war gut in diesem Moment. Oder fast alles. Denn irgendwann würde das hier enden.

Wie sollte der Tag weitergehen?

Irgendwann, vielleicht Minuten, vielleicht auch Stunden später fragte sie das Ben. Sie flüsterte es in sein Ohr. Er hatte dunkle Schatten unter den Augen.

»Wir können auf jeden Fall bis morgen bleiben«, antwortete Ben und blinzelte. »Wir haben schließlich für eine Übernachtung bezahlt.«

Sie lagen jetzt Hand in Hand.

»Wir könnten uns was erzählen«, fuhr Ben leise fort. »Oder Stadt-Land-Fluss spielen. Was meinst du? Oder Galgenmännchen. Oder Schiffe versenken. Oder vielleicht Fernsehen gucken? Oder ...«

»Ben – hast du manchmal Angst vor dem Tod?«, unterbrach Nisha ihn da plötzlich.

Ihre Blicke trafen sich.

»Ja. Klar. Wer hat die nicht?« Ben räusperte sich.

Nisha gab keine Antwort. Stattdessen legte sie ihre Wange auf seine Brust und Ben umarmte sie.

»Tod«, flüsterte Nisha. »Tod. Tod. Tod.« Sie lauschte dem Klang des Wortes nach.

»Ja, Tod. Aus und vorbei«, ergänzte Ben. »Meine sämtlichen Großeltern hat es schon erwischt. Meine beiden Opas starben schon vor meiner Geburt, aber meine beiden Omas erst in den letzten paar Jahren. Das war ziemlich scheiße, damals.«

Ihr entfuhr ein kleiner Laut, stoßweise, viel zu laut.

»Nisha? Was ist denn?«

Sie hob den Kopf und legte eine ihrer Hände auf seine Brust, dorthin, wo sein Herz war. Sie konnte spüren, wie es unter ihrer Hand schlug.

Dann setzte sie sich auf.

»Ich muss zu Hause Bescheid sagen«, sagte sie. »Warte.«

Ben

Ben richtete sich ebenfalls auf. Wo hatte er seinen Kopf gehabt? Natürlich, sie konnte nicht einfach so bleiben.

Ihre Eltern, vor allem ihr Vater, machten ihm Sorgen. Bestimmt war es ihm nicht recht, dass Nisha einfach so mit ihm durch die Gegend zog. Nishas Vater war immerhin Iraner, was immer das genau bedeutete, und er hatte Ben ja bisher noch nicht mal zu Gesicht bekommen. Und jetzt lagen sie zusammen in einer kleinen Pension im Bett, mitten am Tag, obwohl eigentlich Schule war, halb nackt. Vermutlich würde er einen Koller bekommen, wenn er das irgendwann herauskriegte.

»Wie ist dein Vater eigentlich so?«, tastete Ben sich vor.

Nisha rutschte vom Bett und griff nach ihrer Tasche. Sie zog ihr Telefon daraus hervor und schaltete es ein. Eine Antwort gab sie ihm nicht. Nur dieses stoßweise Atmen wurde noch eine Spur hastiger. Was hatte sie auf einmal?

»Warum schaltest du es eigentlich immer aus?«

Ben deutete auf das kleine Telefon in ihrer Hand.

»Ich weiß auch nicht. Ich will nicht erreichbar sein, glaube ich.«

Ben lächelte schwach. »Das lag nah.«

Während sie mit ihrem Finger auf den Handybildschirm tippte, stopfte Ben sich eins der dicken Daunenkissen in den Rücken und lehnte sich zurück, um Nisha einfach nur anzusehen. Für Sekunden fühlte er sich müde, dann wieder nicht, dann doch wieder. Es war der absolute Ausnahmezustand. Immer, wenn er Nishas Blick begegnete, schoss eine Art Irrwitzadrenalin durch sein Inneres, das ihn wieder hellwach rüttelte.

»Tante Sandra?«

Nishas Stimme klang plötzlich wieder leicht verschwommen, so wie Ben sie kennengelernt hatte. Bei ihren ersten gewechselten Sätzen hatte sie immer so gesprochen. Aquarellfarbenverschwommen.

»Ich bin unterwegs und komm erst spät. Nein, nicht in der Schule. Was? Nein, nein, es geht mir nicht schlecht.«

Sie hielt einen Moment inne. »Mit einer Freundin. Ich habe dir doch von ihr erzählt. Ja, genau! Lola.«

Wieder stockte sie und Ben hörte stattdessen eine aufgeregte weibliche Stimme durch den Hörer.

Er wunderte sich, warum sie schon wieder ihre Tante anrief, wie an dem Abend, als sie in Hennings Hütte gewesen waren. Waren ihre Eltern so oft unterwegs?

Die aufgeregte Stimme ließ sich nicht abschütteln.

»Nein«, sagte Nisha irgendwann leise und bedrückt. »Ja, doch! Ja ... Oh bitte, lass mich! Warum fragst du, wenn du es doch sowieso schon kontrolliert hast? Und warum bewachst du mich so? Nein, ich sage dir nicht, wo ich bin.«

Nisha war zu ihm hinübergekrochen. Ihre Augen flackerten, als sie sich gegen ihn lehnte.

Die aufgeregte Stimme war jetzt ganz nah.

»Nisha, wo bist du? Ich höre doch, dass du nicht in Ordnung bist! Muss ich wieder mit der Polizei nach dir suchen lassen?«

Nisha ließ das Handy sinken und schaltete es aus. Danach war es ganz still.

»Ich muss gehen. Fährst du mich bitte zurück?«, sagte Nisha nach einer gefühlten Ewigkeit.

Sie stand schwerfällig auf und dann umarmte sie Ben plötzlich so fest wie noch nie. Danach schlüpfte sie in ihre feuchten Docs und die nasse schwarze Jacke, die sie aus ihrer bunten Tasche zerrte. Die grüne Regenjacke aus dem Billigstore ließ sie an der Garderobe hängen. Ben nahm sie und steckte sie an ihrer Stelle ein. Dann griff er seufzend nach seinen eigenen Sachen. Er sah, dass es zwecklos war, den Versuch zu unternehmen, sie umzustimmen. Oder etwas zu fragen. Oder was auch immer.

Nisha

Als die Kirche an der Straßenseite auftauchte, tippte Nisha Ben auf die Schulter. »Würdest du mich bitte da vorne absetzen?«

Ben schüttelte den Kopf. »Vergiss es, heute fahre ich dich bis nach Hause.«

Sie spürte, wie sich alles in ihr verspannte. »Bitte nicht. Ich möchte lieber an der Kirche absteigen, wirklich.«

Ihre Fingerspitzen berührten Bens Nacken zwischen dem Helm und dem Kragen seiner Jacke. »Ben? Benjamin? – Ben?«

Er fuhr einfach weiter und die Kirche glitt an ihnen vorüber. »Wo lang, Nisha?«

Zuerst antwortete sie nicht, aber gerade als Ben etwas sagen wollte, antwortete sie doch. »Da lang.« Sie seufzte schwer und spürte Angst, die durch ihren Körper kroch wie eine Schlange. »Rechts. Dort drüben biegst du rechts ab und die Nächste links über den Kanal.«

Ihre Stimme klang eigenartig.

Ben

Er hatte mit den Lippen ihre Brust und ihre Brustwarze berührt. Gestreift. Für eine Sekunde. Oder zwei. Sie war sein Universum. Sein Sinn. Nichts war mehr, wie es mal gewesen war.

»Nummer neunzehn. Dort hinten.«

Vor dem Haus stand eine kleine, dicke Frau, eingehüllt in eine Art Poncho. Sie hatte ein faltiges, ernstes Gesicht und erinnerte Ben für den Bruchteil eines Moments an eine alte Indianerin.

Er bremste ab und hielt neben dem Bordstein.

»Gott sei Dank«, sagte die Frau und starrte Ben an. Auch über Nishas nasse Jacke glitt ihr Blick.

»Alles ist in Ordnung«, sagte Ben nervös. »Wir haben nur eine kleine ... Spritztour gemacht.«

Nisha hatte ihn losgelassen, war vom Sitz geglitten und hatte Karlas Helm stattdessen daraufgelegt. Wahnsinnig schnell ließ sie ihn stehen und ging ins Haus. Ben hörte im Inneren des Hauses einen Hund bellen. Waff, waff, waff.

Er klang irgendwie morsch und uralt. Torte, der Humpelhund, der grundlos humpelte.

»Danke, dass du sie gebracht hast«, sagte die Frau zu ihm. Sie musste Nishas Tante sein. Dass sie hier war, erklärte auch, warum Nisha sie angerufen hatten. Vermutlich arbeiteten die Eltern und sie war tagsüber bei der kleinen Schwester. Ben glaubte, sich zu erinnern, dass Nisha ihm erzählt hatte, dass sie nicht mehr arbeitete.

»Kann ich noch mit reinkommen?«

Nishas Tante sah zu ihm auf. Zwischen ihren dunklen düsteren Augen war eine wulstige, steile Falte. »Besser nicht.«

Auch ihre Stimme war leise und klang eher nach Gemurmel als nach einem vernünftigen Satz. Und Nisha war einfach fortgegangen – ohne einen Blick zurück. Ben spürte einen Knoten im Bauch, zentnerschwer wie einen Stein.

»Aber ...«

»Ein andermal vielleicht, ja?«

Ben kam erst jetzt darauf, den Helm abzunehmen.

»Sorry«, murmelte er verlegen und riss sich hastig das schwarze Ding vom Kopf, dass seine wirren Haare flogen, aber die kleine, dicke Frau hatte sich schon umgedreht und ging in den Vorgarten zurück.

Das Haus war klein und hätte eine Renovierung vertragen können. Die Himmelsstraße 28 war zwar auch in keinem Topzustand, aber sie war dann doch heiterer als dieses kleine düstere Haus. Es wirkte fehl am Platz in der Straße, die eher von hohen Mietshäusern aus Backstein geprägt war. Er war hier oft auf seinen Streifzügen vorbeigekommen, wenn er Nisha gesucht hatte, aber er hatte sie nie getroffen.

Wieder schaute er an dem Haus hoch. Er wusste selbst nicht, was ihn so durcheinanderbrachte, aber da war irgendwas. Er sah von Fenster zu Fenster und er zählte vier herausstarrende Katzen, aber trotzdem sah das Haus merkwürdig unbewohnt aus. Und von Nisha war keine Spur zu entdecken. Es war, als habe das Haus sie verschluckt.

Plötzlich schwappte eine Wahnsinnserschöpfung über Ben zusammen. Nisha hatte sich nicht mal von ihm verabschiedet. Oder doch?

Ben dachte an die feste Umarmung neben dem Blumenbett in der kleinen Pension zurück. Hatte sie sich bereits dort von ihm verabschiedet? Um es womöglich nicht hier draußen tun zu müssen? Hatte sie vorausgeahnt, dass Ben dieses Mal darauf bestehen würde, sie bis nach Hause zu begleiten?

Verdammt, so viele Fragen. Und nie Antworten. Im schmalen Vorgarten stand eine kleine Linde, die irgendwie traurig aussah.

Nisha

Sie küsste und streichelte Torte und wärmte ihr kaltes Gesicht in ihrem warmen grauen Hundefell. Wo blieb bloß ihre Mutter? Warum kam sie den ganzen Tag nicht zurück?

Stattdessen schlich Herr Vandegen durch den Garten. Hielt er wieder nach ihr Ausschau? Er ging hin und her. Hin und her.

Nisha beobachtete ihn durch die zugezogene Gardine. Immer wieder sah er zu ihrem Fenster hinauf, als wüsste er, dass sie genau hier stand und ihn genauso beobachtete wie er sie. Als es langsam dunkel wurde und immer noch niemand nach Hause gekommen war, bekam Nisha Angst.

Bis es draußen völlig finster war, starrte sie ihr Handy an. Ihre Augen brannten. Irgendwann schalteten ihre Finger es ganz von selbst ein. Sie hatte nur wenige eingespeicherte Nummern, eine davon tippte sie jetzt an, obwohl sie kaum atmen konnte.

Ben

»Karla?«

»Hier oben, du Schulschwänzer!«

»Woher weißt du, dass ich nicht in der Schule war?«

Er schloss die Tür hinter sich und legte den Vespaschlüssel in C-3POs ausgestreckte Metallhand zurück. Er war so verdammt todmüde. Und verfroren. Und durcheinander. Und alleine.

Todmüde. Verrückt, wie oft man wie nebenbei über den Tod sprach.

»Ich wünschte, ich wäre tot vom Stuhl gekippt«, hatte Amandus gesagt, als er von seinen Schulerektionen gesprochen hatte, die er hatte, wenn Frau Müllermaier ihm zu nah kam.

»Dieser Kaugummi schmeckt nach totem Schlumpf«, pflegte Lola über ausgelutschte Kaugummis zu sagen, was in ihrem Fall kein wirkliches Wunder war, denn sie aß ausschließlich Ökokaugummis aus nachhaltigem Kautschuk.

»Ich wäre am liebsten gestorben, als ich erfuhr, dass er dieser Sontje auch ein Kind gemacht hat«, hatte Jette laut Lola geätzt, als sie von Jos neuem, kommendem Kind erfahren hatte.

»Für diesen Sekt würde ich sterben«, hatte Shiva gesagt, als sie ihm ihren Lieblingssekt in die Hand gedrückt hatte.

Ben riss sich aus seinen Gedanken, als Karla auf ihn zukam. »Ben Schmitz war hier und hat diesen ...«, sie deutete auf ein Stück Reisegepäck, das Ben bekannt vorkam, »... Koffer vorbeigebracht. Er steckte wohl in deinem Spind, war aber zu groß, sodass das Spindschloss aufgesprungen ist. Euer Hausmeister hat sich aufgeregt.«

Karla zog die Augenbrauen hoch. »Und der andere Ben hat wohl diese fixen Idee, dass in dem Koffer eine Menge Bargeld stecken könnte? Darum hat er ihn hergebracht. Er meinte, du wärst nicht in der Schule gewesen, aber das Ding sei deines?«

»Jetzt nennst du ihn auch schon anderer Ben«, murmelte Ben müde.

Aus der Küche kamen Jo und Luke. Als Ben sie sah, zog er ebenfalls die Augenbrauen nach oben.

»Noch mehr Leute da?«, fragte er vorsichtshalber und schaute sich um. »Jette? Letizia? Sontje? Henning?«

Karla schüttelte den Kopf. »Nur Luke. Jette hat einen wichtigen Termin und Luke wollte unbedingt das Ultraschallbild von ...«

»... meinem neuen kleinen Bruder sehen!«, kreischte Luke dazwischen. Er war das Kind mit der schrillsten Stimme der Welt, sagte Lola oft. Und da war hundertprozentig etwas dran.

»Guck, Ben, da ist sein Pimmel!«

Luke wedelte mit einem kleinen, verschwommenen Schwarz-Weiß-Bild herum. »Da! Siehst du?« Er deutete auf einen körnigen Punkt.

Das sollte ein Penis sein? Oder einer werden?

Ben gab keine Antwort auf diese Offenbarung.

»Jo kann eben nur Jungs«, sagte Karla an seiner Stelle und fuhr Luke über die hellen, widerspenstigen Haare.

Ben zog es vor, sich dieser neuen Happy-Family-Stimmung zu entziehen und in sein Zimmer zu verkriechen.

Bis es draußen dunkel war, schlief er ein, wachte auf, hörte Musik und Luke im Garten herumtoben, schlief wieder ein, lauschte gefühlt eine Million Mal dem Lied *Stell dich mitten in den Regen*. Er träumte von Jo, von Karla, von Frau Müllermaier, von Luke, der bei ihnen einzog, von seinem ersteigerten Koffer, in dem statt Geld ein abgeschnittenes Ohr lag, das Jerôme Sowieso gehörte. Warum er das in seinem Traum mit Sicherheit wusste, war nicht herauszufinden. Und er träumte von Nisha. Am meisten träumte er von Nisha.

Es war ungefähr halb neun, als sein Handy klingelte. Ben setzte sich mit einem Ruck auf und war sofort hellwach.

Nisha

»Kannst du kommen?«

»Jetzt?« Bens schlafwarme Finger umklammerten sein Handy wie einen Schatz. Sein Herz setzte eine Sekunde aus und machte dann einen frohen Sprung.

»Ja, bitte.« Ihre Stimme war leise. Sehr leise. »Wenn es geht?«

»Klar! Natürlich! Natürlich kann ich kommen, Nisha!«

Er raste die Treppe runter wie ein Besessener.

»Ben? He, Ben?«, rief ihm Jo hinterher.

Drauf geschissen. Ben riss dem Protokolldroiden den Vespaschlüssel aus der Hand.

»Was ist denn in dich gefahren? Wir dachten, du wirst krank. Legst dich einfach mittags ins Bett und rührst dich nicht mehr? Und jetzt?«

Er ließ Jo reden und die Tür laut hinter sich ins Türschloss krachen.

»Tschüss, tschüss, Ben«, rief ihm Luke vom Gästezimmerfenster hinterher oder vielmehr rief es ihm Spiderman hinterher, denn er steckte, wie es aussah, in so einem Spiderman-Merchandising-Schlafanzug und winkte mit seiner Kleinkinderhand wie wild von der Fensterbank aus.

Ben winkte, um nett zu sein, hastig zurück. Er war froh, glücklich, aufgeregt und in wahnsinniger Eile. Nisha wollte, dass er zu ihr kam. Wieso? Weshalb? Warum? So plötzlich hatte sie ihre Meinung geändert?

Ben schnitt ein vorbeifahrendes Auto und der Autofahrer hupte ihm sauer hinterher. Das wäre es, wenn er sich jetzt auf dem Weg zu Nisha zu Tode fuhr. Ben drosselte widerwillig sein Tempo und versuchte, wenigstens etwas aufmerksamer zu sein.

Da war endlich das Haus, in dem sie wohnte, aber es lag in völliger Dunkelheit. Ben bremste jäh ab, schaltete die Vespa aus und ging jetzt etwas zögerlich durch den Vorgarten zur Haustür.

Und nun? Klingeln? Einfach so? Und wo war überhaupt die Klingel? Warum war es hier so finster? Die nächste Straßenlaterne stand erst ein paar Häuser weiter und verbreitete nur einen Hauch milchiges, oranges, wenig ergiebiges Licht.

Warum ging hier keiner mit seinem Hund? Warum knatterte außer seinem nirgends ein Zweirad? Warum kam niemand von irgendwoher nach Hause und parkte sein Auto am Straßenrand ein? Am besten zwei Leute, die sich fröhlich und halblaut unterhalten würden, während sie die Wagentüren hinter sich zuwarfen.

Ah, da war die Klingel. Ein kleiner, unscheinbarer Knopf direkt neben einem schmalen Briefkastenschlitz in der niedrigen, zurückgesetzten Backsteinmauer. Daneben ein Namensschild. Kuhlee stand darauf. Handschriftlich.

Kuhlee? Nicht Alavi?

War er etwa falsch? Hatte er sich im Haus vertan? Ben nahm den Helm vom Kopf und sah an dem Haus hoch, vor dem er stand. Verfiel er aus Liebe allmählich dem Wahnsinn? Verlor er Orientierungssinn, Erinnerungsvermögen, Verstand? Und auch noch alles gleichzeitig?

»Ben?«

Er fuhr herum und da stand sie. Nisha. Ihr Gesicht war leicht verzerrt, einen anderen Ausdruck fand er nicht dafür. Und sie musste sehr geweint haben. Ihre Augen waren rot und verquollen, ihre Wangen fleckig. Trotzdem war sie wunderschön. Oder sogar mehr als das. Nisha sah immer aus wie eine Art Kunstwerk.

»Kunst soll etwas in euch auslösen«, hatte Frau Kraja in der ersten Stunde der AG gesagt, als sie ihnen mit dem Beamer Bilder von berühmten Gemälden gezeigt hatte.

Und, ja, genau das tat Nisha. Sie löste alles in ihm aus. Atemlosigkeit, Verwirrung, Glück, Angst, Nervosität, Zittern, Überschäumen, Wahnsinn.

Er wollte weinen und lachen, wenn sie so plötzlich wie jetzt gerade auftauchte.

»Hi«, flüsterte er heiser zurück. »Was hast du? Du siehst ja ... schlimm aus.«

Na klasse, das fing er ja gut an! War er denn komplett bescheuert?

»Sorry, ich meine, du siehst ...«

»Bitte leise«, sagte Nisha, ohne ihn zu berühren oder auf seine gestammelten Worte einzugehen. Sie war dick angezogen. Ein Pulli, eine Jacke – und einen Mantel? Um den Hals hatte sie einen Schal. Oder waren es zwei? Es war jedenfalls ein Riesenknäuel. Und sie trug eine ausgebeulte graue Jogginghose mit Stulpen darüber. Dazu ihre Docs, in diesem Fall mit offenen, herunterhängenden Schnürsenkeln.

Ben nickte und Nisha winkte ihm, ihr zu folgen. Sie zog leise die Tür auf und zog ihn hinter sich ins Haus.

»Pssst«, flüsterte Nisha warnend.

Was war das hier? Fort Knox? Warum mussten sie so still sein? War es doch wegen ihres Vaters? War er strenggläubig und verbot es Nisha, sich mit jemandem wie ihm abzugeben?

Ben ging, so leise er konnte.

»Hier hoch«, hauchte Nisha. »Aber Achtung, die Treppe knarrt etwas.«

Tatsächlich, da war etwas dran. Dennoch schafften sie es ohne Zwischenfälle nach oben. Das Obergeschoss war so dunkel wie der Rest des Hauses. Dunkel und eng und still und leicht verwinkelt. Ben sah drei Türen, alle zugezogen. Es roch nach den Katzen, die er am Fenster gesehen hatte.

Nisha deutete auf eine der Türen.

»Da drin schläft Aysel, meine kleine Schwester. Psst, sie soll nicht aufwachen.«

Ben nickte wieder, während Nisha eine andere Zimmertür

öffnete. Sie schlüpften hinein und Ben sah sich aufatmend um. Das Erste, was ihm auffiel, waren die vielen Kerzen, obwohl sie nicht brannten. Sie standen einfach überall. Dicke Kerzen, dünne, bunte, weiße, verzierte, schlichte, halb heruntergebrannte und ganz neue.

Nisha schloss die Tür so leise, wie sie die geöffnet hatte. Wovor hatte sie solche Angst? Was würde ihr Vater mit ihm anstellen, wenn er mitbekam, dass er hier oben bei seiner Tochter war? In der Dunkelheit? Er hatte sich wie ein Dieb ins Haus geschlichen.

Ben hatte Herzklopfen und schämte sich dafür. Was war er für ein Jammerlappen! Auf Nishas Bett lag der alte Hund. Er schlief fest und sah aus wie ein Berg aus Zotteln. Vermutlich hörte und roch Torte nicht mehr gut, sonst wäre sie vermutlich aufgesprungen.

Nisha zündete unterdessen drei der vielen Kerzen an. Drei weiße, dünne auf dem breiten Fenstersims. Sie tauchten das Zimmer in verschleiertes, vages Schummerlicht. An der Wand neben ihrem Bett hing ein einzelnes gerahmtes Bild. Es musste schon älter sein. Auf die Tapete daneben waren Worte und Sätze und Zahlen gekritzelt. Und Pfeile, die auf die Personen auf dem Bild deuteten. Ben entzifferte Nisha – Mam – Pap – Jam – Aysel.

Aysel war auf der Fotografie ein Baby, das Nishas Mutter auf dem Arm hielt. Alle lachten auf dem Bild und Nishas Vater sah eher harmlos als gefährlich aus. Nicht so, als lebe er unmittelbar nach den Gesetzen der Scharia oder so. Sein Lächeln glich Nishas Lächeln. Die Nisha auf dem Bild war klein und sehr, sehr rothaarig und sie versteckte sich halb hinter ihrem Bruder, der ebenfalls klein war.

Alles ist archaisch, entzifferte Ben. Unter dem Bild stand in Schnörkeln geschrieben: *Manchmal denke ich, mich gibt es gar nicht!!!*

Ben runzelte die Stirn, während sein Gehirn die Worte weiter entzifferte und las, obwohl er das gar nicht unbedingt wollte.

Ich habe noch nicht mal einen Namen?!?!?!, las er. Und:

Ich habe kein Talent zum ...

Zum – was? Er fragte es nicht, aber Nisha, die sich neben ihn gekauert hatte, las den Rest des gekritzelten Satzes dennoch vor. So, als hätte er gefragt.

»... zum Glücklichsein«, flüsterte sie.

»Das stimmt nicht«, sagte Ben ebenso leise, während sein Blick an weiteren Sätzen hängen blieb.

Alleinesein geht auf Dauer nicht.

Manchmal hasse ich das Leben!

»Nisha?«

Sie zitterte. Aber wie konnte das sein? Es war eher heiß als kalt im Zimmer und sie war dazu noch so unglaublich dick angezogen.

»Was hast du?«

Irgendwie konnte er nicht mehr so tun, als sei alles in Ordnung. Er musste sie einfach fragen. Um sie nicht völlig vor den Kopf zu stoßen, griff er dabei nach ihrer Hand. Sie war eiskalt, wie immer.

»Ich weiß es nicht«, sagte sie so leise, dass es kaum zu verstehen war. »Ich glaube, ich möchte nicht erwachsen werden.«

Was sollte das denn heißen? Was wollte sie damit sagen? Das, was sie Ben Schmitz damals erzählt hatte?

Ben hatte unterdessen eine zweite Fotografie entdeckt, eine Schwarz-Weiß-Aufnahme, mit viel Schatten und viel Licht. Es zeigte ein tanzendes Mädchen.

»Bist du das?«

Nisha nickte und sah das Bild ebenfalls an. Ihre Stirn war gerunzelt.

»Du siehst wunderschön aus, wenn du tanzt.«

»Alle sehen schön aus, wenn sie tanzen.«

»Das glaube ich nicht.«

Sie ließ das Thema fallen. »Darf ich dir etwas auf den Rücken schreiben?«

»Klar.« Ben lächelte ein kleines Lächeln. Er entspannte sich etwas. Vielleicht war doch alles gut. Vielleicht war sie einfach nur ... hypernervös. Jette benutzte dieses Wort oft und meinte damit Weltschmerz, Erschöpfung, Burnout. Solche Sachen. Und Henning behauptete immer, er sei hypersensibel. Das war auch etwas, wo man gelegentlich abkackte und sich supermies fühlte. Vielleicht war Nisha ähnlich gestrickt? Oder sie hatte womöglich einfach Sehnsucht nach ihm gehabt?

Es war ein Wahnsinnsgedanke.

Nisha hatte nichts ausgezogen, seit sie zusammen das Zimmer betreten hatten. Er dagegen war längst aus seiner Jacke geschlüpft. Sie lag zwischen ihnen auf dem Bett und der alte Hund hatte im Schlaf seinen Kopf daraufgelegt. »Ist es eigentlich okay, dass ich hier bin?«, fragte Ben zögernd.

»Ja, schon.«

»Und dein Vater? Wird er nicht sauer, wenn er mich hier, na ja, erwischt?«

»Mein Vater ist gar nicht da heute.«

»Ah, okay. Und deine Mutter?«

»Es ging ihr nicht so gut. Sie hat sich gleich hingelegt, nachdem sie Aysel ins Bett gebracht hat.«

»Ach, deshalb mussten wir so schleichen?«

»Was?«

»Hier hoch, meine ich, durchs Haus. Ich hatte mich schon gewundert.«

Nisha gab darauf keine Antwort. Stattdessen schrieb sie etwas auf Bens Rücken.

»Zu schnell! Noch mal«, bat Ben hinterher.

Nishas Finger schrieben ein zweites Mal.

»Und?«

»Sollen das Druckbuchstaben sein?«

»Ja.«

»Dann noch mal, bitte. Aber langsamer.«

Aber es nützte nichts. Er fand es nicht heraus.

»Wenn? Wenn? ... Irgendwas?«

»Wenn die Liebe stirbt, ist nur noch Nacht«, sagte Nisha leise.

Ben drehte sich um. »Das hast du geschrieben? Warum schreibst du das, Nisha?« Er fühlte, wie ihm übel wurde. »Wie kommst du auf so einen Gedanken?«

»Weil es so ist.«

Er verstand kein Wort. Was wollte sie ihm sagen? Dass es aus war zwischen ihnen? Dass sie genug von ihm hatte? Hatte sie ihn deshalb herbestellt? Oh Gott! »Nisha?«

Die Sekunden verstrichen wie im Nebel. Nisha starrte vor sich hin. Irgendwann hielt Ben es nicht mehr aus. Er ließ seine Hände, die wie erstarrt waren, auf ihre dünnen Schultern sinken. Sie reagierte nicht.

»Nisha?« Er bewegte die Finger und hob mit ihnen ihr Kinn. »Hast du mich über? Ist es das?«

Sie schwieg weiter.

»Verdammt, Nisha, ich kapiere es nicht! Was hast du? Warum bist du so merkwürdig?«

Da, er hatte es ausgesprochen. Dabei hatte er das nicht gewollt. Aber er konnte nicht mehr.

Er sprang auf, stolperte ans Fenster, schloss die Augen und legte die Stirn an die beschlagene Scheibe. Nur ruhig bleiben, beschwor er sich innerlich.

Einen Moment war es ganz still. Im Zimmer und draußen in der bereits schlafenden Straße.

»Oh?«, sagte Nisha da plötzlich. »Hast du das auch gehört?« Sie hob den Kopf. In diesem Moment wirkte sie wieder ganz normal. »Ich glaube, meine kleine Schwester weint. Sie hat oft Albträume. Warte mal, ich bin gleich zurück.«

Sie öffnete und schloss die Tür. Ben, der sich nicht umgedreht hatte, bekam mit, wie sie im nächsten Moment die Tür zum Nebenzimmer öffnete und wieder schloss.

»Aysel?«

Ihre leisen, beruhigenden Worte klangen durch die dünnen Wände und es war trotz allem schön, ihr zuzuhören. Egal, was vielleicht gleich kommen würde.

»Alles ist gut, schlaf weiter.«

Ben setzte sich zurück auf das Bett und versuchte, sich zu beruhigen.

»Ich habe nur Besuch, Aysel. Vielleicht bist du davon aufgewacht? Ben ist gekommen. Ja, der Junge aus meiner Schule.«

Junge? Nun gut, wenn sie meinte. Das war jetzt auch gerade egal.

»Der mit den grünen Augen, die wie Blätter sind. Genau. Ja, der, in den ich verknallt bin, wie du es nennst.«

Lachte sie leise? Es klang beinahe so.

Ben legte seine zittrige Hand auf dem warmen Hunderücken des alten Hundes ab, um sich, wenn möglich, ein bisschen von dessen Ruhe abzuzapfen. War doch, wider Erwarten, alles nicht so schlimm, wie er es gerade angenommen hatte?

Verdammt, er blickte einfach nicht durch bei Gefühlen. Jo und Karla hatten ihn gründlich verkorkst mit ihrem Hin und Her, was das anging. Heute Karla – große Liebe – morgen Letizia – übermorgen Jette, weil Jo keine Frau kannte, die so lachen konnte wie sie. Das sagte er jedenfalls immer.

»Sie schläft wieder.« Nisha schlüpfte durch die Tür hinein.

»Gut.«

Erstaunlich, wie sie sich um ihre kleine Schwester sorgte. Ben nahm sich insgeheim vor, in Zukunft etwas netter zu Luke zu sein.

Er traute sich kaum, Nisha anzusehen, um nichts falsch zu machen. Sie schien jetzt aber nicht mehr so down zu sein wie gerade eben noch.

Sie setzte sich zu ihm und kuschelte sich an ihn.

»Oh Mann«, entfuhr es Ben.

»Was?«

»Ich ... ich dachte schon, du würdest Schluss machen.«

Statt einer Antwort streichelte sie sein Gesicht. Keine Frage, ihre Stimmung hatte sich gehoben.

»Warum hast du denn all diese Zahlen an die Wand geschrieben?«

Ben deutete auf eine Vierzehntausendsiebenhunderteinundvierzig. Und auf eine Sechzehntausendsechshundertdreiundzwanzig. Aber es waren noch mehr Zahlen da.

»Egal. Nur so«, sagte Nisha schnell, aber vage. »Soll ich für dich tanzen?«

»Ja, klar – gerne.«

Damit hatte er jetzt nicht gerechnet. Tanzen? Jetzt? Hier?

Nisha ging zu ihrem iPod und stellte Musik an. »Ein Stück«, sagte sie lächelnd. »Aber leise, wegen Aysel. Und dann ...«

»Dann?«

»Dann tanzen wir zusammen.« Sie sah ihn an.

Bens Augen wurden groß. »Ich kann aber nicht tanzen, Nisha. Ganz sicher nicht.«

»Jeder kann tanzen. Es ist in jedem. Glaub mir.«

»In mir nicht, wirklich nicht.«

Oh Hölle, wollte sie, dass er sich vollends zum Clown machte und alles verdarb? Sie nannte ihn doch sowieso schon Junge. Sollte sie ihn in Zukunft auch noch als bescheuerten, herumstolpernden Jungen vor Augen haben?

»Das ist meine eigene Choreografie. Sie heißt Eva. Ich – ich habe einen Preis dafür bekommen.«

Das Zimmer war nur von den drei Kerzen erhellt, die Musik sehr leise. Nishas rote Haare wirbelten um sie herum wie brennendes Feuer, während sie sich immer schneller bewegte.

Bisher hatte Ben nicht viel vom Tanzen gehalten, aber in diesem Moment, wo er hier saß und Nisha dabei zusah, konnte er nicht genug davon bekommen.

Jetzt – jetzt hätte er sofort mit ihr schlafen können. Jetzt stimmte alles. Jetzt würde es keine Patzer geben, kein Versagen.

Ben fuhr sich durch die Haare, ein paar Mal, während er Nisha wie gebannt ansah.

»Komm«, sagte sie da leise und blieb vor ihm stehen. Sie war einen Hauch außer Atem und das klang wunderschön. Sie hatte eine Hand ausgestreckt.

»Nein, ich sehe lieber zu«, murmelte Ben, doch sie ließ nicht locker. Das Musikstück war zu Ende und die Stille, die sich an ihrer Stelle ausbreitete, rauschte Ben augenblicklich in den Ohren.

Nisha hatte ihn dazu gebracht, dass er aufgestanden war. Wie das passiert war, wusste er selbst nicht. Sie standen jedenfalls mitten in Nishas kleinem Zimmer und sie legte ihre Arme um seine eigene Mitte und ihren Kopf an seine Brust. Langsam fing sie an, sich zu bewegen.

»Oh, Hilfe, ich werde dir ganz sicher auf den Füßen rumtreten, Nisha«, murmelte Ben. »Ich bin ein Tanzbanause. Ein Elefant im Porzellanladen. Und jetzt ist ja nicht mal mehr Musik an.«

»Wir könnten nach deinem Herzschlag tanzen.«

Ihre Stimme klang plötzlich so gelöst, wie er sie noch nie gehört hatte.

»Bloß nicht.«

»Dann sing was, aber leise. Wegen Aysel.«

»Ich? Singen?«

»Das hast du doch schon mal gemacht. Für mich.«

»Damals musstest du weinen«, erinnerte Ben sie. »Weil ich so schlecht war.«

»Nein, nicht, weil du schlecht warst, sondern wegen des Textes. Kannst du noch einen anderen Song?«

»Ich fürchte, nein.«

»Hm. Ben?«

»Ja?«

»Ich wollte es dir schon die ganze Zeit sagen. Man begegnet nicht oft jemandem ...«

Sie hielt inne.

»Jemandem?«

»... den man lieben kann.«

Sie hatte es gesagt. Sie hatte es gesagt. Sie hatte es gesagt.

Sie musste einfach ihn meinen. Warum hätte sie es sonst gesagt? So gesagt?

Es war, als ginge die Sonne auf. Wie verrückt ging die Sonne auf. In seinem Herz. In seinem Kopf. In seinem zerschlissenen Nervenkostüm. Überall.

Und plötzlich hatte er auch ein Lied. Es war das Lieblingslied seiner Großmutter gewesen, die zuletzt gestorben war. Karlas Mutter, seine Revoluzzer-Oma, wie er sie genannt hatte. Er hatte es Nisha als Nachricht geschickt, an dem Tag, nachdem sie in Hennings Hütte gewesen waren.

»Nisha?« Er hatte immer noch rasendes Herzklopfen.

»Ja?«

»Die Sonne kommt und du bist hier ...«

Hoffentlich traf er einigermaßen den Ton, aber im Grunde musste es klappen. Seine Großmutter hatte ihm den Song jahrelang vorgesungen, ein alter Punksong aus den 1970er-Jahren, als sie noch knackjung gewesen war, wie sie immer gesagt hatte.

»... ich kann dich fühlen – ich bin ein Teil von dir.«

Sie bewegten sich fast nur auf der Stelle, aber Ben war dabei so glücklich wie noch nie.

»Weißt du jetzt, dass du frei bist? Weißt du jetzt, wer du bist? Weißt du jetzt, was du tun willst? Ich bin nicht unter dir, ich bin nicht über dir, ich bin neben dir.«

Er sang nicht mal wackelig. Wer hätte das gedacht, dass er singen konnte?

Singen. Tanzen. Lieben. Nachts durch Straßen rasen, ohne sich totzufahren.

Da legte Nisha ihre Hand auf sein Herz.

»Ich liebe dich, Ben.«

Sie blieben stehen und Ben betrachtete Nishas Gesicht,

das plötzlich von etwas erfüllt war, was er nicht deuten konnte.

»Komm«, sagte sie leise und zog ihn mit sich. »Ich zeig dir meine kleine Schwester. Ich liebe es, sie anzusehen, wenn sie schläft. Nie ist sie niedlicher als dann.«

Nisha

»Psst.«

Nisha lächelte ihm zu und öffnete die Tür. »Komm, aber sei um Himmels willen leise.«

»Vielleicht sollten wir lieber warten bis morgen?«

Ben war unschlüssig, aber Nisha zupfte auffordernd an seinem Pulliärmel. Plötzlich machte sie einen überraschten Laut.

»Aysel? Du bist ja wach?« Sie schob die Tür vollends auf. Aysel saß triumphierend in ihrem Bett, ihre kleine Ponynachttischlampe brannte. Die kleinen Plastikponys, die rund um den sechseckigen, rotierenden Lampenschirm hingen, wackelten und klimperten.

»Ja, klar bin ich wach! Die ganze Zeit schon! Ich wollte ihn doch sehen! Ist er das? Ist er das? Ist er dein richtiger Freund? Hast du ihn schon mal auf den Mund geküsst?«

Aysel kicherte und hopste in ihrem Bett herum.

»Ja.« Nishas Stimme klang eine Spur verlegen. »Aber deshalb musst du doch nicht so einen Krach machen. Bestimmt wacht Mam gleich auf!«

»Sie ist sowieso wach.«

Nisha lauschte. Aysel hatte recht. Aus dem Erdgeschoss war Fernseherstimmgemurmel zu hören.

»Das ist trotzdem kein Grund, so laut zu sein. Du musst jetzt wirklich wieder schlafen, Süße!«

Ben

Nishas Haare, Locken oder nicht, hingen wild und strähnig herunter, ihr Mund war leicht geöffnet, obwohl sie jetzt schwieg. Ihre Stirn war gerunzelt.

In Bens Ohren hämmerte es. Er versuchte zu sprechen, konnte aber seine eigene Stimme nicht hören. Der Moment löste sich auf.

»Nisha?«

Wie hörte er sich denn an? Seine Stimme war eine Mischung aus Weinen, Krächzen und Flüstern. »Verdammt, Nisha ...«

Verdammt. Verdammt. Verdammt.

Nisha

Sie drehte sich zu ihm um und lächelte ihm zu. »Jetzt haben wir sie erst einmal am Hals, fürchte ich.« Sie versuchte es noch einmal bei Aysel. »Aysel, würdest du einfach weiterschlafen? Wäre das im Bereich des Möglichen? Nicht, dass Mam noch hochkommt und schimpft.«

»Ich bin aber nicht müde, kein bisschen. Immer soll ich schlafen. Ich bin doch kein Baby mehr! Wollen wir Pferdequartett spielen? Oder Mikado? Sag deinem Freund, dass ich die Allerbeste der ganzen Familie in Mikado bin.«

Aysel sprang aus ihrem Bett und griff nach Nishas Händen. »Wir könnten auch *Laurentia, liebe Laurentia mein* spielen? Kennt er das?«

Sie deutete auf Ben und kicherte wieder.

Ben

Eine Flut von Panik barst über ihm und hüllte ihn ein.

»Nisha? Nisha, hier ...«

Er nahm einen neuen Anlauf. Und dann noch einen. »Hier ist doch niemand.«

Mattes oranges Straßenlaternenlicht von zwei Häusern weiter flirrte um sie beide herum wie aprikosenfarbener Nebel und legte einen Schleier auf Nishas Gesicht.

Der Raum, in dem sie standen, war leer. Er schien eine Art winziges Gästezimmer zu sein. Ein Kleiderschrank, ein schmales Bett ohne Decke unter dem Fenster, eine vertrocknete Topfpflanze auf dem Fenstersims, mehr war nicht zu entdecken.

»Oh, Nisha.«

Nisha

»Was redest du denn da? Ben?«

Sie sah ihn an und wich dann vor ihm zurück. »Aysel, Ben macht nur ...«

Sie sah ihn erneut an, tauchte ihre Augen tief in seine. »... Spaß?«

»Das ist aber kein Spaß! Was hat er? Warum guckt er so

komisch, Nish? Er macht mir Angst. Er soll damit aufhören. Sonst rufe ich Mam.« Aysel verzog das Gesicht.

»Nicht weinen, bitte. Und nicht rufen!«

Nisha wischte ein paar erste Tränen aus dem Gesicht ihrer kleinen Schwester. Und aus ihrem eigenen.

Ben

Was ging hier vor? Was sollte er tun? Er spürte, dass ihm kalter Schweiß über das Gesicht rann. Und durch seinen Körper jagte etwas wie elektrischer Strom.

»Es ist hier keiner, Nisha. Niemand.«

Aysels Namen wagte er nicht auszusprechen. Seine Stimme klang zum Zerreißen gespannt.

Nisha fuhr wild herum. In ihren Augen war Sturm.

»Was soll das heißen? Willst du mich verrückt machen? Dann bist du wie sie! Wie sie! Wie sie!«

Ihr Gesicht war jetzt wieder verzerrt und fleckig.

»Nein, oh Gott, nein, Nisha, ich will dich nicht verrückt machen, aber ...«

»Aber was?«

Sie sahen sich an, als läge etwas Furchtbares zwischen ihnen. Ein Abgrund? Ein Universum? Das Ende?

»Es ist nur ...«

Was sollte er sagen? Er wusste ja selbst nicht, was war. Er verstummte und stand einfach nur da.

»Nisha«, flüsterte er schließlich, weil ihm nichts anderes einfiel.

Nisha

Aysels Gesicht war jetzt tränenüberströmt. »Er soll aufhören! Mach, dass er aufhört!«

Nisha umarmte sie fest. »Bitte, Ben«, sagte sie dabei.

»Was, Nisha? Was? Um was bittest du mich? Ich tue alles, was du willst.«

»Bitte.«

»Ja?«

Sie blickte in seine weit aufgerissenen Augen und dachte, sie würde es nicht schaffen, die Worte auszusprechen. Aber es musste sein.

»Bitte geh jetzt. Ich habe mich in dir getäuscht.«

Ben

Er spürte ein Schluchzen in seiner Kehle. »Um Himmels willen«, flüsterte er. »Nisha, nein.«

Er stolperte zu ihr und griff nach ihrem Arm. Jetzt fing sie richtig an zu weinen. Mit eisigen Fingern machte sie sich los.

»WieinderKunsthallewieinderKunsthalle ...«

Zuerst verstand er kein Wort, keine Silbe, aber Nisha wiederholte die vier genuschelten Worte wieder und wieder, so lange, bis er jedes Wort aufgeschlüsselt hatte.

»Was meinst du damit?«, fragte er mit gepresster Stimme, als es so weit war.

Zuerst konnte Nisha nicht antworten. Sie fuchtelte mit den Armen und streichelte die Luft und drehte sich weg und flüsterte Dinge, die, wie es schien, nicht an ihn gerichtet waren, aber dann sagte sie doch etwas in seine Richtung. Ben zitterte am ganzen Körper und lehnte sich gegen den Türrahmen, um nicht zu fallen.

»Meine Mam ... ich war gekommen, um ihr bei der Arbeit zu helfen. Sie hatte mich darum gebeten. Nisha, hatte sie gesagt, komm nach der Schule ins Museum, komm, komm, komm zu mir, doch dann habe ich sie nicht gefunden und sie haben gesagt, sie haben gesagt ...«

Nisha hielt inne, sie zitterte von Kopf bis Fuß, aber Ben traute sich nicht mehr, sie zu berühren oder zu umarmen. Er traute sich gar nichts, er sah sie nur an.

Irgendwo im Haus hörte er Geräusche, glaubte er jedenfalls, er hatte jetzt keine Zeit, sich darum zu kümmern.

Nisha sank auf die Knie. Nach und nach sackte sie immer tiefer und dann rollte sie sich wie ein verletztes Tier zusammen und ihre Worte wurden unzusammenhängend und immer leiser.

»Alles vorbei. Er kam. Herr Vandegen. Er ist – sie.

Er muss. Sie sein. Bremerhaven. Alles. Vorbei. Sechzehntausendsechshundertdreiundzwanzig. Vierzehntausendsiebenhunderteinundvierzig. Zweitausendsiebenhundertsechsundfünfzig. Dreihundertdrei – oh, Aysel ...«

Plötzlich stand Nishas Tante in der Tür. Ben fuhr zusammen und drehte sich um.

Sie starrten sich stumm an, während Nisha weiter vor sich hin murmelte und die Tränen über ihr Gesicht strömten.

»Ich muss gehen, Aysel, es ist mal wieder so weit. Es tut mir so leid. Ich hätte nicht mit Ben in dein Zimmer kommen sollen. Ich dachte doch, du würdest schlafen.«

»Nein, Nisha, geh nicht. Bitte, bitte nicht.«

»Ich komme wieder, versprochen. Sobald sie mich lassen.«

»Mam? Mam? Sie soll nicht wieder nach Bremerhaven gehen. Mach, dass sie hierbleibt, Mam!«

»Aysel, Kleines, komm zu mir. Beruhige dich doch.«

»Um Himmels willen, was ist denn hier los? Warum macht ihr denn so einen Radau? Das hört man ja bis auf die Straße raus. Ich dachte, ihr schlaft alle, wenn ich heimkomme, und stattdessen?«

»Oh, Pap, lieber Pap! Sie wollen Nisha wieder mitnehmen. Warum wollen sie das immer wieder tun?«

Nisha blinzelte matt. Wer kam denn da und stand in der Tür und kratzte sich die blonden Haare?

»Oh, Jamil, was willst du denn so spät noch?«

»Ich wollte nur mal nach dem Rechten sehen. Irgendwie fiel mir in der WG heute die Decke auf den Kopf. Komisch, aber ich hatte wohl Heimweh nach euch.« Er lachte verlegen.

Doch dann war Herr Vandegen plötzlich da und er drängte sich mit seinem weichen, wabernden Gesicht zwischen sie, zwischen sie alle. Es war, als schirme er ihre Mutter, ihren Vater, Jamil und sogar Aysel von ihr ab.

Und Nisha wusste, er war gekommen, um sie wieder fortzubringen, wie er es immer tat. So wie er auch in die Kunsthalle gekommen war, um sie fortzuholen.

Zuerst wimmerte sie nur, aber dann fing Nisha an zu schreien.

KUNSTHALLE HAMBURG. Einen Sommer zuvor.

»Da ist sie wieder.«

»Wo?«

»Dahinten.«

Die beiden Studenten sahen sich an. Das Mädchen in Schwarz kam schon seit Monaten mehrmals in der Woche. Immer am frühen Nachmittag, immer alleine und immer irgendwie nervös und ruhelos. Mittlerweile kannten sie alle Studenten und Studentinnen, die in der Kunsthalle jobbten. Sie nannten sie heimlich die Ewigsummende, weil sie bei allen Museumsbesuchen Ohrstöpsel in den Ohren hatte und immer leise vor sich hin summte, während sie hierhin und dorthin ging und dabei jedem Blickkontakt auswich und nie ganz da zu sein schien. Mitunter stand sie bis zu einer Stunde wie erstarrt vor einem Bild oder einer Skulptur, an anderen Tagen blieb sie überhaupt nicht stehen, sondern stromerte herum wie ein nervöses Raubtier in einem zu engen Käfig. Wenn man ihr einen Katalog oder ein Infoblatt anbot, schüttelte sie stumm den Kopf, lächelte vage und ging dann schnell weiter.

Sie hatte glatte rote Haare, die sie an manchen Tagen hochsteckte und an anderen Tagen offen ließ. Sie war immer von Kopf bis Fuß schwarz gekleidet.

Branko, einer der Studenten, behauptete, die Ewigsummende trage die Haare an ihren Herumstehtagen offen und an ihren Durch-die-Räume-hast-Tagen hochgesteckt. »Sie muss irgendeinen Knacks haben«, sagte er schulterzuckend. »Aber man könnte sie statt die Ewigsummende auch die Völligunnahbare nennen.«

»Sie hört jedenfalls mal wieder verdammt laut Musik«,

sagte Ansgar, der andere Student, an diesem Sommertag besorgt. »Und, hey, heute geht das gar nicht! Ob sie nun die Völligunnahbare ist oder nicht!«

Die beiden Studenten sahen sich an. In der vergangenen Nacht war in der Kunsthalle eine neue Ausstellung eröffnet worden. *Stille* hieß sie und Vladimir Gavril, ein Künstler aus Kiew, stellte hier Bilder von sterbenden Menschen aus, die er dazu gebracht hatte, zu malen oder auf andere Weise eine letzte Spur auf Papier oder Leinwänden zu hinterlassen, ehe sie die Welt für immer verließen. Gavrils Wunsch war es, dass die Menschen, die seine Ausstellung besuchten, dies still und leise taten. Während man durch die Halle ging, war man dazu aufgefordert, kein Wort zu sprechen und auch sonst jedes vermeidbare Geräusch zu umgehen. Es gab sogar eigens Stoffschuhe zum Hineinschlüpfen, für den Fall, dass man Pumps oder andere Schuhe mit klappernden Sohlen trug. *Die Stille soll den Betrachter tragen,* so stand es im Programm.

Branko trat zu dem rothaarigen Mädchen. »Entschuldigung?«, flüsterte er und tippte ihr leicht auf die dünne Schulter. Das Mädchen zuckte zusammen und fuhr herum.

Branko lächelte. »Sorry, ich wollte dich nicht erschrecken.« Er wies auf eine Wandtafel, auf der Vladimir Gavril zu sehen war und auf der alles über das Stillsein stand.

»Psst!«, flüsterte er. »Okay?«

Das Mädchen schaute zu ihm hoch. Sie war blass wie immer und hatte, ebenfalls wie immer, dunkle Schatten unter den Augen.

»Ja ... klar«, sagte sie jetzt.

Wow! Sie konnte ja sprechen!

Ihre Augen hingen jetzt an Gavrils Text über den Tod.

»Ich … ich gehe sowieso gleich raus.« Ihre Stimme klang dünn und fahrig. »Wusste nichts von dieser Ausstellung. Ich dachte … die Holzskulpturen aus Neuseeland wären noch da … suche nur meine Mutter … sie arbeitet hier.«

Der Blick des Mädchens hing wie gebannt an Vladimir Gavrils Text über den Tod.

»Psst!«, machte ein Besucher, der vorüberging, ärgerlich.

Branko runzelte die Stirn. »Deine Mutter arbeitet hier?«, wiederholte er flüsternd. »Als was denn?«

»Museumspädagogin«, antwortete das Mädchen prompt. »Sie muss hier irgendwo sein.«

Das Mädchen sah sich um. Branko hatte es unterdessen geschafft, es aus der stillen Halle zu lotsen. Ansgar und eine andere Studentin kamen zu ihnen hinüber.

»Ach, du schon wieder«, sagte Frieda, die Studentin, seufzend. »Du, wir haben dir doch schon ein paar Mal gesagt, dass deine Mutter …«, sie räusperte sich, »… hier nicht mehr arbeitet. Schon sehr, sehr lange nicht mehr. Du weißt das, oder?« Ihre Stimme klang behutsam.

Ansgar und Branko hatten keine Ahnung, was für ein Film hier ablief, aber irgendwas war schräg, so viel stand fest.

»Ich erklär's euch später«, flüsterte Frieda.

»Doch, natürlich arbeitet sie hier. Sie hat ein neues Projekt entwickelt. Es hat einen Preis gewonnen. Es stand in der Zeitung.« Das rothaarige Mädchen schaute sich immer noch suchend um. »Mam?«, rief sie plötzlich laut. Ihre Stimme klang angespannt, ihr Mund zuckte und sie blinzelte. Weinte sie? Nein, doch nicht.

»Mam? Wo bist du?«

»Bitte nicht!«, unterbrach Frieda sie eindringlich. »Du weißt doch eigentlich ganz genau, dass deine Mutter nicht …«

»Mam? Mam?«

Das rothaarige Mädchen sah sich plötzlich mit schreckgeweiteten Augen um. Ehe sie jemand daran hindern konnte, rannte sie los. »Mam? Wo bist du denn? Du hast doch gesagt, dass du heute arbeitest! Ich bin extra gekommen, um dir zu helfen. Maam? Maaaaaaam?«

Mehrere Museumsbesucher waren stehen geblieben. Sie sahen empört, verwirrt, besorgt oder erschrocken aus.

»Das gibt es doch gar nicht!«, schimpfte ein alter Mann nun genauso laut. »So eine unverschämte Göre! Soll das vielleicht witzig sein?«

»Verdammt, was hat das verrückte Mädchen denn nur?«, fragte Branko erschrocken. Sie waren ihr hinterhergelaufen.

»Nicht anfassen! Nicht anfassen! Nicht anfassen!«, schrie sie, als die Studenten sie erreicht hatten, und schlug um sich. »Ich suche nur meine Mutter! Sie muss hier sein! Sie arbeitet hier! Ganz sicher arbeitet sie hier!«

Leute eilten herbei, der Leiter des Aufsichtsdienstes, ein Mitarbeiter der Mediathek, der stellvertretende Museumsleiter, zwei Wachleute.

Das Mädchen schrie auf und wich zurück.

»Es kommt gleich Hilfe!«, rief der Mitarbeiter des Aufsichtsdienstes. »Wir haben schon den Notarzt gerufen.«

Da machte das Mädchen abrupt auf dem Absatz kehrt und rannte davon. Ihre roten Haare flatterten, als sie durch die Tür stürmte.

»Oh Hölle«, rief jemand, als draußen gleich darauf Hupen und Bremsenquietschen zu hören waren. Branko, Ansgar und Frieda waren unter denen, die nun ebenfalls hinausstürzten.

Ein Auto stand quer auf der Straße, der Fahrer hatte das

Fenster heruntergekurbelt und brüllte wütend nach draußen. Der Wagen hinter ihm klebte an seiner Stoßstange, die völlig zerstört war.

»Da! Dahinten rennt sie!«, schrie Branko. Erst auf der Alsterbrücke war ihre Flucht zu Ende. Die Völligunnahbare rempelte gegen einen alten Mann, der durch den jähen Zusammenprall zu Boden gerissen wurde. Auch sie stürzte zu Boden und blieb reglos liegen.

»Mädchen, Mädchen«, hörte Branko den Alten erschrocken murmeln, als er sich mühsam wieder aufrappelte. Es war ein Wohnsitzloser mit verfilzten dunklen Haaren, aber einem guten Gesicht. Er beugte sich, wie um sie zu schützen, über das weinende und zitternde Mädchen. »Kummerkind, was ist denn mit dir passiert?«, fragte er leise. Aber ehe sie etwas erwidern konnte, umringte eine Menge Menschen sie. Sie zogen sie hoch, hielten sie fest und redeten alle gleichzeitig auf sie ein. Das Mädchen schien bis zuletzt in der Menschenmenge nach jemandem zu suchen.

»Ihre Mutter ist tot«, erklärte Frieda hilflos, als die Studenten wieder zusammenstanden. »Schlimme Sache. Sie ... muss noch sehr klein gewesen sein. Es war ein Autounfall. Ihre Eltern, ihr Bruder, ihre kleine Schwester – alle kamen ums Leben. Sie war die Einzige, die überlebt hat.«

»Puh«, murmelte Branko erschüttert. »Schöne Scheiße.«

Dann war der Krankenwagen da, mehrere Sanitäter und ein Arzt bahnten sich ihren Weg durch die Menge an Menschen, die sich inzwischen um das Mädchen versammelt hatte.

»Ihre Mutter hat wohl hier gearbeitet«, fuhr Frieda leise fort. »Aber laut Professor Jaaky ist es schon sehr lange her. Bestimmt schon zehn Jahre oder mehr.«

Jaaky war ihr Professor, der ihnen den Job vermittelt hatte.

Branko schüttelte sich, wie um einen schlechten Traum abzuwehren. »Schöne Scheiße«, brummte er ein ums andere Mal, während sich die Männer um das Mädchen bemühten, das jetzt nicht mehr um sich schlug, sondern nur noch weinte. »Schöne Scheiße, aber echt.«

Ben

Bens Magen krampfte sich schmerzhaft zusammen, während er auf Nisha sah. »Nisha«, flüsterte er ein paar Mal, aber sie hörte ihn nicht.

Natürlich nicht. »Mam! Maaaam! Pap! – Aysel! Ayysel! Jamil – Jaaam?«

Es klang wie ... Sterben. Wie Todesschreie.

Als ihre Tante sich ihr näherte, schlug sie nach ihr. Schlug richtig fest zu, Ben zuckte zusammen, als er sah, wie ihre Hand ein paar Mal heftig im Gesicht ihrer Tante landete. »Nein! Nein! Nein!« Ihre Haare flogen um ihren Kopf und Ben fühlte, dass er von Kopf bis Fuß zitterte. Sein T-Shirt klebte an ihm. Er war schweißnass.

Und dann war plötzlich das kleine düstere Haus voller durcheinanderrufender Menschen, von jetzt auf gleich. Zwei Sanitäter waren die Ersten, die sich zu ihnen ins kleine Zimmer drängten, und Ben sah wie durch Nebel zu, was passierte.

Nisha kämpfte noch immer wie eine Löwin, sie versuchte, den Händen zu entkommen, die sie unerbittlich niederrangen.

Ein dritter Mann kam die Treppe hinaufgelaufen. Er drängte Ben in den Flur zurück. »Wir brauchen hier Platz«, sagte er knapp.

Wieder begann Ben zu flüstern. »Nisha?«

»Sie kann dich nicht hören«, sagte ihre Tante, die dick und schwerfällig und schwer atmend neben ihm stand. Dort, wo Nishas Finger sie getroffen hatten, zeichnete sich ein weißer Fleck in ihrem roten Gesicht ab. Sie griff nach seinem Arm. »Wenn sie so ist, kann sie nichts hören. Nichts wahrnehmen. Nichts verstehen.«

»Nein, nein, nein«, weinte Nisha und wand sich. Dann, während die beiden kräftigen Männer sie wie im Schraubstock hielten, schaffte es der dritte Mann, offenbar der Notarzt, ihr eine Spritze zu geben.

Kurz darauf war Nisha still. Ihre Schreie verebbten, sie schluchzte einmal hart auf, dann war sie ruhig. Ben fand diese Stille fast noch schlimmer als das Schreien zuvor. Er stand mitten in der Diele und konnte sich nicht rühren.

Die Männer betteten Nisha unterdessen auf eine Trage, ihr Gesicht war schneeweiß. Nur ihre roten Haare leuchteten. Obwohl sie bewusstlos zu sein schien, waren ihre Augen nicht ganz geschlossen und ihr Kopf wackelte hin und her. Einer der Sanitäter streichelte jetzt routiniert ihr blasses Gesicht und sicherte ihren Kopf dann mit einer Nackenstütze. Ben hätte ihn am liebsten zur Seite gestoßen, aber noch immer gelang es ihm nicht, sich zu bewegen.

Die Tante tuschelte leise mit dem Notarzt, Ben verstand nur die Hälfte. »Akuter Schub. Eppendorfer Uniklinik. Doktor Blaschke, Jugendpsychiatrie.« Einer der Sanitäter breitete noch eine Decke über sie und dann war alles vorbei und der Rettungswagen mit Nisha verschwunden.

Ben blieb zurück, still und immer noch wie erstarrt, und in seinem Kopf war nichts als Leere.

Fürchterliche Leere.

Vergingen Minuten? Oder waren es Tage? Oder Stunden? Er kam erst wieder zu sich, als er bemerkte, dass Nishas Tante auf ihn einredete, während sie in dem kleinen zugestellten Wohnzimmer herumstolperte und hastig ein paar Sachen zusammensuchte, die sie ins Krankenhaus mitnehmen wollte. Wie war er bloß hier runtergekommen? Es roch ungelüftet dort drin und die ganze Zeit lief der vergessene Fernseher, vor dem sie offenbar vorher gesessen hatte. Ben sah aus den Augenwinkeln das flackernde Bild, irgendein Uraltfilm. War das etwa *Mary Poppins?*

Ben zuckte zusammen, als eine dreibeinige Katze herangehumpelt kam und sich maunzend an ihm rieb.

Oh, Nisha, dachte er verzweifelt.

»Sie lebt bei mir, auch wenn sie dir vielleicht etwas anderes erzählt hat«, sagte die Tante. »Sie ist krank, musst du wissen.«

Ben fühlte sich schwer wie Blei und seine Haare hingen ihm wirr ins Gesicht. Er schob sie in einer fahrigen Bewegung zur Seite.

»Was ... was ist mit ihrer Familie? Warum wohnt Nisha denn hier?«, fragte er zittrig. »Sie wollte mir vorhin ... ihre kleine schlafende Schwester ... zeigen.«

Nishas Tante seufzte und hielt einen Moment inne. »Nishas Mutter ... war meine Schwester«, sagte sie. »Sie und der Rest der Familie starben bei einem Autounfall vor elf Jahren.« Ihre Stimme war genauso leise und verschwommen, wie Nishas Stimme es so oft war. »Nur Nisha überlebte. Und der Hund. Nisha war damals fünf Jahre alt. Der Hund war schwer verletzt, sein Becken war gebrochen. Nisha hatte ihn auf dem Schoß, als man den Wagen fand. Ihn und das Baby – Aysel. Ich habe alles getan, um ihr wenigstens den Hund zu erhalten. Er wurde viele Male operiert und wieder gesund. Nur das Humpeln blieb. Und Nisha sprach fast zwei Jahre kein Wort. Stattdessen aß sie immerzu. Aß und schwieg und verletzte sich selbst.«

Ben wollte nichts mehr hören. Nichts. Nichts. Nichts.

»Später wurde dann die Diagnose gestellt.« Die Tante ging jetzt in die Diele und schlüpfte in einen Wollponcho, der von einem schmuddeligen Grau war. »Nisha leidet unter einer schweren schizophrenen Störung. Die Ärzte wissen im Grunde genommen selbst nicht, wie ihre Krankheit einzuordnen ist. Sie dissoziiert, sie hat Visionen. Sie lebt ... in ihrer eigenen Welt.«

Schizophrenie? Eigene Welt?

Ich habe nur Besuch, Aysel. Vielleicht bist du davon aufgewacht? Ben ist gekommen.

Meine Eltern sind bei Verwandten in Köln.

Sie warten mit dem Abendbrot auf mich. Mein Vater hasst es, wenn wir zu spät kommen.

»Ich muss ... ich muss jetzt gehen«, sagte Ben leise und mit heiserer Stimme.

Im Wohnzimmer lief unverdrossen der Fernseher. Nishas Tante hatte sich nicht die Mühe gemacht, ihn auszustellen.

»Weggeben könnte ich sie nie«, sagte sie und hielt einen Moment inne. »Auch wenn mir die Ärzte hin und wieder dazu geraten haben. Sie ist doch alles, was ich noch habe. Sie und die Katzen ...«

Und da floh er. Er ließ die Tante einfach stehen und stürmte aus dem Haus, ohne sich noch mal umzudrehen, während Mary Poppins im Hintergrund ein fröhliches Lied trällerte.

Er vergaß Karlas Vespa, er lief einfach nur, blind und taub und wie erstarrt, bis er sich irgendwann vor der Himmelstraße achtundzwanzig wiederfand. Innen war es hell erleuchtet und laute, wütende Stimme tönten aus der Küche, aber er achtete nicht auf sie, sondern jagte einfach die Treppe hoch und ließ sich auf sein Bett fallen. Er hatte so ein Gefühl, als ob er nie mehr aufstehen würde. Wozu auch? Was hatte das alles noch für einen Sinn?

Er hatte Nisha verloren. Und damit auch sich selbst.

»Nisha«, flüsterte er in die Dunkelheit. »Oh Hölle, Nisha.«

Nisha

Nisha saß zusammengekauert und frierend auf einem fremden hellblauen Klinikbett. Sie starrte ins Leere, weil es hier nur Leere gab. Kalte, stille leere Leere. Sie dachte verzweifelt an Aysel, versuchte, wenigstens *sie* festzuhalten.

Aysel war nur dreihundertdrei Tage alt geworden und Nisha würde nie den Moment vergessen, als ihr kleiner Körper in ihren fünfjährigen Armen erschlafft war. Blut war aus ihrem Mundwinkel getröpfelt, aber nur ganz wenig. Nisha hatte Aysel, nachdem sie sie aus dem Kindersitz neben sich gezogen hatte, so lange gewiegt, bis jemand kam und sie ihr wegnahm. Sie hatte sie die ganze Zeit gewiegt, obwohl Aysel so schrecklich schwer gewesen war.

Die Sonne hatte geschienen an diesem Tag. Wie verrückt geschienen. Am Himmel waren Vögel gekreist und hatten aufgeregt zu ihnen hinuntergeschaut.

Keine Sekunde des Unfalls hatte sie je vergessen. Es war wie ein leuchtendes Kaleidoskop des Grauens.

Wie sollte sie denn weiterleben, wenn sie ihre Familie wieder und wieder und immer wieder verlor?

Ben

Es wurde Tag und Nacht und wieder Tag. Im Scheuklappenland herrschte ausnahmsweise mal Ruhe, denn alles drehte sich um Ben, doch es kümmerte ihn nicht.

Am Anfang hatten sie ihm Fragen gestellt, jede Menge Fragen.

»Was hast du, Ben? Was ist passiert, Ben? Nun rede doch mit uns, Ben!«

Ständig kamen und gingen sie und bei Karla fiel recht schnell der Groschen, dass etwas mit Nisha war.

»Hattet ihr Streit, Benny? Hat sie Schluss gemacht? Ist es das? Nun sag doch mal was!«

Aber er hatte keine Worte für das, was passiert war.

Lola kam. Sie wusste mehr, offenbar hatte man in der Schule geglaubt, man müsse den Jahrgang zusammentrommeln und ein paar Erklärungen abgeben.

»Sie waren die ganze Zeit eingeweiht«, sagte Lola bitter. »Ist das zu fassen?«

Er erfuhr von ihr die Details. Dass Nisha seit Jahren schon unter diesen Visionen litt. Dass sie nach einem akuten Schub im letzten Sommer fast ein halbes Jahr in einer jugendpsychiatrischen Einrichtung in Bremerhaven gewesen war, in der sie sich stabilisiert hatte. Man war zuversichtlich gewesen, die Krankheit in den Griff bekommen zu haben.

Lola drückte Bens schlaffe Hand, während sie ihm all das erzählte. Aber er konnte nicht antworten, er konnte einfach nur dasitzen und vor sich hin starren. Er dachte an Nisha. Die ganze Zeit dachte er an Nisha.

War es das? War jetzt alles aus und vorbei? Was war mit seiner Liebe? Mit ihrer Liebe?

Ein Leben ohne Nisha, das würde nicht funktionieren.

Verdammt, er brauchte sie doch. Wie die Luft zum Atmen. Ohne sie war alles sinnlos. Völlig, völlig, völlig, völlig, völlig, völlig sinnlos. Er spürte, wie er sich in diesem Wort verlor. SINNLOS. SINNLOS. SINNLOS.

»Ben? Ach, Ben.« Lola drückte wieder seine Hand, aber er entzog sie ihr und tippte stattdessen in die Tasten seines offen herumstehenden Laptops.

W-a-s-b-r-i-n-g-t-G-l-ü-c-k?

Enter.

Er starrte mit brennenden Augen auf den Bildschirm. Er war bereit, alles auszuprobieren. Auch wenn er komplett durchdrehte.

Schornsteinfeger, Kleeblatt, Marienkäfer, Schwein, dreifarbige Katze, Hufeisen, Sonntagskinder, Pfennig, Fliegenpilz, Mistel, Münze in den Brunnen werfen, auf Holz klopfen, Sternschnuppen, Scherben, Daumen drücken.

»Ben«, sagte Lola wieder und legte den Arm um seine Schulter, weil er angefangen hatte zu weinen.

»Komm, ich geh mit dir in die Klinik«, drängte Lola später. »Ich besuche sie mit dir. Vielleicht können wir etwas ausrichten.«

Etwas ausrichten?

Ben kam das lachhaft vor. Als wenn er mit bloßen Armen versuchen müsste, einen ganzen Tsunami zurückzuhalten.

Bitte geh jetzt. Ich habe mich in dir getäuscht. Das waren Nishas letzte klare Worte gewesen, die sie an ihn gerichtet hatte.

Und sie hatte ja recht gehabt. Er hatte sie getäuscht. Denn er hatte sie nicht beschützen können. Er konnte es auch jetzt nicht. Er konnte gar nichts, das war es doch. Das war die schlichte, bittere Wahrheit. Er Idiot hatte nicht mal im Ansatz gemerkt, was los war. Dabei hatte er behauptet, sie zu lieben!

Nisha war ein Kind, ein kleines Kind gewesen, als sie ihre gesamte Familie verlor. *Fünf Jahre alt!* So alt wie Luke heute.

Und sie hatte nicht nur ihre Eltern, sondern auch ihre Geschwister sterben sehen. Ihren Bruder, kaum älter als sie selbst, und dazu ihre kleine Schwester, ein Baby.

Sie wollte sterben, hatte Ben Schmitz gesagt. War das ein Wunder? Nein, natürlich nicht. Es war ein Wunder, dass sie unter diesen Umständen überhaupt überlebt hatte.

Karla war die Nächste, die es bei ihm versuchte.

»Ich hab die Nummer der Tante herausbekommen«, sagte sie, nachdem sie vorsichtig, wie es sonst gar nicht ihre Art war, an die Tür geklopft hatte. »Sandra Kuhlee, richtig, oder? Lola hat mir geholfen.«

Ben wartete, bis seine Mutter wieder aus dem Zimmer war. Mit einer Hand zerknüllte er nervös den Zettel, den Karla ihm überlassen hatte, mit der anderen Hand umklammerte er sein Handy und lauschte dem enervierenden Tuten. Das Telefon schien unendlich lange zu klingeln, aber Ben hatte nicht die Kraft aufzulegen. Er blieb ganz einfach so sitzen, mit dem Handy in der Hand, und tatsächlich, irgendwann hörte er ein Klicken und dann meldete sich die leise, murmelnde Stimme von Nishas Tante.

Sie sprachen nur kurz, nicht viel mehr als ein paar Minuten. Aber diese Minuten sorgten dafür, dass Ben jeden Hauch Hoffnung verlor, den er verspürt hatte, als Karla ihm den Zettel in die Hand gedrückt hatte.

»Sie will im Moment niemanden sehen und mit niemandem sprechen«, das sagte ihre Tante auf Bens Frage, ob er Nisha besuchen könnte. »Wir können das nicht ändern.« Sie sagte das mit schleppender Stimme, als ginge es sie nicht richtig etwas an. Im Hintergrund lärmte der Fernseher. »Sie ist krank. Sie bekommt jetzt starke Medikamente. Die Ärzte sagen, wir müssen Geduld haben.«

Wir müssen Geduld haben.

Es war, als wäre Nisha in einem Vakuum verschwunden, in einem luftleeren Raum, und hätte ihn allein zurückgelassen und alles, was er tun konnte, war, hier zu liegen und ihren Namen zu flüstern.

Er schlief kaum, er aß so gut wie nichts, er hörte nur noch ihre Lieder und ertappte sich dabei, wie er bei *I hate love* so weinen musste, wie er noch nie in seinem Leben geweint hatte. Einen Abend lang trank er ganz alleine eine von Hennings teuren Weinflaschen leer. Karla bekam es mit und er hatte das Gefühl, sie ringe mit sich, sie ihm wegzunehmen, aber dann tat sie es doch nicht. Stattdessen schaute sie dauernd bei ihm rein, so wie sie es früher getan hatte, als er noch richtig klein gewesen war und mit hohem Fieber im Bett lag.

Ben lag bäuchlings auf seinem Bett, das sich drehte, genau wie der Rest des Zimmers. Mit wackeliger Schrift schrieb er Hunderte Male *Nisha* in einen Collegeblock. Und dann *Nisha und Ben.* Und als es schon wahnsinnig spät war, schrieb er *Nisha Bennet* ... Stöhnend schleuderte er hinterher den vollgeschriebenen Block vom Bett. Er landete müde raschelnd irgendwo in einer Zimmerecke.

Wie sollte er so weiterleben?

Wie?

»Hi«, sagte Nisha. Sie lachte ihm entgegen und ihre Haare leuchteten im Sonnenschein und bauschten sich im Wind. Ben lachte auch. Er freute sich wie verrückt auf den Tag, der vor ihnen lag, der ihnen ganz alleine gehören würde. Sie waren in Nanakuli auf Hawaii. Morgen würden sie am Meer entlanglaufen, das hatten sie am Abend zuvor spontan beschlossen, und Ben trug einen Rucksack voller Sachen, die er vorbereitet hatte.

»He, du«, sagte er froh und streckte die Arme nach ihr aus. Nisha rückte näher an ihn heran. Ihr warmer Körper schmiegte sich an ihn, erst leicht, dann inniger.

Aber dann ... dann ... dann war da nichts ...

Ben wachte mit einem Ruck auf, die leeren Arme noch halb in die Luft gestreckt. Er ließ sie sinken und starrte mit vollkommen leerem Kopf an die Zimmerdecke.

»Ben, du musst mal wieder aufstehen, unter Leute gehen, frische Luft atmen«, sagte Karla verzweifelt, als sie von der Arbeit kam, und öffnete mit einem Ruck die Jalousie und das Fenster am anderen Ende seines Zimmers. Ein Schwall Luft wehte herein, die trügerisch nach Leben roch. Dann bückte sie sich und hob etwas auf. Ben sah aus den Augenwinkeln, dass es der bescheuerte Collegeblock war, den er dorthin geschleudert hatte.

Nisha Bennet. Nisha Bennet. Nisha Bennet. Nisha Bennet ...

»Ach, Ben«, sagte Karla leise, als sie es entdeckte. Ihre Stimme klang hilflos. Sie kam zu ihm hinüber, legte den verdammten Block auf seinen Nachttisch zurück und fuhr ihm anschließend sanft über die schmerzende, blockierte, dumpfe Stirn.

Ben dachte immer noch an seinen Traum. Nisha im Wind.

Nisha mit lachendem Gesicht. Nisha unternehmungslustig. Nisha froh. Aber das war nicht die Wirklichkeit. Die Wirklichkeit war eine Nisha, die Tote sah, mit Toten sprach, Tote berührte, mit Toten lebte.

Als sein Handy zu summen begann, zuckte Ben zusammen.

»Geh doch mal dran, Ben«, drängte Karla, aber Ben schüttelte den Kopf. Er hatte bereits auf dem Display gesehen, dass es nicht Nisha war, sondern Ben Schmitz. Auch Karla hatte es gesehen.

Das Handy summte noch ein paar Mal, dann war es wieder still.

»Ben Schmitz ist doch ein Freund von dir«, versuchte Karla es ein letztes Mal. »Und Freunde sind da, um einem zu helfen, wenn es einem schlecht geht, oder?«

Die Stunden dümpelten dahin, Ben hielt das Telefon immer noch in der Hand. Es war nass geschwitzt, aber er konnte sich einfach nicht entschließen, es abzulegen. Irgendwann begann er mit gerunzelter Stirn, die gespeicherten Namen und Nummern der Leute, die er kannte, durchzusehen. Sein Finger arbeitete sich langsam durch diesen Wust aus Menschen vorwärts. Da waren sie alle. Janto, Marla, Peggy, Shiva, Amandus, Ben Schmitz, Lola, Ruben, wenn auch gesperrt, Anna, Selma, Attila, Tobias, Clemens – und wie sie alle hießen.

Was würden *sie* an seiner Stelle tun? Wenn es ihnen ginge wie ihm? Wenn sie jemanden lieben würden, der krank, verrückt, verschwunden, verzweifelt war? Wenn sie die Liebe ihres Lebens verloren hätten?

Was tat man, wenn alles vorbei schien?

Nicht einfach so rumliegen, dachte Ben plötzlich. Wenn

Katastrophen geschahen, Tsunamis, Vulkanausbrüche, Erdbeben, Feuersbrünste, Kriege. Dann blieb man doch nicht liegen und ließ es geschehen. Rannte man dann nicht um sein Leben? Und um das Leben der anderen, die man liebte?

Ben stöhnte auf und vergrub das Gesicht in den Händen. Woher wusste man, dass es zu spät war? Dass man verloren hatte? Gab es nicht immer noch eine letzte Möglichkeit? Einen Weg? Einen Ausweg?

Er musste doch wenigstens versuchen, Nisha zu retten. Er musste einfach.

Ben kroch aus dem Bett. Er hatte das Gefühl, ein Gefängnis zu verlassen. Seine Muskeln waren wie blockiert vom Erstarrtsein. Sein Kopf war wie leer gefegt vom Verzweifeltsein. Immer wieder sah er Nisha vor sich, die die Luft gestreichelt und mit dem Nichts gesprochen hatte.

Aber das war, verdammt noch mal, nicht die ganze Nisha. Er war sich plötzlich sicher: die Fröhlichkeit, das Lachen – und Mut – und *Liebe zu ihm.* Das alles war auch noch in ihr.

»Ich komme, Nisha«, flüsterte er und fühlte sich fast wie sie, während er in seinem leeren Zimmer sprach, aber das war jetzt egal, »ich komme und helfe dir. Versprochen!«

Nisha

Die blasse Wintersonne schien zum Fenster herein. Staubflusen tanzten im Licht. Ihre Augen hingen an den Lichtstrahlen, die in der Luft über dem Boden schimmerten. Die Lichtpunkte wurden zu Regentropfen. Eine leuchtende silbrige Regenfontäne. Jemand wischte sich durch die nassen

Haare und sah zum Himmel hinauf. Nisha blinzelte. Dann war da wieder nur der graugrüne Boden mit ein paar Sonnenflecken und Staub.

Ben

Ganz alleine fuhr er zur Uniklinik Eppendorf. Da. Da war sie, die *Jugendpsychiatrie*. Bens Augen brannten sich in das Schild vor dem Eingang davor. Und danach in die schier endlosen Fenster des klotzigen grauen Baus. Hier irgendwo musste sie sein.

Was tat sie gerade? Schlief sie? War sie wach? Ob sie an ihn dachte? Vielleicht war er längst in einem Nebel aus Nichts ihres verwirrten Kopfes verschwunden. Gut möglich, dass er so real für sie war wie ihre Eltern und ihre Geschwister. Oder vielleicht sogar … viel weniger?

Ben starrte die vielen Fensteraugen der Klinik entlang. Nirgends sah jemand heraus. Ben konnte sich Nisha in diesem nüchternen Gebäude, das auf eine unheimliche Art und Weise nicht mal wirklich unheimlich wirkte, einfach nicht vorstellen. Er stand so lange reglos davor, bis seine Beine sich taub anfühlten und er von Kopf bis Fuß eiskalt war.

Ein paar Mal sah er Menschen aus dem Gebäude herauskommen und viele Male gingen Menschen hinein. Sie wirkten normal, dachte er. Ja, völlig normal, genau wie Nisha in so vielen Momenten. Dieser Gedanke tat ihm gut. Aber genau da kamen eine Frau und ein junges Mädchen an ihm vorüber. Das Mädchen war mit Sicherheit jünger als Nisha. Ben schätzte es auf dreizehn oder vierzehn. Sie war blond und dünn und ging an der Hand der Frau, die wahrscheinlich ihre Mutter war. Jedenfalls war sie auch blond und sah dem Mädchen einigermaßen ähnlich. Das Mädchen trug schicke *Insachen,* wie Lola Modeklamotten gerne leicht abfällig nannte. Dazu hatte es große Creolen in den Ohren und hellen Lidschatten auf den Augenlidern.

»Mama, Mama, Mama«, sagte sie immerzu mit verzweifelter Kleinmädchenstimme, die nicht im Ansatz zu ihrem Äußeren passte. Ihr Gesicht zuckte, sie schloss und öffnete die geschminkten Augen immer wieder. »Graue Männer, graue Männer, graue Männer.« Ihre Stimme war nur ein Wimmern.

»Ist ja gut, Eleonor, gleich sind wir da«, erwiderte die blonde Frau beruhigend.

Ben starrte den beiden, die jetzt an ihm vorbei waren, hinterher. Nein, verdammt, er konnte das hier nicht. Er konnte es einfach nicht.

Wie von Sinnen rannte er die Straße entlang. Nur weg. Nisha wollte ihn ja sowieso nicht sehen, das hatte ihre Tante erst heute Morgen wieder am Telefon zu ihm gesagt.

Er rannte, bis sein Herz knallte wie ein Presslufthammer und vor seinen brennenden Augen helle Blitze tanzten. Und erst als er wieder zu Hause war, zog er mit fliegenden Händen sein Mobiltelefon aus der Hosentasche. Zuerst drückten seine Finger wie gewohnt *Nisha!!,* aber das war natürlich so vergeblich wie immer. Dann tippte er auf den neuesten Nummerneintrag. Er hatte ihn morgens gespeichert. Er hieß schlicht »K«. Für Klinik. Den Satz, den er zu hören bekam, hatte er erwartet.

»Nisha Alavi kann leider derzeit nicht ans Telefon kommen«, sagte ein Pfleger, der sich gemeldet hatte. »Sie möchte auch keinen Besuch.«

»Ist okay«, erwiderte er leise. »Ist okay. Aber können Sie

ihr ausrichten, dass ich angerufen habe? Bitte. Mein Name ist Ben Bennet. Sie ... sie kennt mich. Ich bin ihr ... ich bin ein Freund. Sagen Sie ihr nur bitte, dass ich angerufen habe. Und dass ich nicht aufgebe. Ich komme sofort, wenn sie mich sehen will. Und sagen Sie ihr, dass ich *immer* an sie denke.«

Der Pfleger am anderen Ende der Leitung war nett, anders konnte man es nicht nennen. Er versprach, Bens Nachricht auszurichten.

Der November ging sang- und klanglos in den Dezember über.

Die Klinik wurde sein Lebensmittelpunkt. Das blonde Creolenmädchen vom ersten Tag hatte ihn nur kurz geschreckt, er war wieder da. Dauernd war er da. Er wurde sozusagen ein fester Bestandteil der Straße, in der die verdammte psychiatrische Klinik in die Welt gemauert war. Der Aufderstraßeherumsteher. Der Zudenfensternhinaufseher. Und nach einiger Zeit ein Durchdiepfortegeher.

Ben Bennet, mein Name. Könnte ich bitte Nisha Alavi besuchen? Ich habe schon oft angerufen.

Die Antwort darauf war wie eine böse Dauerschleife in seinem verspannten Kopf. *Nein, leider nicht. Nisha Alavi möchte keinen Besuch.*

Wie oft hatte er das jetzt schon gehört? Einmal, zweimal, dreimal ... zehnmal, elfmal, zwölfmal ... Tausendmal? Eine Million Mal?

Nisha

Sie musterte mit zusammengekniffenen Augen den Vorhangstoff. Graue Ecken, hellgrau, dunkelgrau, mittelgrau. Irgendwo in ihrem Kopf waren Gedanken, aber sie bekam sie nicht zu fassen. Dazwischen weiß, kleine Blitzer, immer wieder überlagert von grauen und noch graueren Vierecken. Sie schloss die Augen, da war alles schwarz, einfach nur schwarz. In das Schwarz schlichen sich Töne, Melodien, jemand flüsterte: »Diese fünf Lieder bin ich.« Hastig öffnete sie die Augen wieder und heftete ihren Blick erneut auf die farblos grauen Flächen, aschgrau, blaugrau, hellgrau, dunkelgrau ...

Ben

Er gewöhnte sich an, einmal in der Woche Nishas Tante zu besuchen, um zu hören, ob es Neuigkeiten gab. Er wusste, dass wenigstens sie regelmäßig bei Nisha im Krankenhaus war, ob Nisha das nun wollte oder nicht.

Ben hatte tausend Fragen an Frau Kuhlee, aber wenn er dann bei ihr war, konnte er keine von ihnen aussprechen.

Auf einer Kommode stand ein Fernseher, ein uraltes Exemplar mit dickem Hinterbau. Er lief die ganze Zeit, während er da war, wenn auch nur leise.

Chim chim cheree, chim chim cheree, es ist bekannt, das Glück, das greift zu, reicht ihm einer die Hand.

Immer derselbe Film, *Mary Poppins* von 1964.

»Kennst du ihn?«, hatte Nishas Tante bei einem seiner ersten Besuche gefragt. Sie saß da und aß Pistazien, Chips und Pralinen, alles durcheinander. Ihm bot sie auch davon an, aber Ben lehnte dankend ab. Seit Nisha nicht mehr da war, brachte er einfach nichts mehr runter.

»Ich brauche den Film«, erklärte Frau Kuhlee. »Er hält mich lebendig.« Sie streichelte die dreibeinige Katze, die oft auf ihrem Schoß lag. »Wenn ich ihn sehe, habe ich das Gefühl, alles ist gut. Eine gute Welt.« Sie summte gedankenverloren die Melodie mit.

Ben sah sie an. War sie etwa auch verrückt?

Er erschrak über das »auch«, was er gedacht hatte.

»Ich habe damals eine kleine Linde mit Nisha gepflanzt«, fuhr die Tante fort, die nichts von seinen Gedanken ahnte. Sie wies mit einem Finger zum nahen Fenster. »Ich weiß nicht, ob sie es dir erzählt hat?«

Stumm schüttelte er den Kopf. Sie hatte ihm so viel nicht erzählt.

Die Tante redete schon weiter. »Eines Tages wirst du wieder lachen können, Nisha, habe ich dazu gesagt, aber sie hörte es wohl nicht mal. Sie schwieg über zwei Jahre lang.«

Ben ertrug es kaum zuzuhören.

»Und als sie das erste Mal wieder lachte, war sie schon fast zehn. Ich weiß noch, wie ich erschrak, wegen des Geräuschs, wenn du verstehst, was ich meine?«

Nishas Tante rieb sich mit beiden Händen die Augen und hatte danach Chipskrümel im Gesicht. »Es war ein so ungewohntes Geräusch. Damals hat es wohl angefangen, haben die Ärzte mir später gesagt ... Um diesen Zeitpunkt herum, als sie wieder anfing zu lächeln und zu lachen, wenigstens hin und wieder, muss sie sich ihre ... Familie zum ersten Mal herbeifantasiert haben ... So etwas kann passieren, wenn ein noch kleines Kind ein derartiges Drama miterlebt ...«

Als Ben nach diesem Besuch nach Hause ging, hatte er

Nishas Hund mitgenommen. Ihre Tante schien erleichtert darüber zu sein. »Er verträgt sich nicht mit meinen Katzen.«

Ben gab darauf keine Antwort. Was sollte er auch sagen? Aber eine Frage hatte er noch. Er musste sie einfach stellen. Sie brannte schon die ganze Zeit in seinem Hals. Und in seiner Seele.

»Frau Kuhlee?«

»Ja?«

»Dieser ... dieser Nachbar – dieser Herr Vandegen, vor dem sich Nisha so fürchtet. Was ist mit ihm? – Gibt es ihn?«

Das Gesicht von Nishas Tante, von Alters- und Kummerfalten durchzogen, wurde, wenn möglich, noch blasser. Ben hörte sie heftig ein- und ausatmen. Schwankte sie? Jedenfalls lehnte sie sich plötzlich am Türrahmen an. Eine ihrer Hände fuhr fahrig durch die Luft. Torte, in Bens Armen, zappelte sekundenlang.

»Herr Vandegen?«, sagte Frau Kuhlee da und dann sagte sie etwas, was Ben schier von den Füßen riss. »Das ... bin ich.« Sie wischte sich über die Augen. »Verstehst du, sie sieht diesen bösen, gefährlichen Mann in mir. Immer wieder. Ihr Feind, der ihr dieses Leben hier ...«, Nishas Tante deutete vage um sich, »... aufzwingt. Ich bin – Herr Vandegen.«

Und dann schloss sie die Tür, ehe die Katzen entwischen konnten.

Am nächsten Morgen bat Ben in der Klinik darum, Nisha auszurichten, dass Torte jetzt bei ihm war. Er hoffte, dass Nisha die Botschaft bekam.

Mitte Dezember war Ben in der Klinik nicht mehr nur ein Durchdiepfortegeher, er schaffte es inzwischen sogar bis hinauf vor die Station, in der Nisha sich befand. Zweiundvierzig Stufen, drei Türen. Er hatte jedes Mal Beklemmungen hinaufzugehen und schaute sich dauernd um, in der Hoffnung, Nisha vielleicht rein zufällig mal zu begegnen, wenn er hier unterwegs war.

Henning, der einmal zu Besuch gekommen war, hatte ihm, nachdem Ben müde »Raus hier!« gemurmelt hatte, still eine DVD auf die Bettkante gelegt. »Für dich, Kumpel«, hatte er leise dazu gesagt. »Vielleicht wird doch noch alles gut. Glaub an das Gute. Was anderes bleibt dir gar nicht übrig.«

Ben hatte weiter vor sich hin gestarrt und erst Stunden später einen Blick auf die Filmhülle geworfen.

»A Beautiful Mind – Genie und Wahnsinn«, las er mit schwerem Kopf.

Na klasse.

Es regnete wenig in diesen Tagen. Stattdessen gab es Schnee. Dicke Flocken fielen auf den Erdboden, wo sie sofort versickerten und zu nassen, schlammigen Pfützen wurden. Ben sah ihnen durch das Fenster mit brennenden Augen zu.

Wir sehen uns wieder, wenn es regnet.

Zählte Schnee auch als Regen? Manchmal kam es ihm nicht mehr so vor, als hätte ein Vakuum Nisha verschluckt, sondern vielmehr, als hätte sie nie existiert.

Als hätte er sie sich nur eingebildet.

Er fing an, darüber nachzudenken, was real war und was nicht. War Liebe real? Man konnte sie immerhin nicht sehen. Oder? Oder?

Aber ihr erstes Treffen im Park, die Nacht, in der es so gestürmt hatte und er sie zum ersten Mal in den Arm genommen hatte, das hatte er sich doch nicht eingebildet! Als sie zusammen U-Bahn gefahren waren. Als sie seine Jacke über den dünnen Schultern gehabt und *Ich mag dich* zu ihm gesagt hatte. Und dann die Nacht in Hennings Hütte. Der Morgen, als sie Hand in Hand den Sonnenaufgang gesehen hatten. Ihre Fahrten auf Karlas Vespa, als sie sich an ihm festgehalten hatte. Der Moment, als sie zusammen in die Elbe gerannt waren und sich so fest umarmt hatten, wie es nur ging.

Ihre Liebe hatte existiert, auch wenn man sie nicht sehen konnte. Verdammt, sie existierte immer noch.

Und Nisha, sie musste eine riesige Kraft in sich haben, irgendwo tief in sich drin. Da war er sich plötzlich sicher.

Was sie durchgemacht hatte! Fünf Jahre alt, Stunden mit ihrer gestorbenen Familie im Auto zugebracht. Eingesperrt, gefangen, alleine, hilflos, das tote Baby im Arm, den schwer verletzten jaulenden Hund neben sich.

Sie war voller Mut und Kraft und Überlebenswillen. Sie hatte es bis hierher geschafft. Und sie würde es weiter schaffen.

Vielleicht hatte sie sich ihre Familie zurückgeholt, um selbst dableiben zu können? Und wenn das so war, was war eigentlich schlecht daran?

Ben überkam, je länger er darüber nachgrübelte, ein eigenartiges Gefühl von Nähe zu den gestorbenen Alavis, Nishas Familie.

Nisha

Ihre Finger spielten mit dem Leintuch, die Augen waren starr auf die Tür gerichtet. Irgendwann würde sie sich öffnen, jemand kam herein, bewegte die Lippen, ging dann wieder. Was sie sagten? Sie strich das Leintuch glatt, nur um es dann wieder in Falten zusammenzuschieben. Es wurde warm unter ihren Fingern, warm und lebendig, es fühlte sich fest an, wie ein Fels, glatt und kantig und gut, sie konnte sein Herz unter ihren Fingern schlagen hören.

Nisha hielt abrupt inne – dann strich sie das Laken wieder glatt. Sie hielt die Tür im Blick, irgendwann würde jemand hereinkommen.

Ben

Torte schlief viel.

Der fremde Herr hatte längst das Interesse an seinem tierischen Gast verloren. Dafür war Ben mit Nishas Cockerspaniel beim Tierarzt gewesen.

»Sehr alt und ziemlich schwach auf den Beinen«, hatte der gesagt und Tortes geflicktes Becken abgetastet. »Da hat aber einer mal viel Glück gehabt«, hatte er kopfschüttelnd dazu gesagt.

Torte schon.

Nisha weniger.

Aber – verdammt noch mal – sie hatte ebenfalls überlebt. Und wie durch ein Wunder praktisch unverletzt. Das hatte ihre Tante mehrfach betont.

Aber das war Unsinn. Nisha war wie verrückt verletzt.

Und er hätte wirklich alles dafür gegeben, sie wenigstens einmal zu sehen.

Im Scheuklappenland ging das Leben unterdessen weiter, auch wenn Ben es so gut wie völlig kaltließ. Die Streitereien zwischen Karla und Jo wurden länger und lauter und irgendwann zog Jo vorübergehend bei ihnen aus. Weihnachten würden Ben und Karla mit Jette, Lola und dem Krachmacher Luke feiern. Ben hatte in den letzten Wochen hin und wieder mit Luke gespielt. Er bemühte sich, nett zu ihm zu sein. Nishas wegen, die so nett zu ihrer kleinen Schwester war. Und noch dazu tat es ihm irgendwie gut, anders konnte er es nicht formulieren.

»Ben?«, fragte Luke einmal, als sie zusammen in Bens Zimmer auf dem Boden hockten und Flitzeautos spielten. Er sah ihn vertrauensvoll an.

»Was?«

»Du bist mein Bruder, oder? So wie Lola meine Schwester ist?«

»Ja.«

»Das ist klasse. Ich mag dich nämlich doll, Ben. Und im Kindergarten habe ich gesagt, dass ich einen sehr großen Bruder habe, der auch sehr stark ist. Du bist doch stark, oder?«

Darauf gab Ben keine Antwort. Es gab keine.

Irgendwann kam Lola, um Luke abzuholen.

»Hey, ihr.« Sie setzte sich zu ihnen auf den Teppich und sah Ben an. »Ich habe übrigens gestern Amandus getroffen. Im Obulus. Er schien dem Selbstmord nah.«

Ben hob abrupt den Kopf. »Was?«

»Also nicht wirklich«, sagte Lola schnell. »Sorry für die blöde Formulierung.«

»Was war denn mit Amandus?«, hakte Ben schließlich halb widerwillig nach, obwohl es ihn nicht wirklich interessierte. Er hatte das Gefühl, sie könnten Atomraketen neben ihm zünden und er würde es hinnehmen, ohne mit der Wimper zu zucken.

»Die Schülerzeitung. Sie hat zum ersten Januar definitiv einen neuen Namen. Esche hat entschieden, dass das Ding jetzt schlicht Immanuel-Kant-Postille heißt. Vermutlich konnte er sich das andere nicht merken. Amandus schäumte vor Wut beziehungsweise eigentlich weinte er fast.«

Ben lächelte matt. Probleme hatten die Leute! Wobei er damit mehr den Schulleiter als Amandus meinte. Amandus war auch nur ein armer Vogel. Komisch, wie viele Leute seelisch auf der Kippe standen und man wusste es eigentlich, nahm es aber so hin wie das Wetter.

Jette schenkte Karla fünfmal Fallschirmspringen zu Weihnachten.

»Wir sind eine Community, Karla«, sagte sie unter dem Weihnachtsbaum-im-Topf, den Lola mit allem Möglichen geschmückt hatte. Vom Tee-Ei über einen pinken Eierpikser bis zu einer Maultrommel und einem Schlumpf mit Ganovenmaske.

Sie stießen mit einem von Hennings Rotweinen an. »Eine Community allein lebender, tougher, fallschirmspringender Frauen, die genug von bescheuerten Männern haben. Sorry, Ben, du bist da natürlich ausgenommen.«

Die Tage bis Silvester verbrachten sie alle auf ihre Weise. Karla schwankte zwischen Community-Neustart und ihrem Wunsch, Jo doch zurückzubekommen und zur Tagesordnung überzugehen. Die schwangere Sontje kam vorbei, um Gutwetter zu machen, Lola verliebte sich in ihren neuen Nachbarn, einen dänischen Austauschstudenten, den es zweimal gab, weil er laut Lola noch einen eineiigen Zwillingsbruder in Kopenhagen hatte, was praktisch wäre, falls es mit dem einen aus zwischenmenschlichen Gründen wider Erwarten nicht klappen würde. »Denn rein ästhetisch betrachtet ist er erste Sahne, echt«, sagte sie glücklich. »Und er behauptet, er steht auf verrückte bunte Freaks wie mich.« Sie lächelte Ben zu. »Vielleicht sollte ich dir das alles nicht ausgerechnet jetzt erzählen? Mann, du siehst so fertig aus. Sorry, vergiss, was ich eben gesagt habe. Ben, ich bin immer für dich da, wenn es dir mies geht, das weißt du, oder?«

Und dann war da Luke. Er wurde Bens Aysel. Er war kaum noch abzuschütteln und brachte laufend mehr Spielzeug von zu Hause mit, wenn er zu Besuch kam, um sie in Bens Zimmer zu schleppen. Er war wunderbar wirklich und ab und zu musste Ben einfach mit ihm raufen, um sich das zu vergegenwärtigen.

»Dass du so nett bist«, sagte Luke dann jedes Mal und betrachtete Ben entzückt, als sei der eine Art Goldklumpen, den er rein zufällig gefunden hatte. »Früher dachte ich immer, du wärst voll blöd.«

»Ben, ich mache mir Sorgen um dich«, sagte dagegen Karla. Tja, so verschieden waren eben die Wahrnehmungen.

Torte übergab sich zweimal in Bens Zimmer und Ben betete, dass Nishas Hund nicht ausgerechnet ihm wegsterben würde. Er wünschte im Gegenteil, er könne ihn unsterblich für Nisha machen. Er begann, teures Biohundefutter zu kaufen, und googelte im Internet nach Gemüsesorten und Brühen und tausend anderen Sachen, die altersschwachen Hunden angeblich guttaten.

Wann würde er sie endlich wiedersehen? Und wie würde es sein, wenn sie sich wiedersahen? Nishas Tante hatte ihm gesagt, die stärkeren Medikamente würden mittlerweile gut anschlagen. Sie müssten die Hoffnung bewahren. Und Geduld haben.

»Vermutlich heißt das, ihre Wahnvorstellungen sind besser geworden«, sagte Karla, als er ihr davon erzählte.

Ben holte tief Luft und hielt sie dann an. Wahnvorstellungen. Das war mit Sicherheit nicht das richtige Wort, oder? Was war denn, verdammt noch mal, falsch an dem, was Nisha sah? Was zum Teufel war so falsch daran?

Nisha

Nisha ertappte sich, dass sie jetzt wieder summte. Das kam von den Medikamenten. Ihre Welt war weich und schlaff geworden, es gab keine Kanten mehr, an die sie sich klammern konnte. Nur die Gedanken an Ben, die ließen sie immer noch nicht los. Wieder und wieder kehrten sie zurück. Seine Augen, seine streichelnden Hände, seine Arme, die sie festgehalten hatten, seine zerzausten hellbraunen Haare in ihrem Gesicht.

Irgendwo aus der Ferne hörte sie ein Krachen, dann ein Blitzen. Was war denn das?

Nachdenklich hob sie den Kopf. Ach ja, heute war Silvester. Dort draußen war das Leben. Das Leben der anderen. Wo war ihr eigenes? Was war damit passiert?

Sie dachte daran, was ihre Tante ihr erzählt hatte. Dass Torte jetzt bei Ben lebte.

Ben.

Etwas musste geschehen.

Sie presste ihre Stirn gegen die Fensterscheibe, gegen die von der anderen Seite Regentropfen fielen. Fastsilvesterregentropfen.

Wie sollte es bloß weitergehen?

»Wenn es um Mitternacht noch regnet«, nahm sie sich vor. »Wenn es um Mitternacht noch regnet, dann ...«

Sie fürchtete sich davor, den Satz zu Ende zu denken.

Ben

Den ganzen Silvesterabend über regnete es. »Komm schon, Ben, Silvester bedeutet immer auch einen Neuanfang«, sagte Jette vorsichtig. Sie und Lola und Luke waren schon wieder in der Himmelsstraße. Sontjes kommendes Baby schweißte Karla und Jette offenbar zusammen. Und jetzt wollten sie ihn alle zusammen überreden, mit zum Jette-und-Jo-Ententeich zu kommen, wo sie sich mit weiteren Freunden zum Silvesterfeiern verabredet hatten.

Neuanfang, schoss es Ben müde durch den Kopf. Was für ein Neuanfang würde das sein? Jedes neue Jahr barg unendlich viele Möglichkeiten. Gute und schlechte. Plötzlichen Reichtum, große Liebe, Riesendinger ... aber eben auch Katastrophen, Pleiten, Elend, Wahnsinn. Man wusste nicht, was kam. Und war es nicht immer ein Riesenspiel mit dem Feuer, ausgelassen in ein neues Jahr hineinzufeiern, in dem dann Horrorszenarien geschehen konnten, von denen man in der beknackten Silvesternacht einfach noch keine Ahnung hatte? Man schrie »Prost Neujahr!« und in Wahrheit würde man in genau diesem neuen Jahr vor einen Lkw laufen und tot sein? So war es doch, oder? Silvester war einfach nur russisches Roulette, weiter nichts.

Trotzdem ging er mit.

Luke hatte ihn an der Hand genommen.

»Guck mal, Ben, es hat aufgehört zu regnen«, sagte er zufrieden. Ben wäre es lieber gewesen, der Regen wäre dageblieben. Regen? War gut.

»Ich wünsch euch Glück«, flüsterte Lola Sekunden vor Mitternacht, ehe sie sich auf die Suche nach ihrem neuen Freund machte, der ihr versprochen hatte, diese Nacht ebenfalls zum Ententeich zu kommen. Und da war er auch schon. Lächelnd gesellte er sich zu ihnen.

»Was hast du gesagt?«, gab Ben abwesend zurück. Wäre er bloß zu Hause in seinem Zimmer geblieben.

Lola sah ihn mitfühlend an und dann umarmte sie ihn plötzlich fest. »Ben, ich wünsche dir und Nisha alles, alles, alles, alles, alles Glück dieser Welt!«, flüsterte sie leise in sein Ohr.

Und plötzlich, einfach so, aus dem Nichts heraus, hatte Ben ein warmes, lebendiges Gefühl im Bauch, das erste seit langer Zeit.

Ja, verdammt noch mal. *Glück*. Das wünschte er sich auch. Sich und Nisha. Und auch Lola, die lieb und gut war. Und Luke. Und allen anderen, die sich in der letzten Zeit um ihn sorgten und für ihn da waren.

Das neue Jahr hatte eine verdammt große Aufgabe zu erfüllen, wirklich. *Glück bringen.*

»Nisha, ich liebe dich«, flüsterte er heiser in den Himmel, der in diesem Moment voller Licht und Lärm und Farben statt Regen war. »Wenn du wüsstest, wie sehr.«

Nisha

Januar und Februar glichen einander, fand Nisha. Hell, grau, kalt, klamm, vage, windstill. Hin und wieder schien die Sonne.

Anfang Januar war sie so weit eingestellt gewesen, dass Dr. Blaschke sie aus der geschlossenen Psychiatrie nach Bremerhaven überwiesen hatte. Es war ihr egal gewesen.

An einem dunstigen, fahlen, stillen Bremerhavennachmittag hatte sie ihre Haare abgeschnitten, einfach so. Ein Mädchen, das schon länger da war, hatte eine kleine, stumpfe Nagelschere hereingeschmuggelt, aber sie tat dennoch, was sie sollte, obwohl es eine Heidenarbeit war. Ratsch, ratsch, ratsch, in dicken Büscheln fielen ihre roten Haare zu Boden. Ihre Finger schmerzten, aber es war dennoch ein Gefühl, das sich beinahe – gut anfühlte. Wenn man sich an das Wort gut heranwagte. Anschließend hatte sie ihr Handy eingeschaltet, aber nur die Mailbox aktiviert, um es sofort wieder auszuschalten. Dann hatte sie weiter vor sich hin gestarrt. Sie war einsam. Ihre Familie war jetzt fort.

Dieses Mal hatte sie ein Einzelzimmer. Anfang März würde sie nach Hause entlassen werden.

»Du könntest auch in eine betreute Jugendwohngruppe ziehen«, hatte Dr. Blaschke gesagt. »Wenn du das möchtest. Es ist wichtig, dass du im Hier und Jetzt bleibst, verstehst du?«

Aber das wollte sie nicht. Sie würde in dem Fall Torte zurücklassen müssen. Und sie wollte nichts Neues. Ihre Tante meinte es gut, das spürte sie. Woandershin? Nein, das ging nicht. Gar nicht. Das traute sie sich nicht zu.

Ben?

Ben ...

Sogar bis nach Bremerhaven war er ihr gefolgt. Einmal hatte sie hier gehört, wie die Schwestern über ihn sprachen.

»Ein netter Kerl. Ich bringe es wirklich kaum noch über das Herz, ihm immer wieder zu sagen, dass sie ihn nicht sehen will. Kommt extra mit dem Zug. Er steht jedes Mal wie ein begossener Pudel vor mir.«

Sie verstanden es nicht. Sie verstanden nicht, dass sie ihn nicht mehr sehen durfte. Sie dachte an Silvester zurück. Genau drei Minuten vor Mitternacht hatte es aufgehört zu regnen. Sie hatte auf die Uhr gesehen.

Nisha betrachtete sich im Spiegel. Ihre neuen, kurzen Haare gefielen ihr. Sie trug, wie immer, schwarze Sachen. Und sie hielt, ebenfalls wie immer, mit den gekrümmten Fingerspitzen die Ränder ihres Pullis fest. Als sie es sah, ließ sie die sofort los. Ihr Gesicht war blass, aber nicht schlimm blass. Normal eben.

Sie war äußerlich in Ordnung, aber innerlich nicht. Und sie würde Ben nicht zumuten, mit jemandem wie ihr seine Zeit zu vergeuden. Sie war schräg, verrückt, kaputt. Ben hatte etwas Besseres als sie verdient. Und sie ertrug den Gedanken nicht, wie er sie gesehen hatte in dieser Nacht, die doch so gut begonnen hatte. Was hatte er da gesagt? »Du siehst schön aus, wenn du tanzt …«

Und was war danach geschehen? Nein, nein, nein, so etwas würde sich niemals wiederholen.

Sie war sie. Und er war er. Es gab kein Wir, es konnte kein Wir geben, niemals, er musste das endlich begreifen. Er war in seiner Welt. Und sie in ihrer. Ben würde schon klarkommen. Er hatte Freunde. Und Lebensvisionen. Und Glück. Sie selbst würde sehen, wie es weitergehen würde. Sie war schließlich daran gewöhnt, alleine zu sein.

»Leb wohl, Ben«, flüsterte sie ihrem Spiegelbild zu. Sie schaffte sogar ein kleines Lächeln. *Sphinxlächeln* hatte es gestern ein Betreuter genannt. Nun denn, das Sphinxlächeln der bösen schwarzen Prinzessin.

Um sich von ihm abzulenken, löste sie stundenlang Kreuzworträtsel und Sudokus und hörte *The Moment You Believe*, *Nobody Knows*, *Only Time*, *I Hate Love* und *All About Us*.

Dr. Blaschke hatte ihr zu Weihnachten einen Rubik's Cube geschenkt.

Jeden Tag zog sie ihr Handy hervor und schaltete es ein. Sie schaute auf die Liste der verpassten Anrufe. Es war immer dieselbe Nummer.

Aber sie rief niemals zurück. Nein, das war vorbei. So viel stand fest.

Gedankenverloren schaute sie auf ihre Hände, die das kleine Mobiltelefon noch festhielten. An ihrem Handgelenk hüpfte ihr Puls.

Poch, poch, poch.

Sie sah darauf, bis ihre Augen brannten wie Feuer.

Leben. Leben gegen Tod. Ja, ihre Eltern und Geschwister waren tot, aber nicht, dass sie gestorben waren, war die größte Tragödie. Die größte Tragödie war, dass sie aufgehört hatten, sie zu lieben.

Und das – das würde ihr nicht noch einmal passieren.

Ben

Es war vorbei. Er sah es ein. Er musste es einsehen. Was blieb ihm anderes übrig? Nisha reagierte auf keinen seiner Anrufe. Auf keine seiner vielen, vielen Nachrichten. Auf seine Lieder, die er ihr auf die Mailbox sang. Sie weigerte sich, ihn wiederzusehen. Egal, wie oft er kam.

Sie. War. Fort.

An diesem Morgen sprang Ben auf, stürzte unter die Dusche und drehte den Kaltwasserhahn bis zum Anschlag auf. Das eisige Wasser prasselte hart und unerbittlich auf seinen leeren Kopf und über seinen nackten Körper. Er biss die Zähne zusammen und blieb in dieser eisigen Hölle, bis er fast erstarrt vor Kälte war. Er duschte alles von sich ab. Seine Liebe. Seine Hoffnungen. Sein Glück. Das Regenlied. Den Geruch von Nishas Haut. Das Kitzeln ihrer Haare in seinem Gesicht. Ihren Atem, wenn er seinen gestreift hatte. Ihre Hand in seiner.

»Es ist vorbei. Hörst du, Ben Bennet? *Es ist vorbei! Ein für alle Mal!«* Seine Stimme hallte in seinem Kopf wider und hinterließ ein tagelang hallendes, böses Echo.

Er stürzte sich zurück ins Leben, als gelte es, einen Kampf auszufechten. Schule, Freunde, ausgehen, kiffen, *Spaß* haben. Und dabei vergessen, vergessen, vergessen.

»Er sieht schlecht aus, oder?«, hörte er Karla einmal besorgt zu Jette sagen.

Drauf geschissen. Er überhörte es. Er betrank sich mit Janto und Attila und hasste sich selbst dabei.

»Kacke, es regnet schon wieder!«, hörte er wie durch Nebelschwaden Jantos ärgerliche Stimme. Er zuckte zusammen.

NEIN, ZUM TEUFEL! Es war vorbei. Da konnte es regnen, so viel es wollte. Schütten, kübeln, gießen. Es war schlicht und einfach vorbei. Kalte, böse, schwere Regentropfen tropften tagelang vom Himmel, aber Ben achtete nicht auf sie, außer um sich fluchend Gesicht und Nacken trocken zu wischen.

Nishas Geburtstag kam und ging und Ben betrank sich alleine in seinem Zimmer, während er mit fliegenden Fingern PC-Spiele an seinem Laptop spielte, bis das Mistding kaputtging.

Wie bekloppt drosch er auf die bescheuerte Tastatur ein. Schließlich lösten sich die Buchstaben und spritzen, um seinen Kopf wie Konfetti.

»Alles Liebe zum Geburtstag, Nisha«, flüsterte er und legte den Kopf auf die Löcher in seinem Computer, der jetzt keiner mehr war.

Drei Monate später

Ben

Er war mit dem fremden Herrn auf der Lichtung und knallte sich mal wieder den Kopf zu. Zuu hatte ihm doch tatsächlich Marihuana aus Hawaii geschickt. Einfach so, in einem mordsverklebten Päckchen, zusammen mit einer Megaschachtel *Life Savers,* die sie früher immer zusammen am Strand gelutscht hatten. *Bestes Gras der Welt für meinen traurigen Bro in Deutschland!,* hatte Zuu in seiner krakeligen Schrift an den Rand der Life-Savers-Schachtel geschrieben. Verdammt! Wenn ihm da die Bullen draufgekommen wären! Nicht auszudenken. Aber dennoch, was für ein Liebesdienst seines besten Freundes.

Ben lag bäuchlings im Aprilgras und inhalierte abwechselnd Hawaiihaschisch und dann wieder warmes Frühlingsgras. Zum Cannabisinhalieren hob er den Kopf, zum Grasinhalieren presste er ihn fest in den Boden der Lichtung. Wenn er den Kopf zwischendurch auf sein Kinn stützte, sah er zwei lila Krokusse, die ganz in seiner Nähe wuchsen, aus der sozusagenen Froschperspektive. Nette lila Ungetüme, die sich hin und wieder bewegten, wenn Wind wehte oder der fremde Herr zu nah an ihnen vorbeischrammte.

Aber plötzlich war da eine andere Hundenase, die in Bens eingeschränkten Blickwinkel tappte. Bens glasiger Blick erstarrte. Diese antik anmutende Hundenase kannte er. Sie gehörte zu genau dem Hund, den seine Mutter vor ein paar Wochen zurück zu Nishas Tante gebracht hatte, weil Ben schon seinen eigenen Labrador schändlich vernachlässigt hatte und ihr die Verantwortung für zwei Hunde einfach zu viel geworden war. Karla hatte gesagt, Frau Kuhlee sei nicht sehr begeistert gewesen.

»T...torte?«, sagte Ben jetzt und richtete sich langsam auf. Zuus Haschisch hatte es in sich. Die Welt war ein dickes, wabbeliges, weiches Etwas, aus dem man sich erst einmal hinausschälen musste. Ben ächzte und gab sein Bestes und versuchte, seinen Blick zu fokussieren. Er brauchte dafür, Haschisch hin oder her, nur eine Nanosekunde, wenn überhaupt.

Was war schon Haschisch aus Hawaii gegen das schönste kurzhaarige Mädchen der Welt? Und was hatte er sich nur eingeredet? Er wisse nicht mehr, wie ihre Haut roch, wie ihr Blick sich anfühlte, wie es war, wenn ihre warmen Atemzüge sich trafen, wenn ihre Hand in seiner lag? Verdammt, *alles* wusste er noch. Alles.

Sie. War. Wieder. Da.

»Nisha!« Seine Stimme war nichts als Zittern. Und vielleicht noch Flehen. Hatte er wirklich gewollt, dass Schluss war? War er denn von allen guten Geistern verlassen?

Sie sahen sich an, zwischen ihnen eine ganze Welt. Torte legte sich unterdessen auf die beiden lila Krokusse – weg waren sie.

»Du bist da«, sagte Ben schließlich mühsam. Den Joint hatte er so unauffällig wie möglich ausgedrückt und im Gras verborgen.

Nisha nickte.

In Bens Hals saß eine Welt aus Schmerz, Haschisch und Sehnsucht. Er räusperte sich. »Du warst lange weg«, brachte er schließlich mühsam hervor.

Nisha nickte wieder. Würde sie immer weiternicken? Sollte er es darauf anlegen und sie fragen, ob sie ihn noch liebte? Ob sie extra auf diese Lichtung gekommen war, um ihn zu treffen? Ob sie jetzt zusammen sein könnten? Ob sie ihn womöglich – heiraten wollte? Kinder mit ihm wollte, die ihre roten Haare bekämen? Würde sie nicken? Natürlich fragte er nichts davon.

»Du warst neun Millionen dreihunderteinunddreißigtausendzweihundert Sekunden weg. Und etwas mehr.«

Diese Wahnsinnszahl saß schon eine ganze Weile in seinem Kopf fest.

»Und etwas mehr?« Sie sah ihn fragend an.

Würde sie sich ins Gras setzen? Sie tat es, wie beim allerersten Mal, als sie sich auf dieser Lichtung getroffen hatten, und Ben schluckte nervös.

»Ja. Irgendwann habe ich aufgehört zu zählen. Also, eigentlich zu rechnen.«

Ihre Augen trafen seine wie eine Explosion.

»Es war gut, dass du aufgehört hast zu zählen, Ben«, sagte Nishas Mund leise, aber nachdrücklich. Ben war sich sofort sicher, dass es das Beste wäre, sich jetzt die Ohren zuzuhalten gegen das, was nun kommen würde.

»Ich habe das ewig gemacht, Ben. Jahre in Monate, Tage, Stunden, Minuten und Sekunden umgewandelt. Das Leben meiner Mutter, meines Vaters, meiner Geschwister ausgerechnet. Es bringt einem nichts. Man muss den Moment leben. Alles andere ist Blödsinn. Zumindest sagen das alle.«

Okay, das ging ja noch. So weit war er einverstanden.

Oder war es nur Zuus Haschisch, das ihn die Welt wattig positiv sehen ließ?

»Und was heißt das, Nisha?«, fragte sein Mund, der mutiger als sein Herz war.

Aber Nisha gab keine Antwort. Sie streichelte stattdessen Tortes Fell und Ben wünschte sich in diesem Moment nichts mehr, als mit diesem alten, humpelnden Hund die Rollen zu tauschen.

»Haben wir noch eine Chance, Nisha Alavi?«, fragte er leiser als leise.

Wieder gab sie lange keine Antwort.

»Ich weiß es nicht«, flüsterte sie schließlich. »Vielleicht ... vielleicht komme ich mal ... zu dir ... wenn es – regnet?«

»Beim nächsten Regen?«, hakte Ben nach.

Nisha hob die Schultern. »Bei irgendeinem Regen.«

Ben nickte. Das war immerhin besser als nichts.

Nisha

Es regnete nicht. Dabei war es April, aber es regnete dennoch nicht. Zu Ben nach Hause schaffte sie es nicht, aber sie ging wenigstens jeden Tag mit Torte zur Lichtung und jedes Mal hatte sie Angst, dass er ebenfalls kommen würde.

Oder dass er nicht kommen würde.

Helena, ihre Therapeutin, war mit schuld daran, dass sie hier war. Sie drängte sie ständig, Dinge zu tun, die sie eigentlich lieber nicht tun wollte. Aus dem Haus gehen, einkaufen, Leuten ins Gesicht sehen, Kindern im Park im Vorbeigehen beim Spielen zusehen, die Sonne aushalten.

Und dann war da Torte, die sie einfach immer zur selben Stelle zog, die Nase schnüffelnd am Boden, sobald sie mit ihr aus dem Haus trat.

Der Frühling hatte es ihr leicht gemacht hierherzukommen. Die Luft roch so intensiv nach Blüten und Sonne, dass einem, wenn man nicht aufpasste, schwindelig werden konnte davon. Vögel zwitscherten und schossen fröhlich über den hellen Himmel. »Komm, Torte, gehen wir heim«, sagte Nisha am ersten Tag nach wenigen Minuten. Und am zweiten. Und am dritten.

»Huhu, Nisha!«, rief Aysel, die mit ihrer Freundin Molly zwischen den Bäumen auf dem Weg Inliner lief. »Guck mal, Slalom. Achtung, Torte, aus dem Weg! Oder willst du umgefahren werden?«

Nisha lächelte schwach und ging weiter. Sie wusste, dass Aysel nicht hier war. Nicht in Wirklichkeit.

Plötzlich hörte sie hinter sich eine Stimme.

»Nisha! He, Nisha, warte!«

Sie fuhr herum.

Da war er. Er kam aus einem kleinen Seitenweg und fuhr sich im Joggen durch die Haare. Er sah sie nervös an. Oder unsicher? Oder besorgt? Hatte er Angst vor ihrer Reaktion? Schließlich war sie verrückt. Und er wusste es jetzt.

»Da bist du ja«, sagte Ben, als er sie erreicht hatte, und bremste so jäh, dass der Kies aufspritzte. »Dabei regnet's gar nicht.«

Er lächelte sie unsicher an. Der fremde Herr raste unterdessen auf der nahen Wiese herum, während Torte mit gesenktem Kopf neben Nisha stehen geblieben war wie immer. Ben streichelte sie für einen Moment und sie schaute dankbar hechelnd zu ihm auf. Dann verhedderten sie sich in Smalltalk.

Wie geht's? Na ja, und dir? Hm, alles okay so weit. Gut. Was macht deine Tante? Dasselbe wie immer. Oh. Puh. Und sonst? Ach, ich weiß nicht.

Hatte er vielleicht Mitleid mit ihr?, schoss es Nisha durch den Kopf. Mitleid war fast so schlimm wie ein Gnadenschuss, hatte mal jemand in Bremerhaven gesagt. Nisha verstand jetzt, was er gemeint hatte. Sie wollte kein Mitleid von Ben. Alles, nur das nicht. Aus den Augenwinkeln sah sie Aysel und Molly, die jetzt am kleinen Ententeich waren.

Nishas Fingerspitzen hielten die Ränder ihrer Jacke fest. Der Himmel über ihnen war weit und sonnig. Wann hatte es in Hamburg je so einen sonnigen, regenlosen Frühling gegeben? Jeder in der Stadt war ganz aus dem Häuschen deswegen und trieb sich glücklich draußen herum und hatte vermutlich Italien-im-Hochsommer-Gefühle dabei. Sogar in dieser Ecke des Stadtparks waren sie heute in Scharen unterwegs.

Nisha runzelte die Stirn. Das war auch eine Nebenwirkung ihrer Medikamente, dieses Suchen nach den richtigen Worten. Sie fühlte sich schon wieder wie zerschlagen, dabei war sie doch gerade erst losgelaufen. Und außerdem nahm sie nur eine Tablette am Tag statt der zwei Milligramm, die sie verschrieben bekommen hatte. Sie sah prüfend zum Teich hinüber. Waren dort noch Stimmen zu hören?

»Ben?«

»Ja?«

Sie standen sich dicht gegenüber und Torte nutzte den Moment, um sich erschöpft auf den Weg fallen zu lassen. Nisha hätte es ihr gerne nachgemacht. Nur den Moment genießen, nicht an morgen denken, nicht über diese frühlingsgrüne Wiese hinausdenken, einfach nur im Licht liegen, den Himmel ansehen und das warme Gras riechen.

»Weißt du, was Einstein herausgefunden hat, Ben?«

»Äh, dass alles relativ ist?«

»Ja, das auch.«

Nisha sah ihn so fest an, wie sie es schaffte. Er sah zurück, als hoffe er auf mehr. Auf viel mehr. Eine Umarmung? Einen Kuss? Küsse? Sie versuchte, es zu ignorieren, auch wenn sie Sehnsucht danach hatte, ihren Kopf an seine Brust zu lehnen.

»Ben, ich meine etwas anderes, etwas Bestimmtes. Wenn man schneller ist als das Licht, könnte man in seine eigene Vergangenheit reisen, oder? Nur theoretisch?«

»Oh? Ja, vielleicht theoretisch.«

»Die Vergangenheit käme einem praktisch entgegen. Oder würde man sie überholen? Ganz verstehe ich es nicht.«

»Nisha, ich ...«

»Warte! Nur mal angenommen: Wenn man von diesem Lichtstrahl abspringen könnte, dann würde man, nur theoretisch, in sein früheres Leben springen, oder?«

Er sagte nichts, er sah sie nur an. Sein Blick war besorgt. Nisha schaute an seinen Augen vorbei, die sie festzuhalten versuchten.

»Und dann könnte man – noch mal von vorne anfangen.«

Sie verstummte.

Ben seufzte tief.

»Komm!«, sagte er dann.

»Wohin?«

»Über die Wiese rennen. Wir ... wir fangen – einfach noch mal ... von vorne an.«

»Nein.«

»Doch. Komm schon.«

Sie rannten kurz und nicht Hand in Hand, aber nah beieinander, aber dann hatte Nisha genug. Sie hielt sich die Seite und blieb stehen.

»Ich kann nicht mehr, Ben«, sagte sie leise. »Ich fühle mich schlapp.«

Aysel und Molly waren nirgends mehr zu sehen.

Ben

Irgendetwas in ihm war elektrisiert. Er wusste es einfach, dass er und Nisha noch eine Chance hatten. Vielleicht war es dieser wahnsinnige Frühling, der alles leichter machte als im Winter. Aber er konnte den Gedanken nicht abschütteln. Noch eine Chance!

Und dann hatte er eine Idee – einfach so, von jetzt auf gleich. Ben Schmitz war der Auslöser dafür gewesen.

Er war vorbeigekommen, um sich mal wieder nach dem Stand der Dinge bezüglich des Koffers zu erkundigen.

»Hast du das Ding endlich geknackt? Was war drin? Kohle? Viel Kohle? Oder heiße Slips und so was?«

Ben schüttelte den Kopf

Sie saßen auf der Achtundzwanzig. Von innen hörte man Stimmen. Jo war wieder da, eines Nachts war er einfach ins Haus geschlichen, wo Karla in ihrem Bett allein schlief, und seitdem versuchten sich die beiden an dem Modell Versöhnung.

Der andere Ben machte jetzt eine vom Arzt verordnete Diät und sah etwas besser aus als noch vor ein paar Wochen. Zumindest nicht mehr ganz so dick. Statt zu essen, rauchte er jetzt.

Bis es dämmrig wurde, saßen sie zusammen im Garten

und redeten über dies und das. Über Nisha allerdings verloren sie kein Wort. Ben hatte vor allem Angst, was ihm das winzige bisschen Hoffnung nehmen konnte, an das er sich jetzt wieder klammerte.

»Koffer – jetzt?«, fragte der andere Ben einmal zwischendurch hoffnungsvoll.

Aber Ben schüttelte wie immer den Kopf.

Richtiger Ben, anderer Ben. Ben schwor sich, diese Worte in Bezug auf sich und Ben Schmitz von nun an nie mehr gelten zu lassen.

Später, als Ben gegangen war, traf er auf Jo, der zum ersten Mal seit Wochen wieder pfeifend im Haus unterwegs war. War der Familienkrach am Ende tatsächlich vorüber? Das wäre ja ein Ding. Jo bekam es einfach immer wieder hin. Er schaffte es, jeden Murks zu, ja, zu was? Zu umschiffen? Ben blieb mitten im Raum stehen und runzelte die Stirn. Jo summte vor sich hin und lächelte ihm leicht zerstreut zu, als er sah, dass Ben ihn musterte.

»Jo?«

»Hm?«

»Kann ich dich mal was fragen?«

»Klar kannst du das.«

Ja, das war der alte Jo. Ben runzelte ein zweites Mal die Stirn.

»Also? Du wolltest was fragen?«

Jo lehnte im Türrahmen. Ben gab sich einen Ruck. Jetzt oder nie. Sagte man nicht so?

»Dieser Jerôme Sowieso, war er eigentlich ... nett? Mochtest du ihn? Und glaubst *du*, dass er mein Vater ist?«

Jo kratzte sich am Bauch, was besser war als an den Eiern,

schoss es Ben durch den Kopf, und dann sank er auf das un ordentliche Sofa, auf dem bereits zerknüllte Decken, Karlas Yogakissen, eine Wochenzeitung und Lukes Holzkran lagen.

Er fragte nicht mal, wie Ben ausgerechnet jetzt darauf kam. »Schwer zu sagen. Nett war er. Und – ja – ich mochte ihn ganz gerne. Er war lustig. Aber er war ein Überflieger, eine Art Supermann des Intellekts. Er hatte angeblich einen Wahnsinns-IQ.«

Jetzt kratzte Jo sich doch in der Nähe seiner Eier. Er war also nervös. Ben lehnte an der Wand vor Karlas Che-Guevara-Plakat. »Und? Vater? Oder doch eher du?«

Wenn Jerôme Sowieso so ein Blitzgneißer wie Amandus war, war es vermutlich mehr als unwahrscheinlich, dass er Ben gezeugt hatte, denn vererbte sich wahnsinnig hoher IQ nicht normalerweise?

»Wenn du es genau wissen willst, lass uns doch alle antreten zum … wie heißt das noch mal?« Jo überlegte einen Moment. »Vaterschaftstest«, sagte er dann und sah zu Ben hinüber.

»Und wie sollten wir Jerôme Sowieso auftreiben, wenn ich das tatsächlich vorhätte, kannst du mir das vielleicht auch noch verraten?« Ben warf Jo bei dieser Frage einen weiteren gereizten Blick zu.

»Wieso? Einfach hinfahren, Hi sagen und um ein Haar oder etwas Spucke bitten? Eine gebrauchte Zahnbürste soll es auch tun, habe ich gehört.«

Jo lachte leise, aber ganz locker sah er nicht aus dabei.

»Und wie finde ich Monsieur Sowieso, Jo?« Das war ja wohl der letzte Blödsinn, den Jo da von sich gab.

»Na ja, ein Jerôme Labonté – freier Journalist, Baujahr 1969 – wird in Paris ja wohl aufzutreiben sein, denke ich?«

Und damit erhob er sich ächzend, winkte Ben noch einmal zu und verzog sich nach Karla rufend in die Küche.

Was? Was? *Was?*

Ben blieb perplex im Wohnzimmer zurück. Jerôme *Labonté?* Der Mann hatte also doch einen Nachnamen? Er war kein Phantom mehr, kein Geist aus der Vergangenheit? Ben fühlte sich völlig überrollt von dieser unerwarteten Nachricht.

Ja, das ganze Leben war nichts als eine verdammte Baustelle – und er war mittendrin.

An diesem Abend schaute Ben Hennings Film über den amerikanischen Mathematiker John Forbes Nash, der sein Leben lang unter Schizophrenie gelitten hatte. Seine Blicke hingen angespannt am Monitor seines Laptops und er ertappte sich dabei, wie seine Finger Nishas Profil auf die Bettdecke malten. Immer wieder. Und immer wieder.

Und dann wusste er, was er tun würde.

Er würde sie überraschen. Sie würden ihren Geburtstag feiern, warum denn nicht? Waren sie nicht frei? Konnten sie nicht feiern, wann sie wollten? Was sie wollten? Wie sie wollten?

Seine Finger zitterten, als er ihre Nummer antippte. Zweimal beendete er den angefangenen Anruf hastig wieder, ehe er die Chance hatte, zustande zu kommen. Zögernd starrte er einen Moment auf das leuchtende Handydisplay. Wie oft hatte er diese Nummer schon gewählt – und immer vergeblich. Würde er es noch einmal ertragen, wenn sie nicht dranging?

Er schloss die Augen. Das Telefon klingelte genau einmal, nicht mehr, nicht weniger, dann hörte er ihre leise, atemlose Stimme. »Ben?«

»Nisha!«

Ben war so überwältigt, dass er kaum sprechen konnte.

»Können ... können wir uns morgen sehen?«

Sie schwieg. Und dann sagte sie ein einzelnes Wort. »Ja.«

»Was? Ja? Oh, Nisha!« In seinem Bauch hatte ein Feuerwerk stattgefunden, anders konnte man es nicht nennen. »Ich hol dich ab. Mit der Vespa, okay?«

Sie war einverstanden gewesen.

Oh Himmel!

Sie war einverstanden gewesen!

Er konnte kaum schlafen in dieser Nacht. Was sollte er anziehen? Wohin sollten sie gehen? Sollte er sich – vielleicht die Haare schneiden lassen? Sie waren ziemlich lang geworden in den letzten Monaten. Aber Karla gefiel das, wie sie schon mehrfach betont hatte.

Er überlegte fieberhaft. Er durfte es nicht vermasseln. Diese Chance, sie rückte näher. Oder?

A Beautiful Mind gegen *Einer flog über das Kuckucksnest?* Überlebenswille gegen ... Irrsinn?

Unten im Wohnzimmer versöhnten sich unterdessen seine Eltern. Als Ben zuletzt in die Küche gegangen war, hatten sie nebeneinander auf dem alten bunten Sofa gesessen und Fotos aus vergangenen Tagen angesehen. Dazu hatten sie *Dire Straits* gehört und freundliche Gesichter gemacht.

Ben starrte mit offenen Augen in die Dunkelheit. Er wusste, was er Nisha schenken würde. Okay, es war ein Risiko dabei, aber war nicht das ganze Leben ein verdammtes Risiko?

Nisha

Sie saß in ihrem Zimmer und wartete. Ben hatte gesagt, er käme um drei, um sie abzuholen. Er hatte sehr geheimnisvoll getan. In drei Minuten war es drei. Nisha rührte sich nicht. Ihre Mutter hielt ihre Hand, aber Nisha sah sie nicht an.

Ben

Dann war er da und hielt ihr Karlas Vespahelm entgegen. »Komm«, sagte er und hatte Herzklopfen. Er war schon in der Hütte gewesen und hatte alles vorbereitet.

In Nishas kleinem Zimmer brannten dieses Mal eine Menge Kerzen, als er, den Helm in der Hand, hereinkam.

Es war ihre Tante gewesen, die ihm auf sein Klingeln die Tür geöffnet hatte.

»Nisha ist in ihrem Zimmer«, hatte sie leise zu ihm gesagt und kurz gelächelt und wieder nicht gelächelt. Ihr Gesicht war von Nervosität und Kummer gezeichnet. Aus dem Wohnzimmer hörte Ben den Fernseher.

»Hi, du«, sagte Ben, als er in Nishas warmes Zimmer trat. »Herzlichen Glückwunsch zum Geburtstag. Alles, alles, alles, alles, alles, alles, alles Gute.«

Nisha saß mit hochgezogenen Beinen auf ihrem Bett, ihr Kopf lehnte an der Tapete gleich neben dem Bild ihrer Familie und dem Gewirr aus Sprüchen, Schnörkeln, Pfeilen und Zahlen. Sie sah bei seinen Worten, mit denen sie ganz sicher nicht gerechnet hatte, verwirrt und überrascht aus.

Ben lächelte und setzte sich neben sie, vorsichtig, als sei

sie aus Glas, und da lehnte sie sich bei ihm an und drückte ihr Gesicht gegen seine Schulter.

»Los, jetzt fahren wir feiern«, flüsterte Ben leise in ihr Ohr. Ihre kurzen Haare waren an seinem Kinn und kitzelten es. Er wagte kaum zu atmen.

»Ist das dein Ernst?«

In Nishas Augen standen sturmgraue Fragezeichen.

»Klar.«

»Aber mein Geburtstag ist längst vorbei.«

»Ich weiß. Er hat mich ein B, ein N, ein M, ein Q, ein W, ein E, ein R, ein T, ein O, ein P, ein Ü und noch eine Menge andere Laptoptasten gekostet.«

Er grinste, als er bemerkte, dass sie ihn ansah, als habe er den Verstand verloren. Besser er als sie, schoss es ihm einen Moment durch den Kopf. Im nächsten erklärte er ihr, was mit seiner Laptoptastatur passiert war am Abend ihres Geburtstags.

Hinterher schlang er seine Arme um sie wie einen Druckverband. Sie ließ es geschehen. »Los jetzt, du Schnecke! Wie oft soll ich denn noch *Komm* sagen, bis du mal in die Gänge kommst?«

In Hennings Garten war so viel Frühling, dass es zum Luftanhalten war. Nisha tat ihm den Gefallen und hielt den Atem tatsächlich an.

»Wie schön«, sagte sie anschließend leise und ging andächtig zwischen Osterglocken, Primeln, knallgelben Forsythien, einem Meer aus Tulpen und Veilchen und Vergissmeinnicht hindurch, während Ben die Vespa ausschaltete.

Es war Hennings Prämisse, der Natur im Frühling völlig freie Hand zu lassen. Alles durfte wachsen. Sogar wilde Disteln, die im Herbst wunderschöne silbrige Blüten hervorzauberten. Aber der Herbst war jetzt zum Glück noch weit weg.

Jetzt war jetzt.

»Komm mit«, sagte Ben aufgeregt und nahm Nishas Hand. Die Hütte war ebenfalls voller Blumen, dafür hatte er gesorgt. Und voller bunter Kerzen, die er jetzt eine nach der anderen anzündete. Nisha sah ihm dabei zu. Sie lächelte, als sie die Kerzen betrachtete. Dicke, dünne, kleine, große, runde, eckige, drei waren Gartenzwerge, eine eine Ente, eine ein Stück Schwarzwälder Kirschtorte, eine war eine schnörkelige Maria mit Baby, eine ein Fußball – die hatte Luke gestiftet –, eine war Darth Vader, sie stammte aus Jos Science-Fiction-Beständen.

»Schön«, sagte Nisha leise.

»Noch mal alles Gute zum Geburtstag, Nisha«, sagte Ben mit rauer Stimme und schüttelte das letzte Streichholz aus. »Auf dass alle deine Wünsche irgendwie, irgendwann und irgendwo in Erfüllung gehen mögen.«

Er biss sich auf die Zunge und ihm war einen Augenblick lang beklommen zumute, aber Nisha sah ihn unverwandt an.

Sie wirkte so normal in diesem Moment. Als ob die letzten Monate gar nicht stattgefunden hätten. Manchmal war es echt kaum möglich, die ganze Nisha unter einen Hut zu bekommen. Aber musste man das eigentlich?

Ben deutete auf sein Geschenk. »Da. Für dich.«

Sofort wurde er wieder unsicher. »Vermutlich ist das Ding allerdings voller Blödsinn, aber Ben Schmitz – ich glaube, du kennst ihn –, er war auch eine Weile in der Klinik ...«

Der Satz war völlig zerfranst. Ben sprach einen Moment nicht weiter, als er es merkte. »Okay, noch mal von vorne«, sagte er dann verlegen. »Ich habe das Teil bei einer Vergessene-Koffer-Auktion am Flughafen ersteigert. Ben Schmitz macht das dauernd, weil er meint, eines Tages findet er auf diesem Weg eine Million Euro oder so.«

Wieder blieb er hängen.

Nisha sah den Koffer an.

»Verdammt, ich hätte dir vermutlich doch lieber eine Rose oder siebzehn Rosen schenken sollen? Oder eine CD?«

»Nein«, sagte Nisha da. »Ich ... ich freue mich.«

»Vielleicht – wahrscheinlich sogar – ist nur Mist drin.«

Ben seufzte, als Nisha sich von ihm löste, um den Koffer in Augenschein zu nehmen. Sofort fehlte sie ihm. Ihre körperliche Nähe. Der Duft ihrer Haut. Ihre jetzt so widerborstigen Haare in seinem Gesicht.

Um Himmels willen, wenn in dem Koffer jetzt tatsächlich Wäsche oder so was war? Es gab noch weit Schlimmeres als Wäsche. Ein Vibrator? Pornos? Was auch immer. War er denn total bescheuert?

»Mach nicht auf!«, sagte er hastig, verschluckte sich vor Hektik an seiner eigenen Spucke und hustete los, als habe sein letztes Stündlein geschlagen.

Nisha stellte den Koffer wieder ab, kam zurück zu ihm, und da legte Ben, als er es endlich schaffte, nicht mehr zu husten und um Luft zu ringen, sein Gesicht in ihr Haar und schloss die Augen.

»Geht's wieder?« Sie sah ihm ins Gesicht, als er den Kopf schließlich wieder hob.

»Helena hat recht bei dem, was sie über dich sagt.« Plötzlich erschien wieder dieses winzige Lächeln in ihrem Mundwinkel, das sie hier an diesem Ort schon einmal gelächelt hatte.

Bens Herz klopfte wie wild gegen seine Brust. Er hatte keine Ahnung, wer diese Helena war, aber fest stand, dass Nisha ihr von ihm erzählt haben musste. War das ein gutes oder schlechtes Zeichen? »Was sagt sie denn über mich?«

»Dass du mindestens so verrückt bist wie ich. Nudeln im Regen. Lieder auf der Mailbox. Geburtstag, wenn er längst rum ist. Und jetzt dieser Koffer ... total verrückt.« Nun lachte sie tatsächlich und ihre grauen Augen funkelten dabei.

»Nisha?«

»Ja?«

Er musste es einfach fragen.

»Weißt du jetzt, dass deine Familie ...?«

Nein – stopp – er konnte es nicht aussprechen. Wer war er denn? Und warum ausgerechnet in diesem Moment, wo sie endlich lachte?

Aber Nisha antwortete trotzdem. »Ja, ich weiß es, sie sind alle tot.«

Der schreckliche Satz schwebte einen Moment zwischen ihnen hin und her.

»Sie starben im Sommer 2005. Mein Vater wurde nur fünfundvierzig, meine Mutter vierzig – der Unfall war ein paar Tage nach ihrem Geburtstag. Jamil wurde – sieben und Aysel ...«

Sie sprach nicht weiter. Ben winkte hastig ab.

»Ist okay, Nisha. Ich bin ein Idiot, ich hätte nicht fragen sollen.«

Er streckte die Hände aus und Nisha legte ihre hinein. Ihre Fingerspitzen zitterten wie seine.

»Doch«, flüsterte sie. »Ich hab mir gewünscht, dass du fragst.«

Nisha

Ihre Mutter war zu ihnen hereingekommen. Sie lächelte ihr und auch Ben zu. Nisha sah es mit Herzklopfen.

»Er ist nett«, sagte ihre Mutter leise. »So schöne Augen und ein so sensibler Blick. Sogar ein Blinder könnte sehen, wie sehr er dich mag. Ich freu mich für dich, Nisha. Warum hast du ihn uns so lange vorenthalten?«

Auch ihr Vater sah in diesem Moment zur Tür herein. Er war im Anzug, als sei er auf dem Sprung zur Arbeit.

»Nish? Alles Liebe zum nachgefeierten Geburtstag, mein Augenstern. Eine schöne Idee von deinem Freund.« Er lächelte vage in Bens Richtung.

Jamil und Aysel schienen draußen in diesem schönen, wilden Garten zu sein, der dem Bekannten von Bens Mutter gehörte. Nisha hörte ihre kleine Schwester dort kreischen und lachen. Jamil lachte ebenfalls.

Immer noch zitterten ihre Fingerspitzen in Bens Händen.

Ben

»Ich mache ihn jetzt auf.« Sie zeigte mit einem kleinen, schiefen Lächeln auf den Koffer und diesmal nickte Ben.

Klick. Klick.

Ein fremder Geruch schwebte aus dem offenen Trolley. Verrückt, dass man Fremdes roch. Es roch nicht schlecht, höchstens ein bisschen abgestanden, aber eindeutig fremd. Sie betraten fremdes Terrain, als sie sich über den Koffer beugten.

»Keine Millionen, wie es aussieht«, sagte Ben. »Sorry, Nisha.«

Aber was hätte ihr eine Million genützt? Selbst eine Milliarde brachte ihre Familie nicht zurück.

Sonnencreme, ein Sprachführer – ein Kompass. Ein Stadtplan von Paris.

»Oh, eine Digitalkamera!«, sagte Nisha und griff nach Bens Unterarm. »Sieh doch! Sieht teuer aus!«

Ben nickte erleichtert, während sein Blick auf ein leicht zerknittertes, dickes Buch fiel. 1000 PLACES TO SEE BEFORE YOU DIE.

Nisha sah es ebenfalls.

»Oh ja. Dieses Buch«, sagte Ben und war plötzlich nervös. »Lola hat es auch. Blöder Titel, wenn du mich fragst.«

Nisha schwieg, aber sie nahm das Buch aus dem Koffer und hielt es in der Hand.

»Alles okay?«, flüsterte Ben.

Sie nickte und Ben zog sie näher an sich und küsste sie.

Nisha

Ihre Mutter blickte zu ihnen hinüber.

»Ach, das Buch!«, sagte sie überrascht und kam näher. »Reza, sieh doch! Dasselbe hattest du mir zum vierzigsten Geburtstag geschenkt. Weißt du noch?«

Sie lachte bei der Erinnerung. »Du wolltest unbedingt zum Colorado Plateau in Arizona und ich nach Bora Bora!« Ihre Stimme summte und verwischte. Hatte sie wirklich diese beiden Orte genannt?

»Und ich will nach Disneyland!«, rief es in diesem Moment von draußen. Aysel stürmte durch die Tür. »Können wir? Können wir? Können wir?«

Ben

»Nisha?«

Nisha

Tränen traten ihr in die Augen. Alles war zu viel.

Alles war falsch.

Wie sollte sie das aushalten? Ein Leben lang aushalten?

Sie liebte ihre Familie, ihre Mutter, ihren Vater, ihre Geschwister. Dort standen sie – dicht zusammengedrängt – und sahen sie bekümmert an. Aysel klammerte sich ängstlich an Jams Beine.

Aber wenn sie mit ihnen sprach, sich ihnen zuwandte, dann verlor sie ihr anderes Leben, ihr Leben mit Ben, ihre Freiheit, ihre Entscheidungsgewalt. Licht, Luft, Fröhlichkeit. Was sollte sie nur tun?

Sie wischte sich über die Augen, aber die Tränen waren jetzt nicht mehr aufzuhalten.

Ben

»Nisha?« Hörte sie ihn überhaupt? Sah sie ihn?

Sie kniete vor dem offenen Koffer und streichelte immer wieder über das verflixte Buch, aber ihr Blick war auf etwas anderes gerichtet. Etwas, das Ben nicht sehen konnte. »Bitte geht jetzt, Mam«, flüsterte sie verzweifelt. »Bitte!«

Ben stand mit hängenden Armen da, während über Nishas Gesicht immer neue Tränen liefen.

Nisha

»Nish?«

Ihre Mutter beugte sich über sie. »Was hast du? Geht es dir wieder schlecht?«

»Was hat sie, Mam?«

Aysel weinte jetzt ebenfalls. »Warum ist sie so oft krank?«

Ihr Vater und Jamil standen nur da, zwischen den brennenden Gartenzwergkerzen, und sahen sie an. Auf ihren Gesichtern, die halb im Schatten und halb im Licht waren, lag Kummer.

»Nisha?«

Sie zuckte zusammen. Das war Bens Stimme. Wie aus weiter Ferne. Aber trotzdem nah.

»Hörst du mich, Nisha?«

Sie nickte schwach, während ihre Mutter Ben einen hoffnungsvollen Blick zuwarf. Im nächsten Augenblick sah Nisha, dass ihre Mutter plötzlich, statt bei ihr zu sein, neben ihrem Vater stand und er sie in den Arm nahm. Jetzt kauerte nur noch Aysel bei ihr. Nisha spürte Aysels kleine, warme, feuchte Kinderhand tröstlich an ihrem Handgelenk.

»Nisha? Nisha?«, flüsterte sie ängstlich und drängend.

Oder war das Bens Stimme? Nisha versuchte, sich aufzurichten, und jemand half ihr dabei. Ben?

»Nisha?«

»Ja?«

Sie sah ihn an. Es war, als sei viel Dunkel zwischen ihnen.

Nisha wandte den Kopf und blickte zu ihren Eltern hinüber.

Wieder berührte Ben sie. Er fasste sie an den dünnen Handgelenken. Aysel hatte sich von ihr gelöst und war hinter ihren Vater gehuscht. Nisha versuchte, ihren Blick einzufangen, aber Aysel versteckte ihr Gesicht vor ihr.

Nisha zitterte und dann hörte sie plötzlich Bens Stimme neben sich, wacklig und heiser, aber dennoch seltsam entschlossen.

»Soll ich, soll ich – deine Familie begrüßen, was meinst du?«

»Oh nein!«, flüsterte sie. »Nein, nein, nein. Das ist ganz falsch. Herr Vandegen sagt ...«

Bens Stimme klang fester. »Nisha, du brauchst keine Angst haben. Deine Tante ist nicht hier. Aber deine Mutter, oder? Zeig sie mir. Keiner ist hier, der deine Familie verscheuchen wird. Ich möchte sie wirklich – gerne kennenlernen.«

Nisha

Nisha hatte das Gefühl, ihre eigene Angst hören zu können.

Ihr wurde schwindelig, und als sie sprechen wollte, versagte ihre Stimme. Gleichzeitig spürte sie, wie ihr Herz flatterte.

»Du willst sie kennenlernen?«

»Ja«, sagte Ben leise. »Wenn das geht? Für dich?«

»Ja, das geht.« Sie lachte und weinte gleichzeitig. »Sie sind alle da, Sie sind ...«

»Wo genau?«

»Dort – am Holzregal, direkt neben der Fußballkerze. Aysel schaut sie sich an.«

Ben machte einen Schritt. »Hier?«

Nisha nickte und sie sah von Ben zu ihrer Mutter und wieder zurück zu Ben. Ihre Mutter lächelte Ben zu.

»Hallo«, sagte Ben und sah in die Richtung, die Nisha ihm gedeutet hatte. »Hallo, äh, Frau Alavi, hallo Herr Alavi. Ich bin Ben und freue mich, Sie kennenzulernen. Hi, Jamil – hallo Aysel. Ich hab auch einen kleinen Bruder. Also, eigentlich Halbbruder, aber darauf kommt es ja nicht an. Er heißt jedenfalls Luke. Vielleicht magst du ihn einmal treffen? Wenn du sowieso in der Nähe bist?«

Ben

»Sind sie immer da?«, fragte Ben Nisha hinterher leise.

Sie hatten sich nebeneinander auf Hennings hölzernes Bett gelegt, wo sie schon einmal eine ganze Nacht zusammen verbracht hatten. »Sind sie jetzt da?«

Ben hob im Zeitlupentempo seine Hand und fuhr mit einem Finger vorsichtig über Nishas Gesicht, auf dem die Tränen zwar getrocknet, aber noch zu sehen waren.

Nisha schüttelte den Kopf. »Aber ich höre ab und zu Aysels Stimme aus dem Garten. Es ist, als spielte sie da draußen.«

Ben nickte. Es war wie in *A Beautiful Mind.* Sollte er Nisha fragen, ob sie den Film über einen schizophrenen Mathematiker, der Menschen sah, die nicht da waren, kannte? Nein, besser noch nicht. Vielleicht später mal, wenn sich alles eingespielt haben würde.

»Blasenpflaster«, sagte er stattdessen und spähte über Nishas Schulter zu dem verrückten Koffer hinüber. Gut, dass keine bescheuerten Damenslips in ihm gesteckt hatten. Wirklich. Wahnsinnig gut.

»Eine ganze Reiseapotheke. Und Gummistiefel.«

Nisha lächelte leicht. »Und ein Schweizer Messer. Und

Kochgeschirr oder wie man diese zusammengesteckten Blechnäpfe eben nennt.«

Lachte sie? Ben hielt einen Moment die Luft an. Ja, es war ein winziger Laut gewesen, den man vielleicht lachen nennen konnte. Ein erleichtertes, kieksendes Aufatmen. Sie hatte einen ähnlichen Laut von sich gegeben, als er ihre Familie begrüßt hatte.

»Und Steckdosenadapter«, sagte Ben rasch. Er deutete auf ein durchsichtiges Päckchen mit verschiedenfarbigen Steckern darin. »Ein wahrer Reisekoffer! Er schreit geradezu danach, dass man ihn benutzt. Was meinst du?«

Nisha sah ihn an. Er spiegelte sich in ihren nahen sturmgrauen Augen. »Wo würdest du denn gerne hinreisen?«, fragte sie leise.

»Hm«, machte Ben nachdenklich und rückte noch ein Stückchen näher an sie heran.

Nebeneinander lagen sie so auf Hennings grob gezimmerten Selfmadebett, auf dem sie, das wusste Ben in diesem Moment, irgendwann einmal miteinander schlafen würden. Nisha hatte die Gartenzwerge ausgepustet, nur das Tortenlicht brannte noch.

»In Kanada soll es Alavis geben«, flüsterte Nisha ihm nach einer Ewigkeit ins Ohr. »Dort würde ich gern hinreisen, um sie kennenzulernen. Wirklich lebende Alavis. Zwei Cousins meines Vaters und ihre Familien.«

Ben nickte glücklich und streichelte ihr Gesicht. »Okay. Kanada. Das kriegen wir hin.«

Wieder schwiegen sie einen Moment.

»Wir könnten auch nach Paris fahren«, sagte Ben dann.

Nishas Hand lag auf seiner Brust. Sie fühlte sich ganz und gar warm an.

»Wolltest du nicht noch mal auf den Eiffelturm, dich an den Wind anlehnen? So wie als kleines Kind mit deinem Vater?«

»Dass du das noch weißt.« Sie lächelte ihm zu und streichelte sein Gesicht.

»He, ich habe nichts vergessen, was du je zu mir gesagt hast. In Paris hätte ich auch noch eine Sache mit einem gewissen Jerôme Labonté zu klären.«

Würde sie nachfragen, wer das war? Aber sie tat es nicht. Für den Moment war Ben erleichtert darüber. Er würde ihr ein andermal erklären, was es damit auf sich hatte.

Dann fiel ihm etwas ein.

»Hawaii«, sagte er. »Zuu besuchen und bei ihm nach dem Rechten sehen. Ich glaube, er hat echt ein Problem mit Drogen. Und seiner schrägen Mutter. Und seinem ganzen Leben.«

»Hawaii«, wiederholte Nisha. »Oh ja.«

»Und dann ist da noch Henning – der Freund meiner Mutter. Er liegt mir schon seit Jahren damit in den Ohren, dass ich mal mit ihm nach Grönland reisen soll. Wenn du mitkämst?«

Nisha nickte. »Überallhin.«

Dann fiel ihr etwas ein. »Paderborn?«, sagte sie.

Ben lachte verwundert auf. »Paderborn?«, wiederholte er. »Was treibt dich denn dahin?«

»Amandus' Mutter lebt da. Ich hab ihn vor einer Weile getroffen, unten am Kanal. Wir haben geredet. Stell dir vor, er will die Schule abbrechen und Harfenbauer werden. Und vorher zu seiner Mutter, die eine neue Familie in Paderborn hat, wie er rausgefunden hat. Aber alleine traut er sich nicht. Wir könnten ihn ... begleiten, oder?«

Sie war das schönste und beste und warmherzigste Mädchen der Welt. Und sie hatte so Schlimmes erlebt.

Ben umarmte Nisha.

»Alles, was du willst. Draußen ist Glück, Nisha. Ich schwör's dir.«

»Jetzt ist meine Mutter reingekommen«, flüsterte Nisha in diesem Moment.

»Was macht sie?«

»Sie lächelt und wollte nur tschüss sagen. Sie muss los.«

Zwei Jahre später

»Altbaucharme?«

Ben warf Nisha einen gespielt vorwurfsvollen Blick zu, während sie bereits die Punkte auf dem Spielbrett zusammenzählte. »Nee, oder? Was soll das denn sein, Nisha? Ich meine, ich habe ja nichts gesagt, als du neulich aus meinem Wellensittich einen Dauerwellensittich gemacht hast. Und ich habe auch kein Veto eingelegt, als du meinen harmlosen Pfadfinder in einen Trampelpfadfinder verwandelt hast, was immer das genau sein soll. Nicht zu vergessen, deinen Baum im letzten Spiel, der erst ein Baum, dann ein Lebensbaum und zum Schluss ein Überlebensbaum wurde, nur damit du gierig den dreifachen Wortwert einkassieren konntest.«

Ben betrachtete kopfschüttelnd Nishas zuletzt gelegte Buchstaben. »Aber Altbaucharme? Was soll das sein? Arme haben mit Bäuchen nichts zu tun, ob es sich nun um alte oder junge Bäuche handelt. Arme wachsen aus der Schulter heraus. Altschulterarme, okay, darüber könnten wir diskutieren, aber ...«

In dem Moment erst begriff er. »Verdammt, Altbaucharme!«

Sie mussten beide lachen. Sie saßen in Jerôme Labontés edlem Altbauwohnzimmer in der Pariser Rue Mouffetard und spielten eine Runde Scrabble. Ja, diese Wohnung, die voller Bücher, alter Schallplatten und Antiquitäten war, hatte ganz sicher Altbau-Charme. Seit zwei Wochen waren sie jetzt hier und verstanden sich unerwartet gut mit Jerôme und seiner Frau Bernadette, die aber auch nicht mehr die Frau von damals war, als Ben unterwegs gewesen war.

»Nein, Clotilde kam einfach auf die Dauer nicht mit meinem Oh-là-là-Leben zurecht«, hatte Jerôme ihnen lachend erklärt, als die Sprache darauf gekommen war. »Bernadette ist da lockerer, wenn ihr versteht, was ich meine.«

Er grinste eine Spur anzüglich und Ben hatte höflich gelächelt.

Seit er und Nisha die Schule hinter sich hatten, waren sie kaum noch in Hamburg gewesen. Zuerst hatten sie sich um Amandus gekümmert und ihn, noch beladener als sonst, nach Paderborn begleitet. Seine Mutter, dort neu verheiratet und Buchhändlerin, war wenigstens einen Hauch besser drauf als sein bigotter Vater, aber auch sie hatte Amandus nicht halten können. Er baute jetzt wild entschlossen Harfen in Köln und hatte nun doch einen Freund. Hin und wieder schickte er ihnen Nachrichten übers Handy, aber er kam auf jeden Fall klar.

In Paris hatte Jerôme Ben dann tatsächlich ohne viel Federlesens eine DNA-Probe gegeben und jetzt hatten sie es schwarz auf weiß. Ben stammte von Jo Bennets Spermien ab, nicht von Jerôme Labontés.

»Und, erleichtert?«, fragte Nisha, als sie zusammen das Testergebnis lasen. Ben hatte mit den Schultern gezuckt. »Im Grunde war es nicht wirklich wichtig«, sagte er seufzend.

»Egal, wer mich nun gezeugt hat, es ist die Art Leben, die ich nicht begreife.«

Nisha hatte gelächelt und seine Hand gedrückt.

»Verstehst du, nie, nie, nie könnte ich mit einer anderen Frau ... Ich meine, ich liebe dich und es käme mir überhaupt nicht in den Sinn, dann loszuziehen und mit einer anderen Frau zu schlafen.«

Jerôme Labonté, der bereits drei Kinder hatte, hatte sich das Testergebnis ebenfalls mit einem kleinen Seufzer angesehen. »Sollte also nicht sein. Nun denn, mich hätte es jedenfalls nicht gestört. Ich werde die fantastische Zeit mit Karla niemals vergessen. Wie könnte ich? Wollt ihr vielleicht dennoch eine Weile bleiben? Bernadette und mich und Marie würde es freuen! Und Paris erlebt man nicht an einem Wochenende. Für Paris braucht man eine Weile! Bleibt, solange ihr wollt.«

Darum waren sie jetzt da. Marie war Jerômes jüngstes Kind, das er zusammen mit Bernadette hatte.

Jetzt legte Ben über das Spielbrett hinweg seine Stirn gegen Nishas. »Weißt du, was ich wahnsinnig mag?«, flüsterte er ihr zu.

»Was?«

»Wenn du sagst: ›Schlaf mit mir‹. So wie letzte Nacht.«

Sie sahen sich lächelnd an.

»Und ich könnte verrückt werden bei dem Gedanken, du könntest das mal zu jemand anderem sagen. Vermutlich müsste ich vom Eiffelturm springen oder so.«

Sie zuckte nur leicht zusammen. Der Tod war so eine Sache. Immer noch und immer wieder. Aber sie hatte Ben gebeten, sie so normal wie möglich zu behandeln.

In ihrer Hosentasche steckte das Handy, auf dem jetzt eine

Aufnahme gespeichert war, wie sie sich hoch oben auf dem Eiffelturm in den Wind lehnte. So ganz hatte es nicht geklappt, aber es war jedenfalls ein gutes, freies Gefühl gewesen. Und Ben hatte es für sie geknipst. Der Moment war jetzt ihrer. Für immer. Ihr Vater war auch mit auf dem Turm gewesen. Er hatte sie angesehen und ihr liebevoll zugelächelt. »Ich hab dich lieb«, formten seine Lippen auf Persisch.

Jerôme, Bernadette und Marie waren ebenfalls mit ihnen dort oben gewesen. Marie hatte kleine spitze Schreie ausgestoßen, als der Wind ihre hellen Härchen zauste. Sie war etwas über ein Jahr alt und Nisha hatte sie bis zu dem Moment nicht berühren können.

»Oh nein, besser nicht«, hatte sie gestottert, wann immer Marie zu ihr gekrabbelt gekommen war und ihre Nähe suchte.

Aber auf dem Eiffelturm, inmitten dieses wahnwitzigen Windes, hatte es plötzlich funktioniert. Marie hatte von Bernadettes Arm aus bittend ihre Ärmchen nach Nisha ausgestreckt und da hatte sie sich einen Ruck gegeben und sie ganz langsam in ihre eigenen Arme hineingleiten lassen.

»Peux-tu le faire?«, fragte Bernadette behutsam.

Nisha nickte und hielt Marie fest. Ihr Blick war konzentriert und abwesend in einem gewesen. Maries Finger spielten in Nishas roten Haaren, die es ihr vom ersten Moment an angetan hatten. *»Rouge, rouge«*, rief sie auch jetzt wieder.

»Alles okay?«, fragte Ben leise, der plötzlich dicht bei ihr war und seinen Arm um sie legte.

»Ich, ich denke, ja.«

»Oeil«, sagte Marie da und tippte triumphierend auf Nishas Auge. *»Nez«*, sie kicherte und streichelte Nishas Nase. *»Bouche!«* Jetzt berührte sie mit ihren kleinen Fingern Nishas Mund.

»Wie Aysel«, flüsterte Nisha und war für einen Moment benommen.

»Sie mag dich«, lachte Bernadette.

»Luke mag dich auch«, warf Ben ein. »Nisha, der Kindermagnet.«

Er umarmte sie und Marie zusammen. Marie quiekte begeistert auf.

»Sieh mal, Nisha, du kannst sie alle haben! Luke ist ja mein Halbbruder. Ich glaube, er hat ganz sicher nichts dagegen, wenn ich dir ein Stück von ihm schenke. Und Marie? Sie ist ja so etwas wie meine Fasthalbschwester. Von ihr kannst du auch gerne etwas abhaben.«

Nisha drückte ihr Gesicht gegen Bens. Marie quiekte wieder vergnügt auf.

»Und, Nisha?«

»Hm?«

»Du kannst auch von Karla und Jo was haben. Hast du ja eh schon. Okay, sie sind etwas merkwürdig und schon etwas in die Jahre gekommen und abgewrackt, aber dennoch einigermaßen brauchbar als Familie. Willst du sie? Und natürlich Lola, die Verrückte.«

»Ben?«

»Ja?«

»Ich ... ich bin so froh, dass alles so gekommen ist ... wie es jetzt ist.«

Sie sahen sich an.

»Die ganze Welt«, sagte Ben, während Marie weiter *»Rouge! Rouge!«* rief und Nishas Haare streichelte.

»Was ist damit?«

»Sie gehört uns. Draußen ist Glück, Nisha.«

Sie sahen sich immer noch an. Aus den Augenwinkeln sah

Nisha ihre Eltern, die Hand in Hand im Wind standen und auf Paris hinabsahen.

Das stimmte. Ihnen gehörte die ganze Welt.

»Urinstinkt«, las Nisha mit gerunzelter Stirn Bens gerade gelegtes Wort. »Urin stinkt? Igitt, nein, Ben – das gilt nicht. Außerdem sind das zwei Worte. Nicht eins.«

Ben lächelte breit. »Nicht Urin stinkt! Ur-Instinkt.«

Er zählte zufrieden lächelnd seine Punkte zusammen.

Die Welt war eine gute Sache.

Das sagte ihm sein Urinstinkt.

»Ich liebe dich, Nisha Alavi. Ich liebe dich wirklich wie verrückt.«

Der Roman enthält Zitate aus und Anspielungen auf folgenden Quellen:

S. 32, 153
Wenn ein Löffelchen voll Zucker ...
Aus: Mary Poppins. Der Film 1964

S. 61
Eeeeeeeeey, supercalifragilistisch-expialigorisch ...
Aus: Mary Poppins. Der Film 1964

S. 85
Wenn dir die Welt als 'ne Leiter erscheint ...
Aus: Mary Poppins. Der Film 1964

S. 93
Die schattenhafte Gestalt ...
Zitat Buch: Pamela L. Travers, Mary Poppins

S. 93
So ist das Leben eben, es muss Beben geben.
Aus Seeed: Tide is high

S. 130
Nur gewöhnliche Kinderschwestern ...
Aus: Mary Poppins. Der Film 1964

S. 144, 187
Stell dich mitten in den Regen ...
Song aus dem Film »Das Leben der anderen«, Originaltext von Wolfgang Borchert, Rowohlt Verlag, Reinbek bei Hamburg

S. 193, 274
Die Sonne kommt ... Und du bist hier ...
Aus: Ton, Stein und Scherben, 1972 (Rio Reiser)

S. 206 f.
Ist das ein herrlicher Tag? ...
Aus: Mary Poppins. Der Film 1964

S. 227
Remember me to one who lives there ...
Scarborough Fair, Text: tradionelles englisches Volkslied

S. 274
Weißt du jetzt, dass du frei bist? ...
Aus: Ton, Stein und Scherben, 1972 (Rio Reiser)

S. 302
Chim chim cheree ...
Aus: Mary Poppins. Der Film 1964

Jana Frey

Liebeskinder

Zadoc liebt alles an Ivory. Ihr Haar, das sämtliche Farben des Herbstes hat. Der ständig wechselnde Ausdruck aus ihren winterhimmelblauen Augen. Und vor allem ihren Geruch nach Wind und Widerstand.

Kenzie liebt alles an Amos. Seine hellgrün schimmernden Augen, sein Lachen und Lächeln, seine Musik, seine Art, sich zu bewegen, seinen Gang. Und sie liebt es, dass er zu ihr gehört. Zu ihr ganz allein.

Zwei Liebende. Zwei Schicksale. Und eine Geschichte, in der alles, aber auch alles miteinander verbunden ist.

Arena

Auch als E-Book erhältlich

384 Seiten • Klappenbroschur
ISBN 978-3-401-50862-7
www.arena-verlag.de